Klaus Reburg

Deutsche Wurzeln

von unterschlagenen Großmüttern und schweigsamen Eltern

Herstellung und Verlag:
BoD - Books on Demand, Norderstedt

ISBN 978-3-7504-7698-1

Deutsche Wurzeln

von unterschlagenen Großmüttern und schweigsamen Eltern

eine Familienchronik

1914 – 2014

Dieses Buch ist nicht nur meinen beiden leiblichen Großmüttern Katharina und Rosa Helene, die ich leider nie kennen gelernt habe, gewidmet, sondern auch dem Ehepaar Lore und Hans Kl. (im Buch Lore und Hans Prager), denen ich leider nie meinen aufrichtigen Dank ausgedrückt habe. Von ihnen, den Eltern meines Schulfreundes, stammen die meisten meiner mir heute wichtigen Werte und Vorbilder.

Inhalt

»In diesem Zimmer starb eure Großmutter.« Ich wusste nichts mit diesem Satz anzufangen. Er wurde mir als Zwölfjährigem von meinem Vater ohne jeglichen Zusammenhang zugemutet". Das ist der Anfang dieser Geschichte – der Grund, warum dieses Buch entstand und der erste Satz dieser Erzählung. Ich konnte diesen Satz damals nicht begreifen, denn meine eine Großmutter lebte noch und meine andere Großmutter war ganz woanders gestorben. Da war ich mir sicher.

So war mir dieser Satz meines Vaters unverständlich und zunächst unwichtig; doch dieses änderte sich das im Lauf der Jahre erheblich und irgendwann wollte ich diesen Satz verstehen, wollte ergründen, was es sonst noch in der Vergangenheit meiner Eltern gegeben hatte, wovon sie wenig oder gar nichts erzählten. Und da gab es, wie ich nach und nach entdeckte, außer dieser unterschlagenen dritten Großmutter noch einiges und ich begann zu ahnen, warum meine Eltern schwiegen. Denn wer erzählt schon gerne von der Totenkopfdivision, von Sekretärinnen Adolf Hitlers, von Bomben im Ladengeschäft jüdischer Verwandter? Ich begann zu ahnen, abzulehnen aber auch zu verstehen und schließlich die Eltern in einem anderen Licht zu sehen – denn wenn ich zu den Zeiten ihrer Jugend hätte leben müssen, ich hätte die Anforderungen dieser Zeit bestimmt nicht besser gemeistert. Doch es sind meine Wurzeln – typisch deutsche Wurzeln. Was sachlich schlicht in den Schulbüchern stand, habe ich gelernt – was meine eigenen Großmütter erleben mussten, hat mich berührt.

Mein besonderer Dank gilt meiner Frau und meiner Tochter für viele Anregungen und das Korrekturlesen, meinem jüngsten Sohn für die Gestaltung des Buches sowie Lisa Pentenrieder für die Umschlaggestaltung.

Inhaltsverzeichnis

Wider das Vergessen

— statt eines Vorwortes —

»In diesem Zimmer starb eure Großmutter.«

Ich wusste nichts mit diesem Satz anzufangen. Er wurde mir als Zwölfjährigem von meinem Vater ohne jeglichen Zusammenhang zugemutet, meinem Bruder und mir, als wir am ersten Abend eines Sommerurlaubs in Bayern auf dem Weg zu einem Gasthof an einem unscheinbaren Haus vorbeikamen. Ein Haus wie jedes andere, wenn auch etwas erhöht über der Straße. Im Vorbeigehen deutete mein Vater von außen auf das Erkerzimmer: »In diesem Zimmer starb eure Großmutter.«

Er betonte diesen Satz keineswegs, er hätte auch sagen können: »In diesem Zimmer ist eine Tüte Milch ausgelaufen.«

Folglich kam bei uns Jungs auch nicht mehr an, als wenn mein Vater über verschüttete Milch gesprochen hätte. Es war einfach zu überraschend – wir waren schlichtweg überrumpelt, überrascht, überfordert: was sollten wir damit anfangen?

Mein Vater wollte offensichtlich seine Kinder, solange sie denn Kinder waren, nicht mit seiner Familiengeschichte belasten. Oder konnte er einfach nicht von sich und seiner Jugend erzählen? Heute, Jahrzehnte später, bin ich mir so gut wie sicher: selbst 25 Jahre nach dem Krieg gelang es ihm noch immer nicht, zu differenzieren, was ihm im Krieg widerfahren und was seine normale Kindheitsgeschichte war. Dass er uns als Kinder nicht die schweren Kriegserlebnisse erzählte, das war ja einfühlsam, denn schaurige Kriegserlebnisse sind nun mal nichts für Kinder. Aber dass er dann – sozusagen sicherheitshalber – außer ein paar unbedeutenden Kleinigkeiten auch nichts aus seiner Kindheit berichtete, das hinterließ Lücken, das tat niemand gut – am allerwenigsten ihm selbst. Es mussten noch viele Jahre vergehen, bis er sich so nach und nach doch das eine oder andere abrang; das Meiste kramte er aus seiner Erinnerung hervor, als seine Frau schon krank geworden und schließlich von uns gegangen war.

Dass mein Vater aus Bayern stammte, das wusste ich immerhin, irgendwie auch schon als kleiner Junge. Denn seine Eltern sprachen mit bayerischen Dialekt, kochten bayerisch – meine Oma und mein Opa hatten einfach etwas unverkennbar Bayerisches an sich, auch wenn sie schon lange in Württemberg wohnten.

Unsere Urlaubsreisen führten uns so gut wie immer nach Bayern, in die Berge. Dass wir aber in jenem Jahr genau in das Dorf reisten, in dem mein Großvater in den Dreißigern als Zollbeamter an der Grenze Dienst getan hatte, selbst das wurde uns zuvor nicht gesagt – es wurde uns erst so nach und nach während dieses Urlaubs klar. Dass die Frau, die ich ganz zwanglos und ohne je irgendwelche Gedanken daran zu verschwenden Oma nannte und die sich – zugegebener Maßen – gegenüber den Kindern ihres Stiefsohnes auch wie eine liebe Oma verhielt, gar nicht meine leibliche Großmutter war, auch das realisierte ich erst damals.

Die leibliche Mutter meines Vaters war also tatsächlich kurze Zeit nach der Geburt ihres zweiten Kindes, meiner Tante, verstorben: vor vielen, vielen Jahren im Eckzimmer jenes fremden Hauses über dem Weißbach, gleich bei der Grenze zwischen Großgmain und Bayerisch Gmain.

Und meine Oma war die zweite Frau vom Opa.

Gut, dann war das so. Was sich in diesem Eckzimmer zugetragen hatte, das ging mich – der Kindheit gerade in Richtung Pubertät entrinnend – nichts an: Ich kannte diese Frau nicht; ich vermisste sie damals auch nicht. Ich war zwölf Jahre alt, ich hatte ein durchschnittliches Elternhaus, ich kämpfte in der Schule damit, dass meine Noten einigermaßen ordentlich blieben.

So besuchten wir auch nach diesem Urlaub weiterhin ebenso wie zuvor Verwandte in München, suchten auch regelmäßig ein Grab auf dem Münchner Waldfriedhof und ab und an sogar eines in Holzkirchen auf. Aber wer dort begraben lag, das wurde uns nicht erklärt – und wir Kinder haben auch nie danach gefragt. Ich hatte ein ordentliches Elternhaus und ich kämpfte in der Schule damit, dass meine Noten die eines durchschnittlichen Schülers blieben.

Dass ich mit meinem Vater in Holzkirchen am Grab seiner leiblichen Mutter und auf dem Waldfriedhof am Grab meiner Urgroßeltern stand: Damals, als ich dort war, da interessierte ich mich nicht dafür, und man meinte, mir als Kind Gutes zu tun, wenn man die Vergangenheit und die Familiengeschichte ruhen ließ und verschwieg. Man brachte zwar Blumen, aber die Toten waren tot, denn niemand erzählte von ihnen.

So geriet für mich diese Großmutter nach diesem Urlaub erst einmal wieder in Vergessenheit. Die Münchner Verwandten blieben Tante Grete und Onkel Hans und man ging auf dem Weg in den Urlaub mit den Eltern auf zwei Friedhöfe – ohne sich irgendetwas dabei zu denken.

Erst 15 Jahre später wurde ich wieder auf meine leibliche Großmutter aufmerksam, als ich, inzwischen selbst jung verheiratet, in der elterlichen Wohnung wieder in das Zimmer trat, in dem ich als Jugendlicher gelebt hatte. In diesem Zimmer hing nun in einem großen alten Rahmen eine Fotografie an der Wand, die meinen Großvater, aufgrund seiner Größe auch der kleine Opa genannt, mit einer jungen, zierlichen Frau zeigte, die noch eine Spur kleiner war und entgegen meiner Erwartung überhaupt nichts Bayerisches an sich hatte. Sie erinnerte mich eher an eine junge Berlinerin aus den Zwanzigern: Bubikopf, Reif um die Stirn mit einer Feder darin, ein kurzes Kleid – und ein freundliches Gesicht. Mangels jeder Ähnlichkeit konnte das nicht meine Oma zeigen – also musste es die Frau aus dem Zimmer über dem Weißbach sein, meine leibliche Großmutter, Kathi.

Mein Vater hatte dieses Bild seiner Mutter wohl aus dem Nachlass seines kürzlich verstorbenen Vaters. Wie ich viele Jahre später erfuhr, wurde dieses Bild in ein und demselben Bilderrahmen lange Zeit von einem darüber gesteckten Bild meines Großvaters mit seiner zweiten Frau einfach komplett verdeckt. Das sparte das Geld für einen neuen Bilderrahmen und dass die zweite Frau meines Großvaters ihre Vorgängerin nicht jeden Tag auf so einem großen Bild, am Ende noch im Schlafgemach, sehen wollte, ist verständlich. Und zugleich auch schade.

Wenn man das Foto eines Menschen sieht, dann ist das etwas völlig anderes. Als fast Dreißigjähriger sah ich zum ersten Mal bewusst meine Großmutter, die Frau, von der – sehr grob über den Daumen geschätzt – ein Viertel meiner Erbanlagen stammen.

Es war dieses Bild, warum ich mich für diese Frau zu interessieren begann. Warum ich endlich zuließ, dass die Tote von Holzkirchen nun Teil meines Lebens wurde: diese kleine zierliche Frau, die so gar nichts Volkstümliches an sich hatte, die viel mehr zeitgemäß und modern war. Oder sich zumindest so gab – oder auch nur geben wollte?

Aber es war eigentlich schon zu spät. Als ich – endlich, schon lange selbst erwachsen und zunächst nur zaghaft – begann, mich für meine leibliche Großmutter und ihr Leben zu interessieren, da waren der Großvater und auch der Onkel Hans, ihr Halbbruder, schon tot, und selbst die Erinnerung meines Vaters, der mit gut fünf Jahren Halbwaise wurde, gab nicht mehr viel her.

Nach meiner anderen leiblichen Großmutter fragte ich mehr; schließlich hatte »der kleine Opa« eine Frau und »der große Opa« nicht. Da war wenigstens eine Lücke. Doch auch die Auskünfte meiner Mutter waren karg. Sie erzählte zwar mehr, auch aus ihrer Kindheit – aber so gut wie nie über ihre Mutter.

Immerhin wusste ich, wo meine andere Großmutter begraben lag, besuchte mit meinen Eltern und meinem Bruder auch wissentlich ihr Grab. Aber Interesse an meiner Großmutter, an einer Frau, der ich als Kind nie bewusst begegnet war, entstand daraus nicht. Sie hätte an Tuberkulose gelitten, das war noch zu erfahren. Und Tuberkulose war eine Krankheit, wegen der man nicht zu Hause sein durfte, sondern auf dem Land war oder sich in einem Sanatorium aufhalten musste. Immerhin wurde auch noch erzählt, meine Großmutter Rosa Helene sei eine gebildete Frau gewesen, eine Frau, die zumindest recht gut, wenn nicht gar fließend Englisch und Französisch sprach und auch Bücher in diesen Sprachen las. Wenn meine Mutter davon erzählte, so konnte man eine Spur von Stolz erspüren. Der Vater ihrer Mutter sei ein Schuhmacher gewesen mit gut gehendem eigenem Geschäft – noch ein Körnchen Stolz. Zu dem habe man aber so gut wie keinen Kontakt gehabt.

Rosa Helenes Mann Karl, mein »großer Opa«, war Arbeiter. Er hatte zwar Schmied gelernt, aber nie in diesem Beruf gearbeitet. Wenn man ehrlich ist, dann muss man wahrscheinlich zugeben, dass er im Prinzip sein ganzes Leben lang als angelernter Hilfsarbeiter sein Geld verdiente. Aber er war durchaus ein kluger Kopf, mehrfach erhielt er Prämien für Arbeitnehmer-Erfindungen. Er war ein Arbeiter mit Pathos – aber für die Studierten und Gebildeten hatte er nicht so viel übrig. Dass der Arbeiter Karl und die Fremdsprachensekretärin Helene also auf den ersten Blick gar nicht zusammengepasst haben, das wurde mir später klar. Warum Helene und Karl dann geheiratet haben? Sicher ist nur eines: Meine Mutter wurde schon sechs Wochen nach der Hochzeit geboren.

Auch von Rosa Helene hatte ich lange Zeit kein Bild. Erst als meine Mutter schon recht betagt war, hat sie mir einmal ein paar Fotos überlassen; auf zwei der Bilder ist eine große Frau mit Brille zu sehen, die der Schwester meiner Mutter sehr ähnlich sieht. In meiner Tante hatte ich also – ohne es zu wissen – doch ein gewisses Abbild von meiner Großmutter. Im Fotoalbum meiner Mutter hingegen gab es nur ein oder zwei Bilder – mit dem Untertitel »ich und Mutter«. Nicht »meine Mutter« und schon gar nicht »Mama«. Und diese Seiten wurden schnell überblättert. Doch das Grab ihrer Mutter hat meine Mutter besucht. Bis es dann zum frühestmöglichen Termin geräumt wurde.

Eine meiner ersten Erinnerungen aus meiner frühesten Kindheit ist merkwürdig, so merkwürdig, dass sie mir, obwohl ich damals wohl noch keine drei Jahre alt war, in Erinnerung blieb: Wir fuhren mit dem Auto in eine unansehnliche Straße. Auf der einen Seite versperrte eine lange rote Backsteinmauer die Sicht, auf der anderen Seite standen dicht an dicht viele Häuser – ebenfalls aus roten Backsteinen und unverputzt. Bevor wir in eines der Häuser gingen, hatten mein Vater und meine Mutter noch etwas besprochen mit dem Ergebnis: »Dann soll er sich halt danach die Hände waschen.« Wir kamen in eine enge Erdgeschosswohnung. Da war auch mein großer Opa, der Karl, und dann traten wir in ein Zimmer, in dem jemand in einem Bett lag, und dieser Person sollte ich die Hand geben. Wir gingen recht rasch danach wieder hinaus und ich wurde auf die Toilette geführt zum Händewaschen. Das leuchtete mir nicht ein, denn wenn man jemandem die Hand gab, wusch man sich sonst auch nicht die Hände. Ein Dreijähriger versteht nichts von Hygiene und von ansteckenden Krankheiten muss er nichts wissen, damit er keine Angst bekommt – deshalb hat man mir auch nichts weiter erklärt.

Es dauerte Jahre, bis mir klar wurde: die Person in diesem Bett war meine Großmutter! Der große Opa und dieses merkwürdige Händewaschen! Diese Episode ist mir als einzige Erinnerung an meine Großmutter Rosa Helene geblieben: An das Händewaschen erinnere ich mich – von der Person im Bett hat sich mir kein Bild eingeprägt.

Hätte ich mehr auf die Frau im Bett geachtet, wenn man mir gesagt hätte, dass da meine Großmutter läge? Doch wer, wie meine Mutter, in seinem Fotoalbum nicht unter das Bild der eigenen Mutter »Mama« oder »Meine Mutter« schreiben kann, der kann wohl auch nicht Oma erklären.

Helene ist zwei Tage vor meinem vierten Geburtstag gestorben. Sie wurde gerade einmal sechzig Jahre alt. Ich habe erst dreißig oder vierzig Jahre später erfahren, unter welchen Umständen sie aus dem Leben gegangen ist – auch das war nichts für kleine Kinder.

Was verbindet zwei Menschen? Unsere Tochter hat meiner Frau und mir einmal unumwunden die Frage gestellt, warum gerade wir beide geheiratet hätten. Ich wäre nie auf eine solche Frage gekommen, aber hätte ich sie meinen Eltern gestellt, hätte dann die Antwort lauten müssen: Haben sich da zwei gefunden, die unter ihrem Elternhaus gelitten haben? Wollten da zwei, die Familie in ihrer Jugend mehr als Belastung und weniger als schützenden Hort erlebt haben, gemeinsam eine bessere Zukunft haben? Was für ein schwieriges Unterfangen das werden würde, da jeder nur traurige Erfahrungen in die gemeinsame Zukunft und Familie einbrachte, das hatten sie sich nicht klar gemacht. Sie waren Kinder einer schlimmen Zeit und wollten, sich gegenseitig stützend, es besser machen. Aus dem Nichts der Nachkriegszeit heraus haben sie es zu einem gewissen Wohlstand gebracht – aber die Kälte zu überwinden, die sie in ihrer Jugend in ihren Elternhäusern und in den schweren Kriegsjahren wohl empfunden haben, das dürfte trotz gutem Willen für sie immer ein Problem geblieben sein.

Lange habe ich über so etwas nicht nachgedacht. Vielleicht hätte ich diesen Gedanken früher wagen sollen. Vielleicht wäre es hilfreich gewesen, früher dafür Zeit zu opfern: um zu verstehen, warum ich manchmal nicht so herzlich bin, warum es bei mir recht lange braucht, bis ich einen anderen Menschen umarme. Jetzt stehe ich in der Gefahr, all' das manchmal als Entschuldigung zu missbrauchen, um mich ungestört zurückzuziehen, um alleine zu sein mit einem Hobby, mit einem Buch, mit meinen Phantasien.

Obwohl ich mich in der Schule mit Fremdsprachen mehr abplagte als dass ich sie mit Freuden und gutem Erfolg lernte, so üben doch heute gewisse Sprachen eine Faszination auf mich aus: so das Russische, mit dem ich mich neben meinem naturwissenschaftlichen Studium abgemüht habe, oder auch das Italienische, mit dem ich mich seit Jahren mit mäßigem Erfolg beschäftige. Doch so stellt sich mir heute die Frage: Ist das ein Vermächtnis von Helene?

Und was steckt von der Kathi in mir?

Ich bewundere Alex Haley, den wohl ähnliche Fragen quälten, der seine Wurzeln suchte, schließlich auch fand und in seinem berühmten Buch »Roots« uns daran teilhaben ließ. Er als Amerikaner hat es geschafft, das Heimatdorf eines seiner afrikanischen Vorfahren ausfindig zu machen. Fasziniert hat er dort einem alten Grignot, einem jener Männer, die die Historie auswendig lernen und den zukünftigen Generationen zur Kenntnis bringen, zugehört und in dessen Vortrag auf einmal Übereinstimmung gefunden mit dem, was in seiner Familie von seinem Urahn, der aus Afrika nach Amerika verschleppt wurde, erzählt wird.

Doch in München oder Bayerisch Gmain gibt es keine Grignots, keine wandelnden menschlichen Geschichtsbücher. Und aus den Lungenheilanstalten Württembergs sind keine Details über die Gefühle und Empfindungen ihrer Patienten übermittelt – weder durch einen Grignot noch in Form von bei Google aufzufindenden Datenbanken.

Meine Großmütter – sie wurden mir nie nahegebracht, fast gar verschwiegen. In meiner bunten Kinderwelt habe ich sie nicht einmal vermisst. Doch dieses so gut wie gar nichts wissen – irgendwann reizt das dann erst recht zur Neugierde! Nicht nur bei den Großmüttern! Bald ergreift die Neugierde auch deren Umfeld, die Geschehnisse in ihrer Jugend – und somit die Kindheit der eigenen Eltern: Warum gibt es im Fotoalbum meiner Mutter nur zwei Bilder von der Frau, die ihre Mutter war? Wie kam es, dass mein Vater bei der Waffen-SS diente? Und was tat er da? Warum ist man hinter vorgehaltener Hand stolz darauf, dass eine meiner Großtanten Adolf Hitler als Sekretärin nach Rom begleitete? Und wieso sitzt am sechzigsten Geburtstag meiner Mutter ein Halbjude, ein Vetter meiner Mutter, mit an der Tafel? Es riecht nach Geheimnis und Verheimlichtem.

Wenn ich nun das Wenige, das gesichert bekannt ist, mit einer vielleicht sogar wahrscheinlichen Geschichte umgebe – zurückholen kann ich meine Großmütter nicht mehr. Sie gingen mir verloren, weil mein Interesse zu spät erwachte. Vielleicht wurden sie mir sogar vorenthalten oder gar gestohlen, weil ein großer Krieg eine ganze Generation zu Schweigern gemacht hat. Und ich habe es zugelassen, habe vergessen, rechtzeitig zu fragen, hartnäckig nach zu bohren. Habe somit dazu beigetragen, dass sie in Vergessenheit gerieten.

Was ist sonst noch alles in Vergessenheit geraten oder – vielleicht gar absichtlich – unter den Tisch gekehrt worden? Was soll ich sonst noch aus der Vergangenheit meiner Vorfahren nicht wissen? Und sollte es vielleicht doch gerade wissen! Wissen, um es zu verstehen und zu schätzen, welches Glück es ist, wenn man eine Mutter hat und wenn man keinen Krieg erleben muss.

Ich bin mit verlorenen Großmüttern und bezüglich ihrer Vergangenheit schweigsamen, wenn nicht gar verschwiegenen Eltern in das Leben gestartet – und ebenso mein Bruder Paul. Wir hatten annähernd gleiche Startbedingungen und doch ist unser Leben völlig anders verlaufen. Hatte Paul mehr unter der Geschichte unserer Eltern zu leiden als ich? Oder hatte ich einfach das Glück, außerhalb des Elternhauses auf bessere Bedingungen zu stoßen als mein Bruder?

Und deshalb kann die Geschichte meines Bruders nicht völlig fehlen. Die Geschichte meiner verlorenen Großmütter, sie ist nicht nur meine Geschichte, sie ist auch Pauls Geschichte. Deshalb musste aus dem Wenigen, das überliefert ist, durch mein Zutun nicht nur eine teils erfundene, teils der Wahrheit entsprechende Geschichte meiner Großmütter, sondern eine kleine Familienchronik werden.

Eine Familienchronik, nach der sogar zaghaft gefragt wird; denn inzwischen ist schon die nächste Generation herangewachsen, habe ich selbst große Kinder und mein Vater erwachsene Enkel. Auch bei ihnen gibt es viele Fragen nach dem, was sich zu Zeiten meiner Großmütter in Deutschland ereignet hat, und so hat meine Tochter meinen Vater gebeten, seine Erinnerungen – auch die aus dem Krieg – aufzuschreiben. Denn er gehört zu den letzten Augenzeugen dieser schrecklichen Zeiten. Wenngleich er nun endlich selbst mehr davon erzählen kann – es schwarz auf weiß zu fixieren, das schafft er noch immer nicht. Also will ich in die Bresche springen und nicht nur immer lamentieren.

Doch es zeigte sich bereits in der Zeit, in der ich dieses Manuskript schrieb: Eine solche Lücke zu schließen ist nicht einfach! Familienmitglieder, die das eine oder andere Kapitel vorab lasen, meldeten mir Anregungen und Kommentare zurück.

Die einen, vorneweg mein Vater, wurden von der Sorge getrieben, dass ich die Beziehungen zum Nationalsozialismus enger darstelle, als diese wirklich waren. Auch wenn ich dieses Anliegen verstehe, so stellt sich mir jedoch zum einen die Frage, ob nicht genau das die Ursache der hier zu beklagenden Verschwiegenheit ist – oder etwas übertrieben und zugleich vereinfacht dargestellt: worüber man nicht spricht, das hat auch nicht stattgefunden. Zum anderen allerdings fiel mir durchaus auch auf, dass ich in unserer Familie so vieles entdeckt habe – aber keinen Widerstandskämpfer. Zugegebenermaßen musste ich mir beim Recherchieren und Schreiben dieses Buches eingestehen: hätte ich damals unter denselben Umständen gelebt, so hätte ich mit einer nicht allzu geringen Wahrscheinlichkeit wie meine Vorfahren gehandelt. Ich hätte vermutlich auch nicht das nötige Rückgrat gehabt, aktiv Widerstand zu betreiben. So paradox es klingen mag, aber ich bin inzwischen davon überzeugt, dass man schuldig werden kann ohne Schuld zu haben oder schuld zu sein.

Andere hingegen stellten die Frage: Müssen denn im ersten Teil dieses Buches die Dialoge deutlich bayerisch eingefärbt geschrieben werden? Nun, ich kann mir die junge Kathi, ein noch im Kaiserreich in München geborenes Mädchen aus einfachen Verhältnissen, nicht anders vorstellen. Auch ihr Halbbruder Hans, dem ich noch persönlich begegnet bin, sprach Dialekt, auch mein Großvater, Kathis Ehemann – und sogar mein Vater verfällt heute noch ins Bayerische, wenn er mit seiner Verwandtschaft telefoniert. Ich vertraue also darauf, dass der interessierte Leser mir dieses gegebenenfalls nachsieht.

Erster Teil

— Große Träume in schweren Tagen —

Kathi

1. Kapitel

Wer auf der Erden Pfaden

1914

Vom weißblauen Himmel schien die Sonne durch die drei hohen Fenster; man hatte zwei Flügel geöffnet, um die noch frische Luft des Sommermorgens in die Schulstube zu lassen.

Vorne am Pult stand der Lehrer mit aufgezwirbeltem Bart, wie ihn auch der Kaiser trug. So gut das eben bei ihm noch ging, denn seine Haare und sein Bart waren schon ganz grau und dünn. Mit beiden Händen fasste sich der alte Mann an den Kragen seines Rockes; der Stock, an dem er sich sonst festzuhalten pflegte, hatte bereits ausgedient und lag auf dem Katheder.

Eigentlich hätte dieser Schulmeister nie einen Stock gebraucht; er war seit Jahr und Tag an einer katholischen Volksschule für Mädchen und als ängstlicher und obrigkeitshöriger Mensch hatte er im Gegensatz zu den meisten seiner Kollegen den Erlass, dass Züchtigungen bei Mädchen möglichst zu vermeiden seien, ernst genommen. Stattdessen wurden die Mädchen durch stundenlanges Knien auf Holzscheiten diszipliniert. Doch auch die Holzscheite, von denen sonst immer etliche links und rechts vom Pult bereitlagen, waren heute weggeräumt.

Er dachte, er würde heute zum letzten Mal vor einer Klasse stehen; als einer der wenigen hatte er das Alter erreicht, das zum Bezug einer Altersrente berechtigte. Dass seine jungen Kollegen bald alle des Kaisers Rock anziehen mussten und er dann doch wieder am Pult stehen würde, das zu ahnen war dem einfachen und biederen Manne nicht gegeben. Und wenn er es geahnt hätte, dann hätte sein Stolz auf die jungen Kollegen die Müdigkeit seiner siebzig Jahre aufgehoben.

Seine dreiundsechzig Schülerinnen waren sich sicher: Nie wieder auf die Schulbank! Es war ihr letzter Schultag und die gemischten Gefühle der vergangenen Wochen waren nun einer allgemein freudigen Stimmung gewichen.

Worauf sie sich freuen sollten – die wenigsten wussten es. Sie würden nun ein Zeugnis, ihr Abgangszeugnis erhalten. Der alte Lehrer hatte schon mit dem Austeilen begonnen. Was danach kam? Draußen auf dem Land, da war es noch wie eh und je, da stellte sich diese Frage nicht: Die Mädchen verdingten sich als Magd. Doch hier in München gab es für die Arbeiterkinder diesen traditionellen Weg nicht mehr, denn es gab mehr Mädchen aus einfachen Verhältnissen als vornehme Leute Dienstmädchen benötigten.

Kathi und die Mariann' saßen in ihrer Bank und gehörten zu denen, die bereits ihr Zeugnis in den Händen hielten. In ein paar Minuten würden sie hinaus gehen in den sonnigen Tag; das Leben würde für sie einfach weiter gehen wie zuvor, halt ohne Schule, aber auch ohne etwas Neues.

Freilich, die Welt würde sich weiterdrehen; der Bäckermeister Pichler würde seine Tochter Marianne um drei in der Früh wecken und zum Semmeln Formen anstellen; das sparte ihm einen Lehrbuben. Und wenn es in der Backstube später ruhiger wurde, dann konnte seine Tochter im Laden helfen. Aber das war nichts Neues – wenn der Lehrbub verschlief und zu spät kam, dann war die Marianne schon seit etlichen Monaten geweckt und an den Teigtrog gestellt worden.

Und Kathi? Kathi würde mehr Zeit haben, auf die kleinen Brüder aufzupassen, wenn die Mutter zu irgendwelchen Leuten zum Waschen oder Plätten ging.

Dass das keine große Zukunft war, soweit reichte die Vorstellungen der beiden Mädchen auch schon, aber arg viel weiter ging ihre Phantasie nicht. Manchmal träumten sie davon, Dienstmädchen bei vornehmen Leuten zu werden. Oder Kindermädchen. Oder Fräulein im Kaffeehaus.

Der alte Lehrer hatte das letzte Zeugnis ausgegeben – bis der Pedell mit der Schelle die großen Ferien einläuten würde, fehlten noch zehn Minuten. Hätte er nun Jungs vor sich sitzen gehabt, dann wären ihm Worte für eine kleine Abschiedsrede eingefallen: Er hätte vom Vaterland und vom Soldat Werden gesprochen, er, der damals vor über vierzig Jahren dabei war, als die Deutschen nach Paris gingen, mit der Waffe in der Hand, und Deutschland entstanden war. Er würde das genauso tun, wie das im Kaiserreich seit vielen Jahren fast alle Lehrer ihren männlichen Schülern vorschwärmten. Doch für Mädchen wollte ihm nichts einfallen.

Seit seiner Teilnahme am glorreichen Frankreichfeldzug hatte er auch nichts mehr erlebt; er war nach Hause gekommen und hatte seitdem in der Schulstube gestanden. Und damit war es nun auch vorbei, wie er dachte.

Was hätte er den Mädchen sagen sollen?

Er tat dann eben, was er immer getan hatte, wenn er müde war: Er ließ seine Schülerinnen »Nun danket alle Gott« und »Ein feste Burg ist unser Gott« singen und weil der Pedell noch immer nicht zur erlösenden Glocke griff auch noch »Wohin soll ich mich wenden«.

Die Mädchen kamen bis zur Mitte der dritten Strophe: »Wer auf der Erden Pfaden, ist Deinem Auge rein«. Dass Johann Neubert an dieser Stelle ein Fragezeichen gesetzt hatte – es ließ sich nicht mitsingen.

Der nächste Vers »Mit kindlichem Vertrauen eil ich in Vaters Arme« konkurrierte dann mit der Schelle des Pedell und eigentlich wäre die Schule, ja die ganze Schulzeit, aus gewesen, doch die Mädchen sangen weiter: »fleh' reuerfüllt: ›erbarme, erbarm, o Herr, Dich mein‹«.

Der alte Lehrer winkte ab, die Mädchen verstummten, wie in den letzten Jahren anerzogen, und so blieb die vierte Strophe ungesungen: »Süß ist Dein Wort erschollen: ›zu mir ihr Kummervollen! Zu mir! Ich will Euch laben...‹«

2. Kapitel

Die vornehmen Leut'

Auf dem Hof verlief sich dann alsbald die ganze Klasse. Was sollten die Mädchen auch Besonderes tun? Wie jeden Tag der letzten sieben Jahre ging Marianne vor dem Schultor die Straße in die eine und Kathi in die andere Richtung.

Dafür kam ein neunjähriger Lauser von hinten auf Kathi zugesprungen und zog sie frech am rechten Zopf.

»Und du muasst jetzt wirkli gar nimmer in d'Schul, Kathi?«, fragte er gerade 'raus.

»Na, Hansl, in die Schul' muss ich nimmer.«

»Auch nicht nach der Vakanz?«

»Na, Hansl, auch nicht nach der Vakanz. Halt wirklich gar nimmer.«

»Mei, des is' fei blöd. Na muass i ja allein gehen.«

»Freili' ja – wirst es auch langsam können, bist ja scho' zehne.«

»I gang abba lieba mit dir! Und überhaupts: wos machsd denn du dann?«

»Joa mei, was halt alle Dirndl nach der Schul' machen– ich werd' halt bei einer Herrschaft in Dienst gehen.«

»Und was tuast dann do im Dienst?«

»Jetzt du kannst aber fragen – mei, halt saubermachen, in der Kuchl helfen, auf die kleinen Kinder aufpassen, halt alles, was die Gnädige will«

»Na kannsd aa beim Schorschi und bei mir bleiben!«

»Geh du!« seufzte Kathi und sagte nichts mehr. Mit dem Hansl hätte sie jetzt noch stundenlang darüber diskutieren können, ihm wäre schon noch etwas eingefallen. Also schwieg sie lieber und streichelte dem Bruder nur fahrig über den Schopf. Dann seufzte sie nochmals und dachte, eigentlich wäre es schon schön, wenn sie jetzt ein bisschen jünger oder ein bisschen älter wäre. Im Moment blieb eigentlich nur der Traum, eine Anstellung bei einer vornehmen Herrschaft zu bekommen.

»Also i«, sann Hansl weiter, »i wenn oamoal aus d'r Schul' komm, i wer amoi viel Diridari macha[1]!«

»Freilich ja, bist halt auch ein Bursch«, bestärkte Kathi ihn und seufzte noch einmal. Manchmal wäre sie auch lieber ein fester, starker Bursche gewesen, denn dann hätte sie jetzt in die Fabrik gehen und sich vom Verdienst schöne Kleider kaufen können und wie die vornehmen Damen im Kaffeehaus sitzen. Dass das nicht so ganz zusammenpasste, unter der Woche als junger Mann in der Fabrik Geld zu verdienen und dann am Sonntag als Dame im schönen Kleid im Kaffeehaus zu sitzen, das störte Kathi nicht. Wenn sie so durch die Straßen ging und die vornehmen Damen in schöner Garderobe sah, dann wollte sie halt auch sehr gerne so eine Dame sein.

Aber als Dienstmädel bekam man im höchsten Fall mal ein abgelegtes Kleid der Gnädigen, wenn überhaupt. Oder man hätte einen Verehrer haben müssen, am besten einen, der einem alles kaufen konnte. Aber irgendwie redeten der Pfarrer und auch die Eltern davon, dass die reichen jungen Männer die jungen Frauen immer nur ins Unglück stoßen würden. So ganz hatte Kathi das noch nicht verstanden.

»Da schau amoi«, riss Hans die Kathi aus ihren Gedanken, »So einen Lastwagen kauf' ich mir einmal, dann fahr ich den Leut' für Geld alle schweren Sachen«. Und mit leuchtenden Augen zeigte er auf eines der modernen Lastautomobile.

Das gestand sie dem Bruder gerne zu, dass sie sich das auch schon gefallen lassen würde, wenn er viel Geld verdiene. Dann könne er ihr ja ein bisschen etwas abgeben und sie könne sich ein schönes Kleid oder gar einen Hut kaufen. »Aber weißt,« resümierte sie dann, »da müsstest halt erst einmal so ein Lastautomobil haben, und das kost' halt auch wieder ein Geld.«

»Irgendwie dapack' i's scho'!« Dem Hansl wenigstens war sein kindlicher Optimismus noch nicht abhandengekommen. Aber die Kathi, die hatte das schon begriffen: Wenn man etwas gerne hätte, dann müsste man es sich halt selber kaufen können. Aber um etwas kaufen zu können, dazu bräuchte man halt Geld. Und weil sie

---

[1] Geld verdienen

keins hatte, so musste sie es eben verdienen. Wie der Vater, der als Stallknecht zum Kohlenhändler ging und abends noch Schuhe für fremde Leute nagelte. Oder die Mutter, die zu besseren Leuten zum Kochen ging, wenn die Herrschaften Gäste hatten. Dann musste die Kathi auf den Hans und auf den anderen Bruder, den kleinen Schorsch, aufpassen und wenn sie Glück hatte, dann brachte ihr die Mutter von der übriggebliebenen Torte ein Stück mit. Aber nur, wenn die Herrschaften, bei denen die Mutter ausgeholfen hatte, generös waren. Doch meist half halt die Mutter da aus, wo sich die Herrschaften noch keine festen Dienstboten leisten konnten, aber trotzdem einmal vornehm sein wollten.

Und weil die Mutter so halt nicht zu den ganz vornehmen Herrschaften kam, deshalb hatte die Kathi bis jetzt noch nicht einmal eine Anstellung als Hausmädchen.

Hans hatte inzwischen eine neue Idee: Mit einer Motordroschke könne er die Leute dorthin fahren, wo sie hinwollten, und die Leute müssten ihm dafür Geld geben und er werde reich.

»Auch nicht schlecht«, lachte Kathi, »so eine Motordroschken ist nicht ganz so groß wie ein Lastautomobil, dann wird es auch nicht so viel kosten. Aber für dich und mich wird es noch immer zu teuer sein.«

»Woast, i bin halt a Bursch'«, klärte Hans sie auf, »mir braucha net so viel G'wand und Schuh wie ihr Weiberleut. Wenn i' all' des Geld spar, na langt's mir scho' a Motordroschke – oder gar doch ein Lastautomobil!«

»Aber ein vornehmes Kleid ist halt doch etwas Schöneres als so ein knatterndes und stinkendes Automobil«. Kathi hätte es fürs erste ein schönes neues Kleid getan. Und beim Gedanken an schön angezogene Damen kam ihr wieder die Erinnerung an den 14. April, an den Tag, als der österreichische Thronfolger Franz-Ferdinand den bayerischen König in München besucht hatte. Der Herr Lehrer hatte gesagt, weil sie die Abschlussklasse seien, würden sie statt des Unterrichts auf die Straße gehen, über die der König und der Thronfolger gefahren kommen, damit sie alle auch einmal sähen, wie der bayerische König mit den höchsten Herren weit und breit verkehre. Was war das für ein Tag gewesen! Und was standen da Frauen in schönen Kleidern am Straßenrand und hatten den hohen Herrschaften zugejubelt! Ach, was hatte es da schöne Trachten und Dirndl gegeben – aber noch viel besser hatten der Kathi die Kleider gefallen, die aus einfarbigem Stoff waren und ohne Schürze davor getragen wurden.

Und wie sie an jenen Tag zurückdachte, da fiel ihr auch der Großherzog Franz-Ferdinand ein und da musste sie natürlich daran denken, dass man den armen Mann und seine Gemahlin vor drei Wochen erschossen hatte. Aber das war ja im fernen Sarajewo und ein deutscher oder gar ein bayerischer Prinz war er auch nicht. Also, dachte sich die Kathi, wenn's gleich auch schlimm ist, was geht es mich an? Sarajewo ist ja nicht München und in München schießt man Gott sei Dank nicht auf der Straße herum – wenn das in diesem Sarajewo, wo das auch immer sein mag, anders ist, warum muss dann der Großherzog auch dahinfahren? Soll er halt lieber wieder nach München auf Besuch kommen, da passieren solche Sachen nicht.

3. Kapitel

Silberzeug und Weiden
und ein dritter Krug

Als sie nach Haus gekommen war, hing ein Zettel an der Tür, sie solle den Schorschi und den Schlüssel bei der Witwe Pfaunsberger abholen; die Mutter sei zum Plätten gerufen worden und käme erst am Abend wieder.

Die Pfaunsbergerin war froh, dass Kathi den kleinen Bruder abholte: »Das ist aber Recht, dass du jetzt nimmer zur Schul' musst. Ich kann's halt gar nicht mehr, auf den Schorschi aufpassen. Der krabbelt mir immer davon, mit meinem Stock komm ich dem nimmer hinterher.«

Kathi mochte die alte, hilfsbereite Nachbarin eigentlich ganz gern und dachte immer daran, wenn sie zum Kaufmann ging, auch für die gutmütige alte Frau die Besorgungen mitzumachen. Denn es war nicht zu übersehen, dass der Witwe das Alter zusetzte und das Gehen trotz des Stocks für sie immer beschwerlicher wurde. Es war ein kleiner Dank, ein gewisser Ausgleich dafür, dass die Pfaunsbergerin so manches Mal den kleinen Schorschi hütete. Für diesen Tag befreite Kathi die Nachbarin von dem immer quirliger werdenden kleinen Kerl und ging mit den Brüdern hinauf in die elterliche Wohnung, briet die am Abend zuvor gekochten Kartoffeln und gab auf jeden Teller zu den Kartoffeln noch einen Schlag dicke saure Milch dazu.

Am Abend kamen der Vater und die Mutter heim; die Mutter streichelte ihr über das Haar und lobte ihr Abschlusszeugnis, auch wenn die Noten eigentlich gar nicht so besonders waren. Aber was zählte bei einem Mädel schon ein Zeugnis, zum Einkaufszettel schreiben würde es immer noch ausreichen und für die Mutter war es hilfreicher und wichtiger gewesen, dass Kathi auf die Buben aufgepasst hatte, auch wenn dabei die Schulbücher vielleicht zu kurz gekommen waren. Der Vater indes sah sie fest an und sagte: »Jetzt hast die Schul g'schafft, jetzt kannst dann im Leben zupacken.« Und deshalb stritten sich die Eltern dann sogar ein bisschen, was nun aus der Kathi werden solle? Der Vater meinte, er werde in der Korbfabrik

Weiden holen, dann könne die Kathi zu Haus Körbe flechten und dabei auf den Schorschi aufpassen, die Pfaunsbergerin sei ja unwillig geworden. Die Mutter hingegen wandte ein, sie wolle nochmals bei der Frau Amtsrat Schrebenhauer fragen, ob sie die Kathi nicht doch als Hausmädchen nehmen wolle; erst letzte Woche habe sie wieder geklagt, dass sie mit ihrer Afra gar nicht mehr zufrieden sei; die Afra gäbe immer so g'scherte Antworten und würde auch das Silber gar nicht ordentlich polieren. Das schmeckte aber dem Vater gar nicht: ja, und was werde dann aus Hans und dem kleinen Georg, hatte er gefragt, wenn die Kathi nicht mehr im Haus sei?

Alles Bitten und Betteln, die Mutter möge doch bei der Frau Amtsrat fragen, nützte nichts – sooft die Kathi auch noch beteuerte, sie täte doch so gern ein Hausmädel werden! Aber es war vergebens, der Vater setzte sich durch: »Und jetzt denkt's einmal daran, dass heut die Afra das Silberzeug der Frau Amtsrat nicht schön genug putzt und deshalb davongejagt wird, und morgen wienert unsere Kathi die Schuh nicht gehörig und dann wird sie aus dem Dienst gewiesen. Und überhaupts«, sagte er noch, als er aufstand und zum offenen Fenster trat, um – in den gewittrig schwülen Sommerabend hinaussehend – aus der Zeit zwischen den Blitzen über den östlichen Stadtteilen und dem darauf folgenden Donnergrollen abzuschätzen, wie nah das Unwetter schon sei, »und überhaupts, wenn die Österreicher die Serben weiterhin tratzen[2] und die Russen nicht stad[3] halten, dann ist's recht bald vorbei mit dem Vornehm' tun und weiße Schürzerln umhaben. Dann werden wir Männer bald nicht mehr da sein und alle Weiberleut' in die Fabrik gehen müssen. Und dann – dann werden wir froh sein, wenn die Kathi bei den Buben ist!«

»Moanst es werd wirkli' soweit kemma«, fragte da die Mutter leise mit sanft bebender Stimme.

»I fürcht' fast gar, dass es«, begann da der Vater – aber man verstand nicht mehr, was er fürchtete, denn das nahende Gewitter übertönte mit einem gewaltigen Donnerschlag den einfachen Mann.

Eine Windboe zwängte sich in den engen Hinterhof und der Vater schloss rasch das Küchenfenster. Als er sich umdrehte, sah er die Tränen in Kathis Augen. »Mei o mei«, begann er fast gar wie eine der alten Marktfrauen zu jammern, zog den alten Küchenstuhl, von

---

[2]ärgern, reizen
[3]still

dem die weiße Farbe abblätterte, heran, setzte sich und zog die Kathi zu sich auf den Schoß wie ein kleines Mädchen. Kathi mochte das nicht, sie war ja eine Große; doch ihr Stiefvater hielt sie mit starkem Arm fest, sodass es kein Entrinnen gab, und bat die Mutter, sie solle Hans den großen Krug und Geld geben, damit der Hans vom Wirt Bier hole, bevor der Regen einsetze.

»Mei, der große Krug und der kloane' Hanserl!«

»Red' nicht«, bekam sie zu hören, »'s Katherl kann nicht gehn, der muss ich jetzt etwas erklären.«

Katherl hatte er sie genannt! Und auf den Schoß gezogen wie ein kleines Kind! Sie hatte als Vater nur ihn kennen gelernt – und er war auch nicht anders als die Väter ihrer Schulfreundinnen. Und dennoch mochte sie ihn manchmal nicht, so wie jetzt, als er sie wie ein kleines Kind behandelte – sie, die doch jetzt aus der Schule gekommen war! War da doch etwas an den Märchen, die man Kindern erzählte, von bösen Stiefmüttern? Warum kamen eigentlich nie Stiefväter in den Geschichten vor?

Weiter kam sie nicht in ihren Gedanken, denn jetzt sprach er wieder, der Mann, der nicht zulassen wollte, dass sie in die Welt der vornehmen Leute käme, wenn auch nur als Dienstmädchen: »Gell, jetzt bist du traurig«, musste sie ihn sagen hören und es kam ihr falsch und schal vor, »aber darfst mir bitte nicht bös' sein derhalben. Schau, wenn ich beim Kohlenhändler bin, dann kann der mich herum jagen, wie er mag, kann mit mir schimpfen, auch wenn ich meine Arbeit recht mach' und die Ross' gut da stehen und das Geschirr gerade so blitzt. Wenn er schlechte Laune hat, dann darf der das, der reiche Herr Kohlenhändler, und ich bin bloß sein Handlanger, der alles tun muss, kein Widerwort geben darf, auch wenn's dreimal angebracht wäre. Schlucken muss ich es, weil ich 's Geld brauch' für die Mutter, für den Schorschi, für 'n Hansl und auch für dich. Und weil's bei einem andern Dienstherrn auch nicht besser wär'. Aber wenn ich Schuh' nagel und die Leute kommen und holen sie ab, dann werd' ich gelobt, wenn ich sauber gearbeitet hab'. Verstehst' mich?«

»Naa«, sagte da Kathi ganz ehrlich.

»Jetzt denk' einmal: Heut jagt die Frau Amtsrat die Afra fort, vielleicht weil sie das Silberzeug wirklich nicht sauber putzt oder eine Gosch'n hat, vielleicht auch bloß, weil das Madel dem Herrn Amtsrat zu gut gefällt. Wenn du zur Frau Amtsrat gehst, dann kann's dir genauso gehen. Wenn du aber Körb' flechten tust, dann sitzt du daheim in der Küch', arbeitest so schnell wie du magst, und wenn du fleißig bist und geschickt, dann wirst bei der Abgabe von deinen Körben gelobt wie ich für die genagelten Schuah.«

»Stimmt das, was der Vater sagt?«

»Da hat er g'wiss ned unrecht«, stimmte die Mutter zu. Ob sie wirklich auch nicht daran dachte, dass bei der Abgabe der Korbhändler nach jedem kleinen Fehler suchen würde, um den Lohn zu drücken, oder ob ihr am Ende doch das Argument mit der Aufsicht für die Buben eingeleuchtet hat – wer weiß das schon? Vielleicht hatte ihr einfach auch die Angst, die ihr Mann mit seinem Gerede über den Krieg verbreitet hatte, die Fragen nach der Zukunft ihrer Tochter unwichtig werden lassen.

Dann kam der Hans mit dem Bier, gerade noch rechtzeitig, um nicht nass zu werden, denn jetzt schlugen schon die ersten Tropfen schwer gegen das Küchenfenster und der Donner folgte nun unmittelbar auf den Blitz.

»Hab' ich's nicht gesagt, dass es ein rechtes Wetter heut' noch gibt«, bemerkte der Vater und er stand auf, gab die Kathi endlich frei, nahm drei Bierkrüge vom Regal an der Wand – keine zwei sondern drei – und stellte den dritten Krug vor seine Stieftochter.

»Geh', Johann, doch koa Bier für des Madl!«

»Lass gut sein, Mutter, wenn sie schon kein Dienstmädl werden darf, dann darf's heut' wenigstens feiern, dass's den Tintenfässern und Rohrstöck' und den ganzen Schulhäusern entkommen ist.«

Dann holte der Vater sogar das Geselchte hervor – wie sonst nur am Sonntag – und schnitt auch für die Kathi und sogar für den Hansl ein kleines Stück herunter. Wie sie dann so um den Tisch saßen, waren doch alle fröhlich oder haben zumindest so getan – wie die Kathi, die noch immer traurig war und der das Bier daher gar nicht schmeckte; aber sie war ja eine Große und da trank man doch wohl Bier. Also trank sie die fünf Schluck, die ihr der Vater in ihren Krug geschenkt hatte, tapfer aus.

Nur dem Hansl, dem war es recht kommod, trotz Blitz und Donner um das Haus. Der freute sich an seinem Trumm Speck und stieß die Kathi in die Seite:»Geh'zu, jetzt freu' dich halt, dann san' mir doch die nächsten paar Wochen z'samm. Du, i flecht' auch Körb', dann spar ich scho' amoi für mei' Lastautomobil.«

»Geh', du immer«, brummte die Kathi. Eigentlich mochte sie ja ihre Brüder, aber an dem Abend konnte sie nichts so richtig trösten und sie ging dann recht bald schlafen.

4. Kapitel

Die schneidigen Burschen und die Blumen

So saß Kathi dann in der Küche und ließ sich von der Mutter das Korbmachen erklären. Sie plagte sich recht mit den Weiden und immer öfter massierte sie sich die schmerzenden Hände. Wenn die Mutter bei fremden Leuten zum Plätten oder zum Waschtag war, dann versorgte sie zwischendrin den Schorschi und den Hansl und holte auch beim Krämer das ein oder andere ein.

Der neunjährige Hans saß schon so manches Mal bei der Kathi in der Küche, aber mit dem Helfen oder gar selber Körbe machen, um Geld für ein Lastautomobil zu verdienen, war es – auch wenn er zugegebener Maßen die eine oder andere Handreichung der Kathi gab – nicht ganz so weit her. Doch zuhören tat er der Kathi ganz gern, wenn sie ihm etwas erzählte, zumeist Geschichten, die sie noch aus dem Schullesebuch kannte.

Wenn Kathi über die Straße ging zum Krämer oder zum Wirt, um dem Vater am Abend einen Krug Bier zu holen, dann war das nur ein kurzer Weg. Bis zur Hauptstraße oder gar bis zu einem belebten Platz kam sie eigentlich nie und daher war es auch nicht verwunderlich, dass ihr in diesen Tagen die zahlreichen aufgeregten Burschen mit ihren lauten Rufen »Extrablatt, Extrablatt« entgingen.

Beim Krämer traf Kathi meist nur Frauen und Kinder; da war kaum ein Wort vom Krieg zu hören. Und wenn doch einmal, dann tat der Krämer das großspurig mit den Worten ab, dem Franzmann habe man es 70 auf 71 ja auch ordentlich gezeigt und es sei wohl an der Zeit, sich wieder Respekt in der Welt zu verschaffen, und wenn es die anderen nicht anders wollten, dann eben mit der Waffe in der Hand.

Wenn sie aber am Abend zum Wirt um Bier geschickt wurde, dann klang das ganz anders. In der Gaststube ging es oft hoch her bei den jungen Burschen, die schon mit dem Feierabendbier an den Tischen saßen. »Den Serben g'hört a Lektion erteilt«, war da zu hören und: »Bis Weihnachten sitz' mer wieder alle g'mütli unterm Baum«. Und dann stießen die Burschen mit den Krügen an: »Geh,

25

Sepp, du hast's guat, du bist bei der Reserv', du kannst es dem Russen gleich zeigen.« »Ja hoffentlich kneift der Russ' am End ned gar, sonst ist des bisserl Krieg gegen die Serben vorbei, bevor mir überhaupt an d'Front kemma!«

Wenn Kathi die Burschen so reden hörte, dann erinnerte sie sich, was der Lehrer am Sedanstag immer erzählt hatte: Dass anno 1870/71 erstmals alle Deutschen gemeinsam in den Krieg gezogen seien und dass es fast gar bloß ein Spaziergang nach Paris gewesen wäre und dass seitdem Elsass und Lothringen zum schönen deutschen Vaterland gehöre.

Und dann kam der Tag, an dem der Vater am Abend nach Hause kam und sagte: »Kinder, wir haben Krieg!«

»Geh, Johann, erschreck die Kinder doch nicht so! Die Leut' sagen doch alle, in ein paar Wochen wär' alles vorbei.«

»Gott geb's«, war des Vaters Antwort.

Zwei Tage später traf Kathi vor dem Krämer ihre ehemalige Banknachbarin, die Mariann'. »Mei' Bruder«, rief die Mariann' ganz aufgeregt, stolz mit einem Blumenstrauß wedelnd, »zieht ins Feld! Komm, geh' mit, die ruck'n gleich aus der Kasern' aus.«

Kathi wusste nicht so recht, ob sie das denn dürfe. Zwar war die Mutter bei den Buben, weil in jenen aufgeregten Tagen offenbar die Leute nichts zum Waschen oder Plätten hatten, aber so einfach nicht zu ihren Körben zurückgehen?

Doch das Marianderl[4] hatte sie schon untergehakt und zog sie mit sich fort auf die belebteren Straßen Münchens. Die Menschen strömten wie verabredet alle in eine Richtung und je langsamer sie in der Menschenmasse vorwärts kamen, desto mehr spornte die Mariann' sie an: »schnella, schnella, sonst kemma ma z'spat!«

Die Kathi ließ sich mit fortziehen bis zu einer Straße, an deren Rand die Menschen dicht gedrängt stehen geblieben waren. Dann hörte sie flotte Marschmusik und tatsächlich kam von links eine Militärkapelle die Straße herunter. Die Menschen um sie herum fingen an zu jubeln und zu winken und die Kapelle marschierte vorbei und dahinter im Gleichschritt die Soldaten: stramm, in sauberer Uniform, die Pickelhaube auf dem Kopf, den Tornister auf dem Rücken und das Gewehr über der Schulter. Die Mariann' war auch wie von

---

[4]Koseform von Marianne

Sinnen und rief manchmal »Veit« – nur um danach zu murmeln: »Des war er ja gar ned.«

Und dann auf einmal noch viel lauter »Veit!« und zugleich flog der Blumenstrauß – kraftvoll geworfen in den Zug der strammen jungen Soldaten – auf einen blassen jungen Mann zu, dem der Schweiß auf der Stirn stand und in den Nacken floss. Trotz all' des Getöses und Gejubels schien der Blasse den Schrei der Mariann' gehört zu haben – er wandte kurz den Kopf und da erkannte auch die Kathi den Veit.

»Mei, bin i stolz!«, schrie Marianne Kathi ins Ohr.

Als Kathi sechs Wochen später die Schulfreundin wieder traf, trug das Marianderl schwarz und hatte verheulte Augen.

5. Kapitel

Trau di!

1916

Im ehrwürdigen Hotel zur Alten Post mitten in Holzkirchen herrschte dicke Luft!

»Ja Himmi Herrgott sakradi ausg'rechnet heit muass d' Fanni mit a'm dicken Haxn malad[5] sei'. Was muass a des Weiberleut no im Dunkeln auf'm Heubod'n umanander kraxeln!«

Der ehrwürdige Wirt vom Hotel zur Post in Holzkirchen versuchte seinem Grant[6] Luft zu schaffen.

»Und am End' hat sie nicht einmal 'was zu arbeiten g'habt«, feixte die alte Wab'n[7], »'s hat scho' manche was anders im Heu g'funda!«

Sie solle nicht so daherreden, schnauzte der Wirt das alte Frauenzimmer an, sondern lieber schauen, dass sie mit dem Fußboden Scheuern fertig würde. In einer halben Stunde kämen die Gäste zur Übergabe der Medaille an den Bürgermeister Marxbauer und niemand sei da, um all' die Maßkrüge schnell zu den durstigen Gästen zu bringen.

»Sind ja d'Zenz'und ich auch noch da«, warf die Posthalterin ein.

»Beim Postwirt müssen d'Honoratioren fei ned auf's Bier warten. Und so darenne könnt's ihr zwoi eich ja gar ned.«

Man könne das Bier ja vorzapfen, traute sich die Wirtin vorzuschlagen.

Doch das war ihrem erzürnten Ehegemahl erst recht zuwider: Bei ihm gäbe es keine abgestandene Maß, eiferte er sich weiter, das verbiete sich von selbst und das verbiete er auch jedem hier im Hause! Im Hotel zur Post sei jede Maß frisch gezapft!

---

[5]krank
[6]Ärger
[7]Walburga

28

Dann müsse eben der Halterbub mithelfen, wollte die Wirtin ihren Mann besänftigen. Aber mit dem Vorschlag kam sie gerade an den Richtigen!

»Jo pfei g'rad da Halterbua! Mit seine Pusteln im G'sicht! Der soll heit lieber im Stall blei'm! So vornehme Herrschaften wollen ihr Bier scho' von jemand sauber'n bracht kriag'n!«, brüllte der Herr des Hauses und seine Wangen nahmen allmählich eine hochrote Farbe an. Dann drehte er sich um, wollte zur Küche hinauslaufen und stieß mit der Kathi, die mit einer Steig Eier vom Hof kam, zusammen.

»Und du pass' gefälligst auf d' Eier auf«, brüllte er sie an. »Wer bist'n überhaupt? Und wos wuist denn do herin?«

»Die Kathi bin ich«, stammelte das Mädchen leise, »und zum Helfen …«

»Ja malefitz, muass jetzt da Postwirt schon mit solche kloane Drudschala⁸ auskemma?«

»Jetzt schimpf nicht alleweil«, fuhr ihm da die Wirtin in die Parade und zupfte am Schultertuch herum, wie sie es immer machte, wenn sie sich ernsthaft über ihren Wirt zu ärgern begann. »S'schimpfen hilft nämlich aa nix, und die Kathi ist von den Besenbinderleut' und hilft beim Spülen. Und das macht's ganz brav, gell Kathi.«

»Ja, schon, ich tät aber gern aa mehra machen«, wurde die Kathi mutig.

»Ja am End gar no Maßkriag schleppa!« polterte der Wirt weiter. »Wenn du überhaupt fünfe in d'Höh' kriagst, du Fratz⁹, du!«

Und der Wirt schob die Kathi auf die Seite und wollte vorbei. Aber so scheu war die Kathi dann auch wieder nicht. »An Fratzen lass ich mich fei ned schimpfa! Ich spül fei für die paar Kreuzerl sauber, da lass' i mir nix nachsagen!«

So durfte man dem erzürnten Postwirt aber schon gleich gar nicht kommen – er blieb stehen und hob die Hand, die Kathi duckte sich – aber der Wirt ließ die Hand wieder sinken.

»Scho' recht«, brummte er. Dann fasste er ihr unters Kinn und hob den Kopf von der Kathi ein wenig an.

---

⁸unerfahreres junges Mädchen
⁹ungezogenes Kind

»Sauber. Aba a bisserl kloa halt! Und du datst dir's zutrau'n, fünf Masskriag zu heben?«

Wie der große Wirt so vor ihr stand wurde es der Kathi schon ein wenig mulmig. Fünf volle Maßkrüg' zu tragen, das traute sie sich schon das eine oder andere Mal zu – aber ein- oder zweimal ist doch etwas anderes wie einen ganzen Abend lang, dachte sie sich. Aber zurückstecken wollte sie nicht und so nahm sie ihren Mut zusammen und sagte »Freilich, lassen müsst' man mich halt einmal.«

»No loss i di halt! Besser wie koana bist wohl allemol. Dass du mir's aba a gscheid' machsd, gell.« Er wusste selbst nicht, warum sein Geschimpfe jetzt so einen väterlichen Unterton bekam.

»Ja aber in dem G'wand!«, warf die Wirtin ein.

»Na schau halt, dass du ihr an anderen Fetz'n gibst!« Und der Wirt war froh, dass er wieder laut und herrisch werden konnte und verließ die Küche endgültig.

»Was mach ich jetzt mit dir?« Die Wirtin schaute unzufrieden zur Kathi: »Lasst die uns mit 'm dreckaten G'schirr sitzen und will bedienen! Und a gscheits G'wand hat's auch nicht!« Und sie schaute der Kathi gerade in die Augen und sagte recht spitz und scharf: »Was hast dir jetzt dabei denkt, du Drudschala, ha? Da hast dir schon was zugemutet mit der Maßkrugschlepperei! Und überhaupts, wo nehm ich jetzt a G'wand für dich her? Kannst du mir des sag'n?«

Die Kathi schaute zur erbosten Wirtin, dann senkte sie ihren Blick und wollte wissen, ob sie denn nun alles falsch gemacht habe.

»Ja«, plärrte die Wirtin. Und wenn nun die Kathi heute nicht zur Zufriedenheit vom Wirt arbeite, dann bräuchte sie gar nicht mehr kommen, auch nicht zum Geschirr spülen! Sie hätte ja auch zufrieden sein können; die Mark, die sie für das Spülen jedes Mal bekommen hätte, das wäre doch eine großzügig bemessene Entlohnung gewesen. Aber da nütze nun kein Lamentieren mehr, jetzt solle sie in Gottes Namen mitkommen und hoffen, dass etwas Brauchbares für sie zum Anziehen zu finden sei.

Kleinlaut ging die Kathi mit der Wirtin und die fand dann tatsächlich auch etwas in ihren Truhen, was der Kathi einigermaßen passte und womit sie recht und schlecht als Kellnerin im feinem Wirtshaus zur Post gelten konnte.

Zum Hausmädel hatte sie es nicht geschafft – aber jetzt, jetzt galt's: Wenn sie es heute Abend schaffte, dann konnte sie im vornehmsten Gasthof von Holzkirchen Kellnerin werden! Da wäre sie dann auch bei den vornehmen Leuten! Dass sie aus bescheidenen Verhältnissen stammte, das war auf einmal so unwichtig und sie gönnte sich zwei Minuten zum Träumen. Sie träumte von lachenden, zufriedenen Gästen und vom Trinkgeld und vergaß darüber den grantigen Wirt und auch die Wirtin, die es doch sonst nicht schlecht mit ihr gemeint hatte, aber die ihr wohl an diesem Tag auch nicht mehr ganz grün war.

Seit dem Tag, an dem sie mit Marianne dem Veit zugejubelt hatte, waren schon mehr als zwei Jahre vergangen – der Jubel war kurz gewesen, der Krieg aber zog sich in die Länge. Schon zweimal wurden seitdem die Kerzen an den Weihnachtsbäumen angezündet, aber die Burschen saßen in den seltensten Fällen darunter, und schon gleich gar nicht alle.

Der Stiefvater war auch nur noch einmal mit unter dem Weihnachtsbaum gesessen, dann war auch er mit Pickelhaube und Tornister davongegangen. Ohne Jubel und Menschentrauben an den Straßen. Einfach so, an einem kalten, grauen Tag im Januar. Kurz darauf war die Kathi an allen Tagen mit den zwei Brüdern und den Weidenkörben allein zu Hause, denn die Mutter ging nun früh um vier aus dem Haus – Dienstverpflichtung bei der Reichspost, die männlichen Briefträger standen im Feld. Wenn sie spät am Nachmittag nach Hause kam, dann war sie von den schweren Taschen und den weiten Wegen bei Wind und Wetter hundemüde.

Dann bat die Mutter immer wieder, ja schließlich drängte sie die Tochter: Nimm die zwei Buben und geh mit ihnen zu den Großeltern nach Holzkirchen, bevor sie dich auch noch in die Fabrik holen.

Die Kathi hatte nicht gewollt – sie wusste, was das hieß: Für den zweijährigen Schorschi endgültig die Mutterrolle übernehmen, und wohl auch für den Hansl. Irgendwo waren sie doch noch, ihre Träume, von schönen Kleidern, von einem Leben bei den vornehmen Herrschaften, von einem reichen Galan ganz zu schweigen. Und was war schon Holzkirchen – nicht einmal mehr in der großen Stadt sein! Was waren schon die Großeltern: liebe Leut', Besenbinderleut' – das war ja noch schlimmer als Körbe flechten!

Aber jetzt, jetzt würde sie ihr Ziel erreichen – zwar nicht in München, aber hier in Holzkirchen. Vom Besenbindermädel mit zwei

Schratzn[10] zur Spülerin, von der Spülerin zur Aushilfskellnerin, ja und dann – dann wohl zur Kellnerin. Soll sich die Großmutter um den Schorschi kümmern, der Hansl ist langsam selbst groß genug. Und der Krieg? Ewig dauern kann der doch auch nicht!

Nur heut gut arbeiten!

---

[10]ungezogene Kinder

6. Kapitel

Martinstag

1918

An den großen Herd in der Küche des stattlichen Wirtshauses zur Post in Holzkirchen drückten sie sich hin, um ein bisschen warm zu werden: der Wirt, die Wirtin, zwei junge Frauenzimmer in fadenscheinigen Dirndln[11] mit blass gewaschenen Schürzen, dazu die alte Wab'n. Auf dem Herd kochten in einem Topf Rüben.

»Mei joa, heier[12] ham mia scho glei gar koine Ganserl«

»Geh Wab'n, wenn's alloa z'wegn de Gäns' war, na wars ja no guat!«, gab der Wirt zurück und seufzte tief.

»He, Wirtschaft«, rief es aus der kalten Gaststube herüber, in der drei Mannsbilder saßen oder was von ihnen übriggeblieben war: neben dem einen standen zwei schulterlange Krücken, dem anderen hing ein leerer Ärmel von der rechten Schulter und der dritte hustete und würgte alle paar Minuten gar gräuslich.

»Was woits denn?«, rief die Wirtin zurück.

Sie solle doch eine der Kellnerinnen schicken, rügte der Wirt, noch wäre man im Hotel zur Post!

»Pfei' grad – im vornehmen Hotel zur Post«, seufzte die Wirtin. »Schick' die Dirndl[13] hoam; wenn mir's ganze Haus scho' voller Kriegshelden ham, na ham die tapferen Herren aa's Recht, von der Wirtin höchstpersönlich bedient zu wer'n!«

»Kriegshelden hin und tapfer her oder aa ned, des is mia gleich«, raunzte der Wirt. »Aber do hot d'Wirtin scho' recht, wenn's no' lang so bleibt, dass solche Gäst die einzigen san, na braucha mir wirkli koane Kellnerinnen mehr. Zu was aa! Also geht's halt hoam. 'S gibt halt koa' Hotel zur Post mehr.«

»No, habt's es g'hört« sagte die Wirtin und machte sich selber auf, die Kellnerin zu geben.

---

[11]hier: Trachtenkleider

[12]in diesem Jahr

[13]hier: junge Frauen, Mädchen

Doch als sie von der Gaststube zurückkam, standen die beiden Dirndl noch immer da.

»Schleicht's eich« lag der Wirtin auf der Zunge, aber sie sagte es dann doch nicht. Die Zeiten waren schlecht und jeder musste schauen, wo er blieb – auch die Kellnerinnen, nicht nur die Wirtsleute. Aber wo keine Gäste waren, da brauchte es halt auch keine Kellnerinnen, da biss keine Maus den Faden ab. Was sein muss, das muss halt sein: »Jetzt schaugts halt net a so, so is halt amoi und ned anders. Anders wars mir freilich aa lieba.«

»'s is blos«, sagte die Größere, »da herin' is wenigstens a weng a Wärm.«

»Und da Großvater hat Bes'n g'nua bunden, die aa koaner mag«, setzte die Kleinere hinzu. »Na is' doch gleich, wo i sitz, oder?«

Die Wirtin, eine gelbliche Flüssigkeit in die Krüge zapfend, die, wenn sie denn etwas schäumen würde, an Bier erinnern könnte, schaute hinüber zu dem Mädchen. So recht schlau wurde sie nie aus ihr. Durchaus fleißig – aber man war sich nie sicher, ob sie jetzt ein loses Mundwerk hatte oder bloß gedankenlos herausplatzte. So war's schon vor zwei Jahren gewesen, anno '16, am Ehrentag vom Bürgermeister Marxbauer, als sie sich als Bedienung aufgedrängt hatte. Ja damals, als der Bürgermeister Marxbauer…

»He, Wirtin!«

Vor lauter auf das Mädchen schauen hatte die Wirtin doch tatsächlich das Bier oder was das auch immer war überlaufen lassen. Zefix! Wenn's auch noch so dünn war, so war's auch noch knapp, selbst für die wenigen Gäste, die in diesen schlechten Tagen überhaupt noch einkehrten.

Die Wirtin brachte die Krüge zu den drei einsamen Trinkern. Als sie zurückkehrte lehnten die Kellnerinnen noch immer am Herd. Sie blickte wieder auf die Kleinere: Ja, damals, anno '16, da hatte sie sich als Kellnerin aufgedrängt. Ein Gewand hatte sie ihr leihen müssen! Später hatte sie's ihr dann geschenkt. Die Zeiten waren schlecht und für so eine wie die Kathi gleich zweimal. Aber zu verschenken hatte in dieser Zeit eigentlich auch die reiche Wirtin von der Post nichts mehr. Man hätte das Gewand ja vielleicht auch gegen Eier oder Schmalz eintauschen können.

Fertig und zum Umfallen müde war die Kleine an Marxbauers Ehrentag gewesen, an ihrem ersten Abend als Kellnerin, aber Maßkrüge hatte sie geschleppt, eisern, bis zur Erschöpfung. Zäh war sie – oh ja, zäh und unnachgiebig. Hatte nicht mehr in die Küche zurückgewollt. Als die Fanni wiedergekommen war, da hatte sie sich getraut und vorgeschlagen: »I bin jetzt aa a Kellnerin, na muass jetzt halt abgewechselt wer'n, muss immer a andere in d' Küch'«.

Dafür waren aber weder die Fanni noch die Zenz zu haben, und nur mit der herben Drohung, dass die Kathi gar nimmer kommen dürfte, wenn sie keine Ruhe gäbe, war sie wieder mit Tränen in den Augen und hochrotem Kopf in die Spülküche zurückgekehrt.

Ja, der Traum vom Trinkgeld war kurz.

Und als die Zenz nicht mehr kommen konnte, weil auch ihre beiden jüngeren Brüder in den Krieg mussten und der Zenz ihr Vater jede Hand auf dem Hof brauchte, da waren die Zeiten schon schlechter geworden. Da durfte die Kathi dann zwar schon auch mal Kellnerin sein – an den wenigen seltenen Tagen, an denen noch so viele Gäste kamen, dass man zwei Kellnerinnen brauchte. Doch spülen musste sie auch noch – dann eben hinterher, wenngleich ihr dann die Fanni und die alte Wab'n helfen mussten.

Ja, zäh war die Kathi. Die wusste, was sie wollte; trotz ihrer geringen Zahl an Jahren war sie ganz schön fordernd, manchmal fast schon frech. So wie heut'. Hatte doch das siebzehnjährige Drutschala tatsächlich zur Frau Wirtin vom vornehmen Hotel Post gesagt: »'s is doch eh gleich, wo i sitz«!

Andererseits: Das Drutschala hatte ja Recht – war doch wirklich völlig gleich, wo man saß. In den anderen Jahren waren am Martinstag die Gänse die Gerupften – dieses Jahr waren es alle Deutschen.

Am frühen Nachmittag war der Gemeindebote durch die Straßen gezogen und hatte den Waffenstillstand verkündet. Waffenstillstand! Jeder konnte nur ahnen und fürchten, was das hieß! Schluss, aus. Ein Ende mit dem Sterben, aber wohl kein Ende mit dem Elend.

Hatte sich doch schon so mancher gefragt, zu was das alles in den letzten vier Jahren gut war. So mancher hatte darüber nachdenken müssen, ob das alles so richtig gewesen war, vor anno '14, in der guten alten Zeit. Viel hatte sich schon geändert, aber es würde sich noch viel mehr ändern müssen.

In Kiel und Wilhelmshaven sollte es ja richtig Aufstand gegeben haben. So stand es in der Zeitung. Und zum Zeitung lesen hatte man ja jetzt Zeit im Hotel zur Post.

Was würde die Zukunft bringen? Würde sie der Frau Wirtin ihre Söhne zurückbringen? Einer war gefallen, zwei waren noch irgendwo da draußen.

Was würde die Zukunft so einem Mädchen bringen? Nach dem Glück mochte es greifen, aber ob es ein wenig davon erhaschen würde, das war freilich ungewiss.

7. Kapitel

Den Großjährigen
gehört die Welt

1922

Immerhin stand ein Gugelhupf auf dem Tisch. Vor zwei Tagen, am Freitag war die Kathi einundzwanzig geworden. Aber wer sollte schon an einem Freitag von München nach Holzkirchen fahren? So hatte Kathi bis Sonntag warten müssen, bis ihre Brüder ihr gratulieren konnten. Gleich in der Früh um sechs fuhren sie mit dem ersten Zug hinaus nach Holzkirchen, der Hans und der kleine Schorschi, der inzwischen auch schon gar nicht mehr so klein, sondern schon ein ordentlicher Schulbub war, und auch die Mutter und der Stiefvater. So saßen sie schon in der Früh um acht mit ihrer nun volljährigen Tochter bei den Großeltern um den Tisch.

Hans freute sich aufrichtig, Kathi wieder zu sehen. Die Kathi, die ihm schon so viele Geschichten erzählt, so oft eine Scheibe Brot vom Laib herunter geschnitten hatte, damals in München und später in Holzkirchen, halt immer, wenn die Mutter keine Zeit gehabt hatte oder gar nicht dagewesen war.

Blumen hatte er ihr gepflückt und zwei kleine Weidenkörbe geflochten, gar zierlich und mit Deckelchen darauf. Weil Frauen ja immer irgendetwas zum Aufheben haben, so einen Krimskrams halt.

Aber natürlich war ihm der Schorschi zuvorgekommen, der als Schulbub im Laufschritt vorweg stürmte, sobald er das Häuschen der Großeltern erblickte, hin zur Kathi, die auch ihm so viele Geschichten erzählt hatte und so manche Scheibe Brot … Und dann sprang er auf sie zu und sie nahm ihn in den Arm und drehte sich mit ihm im Kreis – und dann sah er es: »Mei', Kathi, wo sind denn deine Haar'?«

»Auf dem Kopf, du narrischer Kerl, wo denn sonst?« lachte Kathi, obwohl sie recht genau wusste, was er meinte. Die Wirtin war gleich gar hell entsetzt gewesen und hatte gezetert: »Ja, wos san denn des für Moden, a Kellnerin mit kurze Haar! Mir san fei'a renommiertes Haus mit ordentliche Dienstboten!«

Kathi hatte aber bloß gelacht. Das hatte sie gelernt, die Kathi, auch ohne Grund einfach zu lachen. Nicht bloß, weil es sonst in den letzten Jahren nichts zum Lachen gegeben hätte. Nein, sie hatte ganz einfach festgestellt: wer zuerst lachte, konnte hinterher kessere Antworten geben. Und mit ein bisschen Glück gab es dann sogar einen Groschen Trinkgeld. Es sei denn, der Gast saß mit Frau oder gar Familie da, da hatte man nicht und nichts zum Lachen. Das Lachen einer jungen, hübschen Kellnerin verstimmte die Frau. Und selbst wenn sie nicht verstimmt war, traute sich ein Gast mit Familie nicht, einer jungen Kellnerin, die mit ihm lachte, ein Trinkgeld zu geben.

Also, lachen schadete meist nicht – vielleicht schadete es auch bei einer grantigen Wirtin nicht? Folglich hatte sie gelacht und gesagt: »Wenn's de Gäst' gar net g'fallt, nacha loss i's wieda wachsen.«

Aber die Wirtin hatte bloß noch grantiger geraunzt: »Mir san alla-weil no' in Bayern, gell! Und a renommiertes Haus! Da musst' dich schon danach richten!«

Wenn die Wirtin sich bemühte, hochdeutsch zu sprechen, dann war das eigentlich ein Signal, zurück zu stecken. Doch Kathi hatte nicht so recht geschaltet und nochmals nachgelegt: »Aber preußische Kurgäst' woll'n mir scho', am liebsten welche aus Berlin. Und da san' kurze Frisuren jetzt modern.«

»Red' net so daher. Wie schaut denn des aus: Trachtengwand und kurze Haar! Und mit was anderm wie im Dirndl brauchst wirkli gar nimma kemma, ham ma uns?«

»Freili, ja« hatte die Kathi eingelenkt. Hochdeutsch oder bayerisch – das war deutlich. Jetzt sparte die Kathi sich das Lachen – es war ihr auch nicht mehr danach. Und hätte ihr wohl auch nicht geholfen. Die nächsten Tage galt es, recht brav und fleißig zu sein, damit die Frau Wirtin sich wieder einkriegte.

Ja, Schorschi war vorneweg gelaufen. Freilich, wenn Hans gewollt hätte, schneller wäre er schon gewesen. Aber ein Sechzehnjähriger lief nicht mehr wie ein Lauser durch die Straßen, zumal, wenn er begonnen hatte, viel Geld zu verdienen. Von seinem Taxi oder seinem Lastwagen war er noch weit entfernt, aber sparsam ging er um mit dem, was er auf dem Großmarkt verdiente. Obwohl ihm der Vater immer sagte, er solle sich etwas für sein Geld kaufen, sonst fresse es ihm die Inflation weg. Aber das hatte Hans noch nicht so richtig verstanden; wer ein Taxi oder einen Laster möchte, der musste doch zuerst einmal sparen!

Der Mutter gefiel der Kathi ihr kurzes Haar auch nicht: »I weiß ned! Was sagt na überhaupts dei' Wirtin dazu?«

Gefreut habe sich die Wirtin nicht, musste die Kathi zugeben, überhaupt nicht. Aber die Wirtin, die würde sich schon daran gewöhnen, das würde sich schon einrenken.

»Jetzt red ned so daher!« mahnte die Mutter. »Sei froh über dei' Stellung, gar in so einem vornehmen Hotel! Was machst nachher, wenn sie di vor d'Tür setzt? Weißt selber, wie dich vor drei Jahr schwer do host, als sie für di koa Arbeit mehr g'habt ham!«

Inzwischen wären die Zeiten aber wieder anders, entgegnete die Kathi selbstbewusst. Wer fleißig wäre und sich ein bisschen umtäte, der bekäme nun immer eine Arbeit.

»Aber wos für oane«, gab da der Stiefvater zu bedenken und hustete; er hatte im Krieg noch was vom Gas abbekommen und die Husterei bekam er einfach nicht mehr los. »In d'r Stadt ham de Kellnerinna in de Biergärt'n allawei Ärger mit d' B'suffana.«

»Du wieder«, lachte die Kathi noch ein bisschen lauter und schaute ihn an, ihren Stiefvater, der sie anno 14 nicht in Anstellung hatte gehen lassen, sondern zum Korbflechten und Kinderhüten bestimmt hatte. Bös' war sie ihm deswegen nicht mehr, aber so ein Schatten, so ein Schatten war da doch noch. Mit ein paar Schluck Bier hatte er sie trösten wollen! Als ob ein paar Schluck Bier einen weiterbringen! Nein, schlecht war er nie zu ihr gewesen, auch wenn es nur der Stiefvater war. Freilich hatte er sich um seine Buben immer mehr gekümmert, freilich hatte er erwartet, dass sie der Mutter im Haus stets zur Hand ginge. Doch daher g'haut hatte er sie nie. Da hatten manche ihrer Klassenkameradinnen schmerzhaftere Erfahrungen mit ihren leiblichen Vätern gemacht. Aber gehorchen und arbeiten hatte sie immer müssen und nicht gerade das, was sie gerne wollte. In Dienst zu vornehmen Leuten zu gehen hatte er ihr untersagt – jetzt hatte sie es selber geschafft, solange er im Krieg war. Wollte er ihr das nun auch madig machen?

Die Kathi war gern bei den Leuten, auch wenn sie die Bedienung war. Am Honoratiorentisch bekam sie so manches mit und wenn sie auch nicht alles verstand: über Sozis und Kommunisten und über den Kurt Eisner und den Ritter von Kahr[14] hatte sie ein ganz ordentliches – nun ja – Halbwissen. Sie mochte auch die Neckereien der jungen Burschen und sie tat es mit einem Lachen ab, wenn ihr zu vorgerückter Stunde einer auf den Hintern klatschte, jedoch wohl in dem Wissen, dass der stämmige Hausknecht Wastl zur Not bereitstand, erforderlichenfalls wieder für Sitte und Anstand zu sorgen und gar zu aufdringliche Zecher vor die Tür zu setzen.

Nein, da hatte ihr jetzt niemand mehr hinein zu reden – jetzt erst recht nicht mehr, sie war jetzt volljährig! Seitdem sie hatte tun können, was sie wollte, seitdem war sie auch weitergekommen. Sie war gerne im Hotel zur Post, bei den Leuten, wo das Leben spielte. Die einsame Küche und die Weiden und die Körbe, das mochte etwas für den Stiefvater sein, aber nicht für sie!

Und doch ließ die Mutter nicht locker und gab dem Vater Recht.

»Geh zu«, wiegelte Kathi ab. »Jetzt seid's so guat und setzt's Euch her, d'Ähndl[15] kommt gleich mit dem Kaffee und dann wollen mir doch a bisserl fröhlich sei'. Um zehne muass i ja schon in der Post sei, zum Frühschoppen.«

»Wos«, entfuhr es Hans, »um zehne muasst du geh! Und i hab denkt, mir feiern heit dein Geburtstag!«

»A geh, weißt doch eh, dass ich a Kellnerin bin. Und am Sonntag zum Frühschoppen, da geht's her in der Post. Da kann i ned fehlen«, gestand Kathi ein und zog den Schorschi zu sich her auf den Schoß. »Dass i di amoi wieda bei mir hob'!« flüsterte sie ihm ins Ohr und drückte ihn an sich. »Magst a Stückerl Gugelhupf?«

»Freili ja, und a recht a dick's!«

Hans war eifersüchtig – aber er war nun zu groß, er wurde von der Kathi nicht mehr auf den Schoß genommen, er wurde nicht mehr von ihr gedrückt. Das gehörte sich nicht. Aber so schön war's immer! Wenn ihm die Kathi Geschichten erzählt hatte, wenn sie ihm bei den Schulaufgaben geholfen hatte und – als großer Bub, als starker Bursch mag er daran gar nicht mehr denken – wenn sie ihm die Tränen weggewischt hatte, weil er auf das Knie gefallen oder gar vom Vater ausgeschimpft worden war. »Lass di' ned untakriag'n«, hatte sie ihm dann ins Ohr geflüstert, »wenns'd amoi groß bist,

---

[14]Bayerische Ministerpräsidenten, E. von der USPD 1918/1919, R.v.K. national-konservativ 1920/1921 und später nochmals 1923/1924
[15]die Großmutter

dann verdienst viel Geld und dann wirst nimmer g'schimpft und da Vadda ist grad stolz auf di'!«

Ob es Kathi damals wirklich ernst gemeint hatte, dachte Hans bei sich, dass der Vater einmal auf ihn stolz sein würde? Auf die Kathi war er ja auch nicht stolz, obwohl sie doch jetzt eine Kellnerin in so einem vornehmen Hotel war! Bedenken hatte er, immer nur Bedenken! Die Kathi könnte ihre Stellung verlieren und dann im Biergarten bei den Betrunkenen arbeiten müssen. Die Inflation könnte sein Geld kaputt machen! Nichts traute der einem zu! Aber ich schaff' das, einmal ein Lastauto zu haben oder ein Taxi – und dann, dann fahr ich mit der Kathi vornehm aus!

8. Kapitel

Acht Maßkrüg' sind beileibe nicht das Schwerste im Leben

So brach kurz vor zehn der Vater mit dem Schorschi auf, hinüber nach Sauerlach, zur eigenen Verwandtschaft. Die Mutter wollte mit dem Hans noch im eigenen Elternhaus bleiben – vor allem war ihr, auch wenn sie es sich nicht auszusprechen traute, die Zeit mit der Kathi gar zu kurz. Sie gestand es sich nicht ein, aber dass ihre Tochter jetzt volljährig war, das kam ihr nicht zupass. Es war doch ihr Kind! Auch wenn ihr Katherl schon seit Jahr und Tag, eben seitdem sie selbst die Tochter nach Holzkirchen geschickt hatte, das Leben hatte selbständig in die Hand nehmen müssen.

Die Kathi nochmals zu sehen, das war ihr dann schon vier Mark wert – so viel kostete inzwischen eine Halbe Bier. Denn beim Postwirt nur so in den Garten zu sitzen, das traute sie sich dann doch nicht. Dabei war das nicht einmal eine gute Idee; denn Kathi brachte zwar Mutter und Bruder das Bier, aber Geld nahm sie freilich weder von der einen noch vom anderen – und Zeit hatte die Kathi gleich schon gar keine, nicht einmal, um kurz bei der eigenen Mutter stehen zu bleiben! Auch wenn die Mutter gemeint hatte, am frühen Nachmittag müsse es doch ruhiger werden. Weit gefehlt, denn im Garten vom Postwirt war immer etwas los, da war Remmidemmi. Die meisten jungen Leute hatten aufgehört zu sparen, denn was heute eine Mark kostete, das kostete nächsten Monat schon zwei oder drei Groschen mehr. Also saß das Geld locker in den Taschen und der Wirt zur Post hatte in diesem Sommer so gesehen Grund zur Freude. Die sollte ihm im darauffolgenden Jahr schon noch vergehen, wenn er von dem Geld, das er an einem Sonntag durch Ausschank eines Fasses Bier erwirtschaftete, am Montag schon gar kein neues Fass Bier mehr kaufen konnte.

In dem Jahr aber, als die Kathi volljährig wurde, da war der Krieg vorbei, und die Menschen wollten leben und nicht mehr ans Sterben denken und auch nicht ans Sparen, denn das Geld war ja – wie schon gesagt – jeden Tag ein bisschen weniger wert; also kaufte man sich was, und wenn es auch nur eine Maß und eine Brezn und ein Radi beim Postwirt waren. Die Kathi hatte in der Früh schon recht gehabt: am Sonntag wurde in der Post jede Hand gebraucht und flott musste es alleweil gehen. Da wurden Maßkrüge geschleppt und die Wartenden vertröstet: »i kimm doch glei« und »freili, glei kriagst a frische Maß!«

So blieb der Schroths Mutter nur, stolz zuzusehen, wie Kathi mit fünf vollen Krügen in der rechten und nochmal drei oder vier in der linken Hand durch den Garten eilte – mei, was hatte des Maderl für a Kraft kriagt! Eines blieb ihr jedoch nicht verborgen, das fiel ihr geradezu auf: Dort drüben, fast am anderen Ende des Biergartens, bei den jungen Burschen in Uniform blieb die Kathi – anders als bei ihr – immer wieder mal eine halbe Minute stehen und lachte gar recht laut, wenn sie weiterging. Warum gerade bei denen? Soldaten waren das nicht, Soldaten gab es auch so gut wie gar nicht mehr. Polizisten waren es auch nicht! Und doch war es irgendeine Uniform. Dass es Zöllner waren, das erkannte Kathi's Mutter freilich nicht – weiter als von München nach Holzkirchen oder auch andersherum war sie nie gekommen und schon gar nicht ins Ausland. Auch der Hans konnte der Mutter nicht weiterhelfen; er sah zwar ganz vereinzelt auf dem Großmarkt einen der Zollbeamten, aber da er nichts mit denen zu tun hatte, sah er gar nicht richtig hin und so erkannte auch er jetzt nicht die Uniform.

Und jetzt – was ereignete sich jetzt da drüben? Stand doch so ein kleiner Drahtiger mit einem Schnauzer auf und fasste die Kathi am Arm. Wollte sie gar irgendwohin ziehen. Ja durfte der denn das? Warum ließ Kathi sich das gefallen? Ließ sie gar nicht – mit einem Ruck machte sie ihren Oberarm wieder frei! Doch im Weggehen drehte sie sich nochmal um, schaute den jungen Drahtigen an; er sagte etwas, sie erwiderte etwas, stellte ihre leeren Krüge ab und ging doch tatsächlich mit dem Uniformierten zur Tanzfläche! Nicht zu glauben! Doch ganz pflichtvergessen war die Kathi nicht: mehr als zwei- oder dreimal drehte sie sich mit dem Schnauzbärtigen nicht auf der Tanzfläche, dann machte sie sich endgültig los, holte ihre Krüge und – »I kimm ja scho', glei' rett i eich vor 'em Verdurschden« – tat wieder das, was von einer Kellnerin im honorigen Hotel zur Post erwartet wurde.

»Des wird was werrn«, war der erste Gedanke der stets besorgten Mutter, »und net oamoal mehr weg holen kann i jetzt des Madel von derra G'schicht.« Und sie wusste nicht einmal, ob sie denn die Kathi wirklich da wegholen wollte oder gar sollte. Sie wusste nicht warum, aber ihr erster Mann, der Lenz, wie sie ihn immer genannt hatte, kam ihr wieder in den Sinn und wie schön das doch damals war. Bis dann ihr erstes Kind, die Anna, am Stickhusten gestorben war. Bis dann ein paar Jahre später, mit grad' einmal dreißig, sie auch der Lenz allein mit der einjährigen Kathi zurückgelassen hatte.

»Mei ja«, seufzte sie und wusste nicht, was denn schwerer wog: die Freuden der ersten Liebe oder all die Not, die am Ende daraus erwachsen konnte. Dann stieß sie, Rat suchend, Hans in die Seite: »Hast'es g'sehn?«

Ja, der Hans hatte es gesehen; aber der Hans dachte sich im Gegensatz zur Mutter nichts dabei. »Mei ja, dreimal hat sie sich draht[16] mit dem Kloinen, wird halt oiner sei, der ihr ab und an a rechts Trinkgeld gibt!«

Damit wusste die Mutter auch nichts anzufangen; sie nahm daher ihren Krug, trank die letzten fünf Schluck Bier aus und sagte zum Hans: »'s huifft ja eh nix, noa geh'm'r halt aa ummi auf[17] Sauerlach«. Mit einem weiteren tiefen Seufzer stand sie auf; sie war so in Sorge und Gedanken, dass sie ging ohne auch nur daran zu denken, ihrer Kathl wenigstens noch einmal zuzuwinken oder gar fürs Bier zu danken.

---

[16]gedreht
[17]hinüber nach

9. Kapitel

Geld alleine macht
nicht vornehm

Laufen musste Kathi dann schon, um die Zeit für ihren kurzen Besuch auf dem Tanzboden wieder aufzuholen. Gesehen hatte es Gott sei Dank bloß die Fanni und die hatte netterweise nicht bei den Wirtsleuten gepetzt!

Ja, sputen musste sich Kathi und deswegen bemerkte sie erst recht spät, dass ihre Mutter und der Hans nicht mehr da waren. Bei all' den vielen Maßkrügen, auf die draußen im Garten gewartet wurde, hatte sie aber gar nicht die Zeit, sich darüber zu wundern oder gar zu ärgern; sie hatte nicht einmal richtig Zeit, dass es ihr leid tat.

Erst spät in der Nacht kam sie heim in ihre Kammer und obwohl sie fast nicht mehr auf den Beinen stehen konnte, kam dann wie aus dem Nichts eine innere Unruhe auf, als sie in der stillen Kammer stand: »Die Mutter wird mich doch nicht mit dem Maxl g'sehn ham!«

Wenn sie mit sich selber einig gewesen wäre, dann wäre das ja überhaupt nicht schlimm gewesen; aber sie selbst war sich unsicher, was sie wollte, ob sie wollte – oder lieber doch nicht. Kathi freute sich wie alle jungen Frauen, wenn die Burschen sich nicht achtlos erzeigten. Aber sie fragte sich durchaus, ob der Max wirklich schon der Richtige sei? Wer weiß, wen sie noch treffen würde? Sie war noch jung genug für Träume – warum nicht einfach warten, ob nicht doch noch ein anderer, ein Schönerer, ein Reicherer, am Ende gar ein Traumprinz käme? Doch trotz ihrer Jugend hatte sie durchaus auch schon bemerkt, dass so manche junge Frau am Ende unverheiratet blieb – zu viele Männer waren im Krieg geblieben. Aber wollte sie, musste sie wirklich ihre Träume jetzt schon den Möglichkeiten des sogenannten wahren Lebens unterordnen?

Nett war der Max, humorvoll und sauber; und in seiner schönen Uniform hatte er etwas Vornehmes an sich, das war ganz und gar unstrittig, und – wenngleich auch nicht von stattlicher Statur –

schiach[18] war er gewiss auch nicht. So gesehen tät' der Max schon passen.

Aber war so eine Uniform vornehm genug? Und was hatte er sonst noch, außer der Uniform?

Kathi träumte noch immer davon, dass sie eines Tages zu den vornehmen Leuten dazu gehören wollte! Aber ist eine Frau Zollsekretär schon vornehm?

Andererseits hatte es sich im Leben schon oft genug als wahr erwiesen: Man soll den Spatz in der Hand nicht verachten, wenn man dem Adler in den Lüften nur nachsehen kann!

Der Aloisi, der Sohn vom Wirt, als der aus dem Krieg zurückgekommen war, wollte er zu ihr durchs Fensterl – aber da sie zum Schein und zum Necken ihm nicht gleich Einlass gewährte, sondern sich ein bisschen zierte, da vergaß der bei solchen Abenteuern Unerfahrene ausreichend auf Heimlichkeit und Stillsein zu achten, sodass der Großvater aufwachte. Deshalb musste der junge, ungeschickte Verehrer ganz schnell wieder abziehen, bevor es überhaupt etwas werden konnte.

Drei Tage später gab dann der Postwirt die Verlobung von Alois mit der Tochter des Apothekers bekannt! Hatte der Wirt etwas von den Abwegen seines Sohnes mitbekommen? Und dafür gesorgt, dass alles wieder in die so genannten rechten Bahnen kam?

Kathi konnte nicht umhin, sich einzugestehen: So einem Vornehmen wie dem Alois wäre sie doch bloß als ein kleines Vergnügen recht gewesen, denn in sein vornehmes Ehebett hätte der eine Kellnerin ohne große Mitgift wohl nie mitgenommen!

Mit dem vornehm Werden war es halt nicht so einfach und die geraden, schnellen Wege, die standen ihr als armer Leute Kind nicht offen. Immer freundlich sein und lachen, fesch sein wie die vornehmen Leute und sich die Haare kurz schneiden lassen, auch als junge Frau ab und an was sagen und nicht nur schweigsam dabeistehen – das alleine reichte halt doch nicht, dass ein junger Bursch aus vornehmem Haus ein junges Ding ohne Hab' und Gut zur Ehe nähme. Selbst wenn ihn die Liab' verruckt g'nug machen tät', waren da immer noch die Eltern, und so viel Revolution war in Deutschland dann doch noch nicht, dass die, die genug Geld hatten,

---

[18] nicht hübsch

46

um sich das vornehm Sein leisten zu können, letzten Endes doch nicht darauf schauten, dass sich bei einer Eheschließung das Sach' vermehrt und nicht weniger wird.

Also musste für ein Drutschala aus dem Besenbinderhaus vielleicht Frau Zollsekretär doch schon vornehm, eben vornehm genug sein?

Aber der Maxl?

Und schon so bald?

10. Kapitel

Verschnupfte Engerl

1920

Während sie sich ihr Mieder abstreifte und sorgfältig glättete, bevor sie es an den Nagel in der Wand hing, erinnerte sie sich, wie das alles mit Maxl begonnen hatte: Seit zwei Jahren stellte sie der Wirt im November und bis zum Weihnachtsfest frei, weil zum einen in der garstigen grauen Zeit sich keine Sommerfrischler nach Holzkirchen verirrten und es bis zum Fasching und zur Starkbierzeit noch weit war, zum anderen aber war die Kathi von einem entfernten Verwandten des Großvaters gefragt worden, ob sie nicht die von ihm geschnitzten Kripperlfiguren für ihn drinnen in der Münchner Stadt auf dem Weihnachtsmarkt verkaufen würde. Seine Frau, die Jahr für Jahr in der Kälte auf dem Markt gestanden hätte, könnte es nun nicht mehr; das Rheuma wäre bei ihr gar zu schlimm geworden.

Kathi war das nicht unrecht, denn so konnte sie immer ein paar Wochen daheim bei der Mutter und bei ihren Brüdern sein – ohne Kosten für die Logis. Zudem gelang es ihr oft »a bisserl mehra« von den Leuten für das »g'schnitzte Sach'« zu bekommen und hatte so zusätzlich zum vereinbarten Lohn noch so manchen Groschen in die eigene Tasche gewirtschaftet.

So war die Kathi mit ihrer Marketenderinnen-Ware auch vor eineinhalb Jahren auf dem Kripperlmarkt gestanden, der nach alter Tradition in der Straße abgehalten wurde, die Rindermarkt heißt, weil vor langer, langer Zeit hier die Bauern aus dem Umland ihre Ochsen und Kälber verkauft hatten. Gleichwohl standen in den Zwanzigern am Rindermarkt viele schöne Patrizierhäuser und so war die Kathi wenigstens gefühlter Weise den vornehmen Leuten auch wieder ein Stückchen nähergekommen, wenngleich es drinnen in den Häusern warm, aber auf dem Markt davor winterlich kalt war.

Eines Tages, als ein sanfter Schnee herabrieselte und die Dämmerung schon eingesetzt hatte, so dass die Leute bei dem schlechten Licht die schönen G'sichterl der Figuren auch gar nicht mehr erkennen konnten, und die Kathi wieder einmal so richtig durchgefroren und deshalb gerade im Begriff war, zusammen zu packen, da kamen noch zwei junge Frauen und der Maxl in ihrer Begleitung.

Die Größere nahm das eine Engerl und das andere und auch einmal ein Lämmchen in die Hand und schaute es prüfend an. Aber Maria und Joseph oder gar ein Kind für die Krippe würdigte sie keines Blickes. Nur für die kleineren, billigeren Figuren interessierte sie sich und fragte immer gleich nach dem Preis.

»Sie san halt net so schön wie am drübrigen Standerl, Rosel«, hatte die größere zur kleineren gesagt, »aber kost'n tuns alleweil noch ein stolzes Geld.«

»Mei ja, aber die Muad'r tät sich scho' freuen, wenn's a Engerl zum Fest kriagn dat, des glaubst doch aa, Gretel.«

»Scho'«, hatte die Gretel g'sagt. »Aber 's Fest steht no net vor der Tür, wird sich am End' schon noch a hübschers Engerl für mei guads Geld finden!«

Das wird nichts werden, dachte sich Kathi, dafür lohnt es sich nicht, zu frieren. Darum entschloss sie sich, die Sache zu einem schnellen Ende zu bringen. Aus der untersten Schublade ihres Buckelkorbs kramte sie den größten Engel hervor, den sie noch hatte, den aber niemand so recht mochte; denn er hatte ausgerechnet auf der Nasenspitze einen recht dunklen Fleck von einem Astloch. »Schaugn's«, pries sie die Figur an, »des ist ein B'sonderer, der hat schon ein Schnupfennaserl kriagt, weil er mit mir schon solang auf dem kalten Markt hat stehen und warten müssen, bis ihn jemand mag!«

Max konnte nicht umhin, er musste einfach lachen, und auch die Rosel zuckte leicht mit den Mundwinkeln, die Gretel aber erwiderte gerade heraus: »Und für den wollen's wahrscheinlich auch noch zwei Mark!«

»Für zwei Markl«, entschied Kathi »kriagn's den heit no net; heit kost'er no drei. Wenn er aber auch noch mit 'em Husten anfangt und mir die andere Kundschaft vertreibt, dann gib ich ihn aa für zwei her, schaugn's halt in zwei oder drei Tag wieder vorbei, wie's dem Engerl geht!«

Und dann fing Kathi einfach an, endgültig ihre Ware in den Buckelkorb zu packen, damit sie heimkäme an den warmen Herd. So begegnete sie dem Maxl zum ersten Mal und es wäre nicht mehr gewesen, wenn nicht drei oder vier Tage später die Gretel mit dem

Max und der Rosa noch einmal so um die selbe Stunde auf den Kripperlmarkt gekommen wäre, wohl in der Hoffnung, endlich einen Engel nach ihrem Gusto zu finden. Denn die Gretel – ihrer Lebtag lang wählerisch – hatte immer gewusst, was sie wollte, gerade auch in jungen Jahren, als sie wenig Geld hatte und oft arbeitslos war. Als sie aber die Kathi wiedergesehen hatte, da sagte sie laut und deutlich zur Rosel: »Dös ist wieder die ausg'schamte Person!« und ging einfach vorbei und weiter zum nächsten Stand; dort schaute sie sich lange und ausgiebig das Schnitzwerk an und lobte es demonstrativ und recht laut, sodass Kathi es auch gewiss nicht überhören konnte.

»Kauf du ruhig bei der Nachbarin«, dachte sich Kathi ohne Groll, »i verkauf aa guat, di brauch i' ned!« Und wieder fing Kathi an, ihre Figuren einzupacken, denn wenn man immer auf dem Kripperlmarkt steht, dann ist einem jeden Abend kalt.

Nur Maxl wandte sich, solange Gretel und Rosel bei der Nachbarin schauten und schauten und immer noch schauten, ohne sich zu entschließen, einmal zur Kathi um und fragte: »Und wie geht's em Verschnupften? Huast er scho'?«

Da war es Kathi gerade recht, dass sie zur Antwort hatte geben können: »I hoff'net, dass er no kränker wor'n is – aber wissen tu es ned.«

»A geh zu – warum denn ned?«

»Weil i en scho' lang verkauft hab'.«

»Ja, wirkli?«

»Wenn i's doch sag! An a kloins Maderl und ihr'n Ähndl[19]. Die Buzerln[20] mögen eben au 's B'sondere und 's Ausg'fallene und net bloß es G'rade und Ebenmäßige wie die großen Leut'.«

Und damit schulterte Kathi ihren fertig gepackten Korb und nahm ihre zwei Tischchen, auf denen sie ihre Ware ausstellte, in die Hände; doch als sie die ersten ein, zwei Schritte machte, da passierte ihr das Malheur: Sie trat auf eine Eisplatte und verdrehte sich den Fuß. Es schmerzte so sehr, dass sie laut aufschrie und sich an den Knöchel fasste, der auch ganz schnell dick anschwoll.

---

[19]Großvater
[20]kleine Kinder

Da stand sie, mit ihrem Korb auf dem Rücken und ihren zwei Tischchen in den Händen, Tränen in den Augen und zwanzig Minuten Fußmarsch vor sich.

Max sprang rasch herzu und stützte sie. Wie er den dick verschwollenen Knöchel sah, da bot er sich sogar mitleidig an, ihren Korb und ihre Tische zu tragen – auch wenn er davon von der Gretel böse und von der Rosel keine guten Blicke erntete. Ihren Korb traute Kathi ihm aber nicht an, nicht dass er am Ende mit ihrer Ware davongesprungen und sie mit dem kranken Fuß nicht hinterhergekommen wäre; doch sein Angebot, ihr die Tischchen zu tragen, nahm sie der Not gehorchend dankbar an. Er hatte ihr dann sogar einen Stock besorgt, irgendwoher geliehen – an dem war sie auch recht froh.

Wenn zwei Menschen, von denen der eine dem anderen dankbar sein muss, gemeinsam durch die Kälte nach Hause wackeln, weil der eine für jeden Schritt doppelt so viel Zeit braucht wie sonst, dann reden die zwei halt auch miteinander. Und so erzählte dann auch die Kathi nicht wenig stolz, dass sie eigentlich Kellnerin sei – im vornehmen Hotel zur Post in Holzkirchen.

Bis zum nächsten Mai ereignete sich dann gar nichts mehr – aber dann war er auf einmal im Biergarten. Erst einmal, dann ein paar Wochen später noch einmal und dann schon nach vierzehn Tagen wieder. Bald kam der Max immer, wenn er einen freien Tag hatte und sich irgendwoher ein Fahrrad hatte leihen können; fünfunddreißig Kilometer nach Holzkirchen und fünfunddreißig Kilometer zurück – Max war es nicht zu weit.

Und im letzten Winter war er dann oft bei ihr am Stand auf dem Kripperlmarkt – hatte ihr dann auch ab und an die Tische heimgetragen und später sogar den Korb. Sie ließ sich das gern gefallen, sie war ja ein junges zwanzigjähriges Ding. Irgendwann schüttete er ihr dann sein Herz aus: die Gretel aus der Nachbarschaft, die hätte es ihm angetan. Aber die wäre so stolz und er wüsste gar nicht warum – sie wäre doch auch nur die Tochter von einem Fassputzer[21]. So stolz und abweisend wäre sie, jetzt würde er nicht mehr mögen. Da hat dann auch die Kathi mit ihren gerade mal zwanzig Jahren begriffen, wo dem Maxl der Schuh drückte und worauf er hinauswollte.

---

[21] einfacher Arbeiter in einer Brauerei, der die zurückkommenden Fässer wäscht und neu mit Pech dichtet

Sie hatte keinen Zweifel, dass er sie gern, dass er sich gar verliebt hatte – so viel Rad wie er gefahren war! Und er war ihr beileibe nicht zuwider.

Drei Jahre älter war der Max – und es war ihm wirklich ernst. Er hatte sie auch schon gefragt, obwohl er wusste, wie jung sie noch war. Sie wollte nicht nein sagen, doch ihr ja war sehr zögerlich und sehr verhalten, mehr angedeutet als ausgesprochen – sie sei ja noch nicht einmal volljährig!

Wirklich schon heiraten? Und wenn dann doch noch ein anderer, ein Vornehmerer käme ... Der Maxl war immerhin Zollbeamter – aber war das vornehm genug? Die Tochter vom Fassputzer hatte ihn nicht mögen – konnte sie als Kellnerin sich das auch leisten? Und käme überhaupt ein anderer? So viele junge Burschen hatten ihr Leben für das Vaterland gelassen! Und wenn, käme dann ein Vornehmerer? Dem Alois hatte sie auch gefallen, aber der hatte brav das Geld vom Apotheker geheiratet, wie es seine Eltern für richtig hielten.

11. Kapitel

Da ham's aber g'schaut!

1922

An jenem Abend im Mai war sie zu müde gewesen, auf all' diese Fragen eine Antwort zu finden, weder zum einen noch zum anderen. Der Max indes wusste, was er wollte, und er nahm das halbe Ja, das sie ihm geschenkt hatte, für ein ganzes. Und so kam es, dass sein Vater seine Mutter recht bald darauf an einem schönen Sommerabend mahnte:

»Jetzt geh zu, Elisabeth, pack' ned so viel ein! Im Biergarten drauß'n kenna mir uns leicht aa was zur Brotzeit kaufen!«

»Is's Bier eh schon teuer g'nug, Jakl. Braucha mir ned aa noch das schöne Geld für a Brotzeit.«

»Lernt man doch aa ned jeden Tag a' Schwiegertochter kenna!«

»Und da musst du glei'a'n Brotzen geben[22]! Soll des Dirndl lieber 's sparsam sei' lerna! Wird sie in der jetzigen Zeit scho' sei' müssa!«

So ging es eine Viertelstunde hin und her und am Ende wurden dem Max seine Eltern gerade noch kurz vor der festgesetzten Zeit fertig. Warum konnte der Max seine Zukünftige auch nicht an einem Sonntag vorstellen?

Weil sie halt eine Kellnerin wäre, hatte Maxl erklärt. Und dazu noch in Holzkirchen. Es wäre schon ein Wunder, dass sie im August zwei Tage unter der Woche frei bekommen hätte.

Und so traten Punkt halb sieben die Elisabeth und der Jakob aus der Haustür, gerade als Max auch schon mit dieser Kathi die Westendstraße herunterkam. Elisabeth stieß den Jakl in die Seiten und nickte mit dem Kopf in die Richtung; der Jakob öffnete den Mund ein bisschen, aber er sagte nichts.

Auch Elisabeth blieb zunächst vor lauter Schauen stumm: Ein bisserl größer war die Kathi als ihr Sohn, was aber nichts zu sagen hatte, da der Max ein recht ein Kleiner war. Eine Kleinere zu finden wäre

---

[22] sich wie ein Angeber aufführen

für ihn nicht leicht geworden. Das Mädel trug eine schlichte weiße Bluse, an jenem Sommerabend im August 1922, und einen einfachen dunkelblauen, schon ein bisschen verwaschenen Rock, der wohl früher zu einem Dirndl gehört haben mochte. Aber gute Schuhe hatte sie an, über die Knöchel hinüber.

Da sieht man, dass sie im Biergarten laufen muss, dachte Jakob, aber laut ein Wort zu sagen, das schaffte er noch nicht.

Elisabeths taxierender Blick blieb indes nun am Kopf der zukünftigen Schwiegertochter hängen: wo hatte denn die junge Frau ihren Zopf? Und vor lauter Nachdenken blieb auch sie still.

Das sei also die Kathi, sagte daher Max, damit wenigstens etwas gesagt war. Aber dann vergaß er seine Eltern vorzustellen. Und Elisabeth suchte noch immer nach dem Zopf und Jakob sinnierte, dass er nun eine Kellnerin zur Schwiegertochter bekommen würde.

In die Stille hinein hatte dann Kathi als die Jüngste die Hand ausgestreckt: »Ja, ich bin die Kathi, grüßt's euch Gott« und einfach ein bisschen gelacht, so wie sie es sich für die Sommerfrischler beigebracht hatte, wenn die irgendeine merkwürdige Bemerkung machten. Da war Lachen immer gut. Auch wenn es gar nicht lustig war. Aber Kathi hatte sich ein paar spaßige Kindersprüche vom Schorschi gemerkt und wenn sie daran dachte, dann konnte sie einfach immer lachen und dass Lachen oft – wenn auch nicht immer – weiterhilft, das hatte sie gelernt.

Und an dem Abend half es; bei Elisabeth war die Scheu gebrochen. »Freilich, ja, Kind, aber wo hast denn dein Zopf?«

»Mei. Wo werd i' mein Zopf ham? Abg'schnitten halt, weil's so viel praktischer ist! Wie die Damen aus Berlin«, und die Kathi drehte sich einmal um sich selbst.

»Geh, Elisabeth«, fand schließlich auch Jakob wieder die Sprache, »so ein Zopf, das ist doch nicht wichtig. Und überhaupt hab ich einen Durscht, bei dera Hitz'n gleich gar. Ihr net?«

Doch, einen Durst hatten sie alle, da waren sie sich einig. Schnell hatten sie die Marschordnung gefunden, Elisabeth hakte einfach die Kathi unter – »Na kimm, na gehn mia, dass du mir nicht verdurschst's« – und ging los und Max mit seinem Vater hinten drein. Bei den Männern wurde es gleich wieder stiller, doch die Mutter plauschte nun munter los: »Als Bedienung bist in Stellung?« – »Freili'.« – »Draußen in Holzkirchen?« – »Ja scho', zu Holzkirchen im

Hotel zur Post.« – »Woas? In einem richtigen Hotel?« – »Ja, mir san des erste Haus am Platz!«

Sie waren noch nicht weit gekommen, da kamen ihnen doch die zwei verhinderten Kundinnen vom Weihnachtsmarkt, die Töchter vom Nachbarn Lindner entgegen, die eine mit einem Krug voll Bier und die andere mit einem Buschen Radi[23], an dem noch der Lehm vom Schrebergarten hing. Artig wurde gegrüßt, aber schon im Weitergehen konnte Maxl noch die ersten ein, zwei Sätze hören: »Jetzt schau nur, am End' hat d'r Maxl jetzt eine Braut? Wenn er schon mit den Eltern? Was meinst, Gretel?«

»Schon, aber war des am End' ned gar der junge unverschämte Fratz vom Kripperlmarkt, glaubst nicht auch, Rosel?«

»Ja, des kunnt erst pfeilgrad' no' sei'! Dass er jetzt mit so einem halben Kind!«

»Na, Rosel, hab ich's dir nicht immer g'sagt: Der Maxl braucht eine, die gleich ja sagt, sich um ein Fräulein zu bemühen, das ist nicht seine Sach'!«

»So brauchst ja auch nicht reden! Tust ja grad so, als ob du an jedem Finger zehne hättst.«

Doch die Gretel ließ sich nicht foppen, die Gretel gab in gleicher Münze zurück: »Du wärst ja schon froh, wenn du einen hättst, gelt, und in deinem Alter wär's auch langsam an der Zeit.«

---

[23] einem Bund Rettiche

12. Kapitel

Jung gefreit, nie gereut

Im Biergarten holten Vater und Sohn Bier und beim Anstehen fragte der Alte seinen Max, ob er wirklich noch in diesem Jahr heiraten wolle; er habe doch nicht etwa einen Grund dafür – dazu bei einem so jungen Mädchen.

Nein, bei Kathi war nichts Kleines unterwegs. Max war gut katholisch und hielt Kathi in Ehren. Er hatte allerdings das erfolglose der-Gretel-Hinterherlaufen satt und so war er inzwischen der Kathi erlegen, ihrem Lachen, ihrem Fleiß. Er hatte gesehen, mit was für Augen die Burschen zu Holzkirchen der jungen Kellnerin nachschauten. Und kam zu dem Schluss: bevor da ein anderer kommt! Die Kathi mit ihrem Lachen war schon recht zum Gernhaben und so wie sie anpackte, war bestimmt kein Mann mit ihr ausgeschmiert. Und doch ließ der Vater nicht locker: »Aber Max, des Maderl ist doch erst gerade volljährig, wollt's ned noch ein, zwei Jahr' warten, bis die Zeiten wieder sicherer werden?«.

»Nein, Vater«, erwiderte Max, »ich hab' die Kathi g'fragt, sie hat ja g'sagt und vor drei Stund' war ich bei ihr'm Vatta, und der hat uns auch den Segen geben.«

»So, ihr Vatta hat euch gar schon den Segen geb'n?« Der alte Reburg rieb sich mit der Hand das Kinn und setzte nach einer Pause langsam und bedächtig hinzu: »Den Segen will ich euch freilich auch nicht verwehren.« Und dann fast schon hastig: »Jung g'freit hat nie g'reut, sagen die Leut'. Mag's bei euch nur auch stimmen! Ich denk halt immer, so a junges Madel, das verändert sich doch noch!«

»Geh, Vatta, was d' nur host!«

Doch Jakob hatte Grund für seine Bedenken; er wisse sehr wohl, dass die letzten Jahre schlimm gewesen wären und dass nun ein jeder schaue, dass er was bekomme und zu was käme – und das rasch. Das könne er sehr wohl verstehen und ihm ginge es ja auch nicht anders. Aber deswegen sollten die Leute doch reif sein, wenn sie vor den Altar träten.

»Vatta, geh zu, jetzt sei aber stad.«

Doch der Vater war nicht still. Beim Max ließe er es sich ja noch eingehen; vier Jahre wären seit seiner Rückkehr aus dem Krieg nun schon vergangen und wer in diesem Krieg gewesen sei und die Front miterlebt habe, der wäre nur gesund und heil zurückgekommen, wenn er reif geworden sei. Aber das Mädchen! Fleißig wäre sie bestimmt, aber immer nur Lachen – das reiche doch nicht, um in diesen Zeiten durch das Leben zu kommen.

Max aber setzte dem entgegen, er, der Vater, habe gerade selber gesagt, dass der Krieg schlimm gewesen sei. Warum könne dann der Vater nicht wie er selbst jetzt für einen fröhlichen Menschen dankbar sein?

Dann hatten sie ihr Bier bekommen und als sie wieder am Tisch waren, da hatte Elisabeth schon den Korb ausgepackt und Brot, Radi und Käse aufgedeckt. Was Jakob aber nicht hinderte, sich noch eine Schweinshaxn zu holen – die er sich ohne sonst etwas munden ließ und stillvergnügt einverleibte.

»Da Vatta mag halt s'Schweinerne gar zu gern«, verriet Elisabeth entschuldigend, »dem ist das Darben im Krieg arg schwer g'fallen!«

»Ja«, gestand Kathi ein, »bei uns daheim war's alleweil a biss'l knapp, da ist das gar nicht aufgefallen, dass es im Krieg noch a biss'l knapper war.«

»Ja geh' zu«, erwiderte Elisabeth und schob ihrer zukünftigen Schwiegertochter den Brotlaib und den Käse zu, »schneid' no noamoi ab.«

»I' dank' schön«, gab die Kathi mit Blick zum Maxl zurück, »soll ich dir auch noch was runter schneiden?«

»Geh zu,« warf Elisabeth mahnend ein, »muasst ned immer an die Mannerleut denka, die kemma ned zu kurz«. Doch Kathi ließ das nicht gelten: »Aber Eheleut müssen schon aneinander denken!« – und sie schenkte ihrem Maxl einen verliebten Blick.

Ein Blick und ein Wort von Kathi, mit der sie das Herz von Jakob eroberte! Ein Blick, der den Alten auf den Jungen neidisch machte, und ein Wort, das dem Jakob alle seine Fragen nach Reife beendete. Und so fiel es ihm leicht, Kathi zuzustimmen: »Recht hast! Wenn 's eine immer an's andere denkt und ned so arg ans seinige, dann werdets guat mitanander hausen!«

Ja, an dem Abend war die Kathi dann doch verliebt. Ihre Rolle als zukünftige Ehefrau hatte sie in den Mittelpunkt gerückt. An diesem Abend war sie sich sicher, dass sie den Maxl wollte. Vor Wochen hatte sie ihm schon das Jawort gegeben: teils aus Stolz, so jung schon einen Bräutigam zu haben – einen ernsthaften, nicht bloß einen mehr oder weniger windigen Verehrer, der heute der einen schöntut und übermorgen einer anderen. Dass der Stolz ein schlechter Ratgeber sein mochte, das hat ihr so manches Mal ganz unbewusst Zweifel beschert. Aber auf jemanden stolz sein und ihn lieb zu haben, ist das nicht fast dasselbe, für eine so junge Frau gleich gar?

So jung die Kathi auch noch war, so hatte sie doch schon manches vom Leben gelernt: Dass die Reichen und Vornehmen schlussendlich doch unter sich bleiben hatte ihr der Aloisi und die Apothekerstochter beigebracht, und dass ein ernsthafter Verehrer einer nicht ewig den Hof mache die Lindner Gretel. So war ihr der Maxl wert geworden, lieb und wert sogar – wenngleich auch vor allem wert. Aber es war entschieden und so hatte sie dem Drängen des Maxl, ihr schon gegebenes Eheversprechen recht bald nach ihrem einundzwanzigsten Geburtstag einzulösen, nachgegeben.

Von alldem wusste der Jakob nichts; er hatte den verliebten Blick gesehen. Er hatte gehört, dass die Kathi für seinen Max da sein wollte. Wie sollte es zu jener Zeit auch anders sein? Die Frau war für den Mann da, und nicht umgekehrt.

Und weil das nun alles so schön war, nahm er einen großen Schluck aus seinem Krug. Er hätte doch einen Knödel und Salat zu seiner Haxn nehmen sollen, wie am Sonntag, dann hätte jetzt die Elisabeth auch ein Sonntagsessen gehabt. Aber ansonsten fühlte sich Jakob recht behaglich; die Kathi war zwar noch recht jung, aber er mochte sie – vielleicht grad deswegen, weil sie jung war und immer bereit, zu lachen – und vordergründig so unbekümmert.

Ja, an diesem Abend, der so schweigsam begonnen hatte, hatte sich alles prächtig entwickelt: Die Alten waren jetzt ganz einverstanden mit dem Maxl seiner Wahl, sie mochten die Kathi. Und Max spürte das, und er war zufrieden. Und Kathi genoss das Gefühl, angenommen zu sein.

Nur gegen später störten dann ein paar ungehobelte junge Burschen; die hatten zusammengewürfelte Uniformteile oder graue

Windjacken an. Offensichtlich suchten sie Streit mit ein paar Handwerksgesellen. Irgendwo war zu hören, die in den Uniformen und Windjacken, das seien wohl Anhänger von diesem Hitler – und die anderen dann wohl Sozialdemokraten oder Kommunisten.

»Dass die Leut' immer streiten müssen«, beklagte Elisabeth mit kummervollem Unterton und Jakob setzte hinzu, es sei auch schon bald zehn Uhr; ob man nicht austrinken und gehen wolle? Dann könnten die anderen tun und lassen, was sie wollten.

Es sei auch noch so warm und es kühle gar nicht richtig ab, stimmte die Elisabeth zu, am Ende zöge noch ein Gewitter herauf. Und sie begann den Korb zu packen. Recht sollte sie behalten – kurz bevor sie zu ihrem Haus kamen sahen sie dann schon Blitze zucken und den Donner hörten sie grollen.

»Wie i aus der Schul' kemma bin, war's grad aa so«, erinnerte sich Kathi. »Da hat der Hansl grad noch vor dem Wedder 's Bier 'bracht, und dann san mir z'samm g'sessen, und weil ich mit der Schul' fertig war, hat jeder ein Stückl Speck kriagt und i sogar a paar Schluck Bier.«

Kathi wollte sich fix artig verabschieden, doch Max wollte sie nach Hause begleiten. Elisabeth drängte hingegen alle, ins Haus zu gehen, so ein Gewitter wäre schneller da als man glaube!

Da wurde Kathi dann doch ein bisschen scheu – sie wusste nicht so recht. Der Max hingegen versuchte eine Kunst, die niemand kann, nämlich es allen recht zu machen: »I' bring' di'hoam, wenn's Wedder vorbei ist.«

Kathi hingegen wollte dennoch losgehen, damit es nicht gar zu spät werde, denn bis das Gewitter vorüber sei, könne es durchaus Mitternacht werden. Im Übrigen würde sie bestimmt noch den Weg nach Hause schaffen, bevor das Unwetter losbräche – aber für den Rückweg sei die Zeit wohl wirklich für den Maxl zu knapp.

Sie wollte ihrem Maxl schnell ein Busserl aufdrücken, er aber redete davon, nur schnell eine Joppe zu holen und doch mitzugehen, denn er sei ein Zöllner, ein Grenzer, und er müsste wie die Schmuggler auch bei jedem Wetter draußen sein und sei es daher gewohnt.

Doch Elisabeth machte Nägel mit Köpfen: »Ja gibt's des aa«, sagte sie, wie gar so oft in ihrem Leben, »A G'witter wie der Weltuntergang steht schon am Himmi und ihr streit's so deppert rum.« Sie nahm die Kathi geschwind am Arm und zog sie ins Stiegenhaus.

»Dann schlaft des Madel eben bei uns auf dem Kanapee in der Stub'n. Werden sich ihre Leut' eh' schon denken und keine Sorgen machen, gell, Kathi.«

»Aber Elisabeth, die Nachbarn! Am End' bekommts einer mit und wir sind dran wegen Kuppelei!«

Doch Elisabeth unterbrach den Jakob lachend: »Wenn du guter Beamter nur einen Paragraphen hast, dann ist's dir schon wohl! Sinn braucht es ja ned ham, aber 's Gedruckte ist dann glücklich.«

Und sie zog Kathi mit sich die Stiegen hinauf und Kathi wehrte sich zum Schein ein bisschen, aber nicht mehr so fest, wie damals, als der Alois vor ihrem Fensterl war. »'S is' eh schon gleich«, dachte sie still bei sich, »in acht Wochen ist Hochzeit. Jetzt bleibt's beim Max, sein Vater ist auch beim Zoll und der lebt ganz passabel.« Und dabei dachte sie an die Schweinshaxen und vergaß völlig, dass die der Jakob ganz alleine verspeist hatte.

13. Kapitel

Spar dir's!

1928

»Geh' Katherl«, traute sich Max zu erwidern, »was hast denn dagegen, dass mir nach Bayerisch Gmain genga? War's dir doch scho' lang nimmer recht do in Fridolfing.«

»Spar dir dein Katherl«, erwiderte Kathi heftig, »'s is ja bloß für kurze Zeit, dass mir von Münch'n weg müssen, hast g'sagt. Und jetztad?«

»Mei, muass's denn alleweil Münch'n sei! Dass du da von Fridolfing weg willst, freili ja, des verstehe i doch. Aber alleweil Münch'n! Wo anders is' doch auch schön. Z' Holzkircha warst doch auch gern.«

»Ja, z' Holzkirchen scho'«, das gestand Kathi gerne ein. »Da war i aa im Hotel zur Post, bei den Honoratioren. Des war ja ebbes ganz anders – da war i unter d' Leut, da war's nie fad[24]!«

»Bedient hast' die Herrschaften, ihr Dienstbot' warst!«, gab Maxl zurück.

»Und, stört di des? Auf alle Fäll' war's Leben lustiger wie als d'Frau Zöllnerin – d' Frau Zöllnerin, die nix derf und die nix hot und die sich von d'Bauern trotzdem anschaug'n lassen muass, als ob's doch was waar! Und auf d' Nacht hockt's da mit'm Stopfei in der Hand, basst auf's Kind auf und langweilt sich, weil der Herr Gemahl Nachtschicht hat und Schmuggler jagt oder wenn er dann doch oamoale ein Abend frei hat, dann eben bis er vom Wirt heim findet und schnurstracks sich in's Bett neihaut und sein Dampf[25] ausschlaft. Und do willst du mir sog'n, im Hotel zur Post war's fad g'wen?«

»Geh, Kathi, was du immer« fing Maxl an, aber schon das »hast« konnte er nimmer sagen.

»Geh zu, spar dir's«, giftete die Kathi und warf die Kartoffel, die sie gerade geschält hatte, in die große Blechschüssel mit Wasser,

---

[24]langweilig
[25]Rausch

dass es weit herumspritzte. »Mit am Honig um's Maul schmieren is' aa' nix anders. Wenn scho' ned Münch'n, dann hättst wenigstens a Wohnung in Laufen drüben nehmen könna. War ollawei mehra vom Leb'n g'wen wie doa in Fridolfing.«

»Geh' zu, Kathi, Fridolfing oder Laufen, das ist jetzt passé.« Er werde jetzt Zollamtsvorsteher, erklärte Max stolz, und somit wäre es vorbei mit dem Streife Laufen bei Wind und Wetter und die meiste Zeit in der Nacht, wenn auch die Schmuggler um den Weg wären. In Gmain arbeite er von der Früh' bis am Abend und am Sonntag habe er frei. Das sei doch ein schöner Fortschritt! Und dazu lebe man günstig in einer Dienstwohnung, in einem eigenen Zolleinnehmerhaus!

»An di' denkst nie zuletzt!«

Ja, und da wären auch die Berge – im Gegensatz zu Kathi freute sich Max auf Bayerisch Gmain.

»I pfeiff' auf d'Berg. Die Berg san' alleweil gleich, wos Langweiligas gibt's ja kaum!«

Er sei halt nun einmal Zollbeamter, erklärte Max seiner Kathi zum wiederholten und wiederholten Male, und die seien halt nun mal an der Grenze!

»Dei Vatta ist seit Jahr und Tag in der Münchner Stadt und des will i aa!«

Kathi ließ nicht so schnell locker – jeder seiner Erklärungen hatte sie etwas entgegen zu setzen. Max blieb nichts anders übrig, als resigniert einzugestehen, dass er, nur weil es der Herzenswunsch seiner Gemahlin sei, noch lange keinen der wenigen Posten in einer größeren Stadt oder gar in München erhielte. Aber mit der Versetzung nach Bayerisch Gmain sei er ein kleines Stückchen weiter, und dort sei er der Vorsteher von einem Zollamt, wenngleich auch von einem sehr kleinen. Aber immerhin sei er schon einmal Vorsteher – und wenn man ihm jetzt ein kleines Zollamt anvertraue, dann vielleicht in ein paar Jahren ein größeres. Und ein größeres Zollamt läge dann auch in einer größeren Stadt.

»Geh zu, willst mi' doch bloß vertrösten«, versetzte die Kathi, aber bei weitem nicht mehr so heftig wie noch zuvor. Hatte ihr imponiert, dass Max dann Amtsvorsteher sei – und sie ja dann wohl die Frau Amtsvorsteher? »Und nach Reichenhall kommt man wirkli' in oana Stund' z'Fuaß?«

»Freili, ja, i sag's dir doch!«

»Du sagst viel«, kehrte der Trotz und die Enttäuschung wieder zurück, »und am End' is' dann bloß anders, aber nia besser word'n. Seit Jahr und Tag versprichst du mir, dass du bloß zwei oder drei Jahr an die Grenz' muasst und dann wieder z'ruck kommst an den Großmarkt nach Münch'n. Nix is' damit! Jetzt san's schon bald fünf Jahr, dass i' do in Fridolfing versauer!«

»Was'd alleweil bloß hast. Nie kannst warten, mit nix bist z'frieden.« Der Max wusste schon, dass er ihr da falsche Hoffnungen gemacht hatte – er hatte sich das ja selbst auch ganz anders vorgestellt! Er hatte es machen wollen wie sein Vater – der war auch an der Grenze gewesen und wollte in die Stadt. Aber das war vor dem Krieg, noch im Kaiserreich; damals hatten die an der Grenze im Streifendienst Eingesetzten sogar ledig zu sein und mussten erst fragen, ob sie denn durften, wenn sie heiraten wollten. Doch das Heiraten hatte der Dienstherr seinerzeit Vater Jakob lange nicht erlaubt; er musste an der Grenze bleiben, unverheiratet. Deshalb hatte er der Elisabeth ein Kind gemacht – Max war unehelich geboren. Daraufhin hatte dann schließlich der Dienstherr eingelenkt, und Elisabeth und Jakob durften heiraten und kamen weg von der Grenze, denn ein Zollbeamter mit ledigem Kind, das ging dann auch nicht.

So ähnlich hatte es der Max auch machen wollen. Aber die Zeiten hatten sich inzwischen geändert: jeder Zollbeamte, auch wenn er im Streifendienst an der Grenze eingesetzt war, durfte nun heiraten. Also hatte der Dienstherr dem Max beschieden: Lass deine rechtmäßige Ehefrau zu dir nach Fridolfing ziehen – und gut ist!

Ja, da hatte sich Max vergaloppiert und der Kathi falsche Hoffnungen gemacht und sich selbst obendrein auch. Aber das half an jenem Abend auch nicht weiter. Die Kathi war grantig und der Max wurde es allmählich auch; denn einfach klein beigeben, einlenken, sich entschuldigen für seine Fehleinschätzung, nein, das brachte er in dieser Stimmung auch nicht fertig. Warum war auch die Kathi so undankbar! Wo es doch immer mehr Arbeitslose gab! Das wollte die Kathi nicht sehen! Dass er ihr letzten Monat das schöne neue Schultertuch geschenkt hatte und vor kurzem die teuren neuen Schuhe – das alles zählte nichts! Nach München wollte die Kathi! Am Abend ausgehen und Amüsement haben. Er konnte doch auch nicht zaubern! Und so erwiderte er ihre Vorwürfe mit Vorwürfen seinerseits: »Was'd alleweil hast! Nie kannst warten, mit nix bist z'frieden. Ned mit am nei'en G'wand und ned mit d'schöne Schuh'. Alleweil moanst, dass an anderen Fetzen a no braucha kannst!.«

»A-a-so kimmst ma jetzt daher!« Die Kathi war wieder lauter, sprang auf, knallte die Schüssel mit den Kartoffeln, die sie bis jetzt auf dem Schoß gehalten hatte, auf den Tisch und lief zur Küchentür. »Nix gunnst ma, aber immerzu ins Wirtshaus geh'n und 's schöne Geld versaufen, gelt, des kannst!« Wasser sammelte sich in ihren Augen, da drehte sie sich fix um, eilte in die Schlafstube, warf mit lautem Krach die Tür hinter sich zu und verriegelte.

14. Kapitel

Vor und hinter der Tür

Durch den Knall erwachte wohl das Kind und fing zu weinen an. Fünf Jahre war es jetzt fast her, dass Kathi ihm das Jawort gegeben hatte. Die Gretel hatte es ihm einmal angetan, aber die Gretel hatte ihn nicht so recht mögen. Er hatte es nicht einmal geschafft, mit ihr alleine auszugehen – immer hatte sie ihre Schwester, die Rosel, mitgebracht. Die Rosa, die immer so auffallend nett zu ihm war – und die Gretel gar so zurückhaltend. Ja, und dann hatte sich auf dem Weihnachtsmarkt Kathi den Fuß verstaucht: Kathi, die nie süßlich und nett, wenngleich auch zu jedem freundlich war – wie es sich eben für eine gute Bedienung gehörte. Nein, nett passte nicht zur Kathi, sie war einfach offen und ehrlich und gerade heraus – mit dem natürlichen Reiz aller jungen Frauen, von Natur aus immer ein bisschen kokett und die Kathi manchmal gar ein bisschen vorlaut und sogar ein bisschen keck. Aber eben auch die Kathi, die immer so fleißig war. Die Kathi, die doch auch einmal schlagfertig daherreden konnte und die im Biergarten mit acht Maßkrügen hin und her eilend auch dem vorwitzigsten Burschen nichts schenkte. Und unterm Strich auch die Kathi, mit der man über alles reden konnte. Damals.

Und heute?

Vorwürfe oder Schweigen, das war meist ihre Konversation. Seitdem das Kind da war, war so vieles anders geworden! Und seitdem sie von München weg waren gleich noch einmal! Freilich, im Alltag der Kathi ereignete sich auch nicht mehr viel: Haushalt und ein paar Gänge durch das Dorf. Und ab und zu ein Brief von ihren Leuten. So hatte Kathi so gut wie nichts mehr, worüber sie reden könnte – ihre Träume hatte sie dem Maxl schon lange alle erzählt. Und wenn sie dann doch einmal wieder von ihrer zukünftigen guten Stube schwärmte oder auch nur von dem neuen schönen Kleid der Frau vom Müller, dann klang es in den Ohren vom Max wie Vorwürfe. Denn ein kleiner Zollbeamter ist eben kein Märchenprinz und kein Zauberer – und so konnte er nicht einfach sagen: »No kaufa mia dir aa so aans« oder noch besser: »No kaufa mia dir no a Schöners«. Oder sollte er vielleicht gerade doch das sagen? Mit einem Lachen im

Gesicht, hoffend, dass er sie mit seinem Lachen anstecke? Aber das konnte er nicht, schaffte er nicht, nein, ungeschickt wie er in solchen Dingen war, fiel ihm nur ein: »Mir könna uns halt ned alles leisten.« Kein Wunder, dass sie das zum Verstummen brachte – er aber hielt es für Trotz. Und weil das so war, wurde sie dann oft tatsächlich trotzig und schwieg nach dem Motto: »Wenn du schon nicht mit mir träumen willst, dann brauch' ich dir auch nichts erzählen.« Und er sprach es aus, und bei ihm lautete es: »Wenn du schon nichts mit mir redest, dann kann ich auch ins Wirtshaus gehen.« Und meist hatte er es dann auch wahrgemacht.

Einmal lief sie ihm nach, die Treppe hinunter, bekam ihn an der Schulter zu fassen: »Geh, bleib halt, i red aa mit dir!« Aber er: »Jetzt bin i scho' auf 'am Weg, reden könn' mia morgen, wird ja nix Wichtigs sei'.«

Und so stand Max auch an diesem Abend allein in seiner Küche. Mehr hatten die jungen Leute nicht: eine Küche und eine Schlafstube, angemietet in einem Nebengebäude der örtlichen Mühle, denn in Fridolfing gehörte fast alles dem Mühlenbesitzer. Und der Herr Mühlenbesitzer kannte einen gewissen Heinrich Himmler, der früher einmal sein Mitarbeiter, inzwischen aber ein hohes Tier bei den Braunen, bei der SA war.

»Wenn der Heini schon zu den Braunen gegangen ist, dann werden die Braunen schon nicht so verkehrt sein«, sagten sie im Wirtshaus. »Schlimmer wie mit unseren jetzigen Obrigen kann's ja nicht mehr werden!«

Ja, die Zahl derer, die sich etwas von diesem Hitler und – oder trotz – seiner braunen Meute versprachen, wurde immer größer. Auch in Fridolfing. Denn wenn schon der Heinrich! Der Heinrich war ja ein gebildeter Mann, inzwischen studiert, der Vater ehrenwerter Lehrer und Schuldirektor. Ja, wenn schon so ein gebildeter Mann, der ja auch so schön im Fridolfinger Kirchenchor mitgesungen hatte! Ja also dann, dann war die braune Sache vielleicht doch nicht völlig verkehrt.

So war auch Max schon manchmal in Versuchung, ein Brauner zu werden. Andererseits war er bayerischer Beamter. Aber hatten sie nicht den Hitler im Gefängnis von Landsberg ganz auffällig gut behandelt, die Herren von der bayerischen Justiz?

Ja, wenn es den kleinen Leuten einmal besser ginge, das wäre Max schon recht gewesen. Gegebenenfalls auch mit diesem Hitler. Aber noch traute er sich nicht so ganz – wer wusste, wo das alles noch hinlaufen würde, und er war doch Beamter. Und die Kathi mochte die Braunen auch nicht – sie musste noch immer an den Abend im Biergarten acht Wochen vor ihrer Hochzeit denken.

»Die SA, dös san doch bloß Krawallmacher!«, sagte sie immer, wenn sie auf die Politik und die Fridolfinger Freunde vom Heinrich Himmler zu sprechen kam. »Nein, Max, überleg's dir no oamoal – bei den Braunen seh' i' di' gar ned gern!«

Damals im Biergarten hatten die von der SA noch nicht einmal einheitliche Kleidung gehabt, waren nicht einmal richtig aufgestellt aber schon als gewalttätig bekannt gewesen. Inzwischen hatte sich viel geändert, die von der SA waren jetzt viele und sie hatten Uniformen und waren besser organisiert – aber jetzt waren sie erst recht in Schlägereien verwickelt, mit Kommunisten, mit Sozialdemokraten oder mit ganz harm- und ahnungslosen Leuten, die für Kommunisten gehalten wurden oder die sonst irgendwie denen in den braunen Hemden nicht gefielen. Und das gefiel nun wiederum Kathi nicht und dass ihr Max bei so etwas dabei sein sollte, schon zweimal nicht. Sollte er doch seine andere Uniform anbehalten, die war fesch und nicht so schmutzbraun! Und so mit Säbel und Orden, da gab er schon etwas her!

Deshalb hatte Max noch keine zweite, braune Uniform – aber eine Frau mit weitergehenden Wünschen, die hatte er. In fünf Jahren hatten sie es zu einer Küche und einer Schlafstube gebracht, aber für Kathi war das nur ein bescheidener Anfang, sogar ein viel zu bescheidener. Das gab sie dem Max zu verstehen und insgeheim gab er ihr da sogar recht. Er hätte ihr schon gerne mehr geboten, denn er mochte sie noch immer, auch wenn ihr mädchenhafter Charme und ihre jugendliche Unbekümmertheit inzwischen einer manchmal fast schon ein bisschen herben Weiblichkeit gewichen waren. Nein, es war nicht so, dass er ihr – auch wenn sie ihm das vorwarf – nichts gönnte. Und auch die anderen Vorhaltungen, dass er das schöne Geld ins Wirtshaus trage und dort verjuxe, das war auch nicht so. Nein, er legte das Geld quasi für eine bessere Zukunft an, denn darum, und nur darum, ging er ins Wirtshaus! Die Politiker, die seit dem Krieg regierten, die brachten Deutschland nicht vorwärts – erst recht nicht den kleinen Mann. Und dazu zählte er sich auch. Trotz schmucker Uniform und obwohl er ein Beamter war und eigentlich loyal sein müsste. Nein, er gehörte zu denen, die das Starke, Selbstbewusste wollten. Träumen von einer besseren Zukunft, das war doch nichts

– schaffen musste man sie! Die Kommunisten, die hatten auch nur spinnerte Ideen mit ihrer Gleichheit und »der Mensch ist gut«. Nein, wenn das jemand schaffen würde, dann vielleicht noch am ehesten dieser Hitler.

Und zudem war ja auch noch die Gretel, die ehemalige Nachbarstochter, seine Angehimmelte von früher, inzwischen bei den Nationalsozialisten in fester Anstellung. Die Mutter hatte es geschrieben: Die Lindner Gretel sei jetzt Sekretärin im braunen Haus, in der Münchner Parteizentrale der Nationalsozialisten. Jahrelang wäre sie als Büromädel von einer Stelle zur anderen, hätte nie etwas Festes oder gar von Dauer gehabt; vielmehr wäre sie immer wieder sogar ganz ohne Arbeit gewesen. Aber jetzt habe sie eine sichere Anstellung, eine Arbeit, die sich lohne, lohne für jeden in Deutschland!

Wenn er jetzt und heute an die Gretel dachte – die wäre halt eine Frau! Kein so verträumtes Mensch.

Aber die Mutter hatte tatsächlich auch noch geschrieben: die Gretel hätte jetzt auch geheiratet, einen Finanzsekretär. Es hätte aber zwei Anläufe gebraucht, beim ersten Mal hätte sie doch tatsächlich vor dem Altar nein gesagt. So etwas aber auch! Vierzehn Tage später wären sie dann nochmals vor den Altar getreten.

Wo war der Unterschied zwischen einem kleinen Finanz- und einem kleinen Zollbeamten, fragte sich Max. Verstanden hatte er es nie – auch später nicht, als Gretel seine Schwägerin wurde.

Wie er das so dachte, schämte er sich auch sogleich wieder ein wenig. Die Gretel, die wäre bestimmt in Fridolfing auch nicht zufrieden gewesen. Durfte er der Kathi dann ihre Unzufriedenheit vorwerfen? Hatte gar sein Vater am Ende doch nicht so unrecht gehabt? Als er Kathi geheiratet hatte, war sie ein junges, lebensfrohes, liebenswürdiges Mädel – aber das konnte sie halt nicht immer bleiben. Jung gefreit, nie gereut, das sagte sich so einfach, aber alleweil stimmen muss es halt nicht! Gerade volljährig war die Kathi geworden und schon geheiratet, dann mit dreiundzwanzig Jahren ein Kind. Und davor der Krieg. Und dazwischen die Inflation. Was hatte sie denn gehabt vom Leben, die Kathi? Er verstand sie wieder ein bisschen, verstand ihre Sehnsucht nach einem besseren Leben, begriff ihr Verlangen, sich etwas leisten zu können. Jetzt hätte er sie gern in den Arm genommen, aber jetzt war sie hinter der verriegelten Tür.

Eines verstand Kathi aber in den Augen von Max nicht: Reich werden und wichtig werden und dann irgendwann vornehm werden – das ging nicht von selbst und auch nicht von jetzt auf nachher, das brauchte Zeit, da musste man Geduld haben und auf der richtigen Seite stehen. Und dann schaffte man es irgendwann und dann würde die Kathi auch alles, was sie sich wünschte, haben können.

Hunger hatte Max an jenem Abend schon; er war erst um halb acht Uhr abends vom langen Dienst heimgekommen, nachdem er den ganzen lieben langen Tag in den Salzachauen Streife gelaufen war, Kilometer um Kilometer. Und da hatte sie noch nicht einmal seine Kartoffeln fertig! Das Kind wäre wieder so kränklich gewesen mit dem Husten. Als ob man da nicht nebenher Kartoffeln schälen könnte!

Sollte er sich die inzwischen wenigstens geschälten Kartoffeln selbst in die Pfanne schneiden und rösten? Max schaute auf die Uhr über dem Küchenbüffet: schon nach halb neun! Da pfiff er auf die Kartoffeln. Er schaute in die Dose mit ihrer kargen Barschaft und begann zu zählen und wie er so die Münzen mit dem Finger von der einen Seite zur anderen schob, hörte er ganz leise von nebenan aus der Schlafstube: »Musst doch ned weinen« und »A geh' zu, die Mama und der Papa, die warn halt amoi a bisserl laut. Aber jetzt ist wieder alles gut. Jetzt san mia alle brav stad und tun schlafa und morgen lacht wieda die liebe Sonn'!«. Da hielt Maxl mit Zählen ein: »Kannt's ned einfach auch oamoi wieda so liab aa zu mia sei'?« Und er dachte an die erste Münchner Zeit, wo sie am Abend noch gemeinsam in den Biergarten gegangen waren – war das schon lange her! Damals war sie noch stolz gewesen, so jung schon Ehefrau zu sein und einen eigenen Hausstand zu haben; in der ersten Zeit ihrer Ehe hatten sie halt auch noch kein Buberl, die Freude aller Eltern – und auch deren Quälgeist. In München, da war die Kathi noch stolz, wenn sie am Arm von ihrem Mann ging.

Damals hatte so manch' andere Frau neidisch geblickt, die keinen Mann mehr hatte oder deren Aussichten auf einen der wenigen aus dem Krieg Zurückgekehrten einfach hoffnungslos waren. Und wie hatte sich Kathi immer gefreut, wenn er ihr am Abend für drei Pfennig Lakritz mitgebracht hatte.

Diese Erinnerungen machten wehmütig und deshalb nahm er sich schnell ein Markstück aus der Dose. Das reichte für zwei, drei Halbe Bier und ein saures Lüngerl beim Wirt. Und wie er aufbrach, wollte auch er mit der Tür knallen: sie sollte es ruhig hören, dass er jetzt und ohne Abendessen ins Wirtshaus ginge! Doch im letzten Moment bremste er die Tür wieder und zog sie ganz leise in die Falle: Mei, wie war das noch schön, als die Kathi sich an für drei Pfennig Lakritz gefreut hatte!

15. Kapitel

Das Fenster über der Bruckn

Auf dem Weg zum Bahnhof hatte der kleine Alfred getrödelt und wurde deshalb zunächst ermuntert, dann ermahnt und schließlich ausgeschimpft. Der Vierjährige hatte schon selber laufen müssen, den ganzen weiten Weg, und das stramm; denn Kathi und Max hatten alle ihre Hände voll mit Taschen und Körben und die Zeit bis zur Abfahrt des Zuges war knapp.

Wenn es auch nur wenige Kilometer von Fridolfing nach Bayerisch Gmain waren, so war es doch eine halbe Tagesreise. Zuerst in der Holzklasse bis Freilassing; dort stand der Zug nach München bereit, nach München hätte man Anschluss. Aber nach München ging die Fahrt halt nicht.

Der Zug nach Berchtesgaden fuhr erst gut eine Stunde später, über Reichenhall und eben auch über Bayerisch Gmain. Ins Kaffeehaus hätte man vielleicht solange gehen können – aber wer passte währenddessen auf das Gepäck auf?

Mei, was war der Maxl wieder praktisch: Sie solle auf das Gepäck aufpassen und er schaue nach einer Jause.

Also hockte Kathi neben ihren sieben Sachen auf dem großen Deckelkorb in der heißen Sonne und hatte ihren kleinen Buben auf dem Schoß, der sich schläfrig an ihre Schulter drückte.

Vor vier Wochen in der Münchner Stadt, da war sie stolz auf ihren kleinen Sohn gewesen. Das hatte sie Max wenigstens abgerungen: wenn schon dieses Bauernkaff und nicht München, dann wenigstens zehn Tage Besuch bei ihren Eltern. Freilich ja, in der elterlichen Stube, da waren ihre paar schönen Sachen bewundert worden. Da war sie die glückliche junge Mutter, die Gattin eines künftigen Zollamts-Vorstehers – dafür hatte sie sich bewundern und beneiden lassen.

Dass Max einfach nur deshalb Vorsteher sein würde, weil es in diesem Gmain, in diesem Kaff, nur einen einzigen Zolleinnehmer gab, das hatte sie nicht erzählt. Wie oft sie in Fridolfing alleine abends in ihrer Küche gesessen hatte, weil ihr Mann in der Nacht hatte Streife laufen müssen, und wie oft sie tagsüber mit dem Kind spazieren war, nur damit das Kind beim Spielen nicht aus Versehen ein Holzklötzchen umherwarf und so den Vater beim Schlafen störte, das hatte sie lieber auch nicht erzählt. Wie oft sie sich mit Max gezankt hatte, weil sie es nicht mochte, dass er das Geld zum Wirt trug und nicht sparte, auch das hatte sie in München verschwiegen.

So saß sie da auf dem heißen Perron mit dem Kind, das schwer an ihr hing, auf einem großen Henkelkorb, in den all' ihre Schätze passten. Und sie wusste nicht, ob sie glücklich sein sollte oder nicht, wusste nicht, ob ein Korb voll schöner Kleider für ein Besenbinderkind schon ein großer Gewinn war oder nicht.

Die Mariann' hatte sie auch getroffen, als sie die zehn Tag in der Stadt drinnen war. Ihre alte Schulfreundin hatte geflickte Kleider getragen, ihr Jüngstes auf dem Arm und zwei weitere Schraazn[26] am Rockzipfel. Doch sie hätte immerhin zwei Kammern und eine Küche. Einen Bierkutscher hätte sie zum Mann, einen starken, strammen Menschen, gutmütig und hilfsbereit, wenn er nicht gerade bsuffn sei. Was aber bei einem Bierkutscher selten sei, denn so richtig bsuffn wäre ein Bierkutscher nie – aber dass er nüchtern von der Arbeit käme, daran könnte sich die Marianne auch nicht erinnern. Doch das Geld tät' er brav abliefern und kosten täten seine Räusche wenigstens nichts, denn als Bierkutscher bekäme er überreichlich Freibier.

Wenn sie so an Marianne und das geflickte Gewand dachte, dann war die Kathi für ein paar Momente gar nicht so unzufrieden. Dann keimte in ihr die Hoffnung, dass in Bayerisch Gmain so manches nochmals besser werden könnte. Sie sah sich schon am Sonntag am Arm des Herrn Zollvorstehers in die Kirche gehen, das Kind mit den schönen Feiertagssachen an der Hand. Sie malte sich aus, wie der Max von seinem Posten an der Brücke über dem Grenzbach zu ihr in die Küche käme und sie jeden Mittag einen nüchternen Mann an ihrem Tisch sitzen hätte. Sie hoffte darauf, dass Max sein Bier nicht mit den Bauern auf harten Bänken trinken würde und dass es dort keinen Müller gäbe mit irgendwelchen Bekannten, die inzwischen in München wären und in der Heimat die alten Kameraden zum Tragen hässlicher brauner Uniformen verleiteten.

---

[26]kleine, lästige Kinder

So beschloss Kathi, nicht mehr zu schmollen, sondern einfach nur nett und freundlich zu sein. Vielleicht ginge es ja doch noch zusammen, ihr Maxl und ihre Träume vom vornehmen Leben.

Während sie so über ihr Leben schwitzte, da kam Max mit einem Bierkrug und drei Bockwürsten und Semmeln und setzte sich zu ihr auf den Korb und weil sie Durst hatte, schmeckte ihr das Bier, und zum Bier schmeckten die Würste und die Semmeln.

Und wie sie so auf ihrem Korb mit den Sachen saß, die sie bisher dem Leben abgerungen hatte, und wie sich zu ihren guten Vorsätzen eine gute Jause hinzu gefunden hatte, so kam dann auch noch die vornehme Welt zu ihr. Kam zu ihr in Form des Gegenzuges aus München, der vornehme Kurgäste mitbrachte, die nach Reichenhall wollten, und Sommerfrischler, die nach Berchtesgaden oder gar zum Königssee reisten.

Max hingegen hatte Grund zum Schimpfen, denn im Zug nach Reichenhall und weiter nach Bayerisch Gmain und Berchtesgaden wurde es eng und er musste froh sein, Frau und Kind und Truhe und Bündel überhaupt verstaut zu bekommen. Kathi hingegen genoss es, mit den vornehmen Damen aus München, Leipzig oder gar Berlin zusammen zu kommen, wenngleich auch die vornehmen Leute natürlich nicht bei ihnen in der Holzklasse, sondern zweiter oder gar erster reisten.

Kathi begann zu ahnen, was eine vornehme Kurstadt wie Reichenhall war, und die Hoffnungen und Träume wuchsen. Der Herr Zollvorsteher würde in einem eigenen Haus wohnen! Das hatte ihr Max versprochen. Ein eigenes Haus – nur für Kathi und ihre Familie! Mit zwei Stuben, einer großen Küche und Kammern unter dem Dach. Jetzt sah sie sich nicht nur am Sonntag in die Kirche gehen, nein, in ihrer Phantasie ging sie schon im schönsten Kleid mit einem Sonnenschirm über der Schulter aus der Türe ihrer Villa, ging ein paar Schritte durch den Wald auf die Promenade von Reichenhall, flanierte zwischen den Sommerfrischlern, setzte sich schließlich ins vornehmste Café und ließ sich Kaffee und Kuchen bringen.

Als der Zug den Bahnhof von Reichenhall verlassen hatte, wuchs ihre Ungeduld – schon bei der Abfahrt hielt es sie fast nicht mehr auf der Holzbank. Endlich in Bayerisch Gmain angekommen, fragte sie gleich beim Aussteigen aus dem Zug: »Kann man's schon sehen?« – und als dann das Haus, ihr Haus, endlich aus der Ferne zu erkennen war, da hätte sie am liebsten Koffer und Körbe und Mann und Kind stehen gelassen und wäre im Laufschritt zu ihrem Haus gestürmt. Aber sie zügelte ihre Ungeduld und je näher sie der Erfüllung ihres Traumes kam, desto langsamer und ängstlicher wurde sie. Eine nervöse Unruhe überfiel sie und ließ sie fürchten, in ihrer Phantasie wäre wieder einmal alles viel schöner gewesen als in Wirklichkeit.

Auch wenn das Haus von außen kleiner war wie von ihr erwartet, betrat sie es schließlich doch fast mit Inbrunst, ließ sich vom Max erst die Küche zeigen, dann das Erkerzimmer und schließlich das zweite Zimmer, ihre zukünftige Wohnstube. Doch mitten in einem ihrer schönsten Träume stand ein großer Schreibtisch mit Stempelständern und Akten – und dazu gar noch ein Kassenschrank. Voller Ahnung fragte sie tonlos: »Maxl, der Schreibtisch da kommt aber wo anders hin?«

Ja, der Schreibtisch käme woanders hin, in ein paar Wochen oder in ein paar Monaten.

Kathi schluchzte auf, drehte sich um, lief zurück ins Erkerzimmer und schloss die Tür hinter sich zu. Schon wieder platzte ein Traum, schon wieder war es nichts mit Maxls Versprechungen! Sie ging hinüber zum Erker, gegen die Tränen kämpfend, und schaute hinab zur Grenze:

Auf der deutschen Seite war zwischen Straße und Bach gerade noch Platz für ein kleines Postenhäuschen, in dem wohl der Zolleinnehmer bei Wind und Wetter stand. Und was Kathi schon befürchtete, sie erlebte es schon am ersten Tag: Kam einer an die Grenze, der etwas mehr zu verzollen hatte als eine Flasche Schnaps oder eine Tafel Schokolade, dann überließ Max die Aufsicht einem der Grenzgendarmen, die sonst entlang der Grenze Patrouille liefen; Max selbst aber ging mit dem Zollpflichtigen hinauf zum Haus und dort in seine Amtsstube.

Seine Amtsstube – genau dort, wo ihre Wohnstube sein sollte!

Aus der Traum von einer vornehmen eigenen Stube! Auch wenn Max manchmal Versprechungen machte, so war dies ihre Erkenntnis. Denn sie konnte und wollte es ihm nicht so recht glauben, was seine Vorgesetzten in Reichenhall ihm angeblich zugesagt hätten: irgendwann würde drunten an der Brücke ein neuer Holzpavillon gebaut mit einer kompletten Amtsstube; und dann, ja dann würde das heutige Amtszimmer zu ihrer Wohnstube.

So stand die Kathi, zwar von Hoffnung getrieben aber ungläubig, immer wieder im Erker ihrer Schlafstube und schaute hinunter zur Brücke: nicht unbedingt voller Stolz hin zum Max in seiner Uniform mit den blank geputzten Stiefeln, sondern eher voller Zweifel, wie und wo denn da unten ein Pavillon mit einer kompletten Amtsstube stehen könne, wenn schon für die derzeitige Schutzhütte kaum Platz genug da war.

Sollte sie Max überhaupt noch etwas glauben? Zwei Stuben hatte er ihr versprochen, aber in der einen stand breit und groß sein Schreibtisch. Und dass der einmal wirklich von dort hinunter an die Brücke in ein neues Häuschen ziehen würde, das waren doch wohl wieder bloß leere Versprechungen!

Die große Wohnküche, die Kammern unterm Dach, der Garten und der Keller – das alles war weit mehr, als was sie in Fridolfing das Ihre nennen durfte. Doch an all' dem konnte sie sich nicht recht freuen! Die Enttäuschung war zu groß. Er hatte es doch zugesagt, versprochen – und nun wurde sie doch wieder hingehalten: in ein paar Wochen oder in ein paar Monaten. Nein, sie konnte es ihm einfach nicht glauben; und sie mochte auch nicht mehr auf etwas warten, das wohl nie geschehen würde!

Aber zäh und dickköpfig wie Kathi nun einmal war, tat sie sich schwer, ihre Träume endgültig zu begraben. Immer wieder trieb sie ein letztes, immer wieder auflodernndes Fünkchen Hoffnung ans Erkerfenster und immer wieder war es dann so gut wie erloschen, wenn sie zur Brücke hinuntersah. Der Traum von der eigenen Wohnstube war ihr verleidet, aber ohne Träume war ihr Alltag zu fad und viel zu langweilig.

Und Kathi ratschte voller Wut die Vorhänge ihrer Schlafstube zu und setzte sich vor ihren Spiegel, machte sich eine neue Frisur und träumte davon, sie frisiere sich für einen Ball drunten im Kurhaus von Reichenhall. Dabei fiel ihr Blick auf das Foto neben ihrer Kommode und sie erinnerte sich daran, wie sie jung verheiratet mit dem Maxl in München auf einen Faschingsball gegangen war. Damals war er noch ganz anders, noch so stolz auf seine hübsche junge Frau gewesen, die den Mut hatte, wie die kessen Berlinerinnen das Haar kurz zu tragen. So stolz, dass er sogar mit ihr zum Fotografen gegangen war, auch wenn es nicht wenig Geld gekostet hatte.

Und wie sie so zeitvergessen vor dem Frisiertisch ihren Gedanken und dem Selbstmitleid nachhing, da wurde sie auf einmal im Augenwinkel gewahr, wie Max von der Brücke herauf kam – zum Schrecken der Kathi ohne einen Zollpflichtigen. Dann würde er ja nicht in die Amtsstube gehen, nein, er würde in die Küche kommen, wo die Blaubeeren noch ungewaschen im Korb lagen, wo die Eier und die Milch neben der Schüssel standen aber der Pfannkuchenteig noch nicht gerührt war. Der Maxl würde hungrig sein! Und nichts in der Pfanne! Wieder einmal ein hungriger Mann, dem es dann eigentlich niemand übel nehmen könnte, dass er unwirsch würde.

Ja, freilich, Max war hungrig – und er sah Kathis neue Frisur und seinen leeren Teller.

Er schimpfte nicht mehr, er wusste inzwischen nur zu gut, sie würde ihm nur mit irgendwelchen anderen Vorwürfen antworten. Über die langweiligen Berge. Dass sie endlich mal wieder am Sonntag nach Reichenhall wolle. Dass es nicht einmal eine Konversation hier in diesem Kaff gäbe.

Aber auch er hatte kein verzeihendes Wort mehr. Er war stumm, wollte auch gar nicht wissen, warum schon wieder! Die Frau vom Zollvorsteher zu Bayerisch Gmain brauchte nicht dreimal in der Woche eine neue Frisur. Und wofür eine Wohnstube? Er saß auch gut in der Küche und am Abend saß er bei den Dorfhonoratioren drüben im Gasthaus zur Maut. Wozu also eine Wohnstube? Für die Sonntage? Wenn er lieber Schwammerl suchen ging im Wald? Wenn sowieso kein Besuch zu ihnen kam? Oder wenn er gar am End' wieder mit ihr zum Flanieren hinunter nach Reichenhall musste?

Nochmals neu anfangen hatte sie wollen, die Kathi. Mit dem Maxl und mit ihren Träumen. Aber es ging halt so schwer zusammen. Sie gab sich doch Mühe, aber dann passierte ihr wieder so ein Malheur. Dann drückte sie sogar das schlechte Gewissen, aber länger als zwei, drei Tag hielt das eben auch nicht an. Aber wenigstens zwei, drei Tage, an denen der Maxl noch einmal spürte, dass sie nett zu ihm sein wollte.

Und weil ihr mühsames Nettsein mehr vom schlechten Gewissen kam als sonst woher, war halt auch das Echo nicht stark genug. Alle sechs oder gar acht Wochen ein Sonntagnachmittag in Reichenhall war nicht all zu viel. Und wenn auch Lehrer, Bürgermeister und der Feuerwehrkommandant Honoratioren waren – ob der Herr Zollvorsteher vom Honoratiorenstammtisch oder von den Gelagen mit denen in den hässlichen Uniformen erst nach Hause kam, wenn die junge Frau schon lange des Wartens müde das Licht in der

Schlafstube gelöscht hatte, machte auch keinen Unterschied mehr: Dann war die Glut eben erloschen. Dann blieben wieder nur noch die Träume, auf deren Erfüllung man solange warten musste, dass sie sich schon gar nicht mehr von unerfüllten unterschieden – doch sie ließen wenigstens Kathi den Alltag vergessen, aber auch Maxl auf sein Essen warten.

Von den guten Vorsätzen vom Freilassinger Bahnhof blieb so immer weniger übrig, aber von dem hoffnungsvollen Zwischenspiel ein zweites Kind unter dem Herzen.

16. Kapitel

Weiß sind die vornehmen Kleider

1929

Vornehm hatte sie werden wollen, ein kleines Stück vom Leben haben, und nicht gerade auf der Schattenseite stehen.

Doch jetzt liegt sie da, noch keine dreißig Jahre alt. Vor zwei Wochen war die Welt zwar nicht in Ordnung, aber wenigstens noch einigermaßen in normalen Bahnen. Und jetzt? Der Kopf heiß vom Fieber und diese Schmerzen im Leib. Und immer nur Durst, Durst, Durst!

Sie schaut hinüber zu dem Körberl, in dem bis vor drei Tagen ihre Tochter lag. Eigentlich müsste sie das Bopperl gern haben. Aber sie schafft es nicht. Hat das Kleine schuld an ihrem Unglück? Freilich nicht, es hat ja nichts anderes gemacht als zum Leben gedrängt. Hat ja nichts Böses und schon gar nicht mit der Mutter gemacht. Mit der Mutter, die es auch immer zum Leben gedrängt hat. Und jetzt? Vom Fieber ist sie ganz matt, kann schon an gar nichts Schönes mehr im Leben denken.

Die Tochter, die sie zudem noch als Erste verlassen hat. Die ersten zwei Tage stillte sie das Kleine noch selbst. Dann kam das Fieber und der Doktor schickte eine Amme – die Mutter müsse an sich denken und die Kräfte sammeln. Die Nährmutter kam alle vier Stunden, um der Kleinen die Brust zu geben. Und vor drei Tagen nahm sie die Kleine dann mit, zu sich ins Haus: Es wäre halt praktischer, vor allem in der Nacht.

Kathi schaut hinüber zum Max, der jetzt am Fenster steht. Er kann ihr nicht mehr in die Augen schauen. Auch wenn sie es schon seit drei Tagen aufgegeben hat, ihn zu bitten, ihm Vorwürfe zu machen, er solle sie doch ins Krankenhaus nach Reichenhall hinunterbringen lassen. Doch Max hat dem Doktor geglaubt, der immer gesagt hat, die Kathi sei eine starke Frau, die würde das schon schaffen. Im Krankenhaus könnten sie da auch nicht besser helfen.

Die Nachbarin meinte, der Doktor sei immer gegen das Krankenhaus, obwohl die meisten von dort wieder gesund zurückkämen. Der
Max solle halt nicht aufs Geld schauen, der sei doch ein Beamter.

Was die Leute immer meinen! Der Max ist kein Spendabler. Der
hat sein Geld lieber zum Wirt getragen als seiner Frau das Leben
schön gemacht. Und wenn sie mit ihm ums Geld gestritten hat,
dann hat sie von ihm immer zu hören bekommen: Er sei halt wer,
wie der Lehrer und der Bürgermeister. Ja, hier, hat sie ihm dann
immer geantwortet oder an den Kopf geworfen, hier schon, bei den
Kuhbauern zwischen den Bergen. Wo es nichts gäbe, rein gar nichts,
kein Theater, keine Promenade, keine Frisierstube, kein vornehmes
Kaffeehaus, nicht einmal ein Frauenkränzchen.

Ihr Stiefvater hatte sie damals, als sie mit der Schule fertig war,
mit drei Schluck Bier trösten wollen, aber zu den feinen Leuten
lassen wollte er sie nicht. Und dabei ist es geblieben: ab und zu ein
Schluck Bier aus dem Krug vom Herrn Zolleinnehmer, und das war
es dann.

»I' bring' di'hoam, wenn's Wedder vorbei ist«, hatte der Maxl damals
vor dem Haus der Schwiegereltern gesagt. Aber die sonnigen Tage
mit dem Maxl waren gar rar geworden – meist war schlimmes
Wetter und ob das jetzige Gewitter jemals ein gutes Ende nehmen
würde? Und selbst wenn: War das eine Unwetter herum, dann hörte
man allzu bald das nächste Donnergrollen.

Damals hatte die Schwiegermutter sie ins Haus gezogen. Die Schwiegermutter, die mit ihrem Jakl g'schirren konnte, auch wenn sie immer nur den Knödel und er die Schweinshaxen bekommen hatte.
Aber Kathi war nicht die Elisabeth!

Eigentlich war es ihr bei solchen Gedanken immer bitter ums Herz
geworden, aber heute, heute kommt keine Bitterkeit mehr auf. Ganz
im Gegenteil, ihr wird's leicht ums Herz. Sie wird nicht warten,
bis der Max sie heimbringt. Sie wird sich von niemandem mehr in
ein fremdes Haus ziehen lassen. Sie wird einfach fortgehen, zwar
alleine, aber dorthin, wohin sie möchte. Sie wird wieder ganz von
vorne anfangen, alles anders machen, sich selbst ein Zuhause bei
vornehmen Leuten suchen. Nein, sie wird sich nimmer mit dem
Max streiten müssen, sich nimmer fragen müssen, ob man ihr das
neue Bopperl wegnehmen darf. Aber das Alfrederl? Was soll nur aus
ihm werden? Doch auch diese letzte Sorge hat kein Gewicht mehr,
kann sie nicht mehr aufhalten – überhaupt hat gar nichts mehr ein

Gewicht, nicht einmal ihr eigener Körper, alles ist ganz leicht und einfach: Sie kann fortgehen, einfach so, durch die Wand, hinaus in den Garten. Und wie sie so über die Herbstblumen hinweg schwebt, sieht sie noch, wie ihre Mutter zu dem kleinen Buben geht, der im Garten hinterm Haus vor dem hohen Holzstapel hockt und lustlos mit zwei Hölzchen spielt. Seine Oma nimmt ihn in den Arm und sagt ihm etwas. Wenn die Kathi genau hinhören tät', dann könnte sie es bestimmt noch verstehen. Aber es ist nicht mehr wichtig, die Kathi schwebt weiter, immer weiter, immer höher, ihre Mutter da unten, die wird es schon richten. Die Kathi bereut es nicht, einfach fort gegangen zu sein – dorthin, wo alle Leute vornehme weiße Kleider tragen.

Was hat die Schroths Mutter dem kleinen Buben gesagt?

»Schau, Alfrederl, jetzt ist doch tatsächlich dei' Mama g'storb'n.«

Zweiter Teil

— Durch den Sturm der Zeiten —

Kathis Sohn

1. Kapitel

Freiwillig

1943

Freiwillige wurden gesucht – der Blick des Zugführers war über die Mannschaften geschweift und bei ihm kurz verweilt. Er hatte inzwischen gelernt, was das hieß, wenn der Blick des Zugführers bei einem anhielt: Steinberg wollte, dass er ein Vorbild für die anderen sei. Da er als Sanitäter des Zuges wohl auf jeden Fall mit dabei sein sollte, entsprach er eben der Erwartung und meldete sich freiwillig.

Er war lange genug dabei, um zu wissen, wie wichtig das sein konnte. Man musste einfach zu denen zählen, die der Leutnant Steinberg als gute Soldaten schätzte, denn die setzte er für hoffnungslose Einsätze nicht ein. Wenn er seine guten Leute einsetzte, dann für etwas, das maßgeblich, aber machbar war.

Auch Zugführer Steinberg wollte selbst als Vorbild mitgehen – das beruhigte ein kleines bisschen: Es schien wirklich kein reines Himmelfahrtskommando zu sein!

Noch am Abend des vorigen Tages war der Krieg für Wochen wie eingeschlafen gewesen. Alfred und seine Kameraden lagen in Stellung. Doch es wurde aufgerüstet, wohl für einen größeren Angriff. Hinter den Hügeln hatten die Deutschen zusammengezogen, was noch zusammengezogen werden konnte. Die Anhöhen sollten das vor den Russen verbergen. Doch in Wirklichkeit konnte schon lange nichts mehr verborgen werden. Der Iwan hatte zwar nur wenige und klapprige Flugzeuge und konnte deshalb kaum Luftaufklärung betreiben – aber der Gegner wusste dennoch immer sehr wohl Bescheid! Und zog wiederum auf seiner Seite zusammen, was ihm zur Verfügung stand. Auch hinter den Hügeln.

Es war also nur eine Frage der Zeit gewesen, wie lange der Krieg noch schlief; irgendwann würde er erwachen und dann musste hier ein Riesenrabatz losgehen. Und gestern Abend war es dann soweit gewesen! Nachts um halb zwei Uhr begann starkes russisches Feuer; denn die Russen hatten ihre Spitzel und so war ihnen bekannt, dass in dieser Nacht der deutsche Angriff beginnen sollte. Allerdings hatten die Spitzel die Information nicht korrekt weitergeleitet – der Angriff war erst für drei Uhr dreißig festgesetzt worden und so verpuffte die russische Ouvertüre zum Unternehmen Zitadelle, wie die Deutschen diesen Angriff nannten, relativ wirkungslos – denn die meisten der deutschen Gruppen lagen noch gar nicht in den Bereitstellungsräumen.

Das russische Artilleriefeuer ebbte nach 30 Minuten wieder ab. Alfred und die Kameraden atmeten etwas auf. Als nächstes entfachte sich ein Luftkampf. Als zweite Präventivmaßnahme hatten die Russen den Beschuss der Flughäfen vorgesehen, noch bevor die deutschen Maschinen starteten. Doch diesen Angriff sahen die Deutschen mit ihren modernen Radargeräten auf sich zukommen und es gelang ihnen, ihre Flugzeuge vor dem Eintreffen der russischen Bomber in die Luft zu bringen.

So verzögerte sich der Angriff der Deutschen noch um einige wenige Stunden. Die ersten Panzer-Verbände gingen um fünf Uhr zum Angriff über. Alfreds Einheit war noch nicht dabei, denn sie war nicht mit Panzern ausgerüstet, sondern war begleitende Infanterie mit MG-Schützen. Und zudem lag Alfreds Kompanie am Rand des geplanten Stoßkeils, war also zum Nachsetzen und Schützen der Flanken des Angriffskeils vorgesehen. Aufgrund dieses Auftrages war ein Vordringen seines Truppenteils erst in einigen Stunden sinnvoll.

Doch dort, wo Alfreds Einheit eingesetzt war, stand im Tal zwischen den flachen Hügeln der Deutschen und den Hügeln der Russen schon seit Wochen ein Panzer. Er war bei früheren Kampfhandlungen manövrierunfähig geschossen worden, aber es saßen noch Russen drin, die herausschossen. Die Besatzung dieser Panzerfestung wurde wahrscheinlich jede Nacht getauscht und mit Nachschub versorgt.

Wegen dem bevorstehenden Angriff musste dieser Panzer nun weg: Jetzt, heute – bei Tag!

Zugführer Steinberg war wohl der Einzige, der schon Erfahrung hatte, wie eine solche Aufgabe anzugehen sei. Am frühen Nachmittag sollte der Stoßtrupp sich aufmachen, ausgerüstet mit einem Flammenwerfer, Haftminen und ein paar Granaten. Sonst nichts, kein großes Sturmgepäck, kein kleines Sturmgepäck, nicht einmal die Wasserflasche, um schnell, wendig und möglichst klein zu sein. Das war Voraussetzung, denn es gab keine Deckung in dem sandigen

Gelände, nur flache Kuhlen, wenn überhaupt. Kein Bombenkrater, kein Baum – nichts! Und Glück musste man haben, um unbemerkt und ohne von den Iwans im Panzer gesehen zu werden bis dorthin zu kommen; und wenn man es dann tatsächlich schaffte, den Stahlkoloss zu sprengen – ja spätestens dann würde die Explosion die Russkis in den Linienbefestigungen zur heftigen Gegenwehr auffordern.

Ja, Glück brauchten die deutschen Angreifer. Wie aber kann man nur vom Kriegsglück reden? Darüber dachte damals niemand nach – denn der Deutschen Glück würde den Russen im Panzer den Tod bringen.

Zunächst haben dann die Deutschen das Glück wirklich auf ihrer Seite. Ohne Deckung und dennoch unbemerkt erreichen sie den Panzer; das Glück bleibt ihnen treu: sie können die Minen anbringen, haben auch noch mehr Glück und können schnell genug weglaufen, bevor das Ding in die Luft fliegt.

Aber jetzt heißt es laufen, laufen, laufen. Die russischen Linien sind erwacht! Zornig! Wütend! Rachsüchtig! Doch die Eile lässt die Vorsicht vergessen, die meisten der Kameraden haben nur die vier Wochen Fronterfahrung von Charkov. Sie setzen auf Schnelligkeit und nochmals auf Glück und denken nicht an Hakenschlagen oder Pause in einer der flachen Kuhlen.

Anders der Zugführer. Er hat gelernt: Nicht geradeaus laufen, den Weg unberechenbar machen. Wenn es tatsächlich eine etwas größere Kuhle gibt: reinwerfen, hoffen, verschnaufen. Auf Feuerpausen spekulieren und dann weiterlaufen.

So sind bald sieben Kameraden vor Alfred, hinter ihm nur noch der Zugführer Steinberg.

Er hört den Zugführer schreien, sieht ihn in eine Mulde stürzen. Nein, nicht springen, sondern stürzen. Es hat ihn offensichtlich erwischt!

Verletzt? Tot? Kann man ihm helfen?

Warum auch immer: Alfred ist der Sanitäter und er entschließt sich, die paar Meter zurück auf sich zu nehmen. Er schafft es bis zu seinem Zugführer, aber helfen kann er nicht mehr. Der Mann ist tot: »Ich heiße Steinberg und Steinberg bedeutet Schleifstein. Wegtreten, marsch, marsch.« So hatte er sie als junge Rekruten empfangen und getriezt. Bis zum ersten Fronteinsatz. Dann war er der große strenge Bruder. Sein Drill hatte ihnen ein Stück weit geholfen. Ein Stück weit! Jetzt ist Steinberg selbst weg, abgetreten – für immer.

2. Kapitel

Dazwischen

Die anderen sind wieder zurück in den deutschen Gräben. Was nun?

Neben ihm liegt der tote Steinberg. Er schaut ihm ins Gesicht – im letzten Moment ist es noch einmal jung geworden, muss nicht mehr streng sein, nicht mehr zu einem Helden gehören. Leutnant Steinberg ist tot – nach neunzehn Jahren Kindheit und Jugend und obendrauf noch vier Jahren als wahrer Mann und deutscher Held. Doch jetzt ist Leutnant Steinberg tot. Vielleicht lebt Friedbert Steinberg ja auch anderswo weiter, wenn sich denn Gott erbarmt und die letzten vier Jahre übersieht.

Was nun also? Für Steinberg kann er nichts mehr tun. Jetzt kann er nur noch an einen denken, an sich selbst.

Warten, bis es ruhiger wird? Ja, das auf jeden Fall – die Russen sollen glauben, dass keiner mehr draußen ist.

Doch wie lange warten? Bis es dunkel wird? Es ist früher Nachmittag! Wer weiß, wann der deutsche Angriff beginnt, wer weiß, ob er dann nicht mitten im vollen Beschuss liegt.

Also nur ein paar Minuten warten, und dann raus, überraschend, hoffend, dass kein Russe mehr mit einem Überlebenden, mit einem Nachzügler rechnet.

Er beneidet die anderen Kameraden: Die sind jetzt wieder hinter der deutschen Linie.

Alles Überlegungen, die rasch überflüssig werden, denn eine verspätete Granate surrt heran, explodiert, Splitter zischen zu ihm herüber.

Jetzt, denkt er noch, jetzt denken die Russkis, an der Stelle kann keiner mehr sein – also jetzt los. Er will springen, doch die Beine versagen ihm den Dienst. Er sammelt Kraft, will springen, doch wieder versagen die Muskeln. Er greift nach unten: Die Beine sind noch da – er greift nach hinten auf den Rücken – da ist etwas feucht. Er spürt nichts, aber da ist etwas feucht und die Beine tun nicht mehr mit. Er tastet mit den Fingern unter die Uniform und zieht sie rot hervor.

Was Befürchtung war, ist nun Gewissheit. Da liegt er neben dem toten Zugführer – kann ihm nicht mehr helfen, kann sich selbst nicht mehr helfen.

Dabei hat er nichts – er war auf einem schnellen Stoßtrupp. Nicht einmal Wasser. Lange kann er es nicht aushalten. Aber was tun? Sich selbst ...? Dafür ist noch immer Zeit.

Er blickt nach oben: ein schöner Tag, die Sonne scheint breit und warm vom Nachmittagshimmel.

Er drückt sein Verbandspäckchen auf die Wunde im Rücken. Mehr hat er die nächsten Stunden nicht zu tun. Also hat er Zeit, Zeit Angst zu haben.

In seinem Abschnitt ist die Front nochmals ruhig geworden. Vielleicht geht es ja doch? Er testet nochmals die Beine. Nein, schnell laufen geht nicht. Und langsam krabbeln kann er bei Tageslicht vergessen. Das wäre auf jeden Fall das Ende. Dann doch lieber selbst...

Es nützte ihm nichts, dass die Front dort drüben wieder ruhig geworden war. Die Russen wussten auch, was es hieß, dass die Deutschen den Panzer angegriffen hatten: nur noch kurze Zeit, und die Deutschen würden auch hier mit dem Angriff beginnen. Aber wann genau? Noch am Abend? Und würden es wirklich die Deutschen sein, die zuerst angriffen? Oder die Russen? Wie letzte Nacht? Angriff ist die beste Verteidigung?

Er hielt Sonne, Wärme, Durst und Blutverlust aus. Er hörte auf, darüber nachzudenken, was denn sei: Wenn die Russen angriffen. Wenn die Deutschen schon in wenigen Stunden angriffen. Wenn wider Erwarten niemand angriff und er hier einfach zu schwach wurde. Würde jemand kommen und ihn einbuddeln, ein Holzkreuz drauf und weiter? Dann hätte er wenigstens seinen Frieden.

Oder würde er im Angriff schlichtweg überrollt, zerdrückt und einfach...

Vielleicht würde es ja noch vor dem Angriff dunkel werden und vielleicht könnte er dann doch noch kriechen.

Ab und zu kam diese Hoffnung, immer seltener, immer kürzer. Schlief er, schlummerte er zwischendurch? Oder waren es Wachträume?

Da war sie wieder, die Schroths Großmutter: »Schau Alfrederl, jetzt ist doch tatsächlich dei' Mama g'storben.«

3. Kapitel

Warum?

1928 − 1930

Er schaute wieder nach oben und sah die warme Nachmittagssonne. Sie schien an diesem Tag in Russland, der mit so viel Glück für den deutschen Stoßtrupp begonnen hatte, genauso heiß und golden wie damals auf dem Bahnhof in Freilassing. Er war schläfrig gewesen und hatte sich an seine Mama gedrückt. Morgens hatte sie noch mit ihm geschimpft, weil er auf dem Weg zum Bahnhof getrödelt hatte. Aber jetzt war alles gut. Er war auf ihrem Schoß, die Mama streichelte ihm zärtlich über das Haar und er schmiegte sich ganz eng an ihren warmen, weichen Körper.

Die ganzen Jahre hatte er seine Mama vermisst, hatte den Bahnhof in Fridolfing vergessen. Jetzt war er wieder da. Und er drückte sich noch ein bisschen mehr an den starr werdenden Körper seines Zugführers, hoffend, dass die Russen nur den Toten wahrnahmen.

Es war egal, ob die aufkommende Schwermut oder das bisschen Trost stärker war: Seine Mama hatte ihn dann ein gutes Jahr später allein gelassen, war fortgegangen, einfach durch die Wand, über den Garten und die Herbstblumen hinweg und über den Weißbach; aber jetzt war sie schon wieder ganz in seiner Nähe, in einem schönen weißen Gewand.

Nachdem seine Mama ein vornehmes Engerl geworden war, stand der kleine Bub oft alleine am Erkerfenster der Schlafstube, einfach, weil er es früher so bei der Mutter gesehen hatte. Er wusste nicht warum. Aber so war er wenigstens ein bisschen bei ihr, wenn er das tat, was sie immer getan hatte. Er versuchte mit ihrer Haarbürste sich die Haare anders hinzulegen. Aber es misslang ihm. Und Holz holen oder gar im Herd Feuer machen und solche Dinge, die waren ihm verboten.

An manchen Tagen, wenn er so am Fenster stand, hantierten irgendwelche Bauernmädchen aus dem Dorf in der Küche umher. Aber nach ein paar Tagen blieben sie wieder weg. Die meisten wohl, sobald sie begriffen hatten, dass sie nur arbeiten sollten und der Herr Zolleinnehmer nicht mehr von ihnen wollte.

Dann stand der kleine Junge wieder allein am Erkerfenster und spielte sein trauriges Spiel mit der Haarbürste. Am Mittag kam der Vater von der Brücke herauf, schnitt jedem eine Scheibe vom Brotlaib ab, tat ein bisschen Schmalz darauf und aß selbst hastig. Der kleine Bub indes saß noch lang allein am Tisch, wenn der Vater schon wieder gegangen war, und kaute lust- und appetitlos auf seinem Brot herum.

Dann – kaum war der Winter zu Ende – kam der Tag, an dem die Haarbürste verschwunden war, und noch schlimmer: Die Schlafstubentür war verschlossen. Bald darauf wurde er in aller Früh in seinen schönsten Janker gesteckt und der Vater zog ihn an der Hand zum Bahnhof. Sie saßen lange im Zug und Alfred hatte nur mit Müh und Not begriffen, dass er mit dem Vater nach München fuhr, wie mit der Mama selig vor Jahr und Tag.

In München war dann der Vater mit ihm zu den Großeltern gegangen, aber nicht zur Schroth's Mutter, sondern zum Reburg-Ähndl. Den kannte Alfred kaum, aber er mochte ihn sogleich. Denn Jakob sagte von sich aus nicht viel, aber er hörte seinem Enkel zu und wusste auf jede Frage eine kurze Antwort, die der kleine Bub verstand. Zu jedem »Warum« fiel dem Opa eine Erklärung ein – und mit »Warum« fingen in jenen Tagen beim Alfred wieder viele Sätze an, auch wenn er inzwischen mit seinen knapp sechs Jahren eigentlich fast schon wieder aus diesem Alter heraus war.

Doch was blieb ihm anderes übrig, als zu fragen – denn vieles war ihm fremd und nicht geheuer. Schon am nächsten Tag gingen sie alle in eine große Kirche, der Vater vorneweg in seiner Paradeuniform. In der Kirche saß dann der Papa neben einer Frau, die der Alfred zuvor nur einmal kurz gesehen hatte, auf zwei besonderen Stühlen, ganz vorne, mitten im Gang vor der Kommunionbank.

Der kleine Alfred aber musste bei seinem Großvater bleiben und so hatte er wieder einmal eine mit »Warum« beginnende Frage stellen müssen: »Warum sitzt denn d'r Vadd'r net doa bei uns in der Bank?« Und der Reburg-Ähndl flüsterte: »Pst, sei jetzt a bisserl stad! Der Papa sitzt dort vorn bei deiner neuen Mama und wenn die Kirche aus ist, dann gehen wir wieder zu ihm« – und nach kurzer Pause ergänzte der alte Mann mit einem leisen Seufzer: »und zu deiner neuen Mama«.

Verstanden hatte das der kleine Bub nach Wort und Sinn schon – aber hatte er es auch wahrhaben wollen? Auf alle Fälle hatte er sich zum Ähndl hin umgedreht und ihm ganz laut widersprochen: »Nein, meine Mama ist ein Engerl im Himmel!«

Alle hatten es gehört und die fremde Frau drehte sich sogar um und schaute ihn fest an, aber ganz merkwürdig.

4. Kapitel

Die Fremde

1930

Nach der Kirche gingen sie in ein Wirtshaus und aßen Knödel. Das heißt Alfred und die Reburgs Oma aßen Knödel, der Ähndl verspeiste vor allem viel Braten, ganz viel Braten sogar, und zwischendurch beantwortete er seinem Enkel alle Fragen: Dass seine neue Mama Rosa heiße und dass die größere Frau, die bei ihr stünde, ihre Schwester Gretel sei.

Und ohne dass das der kleine Alfred fragen musste, erklärte ihm dann noch die Reburgs Oma, dass die neue Mama bestimmt eine ganz Liebe sei, denn sie habe ja ganz lange als Kindermädchen gearbeitet. Und dass der Papa die neue Mama und die neue Tante schon recht lange kenne, das seien nämlich frühere Nachbarn. Der Papa sei oft mit den beiden auf den Weihnachtsmarkt gegangen; denn sein Papa habe immer gehofft, dass er und die Gretel einmal...

Aber da unterbrach sie der Ähndl und mahnte: »Geh, Elisabeth, jetzt verdreh dem Buben doch nicht den Kopf. Ist doch noch ein Kind!«

Jakob hatte diese neue Heirat seines Sohnes selber nicht so ganz verstanden. Das Trauerjahr war noch nicht einmal um und schon heiratete sein Sohn wieder! Dem Jakob war die Kathi noch gut im Sinn und in seinem Herzen saß der Schmerz um seine Schwiegertochter noch tief. Immer wieder sah er sie vor sich, im verwaschenen blauen Rock und weißer Bluse, aber mit festen guten Schuhen bis über die Knöchel: »Eheleut' müssen doch füreinander sorgen.« Mit diesem einen Satz hatte sie damals seine Zweifel zerstreut, ob denn die Kathi, die ach so junge Kathi, die Richtige für seinen Sohn sei – und stattdessen einen Platz in seinem Herzen erhalten!

Auch wenn es sein eigener Sohn war, so stellte sich doch dem Jakob inzwischen oft die Frage: Hatte Max gut für die Kathi gesorgt?

Die ersten Jahre, als die junge Familie noch in München lebte, hatte man sich oft gesehen. Damals war die Kathi noch glücklich gewesen. Die triste Zeit in Fridolfing, die Enttäuschungen von Bayerisch

Gmain, die hatten Jakob und Elisabeth nicht mehr mitbekommen. Man hatte sich so gut wie nicht mehr gesehen und in den Briefen war wohl nie die volle Wahrheit gestanden.

Vor knapp zwei Jahren, kurz vor der Übersiedelung nach Bayerisch Gmain, war Kathi doch noch einmal zehn Tage bei ihrer Familie zu Besuch gewesen und damals war sie mit dem Buben auch einmal zum Kaffee zu ihm und zur Elisabeth gekommen – und alles schien gut.

Und doch spürte Jakob inzwischen, dass da etwas nicht mehr richtig gewesen war. Die Trauer seines Sohnes, sie war dem Jakob nicht tief genug. Und was hatte auf der Beerdigung der Kathi ihre Mutter angedeutet? Im Krankenhaus zu Reichenhall hätte man der Kathi vielleicht noch helfen können? Warum war die Kathi nicht ins Krankenhaus gebracht worden?

Er fragte den Max nicht – er wollte seinen Sohn nicht in Verlegenheit bringen. Und wahrscheinlich hatte er auch Angst, keine gute Antwort zu bekommen.

Ja, er verstand es schon, sein Sohn konnte nicht mit einem Bauernmädchen wirtschaften. Er hatte sich erklären lassen, dass eine jede lieber Frau Zolleinnehmer geworden wäre als Magd bei einem Bauern zu sein. Er konnte es verstehen, dass Max die kleine Tochter, die seit dem Tod der Mutter bei einer Pflegefamilie war, wieder im eigenen Haus haben wollte. Hatten doch die Pflegeeltern bereits wegen einer Adoption angefragt! Und er konnte auch nachvollziehen, dass für den kleinen Alfred besser gesorgt werden musste.

Aber musste sich sein Sohn wirklich schon mit Feder und Briefpapier unter den Weihnachtsbaum setzen und dieser Rosa schreiben? Vor Jahr und Tag hatte Max vergeblich die Gretel umworben. Deren Schwester Rosa wäre wohl schon damals nicht abgeneigt gewesen – und heute schon gar nicht. Die Rosa war ja sogar zwei Jahre älter als sein Max, eine Übriggebliebene! Dass der Max damals vor neun Jahren nicht an die Rosa, die Schwester der eigentlich Angebeteten gedacht hatte, das konnte Jakob sehr wohl verstehen. Aber warum nun?

Jakob erinnerte sich nur allzu gut an damals. Er konnte nichts Schlechtes über die Töchter vom Nachbarn Lindner sagen. Er konnte fürwahr überhaupt nichts Schlechtes über die Lindners sagen – es waren biedere, einfache Leute. Aber er wurde nicht warm mit ihnen. Nicht nur, weil sie keine Münchner, sondern aus Franken zugezogen waren. Der Vater und auch der Bruder waren einfache Arbeiter in einer Brauerei – und die Gretel Bürofräulein, aber oft ohne Stellung. Dass ihm ein Lindner-Mädchen als Schwiegertochter erspart geblieben war, das war Jakob damals nur mehr als recht.

Und nun? Genügten seinem einsamen Sohn unter dem Weihnachtsbaum die Erinnerungen an die Rosa? War ihm das wirklich genug? Hatte die Tatsache, dass Rosa als Kindermädchen arbeitete, ihn in seinem Entschluss bestärkt?

Wahrscheinlich musste für einen Witwer mit zwei kleinen Kindern dann doch eine schon reifere Frau mit Erfahrung als Kindermädchen die richtige Wahl, eben die ausreichend richtige Wahl sein.

Aber wirklich die Rosa?

Und schon so bald?

Weil Jakob seinen Gedanken und Erinnerungen nachhängend seinen Enkel ganz zu vergessen schien, nahm Elisabeth den Buben an der Hand und ging mit ihm hin zur Rosa: »Schau, Rosa, das ist der Alfred.« Die Rosa streichelte ihrem zukünftigen Stiefsohn fahrig mit der Hand über das Haar: »Gelt, du, du hast auch noch ein kleines Schwesterl, das Elisabeterl. Auf das freu ich mich schon recht!« Dazu wollte dem kleinen Buben keine Antwort einfallen und deswegen hatte die neue Mama nach kurzem noch dazugesetzt: »Ah, jetzt kannst stad sei, aber vorher in der Kirch', da hast rumschreien müssen.«

»Geh, Rosa«, hatte da der Max eingeworfen, »das ist halt heut alles a bisserl viel für so einen kleinen Buben. Und das viele Alleinsein in der letzten Zeit hat ihm auch nicht gutgetan.«

»Na, da schaugn mer dann doch einmal«, hatte daraufhin die Rosel vorgeschlagen, »ob er nicht gar schon in die Schul' kann? Er ist doch ein helles Köpferl, oder? Die anderen Kinder werden ihm da guttun!«

»Er ist ja noch nicht einmal ganz sechs!«

»Wirst schon sehen: Die andere Umgebung und die anderen Kinder, die helfen ihm beim Vergessen. Und wenn er was zu lernen hat, hängt er nicht traurigen Gedanken nach!«

Und was die Rosel sich vorgenommen hatte, das setzte sie auch um. Kaum in Gmain angekommen, war sie mit dem Alfred zum

Oberlehrer gegangen und hatte ihn überzeugt, dass das neue Schuljahr doch erst vor gerade einmal einer Woche angefangen hatte und dass es für einen kleinen Buben doch bestimmt nichts Besseres gäbe als andere Kinder und das Lernen von neuen Dingen, um nicht immer grübeln zu müssen und traurig zu sein. Und da auch dem Fräulein, das die unteren drei Klassen unterrichtete, nichts einfiel, was dem entgegenzusetzen war, war aus dem kleinen Alfred mir nichts, dir nichts mit noch nicht einmal sechs Jahren ein Schulbub geworden.

O ja, die Rosa, die nahm die Dinge in Angriff. Wenn der Max von der Brücke heraufkam, dann dampfte das Essen in der Schüssel; und wenn die kleine Elisabeth zu weinen anfing, dann nahm sie die Rosel gleich auf und beruhigte sie liebevoll; und wenn der Alfred, der Lauser, wieder seine Schulaufgaben schlampig auf die Schiefertafel geschmiert hatte, da kam sie sofort mit dem Schwamm und wischte es flugs aus: »Du kannst das schöner, da bin ich mir ganz gewiss. Mach's nur gleich noch einmal!«

Ja, die neue Frau Zollvorsteher, das war eine resolute Frau. Keine so launische und zugleich verträumte wie die arme erste Gattin, Gott hab' sie selig. Die Bauermädchen, die im vergangenen Herbst dem Herrn Zollvorsteher im Haushalt hatten aushelfen dürfen – aber nicht mehr -, die sagten es auch, wenngleich mit ganz verschiedenen Untertönen.

5. Kapitel

Den brauch mer schon noch

1943

Dem Alfred in seinem Graben beginnt es zu schaudern – sei es von der Erinnerung oder sei es von der Kälte, die der frische Abendwind jetzt mit sich bringt, oder gar schon vom Fieber oder Blutverlust.

Er merkt, dass das Sonnenlicht am Schwinden ist und das gibt ihm wieder ein bisschen Hoffnung. Nochmals sammelt er Kraft, probiert die Beine: Ja, so ein klein wenig geht es doch! Illusion? Hoffnung? Sich selber Mut machen, das bisschen Leben noch nicht hergeben, auf den Selbsterhaltungstrieb hören?

Noch eine Stunde, die schaffst du noch! Und dann raus und kriechen! Solang jetzt durchgehalten, jetzt schaffst du das auch noch.

Wieder will er wegduseln, denkt noch: nein, wachbleiben! Jetzt nicht einschlafen und nicht mehr aufwachen! Aber wo ein Wille ist, ist nicht immer ein Weg. Er duselt wieder weg. Stolpert im Traum mit seinem Vater durch den bayerischen Bergwald, entdeckt Schwammerl und Heidelbeeren. Schwammerl kocht die neue Mutter in der Sauce zu den Knödeln und mit den Beeren bäckt sie Blaubeerpfannkuchen. Ja, kochen kann sie, diese resolute Frau. Aber dann schickt sie ihn Holz holen, jagt ihn mit ausgestrecktem Finger an den Spülstein, hält ihm die Schuhbürste hin und des Vaters schmutzige Stiefel.

Wirres Zeug träumt er da neben seinem Zugführer, der schon in einer anderen Welt ist, wildes Zeug, immer wieder gestört von der Mahnung des Gehirns, wach zu bleiben. Die Stiefel, die kann er jetzt sogar riechen, richtig sehen. Mehrere Paar Knobelbecher. Und dann stolpert er wieder mit dem Vater durch den Wald, der strengen Stiefmutter entronnen, ein paar glückliche Stunden mit dem Vater auf einer kahlen Fläche und er sieht den Nachthimmel über sich und es holpert und der Vadd'r sagt: »Zieht's ihn nur weiter, mir san' gleich bei den unsrigen« und eine andere Stimme antwortet dem Vater: »Meinst es lohnt noch? Der schafft es eh nicht mehr!« und er meint sogar die Stiefmutter zu hören: »Jetzt ziegt's halt noch, mir sind gleich hinter unserer Linie. Den brauch mer' schon noch.«

6. Kapitel

Die andere Uniform

1934

Viel weiß Alfred nicht mehr von dieser Nacht. Er wurde verbunden, hinter die Linien gebracht, wieder notversorgt und irgendwann zu einem Güterzug gebracht. Einigermaßen stabilisiert wurde er in einen der Wagen gerollt zu zahlreichen anderen Verwundeten.

Vorn an der Front hatte der Krieg wieder begonnen und auch in seinem Abschnitt war inzwischen das Unternehmen Zitadelle angelaufen.

Für Alfred war das ohne Belang – er wartete in seinem Güterzugwaggon darauf, dass der Lazarettzug endlich voll wurde und abfuhr. Vier Tage war er – verwundet und geschwächt – unterwegs, bis er in einem Feldlazarett ankam.

Vier lange öde Tage voller Angst, voller Hoffnung, voller Erinnerungen – Erinnerungen heraufbeschworen, um die Langeweile erträglich zu machen, aber auch Erinnerungen von Wundfieber und Erschöpfung produziert.

Die schönen Erinnerungen waren eins mit der Erkenntnis, der gefährlichen Front entronnen zu sein – doch das alles stand in Konkurrenz mit dem Hoffen und Bangen, mit der Unkenntnis darüber, was mit seinem Rücken wirklich war: Da war eben ein Verband, erklärt hatte ihm niemand etwas. Würde er Wundfieber bekommen? Würde er genug Kraft haben, um durchzuhalten?

Die stete Hoffnung, unverletzt zu bleiben, hatte sich zwar als trügerisch erwiesen; doch genau diese Enttäuschung gebar die neue Hoffnung, die Verwundung zu überleben, für längere Zeit nicht mehr kämpfen zu müssen.

Hoffnung eines Jungen, noch keine 20 Jahre alt – was hatte er denn schon vom Leben gehabt?

Er zwang sich, an etwas Schönes zu denken. Er wollte diesen Eisenbahnwagen überleben und nicht immer an den Verband und die merkwürdigen Schmerzen im Rücken denken, denn das half nicht viel. Ein Mädchen, einen Schatz zu Hause, das hatte er noch nicht. An die Zeit mit seiner Mama, mit der Kathi, hatte er so gut wie keine Erinnerung. Blieb ihm als aufbauende Erinnerung nur die Kindheit in Bayerisch Gmain.

Nachdem der Hitler Kanzler geworden war, kam sein Vater eines Tages stolz mit einer neuen Uniform nach Hause, aber die war nicht vom Zoll, sondern es war eine ganz braune Uniform.

Der Vater hatte sie anprobiert und da hatte Alfred erkannt, was es war: »Du, Papa, das ist doch a Uniform von der SA!«

»Freili ja! Gelt, da schaugst!«

Ja, da schauten sie; auch die Rosa, aber gefallen hatte auch ihr die Uniform nicht. Die Dienstuniform der Zöllner fand sie schöner und von der SA hielt sie auch nicht viel, denn sie war der Meinung, diese Mannsbilder hätten in München immer nur Krawall und Radau gemacht!

»Geh' zu, Rosa«, hatte der Vater erwidert, »jetzt san andere Zeiten. Warum soll man da ned mitgeh'n? Der Hitler ist jetzt ein demokratisch gewählter deutscher Kanzler – dann darf man sich doch wohl zu ihm bekennen. Auch als Beamter!«

»Ich weiß nicht«, sagte die Rosa, »die Frau Tulpenhain von der Villa drüben hat gestern g'sagt, die SA in München, die tät' ihr richtig Angst machen.«

»Das war früher so, das will i gar ned bestreiten. Aber jetzt, nachdem der Hitler Kanzler ist, hat die SA solche Sachen nimmer nötig. Du wirst schon seh'n, mit dem Hitler geht's besser als mit dem Papen oder Brüning.«

»Meinst?«

»Die Tulpenhain freilich, die hat schon alles. Lebt den ganzen Sommer hier wie a Sommerfrischlerin in ihrer eigenen Villa. Der kann's grad egal sein, wer an der Regierung ist, den Reichen geht es alleweil guat!«

»Jetzt schimpf nicht so. Die Frau Tulpenhain ist doch eine herzensgute Frau, gar nicht eingebildet oder so. Letzte Woche bin ich mit der Elisabeth am Garten vorbeigekommen und sie hat mich angesprochen, was für ein hübsches Töchterchen ich hätt' und der Lisabeth hat sie ein Stück Kuchen g'schenkt.«

»I sag ja gar ned, dass die ned aa recht ist. Aber reich is' sie trotzdem und Sorgen machen muass sie sich ned.«

Dass die Tulpenhains reich wären und Geld hätten, das musste Rosa schon eingestehen. Aber als Juden hätten sie doch dafür reichlich andere Sorgen. Dass die SA ihren Mitgliedern verbiete, bei Juden einzukaufen, das möge ja noch angehen. Dass aber gar niemand mehr bei Juden einkaufen solle, das ginge doch wohl nicht – wovon sollten denn dann die jüdischen Kaufleute leben?

Doch Max bog die Sache ab: In Bayerisch Gmain und auch in Reichenhall gäbe es keine derartigen Verbote. In München, das müsse er zugeben, wäre es wirklich zu Boykottaufrufen gegen jüdische Geschäfte gekommen, aber die habe es auch schon vor dem Krieg, noch im Kaiserreich gegeben. Und dennoch existierten noch heute jüdische Geschäfte und den Inhabern ginge es gar nicht schlecht.

»Geb' Gott, dass du recht hast«, wünschte sich Rosa.

Max aber ging noch weiter: Rosa bräuchte gar nicht so schlecht von den Braunen reden, gab er ihr zu bedenken, ihre eigene Schwester, die Grete, stünde doch jetzt bei denen in Lohn und Brot. Und hätte nicht die Gretel in ihrem letzten Brief erst geschrieben, dass das alles ganz engagierte Menschen seien, die sich dafür einsetzten, dass es den Deutschen wieder besser ginge?

Aber alle diese Verteidigungen brachten keinen Frieden. Vielmehr brachte die braune Uniform des Vaters Unannehmlichkeiten.

Die Leute von Bayerisch Gmain gingen nämlich nicht nur – sofern sie nicht Selbstversorger waren – zum Fleischer oder Bäcker den kurzen Weg hinüber ins österreichische Großgmain, sondern auch am Sonntag zur heiligen Messe. So auch der Max mit seiner Familie. Der hochwürdige Herr Pfarrer von Großgmain mochte aber die Nationalsozialisten überhaupt nicht und nachdem er Max einmal in der braunen SA-Uniform gesehen hatte, verweigerte er ganz ungeniert Max und Rosa die heilige Kommunion.

Von da an musste die Familie an jedem Sonntag eine gute halbe Stunde hinab nach Reichenhall in die Kirche von St. Zeno gehen und den ganzen Weg auch wieder zurück.

Alfred wäre so froh gewesen, wenn er wenigstens am Sonntag nicht auch noch den weiten Weg hätte gehen müssen – es genügte ihm voll und ganz, dass er, seitdem er in die Oberrealschule ging, den Weg an jedem Wochentag zurücklegen musste.

Auch wenn Max deshalb die Uniform nur noch äußerst selten anzog, der Pfarrer von Großgmain blieb in diesen Jahren seiner Linie treu – wen er einmal als Nationalsozialist identifiziert hatte, der bekam bei ihm nie mehr die Kommunion.

Ein einziges Mal hatte Alfred danach noch seinen Vater in der SA Uniform bewusst gesehen, damals, als Rosas Schwester, die Tante Grete zu Besuch kam. Ihr Mann, der Hiasl, wie er nur kurz genannt wurde, kam auch mit. Das war ein Lustiger, der Onkel, den mochte Alfred. Zur Tante fühlte er sich nicht hingezogen, denn die war zwar freundlich, aber auch vornehm – und vor allem unterhielt sie sich meist mit der Rosa.

Am Nachmittag wollte man ausgehen, zum Halbbachbauern, Kaffee trinken und Honigbrot essen, und weil Gretel nun im braunen Haus arbeitete, wollte Max doch einmal wieder seine SA-Uniform anziehen.

Doch Rosa war dagegen – und Gretel sogar auch: »Geh zu, Max, doch nicht in der Uniform! Die Tage von der SA sind doch vorbei. Seitdem der Röhm gegen den Hitler putschen wollte gleich noch einmal! Der Hitler lässt' die Leut' doch nur aus Dankbarkeit für ihre frühere Treue zu ihm noch als SA herumlaufen – aber halten tut er nicht mehr viel von ihnen. Die gehen doch auch wirklich manchmal zu weit!«

Und das sagte die Gretel! Sie selbst trug ganz normale bayerische Tracht. Nicht einmal ein Parteiabzeichen – obwohl sie inzwischen Parteimitglied war.

Da hatte der Max es wieder einmal der Gretel recht machen wollen – und wieder lag er daneben.

»Stell dir vor, Gretel«, erzählte nun auch Rosa zu allem Überfluss, »Wegen der Uniform müssen wir jetzt am Sonntag nach Reichenhall hinunter zur Kirche gehen!«

»Wie – geht ihr nicht mehr nach Großgmain zur Messe?«

»Nein, eben nicht. Der Pfarrer von drüben hat mir die heilige Kommunion verwehrt, weil ich die Ehefrau von einem SA-Mann bin!«

»Geh zu! Was sich die Österreicher alles erlauben. Und das, obwohl der Herr Hitler selber ein gebürtiger Österreicher ist!«

Dem Alfred war das alles nicht so wichtig; er freute sich auf das Honigbrot und darüber, dass der Onkel Hiasl da war und ihm ein Pfeiferl aus einem Haselstecken schnitzte.

Auch wenn Max die braune Uniform dann nie mehr aus dem Schrank holte, der Pfarrer von Großgmain wurde dadurch nicht gnädig gestimmt. Deshalb ging man zur Messe weiterhin nach Reichenhall, zum Fleischer aber nach wie vor den kurzen Weg über die Weißbachbrücke, keinen Steinwurf weit. Dem Fleischer war es nämlich egal, wessen Sohn oder Frau er bediente – er nahm von allen Geld.

Es störte die österreichischen Geschäftsleute auch nicht, dass Alfred und die bayerische Dorfjugend am deutschen Ufer munter Spottverse grölten: »Schuschnigg, Starhemberg und Fey – regieren nur noch bis zum Mai«[1]. Den Pfarrer zu Großgmain ärgerte das aber: er ließ dann immer die Kirchenglocken läuten, damit drüben in Großgmain niemand das Gestänkere der bösen bayerischen Buben von jenseits des Weißbaches hören solle. Wenn der Pfarrer die Glocken nicht hätte läuten lassen, dann hätte es wohl der bayerischen Jugend schon bald keinen Spaß mehr gemacht. Aber so war es immer wieder eine Gaudi.

---

[1] österreichische Politiker, Minister und Vizekanzler, zwar auch rechtsgerichtet und Verehrer Mussolinis, aber für ein eigenständiges Österreich

7. Kapitel

Wenn der Vater mit dem Sohne

Am Schönsten fand es Alfred immer, wenn er mit seinem Vater am Sonntagnachmittag in die Schwammerl[2] oder in die Blaubeeren[3] ging. Da war er mit seinem Papa alleine, das genoss er. Manchmal erzählte ihm der Vater etwas – und manchmal war es schon genug, wenn ihn der Vater im unwegsamen Gelände an die Hand nahm, wenn er ihm, und nur ihm, erklärte, woran man die essbaren Pilze erkannte, oder wenn der Vater ihn fragte, ob er auch glaube, dass im Weidbachgraben die Beeren schon reif wären und ob sie nicht hingehen sollten, um nachzuschauen. Kamen sie dann mit vollen Körben nach Hause, dann lobte ihn Max, wie fleißig er geholfen habe. Die Körbe wurden in die Küche gebracht und der Vater sagte zur Rosa: »Jetzt tät' ich mich auf einen Blaubeerpfannkuchen freuen – und du Alfred?« Natürlich freute sich der Alfred auch auf einen Blaubeerpfannkuchen, wie konnte der Vater nur fragen! An einem solchen Abend ließ sich Rosa von der Freude anstecken. Denn zum einen kochte und aß sie für ihr Leben gern und war daher gern bereit, ihrem Mann am Sonntagabend Pfannkuchen zu backen; zum anderen aber war ihr, gerade ihr, die sie solange ledig war und selbst nie einem lebendigen Kind das Leben schenken durfte, ihre Familie wichtig. So schön konnte es sein – halt am Sonntagabend, wenn Alfred und Max mit vollen Körben aus dem Wald kamen.

Ganz anders aber, wenn es Hühnersuppe gab. Max hatte einen empfindlichen Magen und der Arzt hatte ihm Hühnersuppe empfohlen. Suppenhühner waren bei den Bauern im Ort zu guten Preisen zu bekommen – also stand Hühnersuppe oft zu Mittag auf dem Tisch. Und die Suppe von einem Huhn, die reichte für zwei Tage, manchmal – wenn das Huhn groß war – auch noch einen dritten. Aber ausgerechnet Hühnersuppe schmeckte Alfred nicht nur nicht, sie widerstand ihm regelrecht und manchmal würgte es ihn sogar. Rosa empfand das als Marotte, der Lauser solle anständig essen, schließlich wäre da gutes Fleisch drin und sie hätte dafür lange am Herd gestanden. So ihre Ermahnungen. Die aber nichts nützten. Alfred und Hühnersuppe, das ging nicht zusammen: Zu jedem Löffel muss-

---

[2] große, essbare Pilze
[3] Heidelbeeren

te er sich zwingen. »Das hätt' ich mir bei meinem Vater erlauben sollen! Kinder essen, was auf den Tisch kommt! Jetzt sag du halt auch einmal was, Max!« Rosa war erzürnt und beleidigt: Sie koche gut – da gäbe es nichts zu nörgeln und zu würgen! So aufgefordert ergriff Max Partei für die Rosa und ermahnte seinen Sohn auch noch.

Als die Suppe endlich gegessen war, schickte Rosa Alfred in den Schuppen, Holz zu holen, und so hörte er beim Weg über den Hof durch das geöffnete Küchenfenster: »Jetzt sei halt nicht gar so streng, Rosa. Das hat er alleweil nur bei der Hühnersuppe! Wenn du Semmelknödel machst, dann kochst für dich doch auch Kartoffeln, weil du die Knödel nicht magst!«

Alfred wünschte sich, dass sein Vater das der neuen Mutter in seiner Gegenwart gesagt hätte. So fühlte er sich verraten.

Doch Rosa ließ das nicht auf sich sitzen: »Das wird ja wohl etwas anderes sein! Schließlich bin ich die Köchin und hab' die Arbeit damit! Nein, der Lauser will mich nur ärgern! Und du würdest ihm das am End' gar durchgehen lassen!«

Alfred lernte recht rasch zu unterscheiden, wann der Vater ihn tadelte, weil auch er davon überzeugt war, dass es etwas zu schelten gab, oder wann der Vater ihn nur ermahnte, um die neue Mutter nicht bloßzustellen. Dann waren die Worte des Vaters irgendwie farbloser, die Stimme kaum lauter als üblich. Aber bloßstellen tat der Vater die neue Mutter nie. Immer gab er ihr recht und schimpfte mit Alfred.

Nur einmal trug Alfred einen Teilsieg davon. So sehr es sich Rosa auch wünschte – er schaffte es einfach nicht, »Mama« zu ihr zu sagen. Alfred spürte den Zwang – Rosa die Zurückweisung. Hätte sie als Erwachsene Geduld gehabt, vielleicht wäre es im Lauf der Jahre sogar dazu gekommen.

Es wurde dann der Kompromiss gefunden, sie »Mutti« zu nennen. Aber das musste er.

Ein Kompromiss, der niemandem half. Obwohl er sich jeden Tag dazu zwingen musste, bekam sie doch nie das ersehnte Wort »Mama« zu hören. Kein Weg zueinander, immer nur ein Graben, der vielleicht mit jedem »Mutti« ein Stück tiefer und breiter wurde.

Als Elisabeth größer und verständiger wurde, durfte Alfred ihr nicht erzählen, dass die Rosa gar nicht die richtige Mutter sei. Wie das die Seele eines zehn- oder zwölfjährigen Buben aushalten sollte, darüber machte sich niemand Gedanken.

Aber im Wald bei den Schwammerl, da war Alfred von all' dem befreit! Manchmal erzählte Max seinem Sohn lustige Geschichten, wie die vom Bauer mit den Schubkarren, der jeden Abend mit einer Karre voll Heu von Österreich zurück nach Deutschland kommt. Und vom Zollbeamten, der jeden Tag im Heu wühlt und nach Schmugglerware sucht. Und nie welche findet! Was den Beamten ärgert, denn irgendetwas stimmt hier doch nicht! Schließlich springt der Zollbeamte über seinen Schatten und ignoriert alle Dienstvorschriften, paktiert schon fast mit dem notorischen Schmuggler: »Ich weiß, du schmuggelst etwas, aber ich find's nie! Ich werd' noch verrückt. Ich zeig dich deswegen nicht an, das versprech' ich dir, aber sag mir bloß, was du über die Grenze bringst!«. Die Antwort war einfach: »Hast du mich schon einmal mit einem Schubkarren nach Österreich 'nüber fahren sehen?«

Oder die Geschichte vom Falschgeld: Er, Max, sei einmal dienstlich für ein paar Tage zur Fortbildung nach München abkommandiert und während dieser Zeit von einem ganz jungen Zöllner aus Reichenhall vertreten worden. Nach seiner Rückkehr erhielt er von diesem auf die Frage, ob denn etwas Besonderes vorgefallen sei, die Antwort: Außer dass er einmal Falschgeld beschlagnahmt habe, sei nichts von Bedeutung gewesen.

Falschgeld beschlagnahmt – dafür bekam der junge Kollege Bewunderung und Anerkennung. Und was er dann mit dem Falschgeld gemacht habe? Nach München geschickt? Ja, ganz richtig, das habe er gut gemacht!

Merkwürdig war dann nur, dass aus München immer wieder Rückfragen kamen, wo denn das angekündigte Falschgeld bliebe. – Ja der junge Kollege habe es wirklich nach München geschickt! – Es sei aber nie angekommen.

Die Geschichte klärte sich schließlich, als mein Großvater den jungen Mann wieder einmal getroffen und gefragt hatte, wie er denn das Geld nach München gesandt habe.

Er habe das Geld bei der Post eingezahlt und die habe es bargeldlos überwiesen…

8. Kapitel

Verlorene Heimat

1935

Während der endlosen Fahrt mit dem Lazarettzug dachte Alfred so gerne an Bayerisch Gmain zurück! Er liebte die Berge und die Natur! Dort lebte er wenigstens noch in dem selben Haus, wie seine Mama zuletzt. Wenn sonst niemand in der Küche war, dann setzte er sich auf die Eckbank und manchmal konnte er dann den liebsten Menschen, den er in dieser Welt gehabt hatte, noch am Herd hantieren sehen.

Man spricht vom Vaterhaus – warum nicht vom Mutterhaus? Denn das war es, was Alfred nun auch verloren hatte.

Bereits vor drei Jahren hatte sich sein Vater darum beworben, in den mittleren Dienst aufsteigen zu dürfen. Deshalb war er dann wochenlang in Nürnberg zur Fortbildung gewesen – und Alfred wochenlang allein mit Mutti und Schwester. Da gab es nicht einmal mehr die Sonntagnachmittage im Wald. Doch Max wurde Zollinspektor.

Als Inspektor war Max für so ein kleines Zollamt überqualifiziert. Also wurde er versetzt, doch nicht nach München oder Regensburg oder sonst wohin in Bayern – nein, die Familie wurde nach Heilbronn am Neckar abgeordnet, denn dort war nach fünfzehnjähriger Bauzeit gerade der neue Kanalhafen fertig geworden und damit endete für Heilbronn die Zeit der kleinen Dampfer, die sich an einer im Fluss verlegten Kette entlang hangelten und die Schleppkähne mit den Lasten zogen. Eben dieselben Lastkähne noch, die früher die vierbeinigen Esel auf den Treidelpfaden neben dem Fluss gehend gezogen hatten. Weshalb man die kleinen Kettendampfer auch Neckaresel genannt hatte. In den neuen Hafen fuhren nun aber große Motorschiffe und mit ihnen vermehrte sich der Umsatz. Denn die modernen Schiffe brachten mehr Güter direkt aus Holland, holten mehr Industrieprodukte für den Welthandel ab. Und deshalb benötigte die aufsteigende Industriestadt auch ein größeres Zollamt und mehr Personal.

Nur ungern dachte Alfred daran, wie in der neuen Wohnung Rosa fast jeden Tag um dreiviertel sieben ins Zimmer kam und ihn sanft an der Schulter rüttelte. Wenn er dann die Augen öffnete, dann hätte er sie am liebsten gleich wieder geschlossen. Er vermisste die Kammer unter dem Dach im Haus in Bayerisch Gmain, die er ganz für sich gehabt hatte. Jetzt stand sein Bett in einem Zimmer, das er sich mit seiner sechsjährigen Schwester teilen musste.

Die Mutti legte den Zeigefinger vor die aufgeschürzten Lippen und zischte ganz leise »psst«; mit der anderen Hand deutete sie hinüber zum anderen Bett, wo die Lisabeth, ihr Schätzchen-über-alles, schlief.

Ja, er wusste es schon, er hatte jetzt leise zu sein. In Bayerisch Gmain hatte er noch einen eigenen Wecker gehabt. Aber der hätte ja nun seine Schwester wecken können, ebenso wie Licht im Zimmer oder Geräusche beim Ankleiden. Also nahm er seine Kleider und schlich sich auf Zehenspitzen aus den Zimmer. Im Flur schlüpfte er in die Hosen und ging in die Küche zum Spülstein, um sich Gesicht, Hände und den Hals zu waschen. Vor allem der Hals war wichtig! War der Hals hinten nicht nass, dann schimpfte sein Vater, der schon in Uniform am Tisch saß und sich Brot in seinen Malzkaffee mit Milch brockte.

Auf der Schulter vom Max prangten die neuen Rangabzeichen. Eigentlich kann ein Sohn auf seinen Vater stolz sein, wenn er befördert wird. Aber davon war der elfjährige Alfred weit entfernt! Er hasste alles, was mit Zollinspektor zusammenhing!

Rosa hingegen war stolz auf den Zollinspektor Max Reburg. Gretels Mann, der Hiasl, hatte auch am Inspektorenlehrgang teilgenommen, aber die Prüfung nicht bestanden. Deswegen war die Rosa erst richtig stolz.

Dass Max nun Inspektor in einer Stadt war, das hätte auch Kathi gefallen. Aber ob ihr auch Heilbronn am Neckar gefallen hätte? War Heilbronn Stadt genug? Noch nah genug an München?

Alfred gefiel es auf jeden Fall in Heilbronn gar nicht. Wenn er aus dem Küchenfenster schaute, sah er keinen Baum, keine Wiese, keinen Himmel und schon gar keine Berge, sondern einfach die Backsteinwand des gegenüberliegenden Hauses.

Wenn er nachher aus der Tür treten würde, dann würde er über den Hof an zwei anderen Häusern vorbei bis zur Straße gehen; im Straßenbelag waren Schienen eingelassen, da wurden jetzt im Herbst große Eisenbahnwaggons mit Rüben zur Zuckerfabrik gezogen.

Und wenn er in die Klasse käme, dann würden ihn etliche der neuen Kameraden wegen seines Dialektes aufziehen.

»Papa, warum hast du denn Inspektor werden müssen?« hatte Alfred seinen Vater gefragt, schon am ersten Tag in Heilbronn, auf dem Weg vom Bahnhof zur neuen Wohnung. »In Bayerisch Gmain war es doch so schön!«

Wie erklärt man das einem Elfjährigen? Sollte Max seinem Sohn nun das höhere Gehalt als Grund angeben? Max dachte, er hätte eine bessere Antwort: »Schau Alfred, das ist jetzt grad für sieben Jahr, ham's g'sagt. Dann gehen wir wieder heim nach Bayern.«

Ob dieses Versprechen den Alfred getröstet hat? Wäre er ein wenig älter gewesen, dann hätte er sich vielleicht gedacht: »Bis dahin bin ich schon mit der Schule fertig und noch drei Jahre weiter, dann bin ich volljährig. Dann kann ich hin, wo ich will.«

Doch da haben sich alle getäuscht! In Berlin saß einer, der wollte für die Deutschen eine ruhmreiche Zukunft! Der hatte ganz andere Pläne! Das Heimweh einer bayerischen Zöllnersfamilie war da noch nicht einmal unwichtig, es war ganz einfach nicht existent! Max und Rosa sollten nie mehr nach Bayern ziehen.

Das Familienleben hatte sich inzwischen eingeschliffen; die Frage »Mama« oder »Mutti« war schon lange geklärt, die Fronten abgesteckt und verhärtet. Er bekam von ihr sein Essen, sein gemachtes Bett, seine gewaschene Wäsche, seine ausgewischten Hausaufgaben auf der Tafel. Dafür hatte er sich am Familienleben zu beteiligen, das hieß vor allem auch an der Hausarbeit: Kartoffeln für die Knödel reiben, einkaufen gehen, beim Abwasch helfen, Schuhe putzen; denn er war der große Schulbub, seine Schwester das süße Butzele. Auch wenn er es in seinem Alter sich nicht vergegenwärtigen konnte, aber er fühlte sich als Arbeitskraft. Seinen Platz als geliebtes Kind hatte er nicht nur mit der Schwester teilen, sondern an sie abtreten müssen.

Was das Mithelfen im Haushalt betraf, da ging es seinen Schulkameraden wahrscheinlich nicht besser; so mancher musste auch noch beim Heuen und im Stall helfen. Aber vielleicht war es das gar nicht. Es war halt immer noch die fremde Frau, eine resolute Wirtschafterin – nicht die verträumte hübsche Frau, die Mama, deren Gene er in sich hatte. Nein, er half nicht seiner Mama, nicht einmal der Mutter – er musste dieser fremden Frau zur Hand gehen, er wirkte in einer Lebensgemeinschaft mit. Es gab kein Entrinnen und kein Entkommen. Diese resolute Stiefmutter-Frau, die seine freie und zwanglose Kinderwelt mit der Idee, ihn in die Schule zu schicken, beendet hatte und die mit ihren Ansprüchen an Haushaltshilfe ihm keinen Freiraum mehr ließ, war Teil seines Lebens. Er wurde von jemandem erzogen, der eine andere Sprache der Liebe sprach als er und seine Mama, die Kathi.

9. Kapitel

Verlorene Jugend

1935 – 1941

An den Schulwechsel von Bayern nach Württemberg erinnerte sich Alfred ebenfalls nicht gerne – nicht nur wegen dem Umzug, der fremden Stadt und der tristen Wohnung, sondern auch wegen der unterschiedlichen Schulsysteme. Alfred musste in so manchem Fach nachlernen. Die Sonntagnachmittage, an denen er mit zugehaltenen Ohren neben Schwester und Eltern in der Küche saß, waren ihm verhasst: er musste französische Vokabeln lernen mit den Fingern in den Ohren, damit er sich beim Lernen auch konzentrieren konnte, während die Eltern mit der kleinen Elisabeth Mensch-ärgere-dich-nicht spielten. In die Wohnstube ausweichen durfte er nicht, denn dort war – sparsam wie man sein musste – nicht geheizt.

An Freizeit während seiner Jugend konnte sich Alfred nicht erinnern: Es war Schule, es war Hitlerjugend, es gab Hausaufgaben, es galt nachzulernen – und es gab diese Stiefmutter-Frau mit ihrem Moloch von Haushalt, der ständig nach Unterstützung schrie.

Die HJ hatte für sich den Mittwochnachmittag und den ganzen Samstag reserviert. Die Schulstunden, die früher an Samstagen erteilt wurden, wurden auf die übrigen Nachmittage verlegt.

Womit – nebenbei bemerkt – die Nationalsozialisten ganz unbeabsichtigt eine Schikane gegen die jüdischen Schüler wieder aufhoben: Wegen des Sabbatgebotes waren jüdische Schüler in Preußen seit 1859 samstags vom Unterricht befreit gewesen. Ein Privileg, das 1933 gestrichen wurde: Jüdische Kinder mussten nun entweder auch am Sabbat zur Schule gehen oder aber auf eine jüdische Privatschule wechseln. Seitdem der Samstag aber für die HJ bestimmt war, waren die Juden wieder aus der Zwickmühle, denn von der HJ waren jüdische Kinder natürlich ausgeschlossen.

Alfred nahm von all dem keine Notiz, obwohl er zwei jüdische Kameraden in seiner Klasse hatte – bis 1938. Es hieß dann, die Kameraden gingen nun auf eine jüdische Schule. Das machte auf ihn aber genauso wenig Eindruck wie die seltenen und geflüsterten Erzählungen seines Vaters, er habe im Zollamt wieder einen Juden für die Ausreise abfertigen müssen. Reichsfluchtsteuer und Transitgebühren von 300 Prozent auf ins Ausland transferiertes Geld waren keine Themen für einen Vierzehnjährigen.

Jugend- und Schulzeit in Heilbronn waren für Alfred wirklich mit keinen schönen Erinnerungen verbunden; einzig allein die Ferien schafften ihm ein bisschen Freiraum, denn während der Vakanz durfte er nach München zum Großvater Reburg reisen. Zu diesem alten Herrn, der sich Zeit für seinen Enkel nahm. O ja, daran erinnerte sich Alfred gerne: Wie er mit seinem Großvater von dessen Wohnung in der Landsberger Straße mit dem Radl hinaus fuhr zu dessen Schrebergarten, irgendwo dort, wo heute alles zugebaut ist – wo aber damals noch weit und breit kein Haus stand, zwischen München und der damals noch selbständigen Stadt Pasing. Einen ganzen Camembert hatte er vom Großvater bei einer Rast in einer Gartenwirtschaft bekommen!

1939 hatte ihm der Ähndl sogar ein Radl gekauft. Von dem Alfred allerdings wiederum kaum etwas hatte: Weil der Krieg ausbrach, konnte er es zunächst nicht mit der Eisenbahn nach Heilbronn bringen und als endlich das Fahrrad mit der Bahn nach Heilbronn kam, da war Alfred schon zur Ausbildung in Herrsching. Als er endlich aus der Kriegsgefangenschaft wieder nach Hause kam, da war das Fahrrad weg. Als Reparationsleistung von polnischen Zwangsarbeitern mitgenommen, vornehm ausgedrückt. Man könnte freilich auch sagen, von polnischen Zwangsarbeitern kurz nach Kriegsende in der so gut wie rechtsfreien Zeit gestohlen und entwendet. Die Wahrheit wird wohl irgendwo dazwischenliegen.

Ja, die Reisen zu den Großeltern nach München, das war wohl so das einzig Schöne aus den letzten Schuljahren, an das sich Alfred damals im Lazarettzug erinnerte.

Als sich die Schulzeit im Sommer 1940 dem Ende zuneigte, stellte sich die Frage: was nun? Ingenieur wollte er eigentlich werden. Obwohl sein Vater prinzipiell gar nichts dagegen hatte, so bekam er dennoch nicht dessen Zustimmung. »Wirst halt über kurz oder lang Soldat werden müssen«, sagte Max zu seinem Sohn und im Stillen wird er gedacht haben: »hoffentlich erschießen sie ihn mir nicht!« Doch auch wenn Max seine Befürchtung nicht aussprach, so begriff Alfred mit seinen 16 Jahren schon durchaus, was seinen Vater umtrieb.

Aber was dann?

»Beginn halt eine Ausbildung beim Zoll!«

Das war ein Satz, der schon Familientradition hatte. Alfred wusste, dass sein Vater selbst aus Verlegenheit die Ausbildung beim Zoll begonnen hatte; denn eigentlich war Max gelernter Feuerwerker. Aber Feuerwerk war nach dem ersten Weltkrieg verboten, ebenso wie eine große Reichswehr.

»Beginn halt eine Ausbildung beim Zoll!«

Das hatte damals der Reburg-Ähndl seinem Sohn Max gesagt, denn auch er selbst war beim Zoll in München Brauerei-Prüfer. Das war halt das, was der Kathi gefallen hätte – ein Beamter in München.

Dass der Ratschlag des Reburg-Ähndls Max nicht immer Glück gebracht hatte – ob Max wohl daran dachte, als er selbst nun wiederum dasselbe seinem Sohn riet? Hatte Max vergessen oder verdrängt, dass er in jungen Jahren immer Streife an der Grenze laufen musste? Er nachts auf Streife, Kathi allein zu Hause – war das der Anfang von seinem Unglück mit seiner ersten Frau?

Dass sich sein Vater hochgearbeitet hatte, um auch das zu ändern, um den Wünschen seiner Mama wenigstens einigermaßen gerecht zu werden, das hatte sich der junge Alfred im Detail nie klargemacht. Max hatte sich vom Zollassistenten zum Zollsekretär weitergebildet, um wenigstens aus dem Streifendienst heraus zu kommen und um am Abend und am Sonntag zu Hause bei Frau und Kind zu sein. Kathi war das zu wenig, denn in München oder wenigstens in einer größeren Stadt waren sie noch immer nicht. Max hatte sich dann noch einmal fortgebildet, vom Sekretär zum Inspektor. Aber wozu das alles? Die Kathl hatte es ja doch nicht mehr erlebt. Sie hatte nicht so viel Geduld gehabt. Überhaupt die Kathi: Hätte er als treusorgender Gatte sie damals doch ins Krankenhaus bringen lassen sollen? In all' den Jahren verblasste in Max' Erinnerung immer mehr die enttäuschte Frau, immer mehr wurde die Kathi wieder das fleißige und fröhliche junge Mädchen voller Träume.

»Jung gefreit, nie gereut«, hatte der Reburg Ähndl gesagt. Es war halt doch nicht wahr! Die Kathl hatte es wahrscheinlich bereut – und heute reute so manches auch Max. Heute würde er so vieles anders entscheiden, würde mit Kathi zumindest jeden Monat einmal nach Reichenhall ins Kaffeehaus gehen, würde nicht mehr so oft das Wirtshaus besuchen und das ersparte Geld zurücklegen, damit er ihr den einen oder anderen Wunsch erfüllen könnte. Und gleich beim ersten Fieber würde er sie ins Spital bringen lassen.

Er kann es nicht mehr. Aber auf ihren Sohn, auf den wird er aufpassen! Den lässt er nicht leichtfertig zu den Soldaten! Und darum
macht er es wie sein eigener Vater und kommandiert seinen Sohn:
»Gehst halt auch zum Zoll.«

»Geh' Vater, ich würd' so gern Ingenieur werden.«

»Es tut mir leid, Alfred, ich kann's nicht zahlen. In diesen Zeiten
schon gar nicht.«

»Aber wenn ich mich freiwillig zur Luftwaffe melde, dann kostet es
nichts!«

»Du bist sechzehn, ohne meine Unterschrift kannst' das nicht. Und
dafür geb' ich dir keine Unterschrift!«

»Aber warum denn nicht, Vater? Es wär' die Gelegenheit, ich könnt'
Ingenieur werden und kosten tät' es nichts!«

»Wärst bloß schneller Soldat und an der Front!«

»Aber du bist doch auch Soldat!«

Ja, Max war inzwischen wieder Soldat. 1916 hatte er zum ersten
Mal in den Krieg müssen. Nach Frankreich, Artillerie bei Verdun.
Er hatte es überlebt. Er wusste nicht wie, doch irgendwie hatte er
Gefahr, Dreck, Hunger überlebt und den drohenden Krankheiten
getrotzt. Wahrscheinlich hatte ein bisschen dazu geholfen, dass
er bei der Artillerie war, die hinter der Front stand und von dort
geschossen hatte. Er war sogar Feldwebel geworden. Aber trotz
dieser Karriere wusste er nur zu gut, was Krieg war, kannte das
Leben an der Front. Und dann gleich im Herbst 1939 hatten sie ihn
wieder eingezogen. Mit seinen 41 Jahren allerdings nicht mehr an
die Front – ja Gott sei Dank nicht mehr an die Front, auch wenn es
diesmal in Frankreich anders zuging. Er war froh, heimatnah bei der
Fliegerabwehr zu sein. Nachts zu wachen und tags zu schlafen, das
machte ihm wenig aus. In seiner Fridolfinger Zeit hatte er häufig
Nachtdienst gehabt und er schaffte es noch immer, die Nacht zum
Tag und den Tag zur Nacht zu machen – Hauptsache keine Front! Er
wusste, was das war, die Front – er hatte genug davon! Die Schlacht
von Verdun hatte einen Tag nach seinem achtzehnten Geburtstag
begonnen – und dreihundert Tage gedauert. Vierzehn Tage betrug
die durchschnittliche Lebenserwartung eines Soldaten, der nach
Verdun abkommandiert wurde. So rasch wurde nicht einmal ein
zum Tode verurteilter Mörder hingerichtet!

Aber sein Sohn, der kannte den Krieg nicht, und die Front kannte er erst recht nicht. Ingenieur wollte Alfred werden, Pilot, Kampfflieger! Den würden sie doch gleich abschießen! Max wollte seinen Sohn nicht bei den Soldaten wissen – er hatte genug junge Kameraden in den ersten Tagen ihres Fronteinsatzes fallen sehen. Auch wenn das nun schon über zwanzig Jahre zurücklag: Max mochte den Krieg nicht und die Vorstellung, dass sein Sohn in den Krieg ziehen müsse, war ihm erst recht zuwider. Lieber sollte Alfred zum Zoll, und dann zum Reichsarbeitsdienst. Vielleicht – so der Strohhalm, an den sich Max klammerte – fände dieser Krieg ja ein schnelleres Ende als der letzte und seinem Sohn bliebe so die Front erspart.

Und folgerichtig wies Max seinen Sohn zurecht: »D'rum weiß ich auch, wovon ich red' und du halt nicht!«

»Aber der Hans und der Erhard haben sich freiwillig gemeldet, die gehen jetzt dann in die Kaserne!« trotzte sein Junge.

»Ja, das mag schon sein. 1914 haben die Menschen auch gejubelt – und wie ist es nachher ausgegangen? Jetzt glaub es mir, als Soldat an der Front, das ist nichts Schönes, bleib weg, solang du kannst!«

»Vater, so darfst du doch nicht reden!«

»Ich weiß schon, so darf man heut' nicht reden.«

»Und du schon gleich gar nicht, du bist doch sogar bei der SA. Du darfst alles, ich darf wieder einmal nichts!«

Dem Max wollte fast die Hand ausrutschen. Für ein Kind wär' das eine freche Antwort gewesen. Aber er konnte sich noch bremsen. Sein Sohn war kein Kind mehr – sein Sohn sollte demnächst in den Krieg.

»Bei der SA war ich schon lang nimmer – das weißt' genauso gut wie ich!«

Die braune Uniform! Zuerst war er abwartend, wenngleich auch nicht abgeneigt - die Kathi war dagegen. Dann hatte er sich nach der Machtergreifung getraut, sich doch dazu entschlossen – er wollte bei den neuen Zeiten dabei sein, solidarisch sein mit der neuen Regierung. Aber weil dann der Pfarrer in Großgmain Rosa und ihm die heilige Kommunion verwehrt hatte, kamen Rosa Zweifel. Und sogar die Gretel war dagegen – sogar die Gretel, die in München im braunen Haus arbeitete und 1936 als Sekretärin mit im Stab war, als Hitler zu Mussolini nach Rom fuhr!

Und er selber, er hatte allmählich auch Zweifel. Zuerst war ja alles gut mit dem Hitler. Es gab Arbeit für alle, das Saarland und das Rheinland kamen wieder zu Deutschland, Autobahnen wurden gebaut. Doch dann waren da in Heilbronn die Juden am Zoll, die Deutschland verließen. Max musste an Frau Tulpenhain aus der Villa in Bayerisch Gmain denken. Dann brannten die Synagogen und wieder dachte Max daran, dass Rosa gesagt hatte: »Die Juden müssen auch Sorgen haben«.

Max war gerne bei den Richtigen, aber so ganz überzeugt war er nun nicht mehr, dass die Braunen die Richtigen waren. Es kam ihm gerade recht, dass die SA so nach und nach keine Rolle mehr spielte.

Und jetzt wollten die Nazis seinen Sohn für den Krieg! Es würde nicht immer und ewig Blitzsiege geben.

Nein, Max war gar nicht mehr mit allem einverstanden. Aber er hielt den Mund. So wie er vor 1933 sich nicht auf den Zug aufzuspringen traute, so traute er sich jetzt auch nicht mehr vom Zug abzuspringen, denn der Zug hatte inzwischen verdammt viel Fahrt aufgenommen!

Alfred brachte seine Bitte noch zwei-, dreimal vor. Dann kapitulierte er und begann eine Ausbildung beim Zoll: erst ein halbes Jahr Praktikum, dann ein halbes Jahr Zollschule in Herrsching. Eigentlich hätte es erst ein Jahr Zollschule sein müssen und dann ein Jahr Praktikum, aber es war halt schon Krieg.

Die Zollschule in Herrsching war damals natürlich eine nationalsozialistische Einrichtung. Aber Alfred war der ungeliebten Heilbronner Wohnung und der Stiefmutter entronnen. Zudem war die Schule immerhin in der Nähe von München und an den seltenen freien Sonntagen konnte er seinen geliebten Ähndl besuchen.

Und dann war er einige Monate als Zollbeamter zur Ausbildung in Stuttgart.

An die Zeit in Stuttgart, da erinnerte sich Alfred wieder gerne. Nicht nur der Stiefmutter-Frau entronnen sondern auch dem Drill der NS-Schule! In einem möblierten Zimmer in Stuttgart sein eigener Herr! Die schönste Zeit seiner Jugend!

Das versöhnte ihn wieder etwas mit seinem Vater, obwohl: Er wäre so gern zur Luftwaffe gegangen und Ingenieur geworden. Eigentlich wollte er kein so langweiliges Leben wie sein Vater.

Doch die schöne Zeit dauerte nicht lange – denn im März 1942 wurde Alfred zum Reichsarbeitsdienst einberufen und kam zunächst nach Baden-Baden zu einer Art Grundausbildung.

10. Kapitel

Russischer Poker

1942

Als er am zweiten oder dritten Abend in Baden-Baden beim Abendessen saß und sich die ersten Kameradschaften bildeten und die ersten Freundschaften, da kamen ein paar grau Uniformierte in den Saal. Alfred hielt sie für Soldaten, aber der Georg zu seiner Rechten flüsterte leise: »Au Backe, Waffen-SS«.

Ja, Waffen-SS – nach Heinrich Himmlers Plänen sollte sie groß und mächtig werden und dafür wurden Freiwillige gebraucht, denn die regulär Eingezogenen kamen alle zur Wehrmacht. Doch die Werber von Himmlers Truppe hatten ein Bonbon: Wer freiwillig zur Waffen-SS ging, der brauchte nicht zum Reichsarbeitsdienst. Und damit wollten sie die Jungs ködern: »Kommt zu uns, dann ist für euch gleich morgen der Reichsarbeitsdienst wieder zu Ende!«

Aber die meisten der Jungs, die hier waren, wollten nicht. Wer wirklich freiwillig zur Waffen-SS wollte, der hatte sich schon dort gemeldet, bevor er überhaupt den Einberufungsbefehl zum Arbeitsdienst bekommen hatte. Also hatten die Werber es nicht leicht – aber sie mussten wohl eine Quote erfüllen und waren deswegen hartnäckig. Immer wieder kamen sie an die Tische und malten den Jungs das Leben bei der Waffen-SS in den schönsten Farben aus: Man sei Elite, gehöre zu den wahren deutschen Männern und so weiter und so fort.

Sie gingen von Tisch zu Tisch und kamen wieder zurück. Irgendwann hörten Georg und Alfred am Nebentisch: »Wir wollen eigentlich einmal als Offiziere zum Reichsarbeitsdienst.« Und – oh Wunder – die Werber notierten sich die Namen, standen auf und ließen die kurzentschlossenen zukünftigen Offiziere des Reichsarbeitsdienstes in Frieden.

»Das könnten wir doch auch machen«, flüsterte Georg Alfred zu.

»Was könnten wir auch machen?«

»Na, einfach sagen, dass wir dauerhaft zum Reichsarbeitsdienst als Offiziere wollen.«

Ja, warum eigentlich nicht? Offensichtlich half das gegen die aufdringlichen Werber. Ehrliche ablehnende Argumente wie: »Ich wollt' ja eigentlich freiwillig zur Luftwaffe, aber ich hab' von meinem Vater dafür keine Unterschrift bekommen. Dann bekomm' ich auch bestimmt keine Unterschrift für die Waffen-SS« hatten sich ja schon als wirkungslos erwiesen.

Also gab auch Georg an, Offizier beim Reichsarbeitsdienst werden zu wollen. Und dann auch Alfred. Und tatsächlich, die Werber ließen sie danach in Ruhe. Dass der eine auch ihre Namen auf ein Blöckchen schrieb, darüber machten sie sich keine Gedanken.

Alfred, Georg und die neuen Kameraden bildeten dann eine Reichsarbeitsdiensteinheit im K-Einsatz und das hieß: Sie kamen in die Etappe hinter der russischen Front, mussten dort helfen, Straßen wieder herzurichten und den für die Front bestimmten Nachschub zu verladen. Der Krieg kam näher.

Ein halbes Jahr später näherte sich der Arbeitsdienst seinem Ende. Am vorletzten Tag beim Appell wurden einige aufgerufen, darunter auch Alfred und Georg. Heraustreten hieß es für die neun Mann. Und dann bekamen sie zu ihrer Überraschung einen Marschbefehl nach Hause. Zunächst herrschte eitel Freude! Heimaturlaub!

Zurück auf den Schlafstuben begann dann der Neid der anderen, die nicht herausgerufen worden waren. Denen hatte man nämlich gesagt, dass sie in Russland blieben und unmittelbar im Anschluss an den Arbeitsdienst als Rekruten zur sechsten Armee kämen. Ihre militärische Grundausbildung erhielten sie hier vor Ort.

Warum durften die einen nach Hause und die anderen nicht?

Nach und nach kristallisierte sich heraus, dass die neun Herausgerufenen genau diejenigen waren, die vor sechs Monaten in Baden-Baden gesagt hatten, sie wollten als Offiziere zum Reichsarbeitsdienst. Mensch, was war man blöd gewesen, das nicht auch zu sagen!

Doch bald drehte die Stimmung. Als nämlich der Feldmeister Franz zum Appell auf die Stube kam und die neidischen Klagen der einen hörte, da meinte er nur beruhigend: »Männer, ihr braucht nicht so arg neidisch sein wegen dem bisserl Heimaturlaub. Die in Urlaub dürfen, die dürfen nur nach Hause, um dort ihren Einberufungsbefehl zur Waffen-SS zu erhalten.«

Jetzt waren die anderen obenauf! Den neun Kandidaten für den Heimaturlaub war hingegen die Freude weitestgehend genommen und sie fragten entsetzt: »Waffen-SS? Wieso Waffen-SS?«

»Ja hat man euch das nicht gesagt?«, fragte Franz. »Offizier beim Reichsarbeitsdienst kann man erst werden, nachdem man zwei Jahre bei der Waffen-SS im Fronteinsatz war. Ihr habt euch doch freiwillig zu dieser Laufbahn gemeldet.«

Freiwillig gemeldet – zu dieser Laufbahn? Noch keiner war volljährig – ja ging das denn auf einmal ohne Unterschrift vom Vater? War das so möglich? Dass man Reichsarbeitsdienstoffizier erst nach zwei Jahren bei der Waffen-SS werden konnte, davon hatten sie nie etwas gehört, davon hatte ihnen niemand etwas erzählt!

Alfred dämmerte es. »Deswegen die Notiz auf dem Scheiß kleinen Blöckchen! Und deshalb haben die uns schlagartig in Ruh' gelassen. Die hatten uns ja im Sack! Mei', was sind wir für Rindviecher gewesen!«

Doch Werkmeister Franz holte alle mit einem einfachen Argument in die Wirklichkeit zurück: »Hörts auf, aufeinander neidisch zu sein. Das ist doch ganz egal, ob Wehrmacht oder Waffen-SS: Front ist Front, die ist für alle gleich. Denen auf der anderen Seite ist völlig egal, auf wen sie schießen!«

Das leuchtete über kurz oder lang jedem ein und so saß man bald beim Abschiedsbier zusammen.

Franz hatte ja so etwas von Recht gehabt! Denn die einen fuhren nach Hause, um ein paar Tage später zur Waffen-SS zu kommen – was eigentlich damals in Baden-Baden keiner so gewollt hatte. Die anderen mussten zur sechsten Armee. Die sechste Armee aber brach auf, um Stalingrad zu erobern.

11. Kapitel

Steinberg heißt Schleifstein

1942/1943

Nach dem Heimaturlaub hatten sich Alfred und Georg im Oktober 1942 in Unna wieder getroffen, gemeinsam zur Waffen-SS eingezogen. Dann ging es nach Holland zur Grundausbildung. Die beiden hatten schon Erfahrungen vom Reichsarbeitsdienst: Befehl ist Befehl, gemacht wird, was der Vorgesetzte sagt, und denken tun nur die Offiziere.

Bei den gleichzeitig mit ihnen zur Waffen-SS eingezogenen Kameraden waren auch gar nicht wenige, die sich jung und enthusiastisch gleich zur Waffen-SS gemeldet hatten, um sich den Reichsarbeitsdienst zu ersparen.

Die einen so herum, die anderen genau anders herum.

Doch immer, wenn es um militärische Gepflogenheiten, um blinden Gehorsam und Leck-mich-am-Arsch-Denken ging, waren die, die schon beim Reichsarbeitsdienst gewesen waren, jenen Jungen voraus. Diese Hochmotivierten mussten erst noch von den Wolken ihres Idealismus und vorgeträumten Heldentums auf den harten Boden militärischer Hierarchie und des lebenserhaltenden Prinzips, dass Disziplin vor Heldentum geht, herabsteigen.

»Ich versteh die nicht«, sagte Georg zu Alfred, »die könnten doch noch ein halbes Jahr recht sicher zum Arbeitsdienst – aber die wollen so schnell wie möglich an die Front!«

»Bevor wir den Krieg gewinnen und sie gar nicht mehr zum Einsatz kommen«, zischte leise ein Dritter, der zufällig mitgehört hatte. »Aber ob so oder so – am Ende wird's doch für jeden die gleiche Scheiße.«

Nach der Grundausbildung wurden sie nach Südfrankreich, zur SS Totenkopf Division versetzt. Die brauchte dringend Nachschub an menschlichem Material für den nächsten Kampfeinsatz in Afrika.

Was SS-Totenkopfdivision hieß, das brachte ihnen Steinberg bei: »Ich heiße Steinberg und Steinberg heißt Schleifstein«, so hatte er sie empfangen. Und dann »Hinlegen – auf – hinlegen – auf – hinlegen –auf« – gut zehn Minuten lang, solange bis jeder Rekrut seine Wut hatte, was denn das nun wirklich sollte. Und dann noch einmal solange, bis diese Wut wieder verraucht war, durch gleichgültiges Durchhalten ersetzt und die Hoffnung auf ein Ende unwichtig geworden war.

»Also Männer: Steinberg heißt Schleifstein. Wegtreten, marsch, marsch.«

Waffen-SS alleine sollte schon besser sein als Wehrmacht – doch Totenkopfverband erst recht und so hoffte Alfred: »Vielleicht wird's für uns gar nicht so dick. Waffen-SS, das ist doch so etwas wie Elite. Die werden sie ja nicht verheizen. Und beim Rommel in Afrika ist es vielleicht anders als in Russland.«

»Träum' weiter«, widersprach Georg, »zweimal schon ist von dem ganzen Haufen nicht arg viel mehr als eine Handvoll Glückspilze übriggeblieben. Und unsere jungen Kameraden wollen Heldentum, die sind extra deswegen zur Waffen-SS. Und damit sie die Helden spielen können, wird ihnen schon etwas geboten werden!«

»Meinst du«, fragte Alfred, »aber … «

Weiter kam er nicht, denn er bekam einen Rippenstoß von Georg: Norbert und Siegfried tauchten auf, zwei von den Jungen. Siegfrieds Vater war Gauleiter, der drängte seinen Sohn zum Heldentum; Norbert hingegen war der Sohn eines Fabrikarbeiters mit Alkoholproblemen, keine große Leuchte. Doch Norbert wollte es weiter bringen – er hatte schon bei der Hitlerjugend mit Ellenbogen und gefletschten Zähnen Karriere gemacht.

»Paulus ist ein Verräter – er hätte nie und nimmer kapitulieren dürfen!«

Die beiden sprachen wohl gerade über Stalingrad und die untergegangene sechste Armee.

»Und wir sitzen hier herum und üben, üben, üben! Für Afrika! Nach Russland hätten wir sollen«, wünschte sich Norbert, »schon vor vier Wochen. Und dann die Russen einfach wegmähen. Mit dem MG braucht man ja nur draufhalten und wegmähen – rattatatt, rattatatt, weg mit dem Russen.«

»Mir reicht der Arbeitsdienst in Russland«, mischte sich Georg ein, »nochmals will ich da nicht unbedingt hin. In Afrika ist es wenigstens das ganze Jahr warm und vom Rommel halt' ich auch mehr.«

»Zum Rommel nach Afrika?«, meldete sich Siegfried zu Wort, »schön und gut, Rommel und Tobruk und so – aber der wahre Untermensch steht im Osten, das sagt auch mein Vater. Ich versteh die Engländer nicht, die sind doch auch nordische Rasse – warum die nicht mit uns gegen Russland ziehen, sondern gegen uns dort unten Krieg führen? Aber selber schuld, wenn sie nach dem Endsieg auf der falschen Seite stehen!«

Alfred sagte nichts. Ihm war das eigentlich einerlei, ob Afrika oder Russland. Gleichwohl Georg wohl nicht unrecht hatte, Afrika war wahrscheinlich nicht ganz so schlimm. Ihm war viel wichtiger, dass er MG Führer war. Siegfried und Norbert waren Schütze eins und zwei, die mussten schleppen, der eine das MG und der andere die Munition. Da hatte er es besser, er hatte nur die Leuchtpistole – und beim Schießen die Zielvorgabe zu geben. Afrika oder Russland war ihm nicht ganz so wichtig – Hauptsache, nicht so viel zum Schleppen.

Doch Norberts Wunsch sollte in Erfüllung gehen: Als sie am Abend vom Üben aus dem Gelände kamen, mussten sie mit ansehen, wie die Fahrer ihre hellbraunen Fahrzeuge weiß strichen: also kein Wüstensand, sondern Schnee – also doch nicht Afrika, sondern Russland. Noch am Abend bekamen sie warme Kleidung. Und am nächsten Morgen wurden sie verladen.

Vier Tage später wurden sie in einer weißen Schneewüste wieder ausgeladen. Es fielen ein paar Ortsnamen, die Alfred bekannt vorkamen. Aber zu erkennen war nichts, es war eigentlich nicht einmal etwas zu sehen. Nur weiß, nur Schnee. Nichts mehr, was sie kannten, und die meisten der ehemaligen Kameraden vom Arbeitsdienst irgendwo weiter im Osten – hungrig, halb erfroren, gefangen oder schon tot. Die hatten vielleicht das Schlimmste schon hinter sich – und ihnen stand es möglicherweise jetzt bevor. Was besser war – wer wusste es schon mit letzter Gewissheit?

Nur gut, dass in dieser Schneewüste nichts an die Zeit vor einem halben Jahr und die damaligen Kameraden erinnerte.

Der Zug steckte im Schnee fest, an ein Entladen der Fahrzeuge war nicht zu denken. Ein Witzbold meinte: »In Frankreich war's doch schon grün.« Hilft nichts, dann geht es eben zu Fuß weiter, stundenlang. Die Nacht ist schon hereingebrochen, endlich der

Befehl, sich im meterhohen Schnee einzubuddeln. Man wärmt sich gegenseitig ein bisschen, die Schneemauern helfen dazu, und so döst man ein paar Stunden vor sich hin. Bei der ersten Dämmerung geht es dann weiter – und wie aus dem Nichts knallen Schüsse.

Kein rattatatt, rattatatt.

Nur ein paar einsame Plop-Plops.

Ein paar Schüsse eben, die erste Feindberührung. Steinberg brüllt »Hinlegen« und das haben seine Leute inzwischen gut drauf. Die Ziele für die Russen verschwinden im Schnee. Doch auch die ersten Schüsse bleiben nicht ohne Auswirkung: Georg ist am Arm getroffen, das Geschoß hat ihm den Knochen zertrümmert und der quittiert das mit »Da ist wenigstens die Scheiße für mich gleich beendet!«

Siegfried zischt zu ihm hinüber: »Typisch für dich, du Drückeberger« – doch dann sieht er aus den Augenwinkeln, dass Norbert irgendwie komisch im Schnee liegt. Sieht, wie Steinberg zu ihm hin robbt, ihn am Arm fasst und umdreht – und dann den Kopf schüttelt. Siegfried wird blass, leichenblass, weiß wie der Schnee um ihn herum.

Norbert ist der erste Gefallene. Ohne jemals selbst einen Schuss abgegeben zu haben.

Nichts mit einfach rattatatt, rattatatt.

Sondern ganz banal einmal Plop – und aus.

Sein Vater wird einen Grund mehr haben, zu trinken: Sein Sohn ist ein Held – es war einmal ein Held, der war sein Sohn.

12. Kapitel

Heute ich, morgen du

1943

Damals der Norbert, ohne selbst je einmal auf den Feind geschossen zu haben. Und vor ein paar Tagen nun also auch Leutnant Steinberg.

»Ich heiße Steinberg und Steinberg heißt Schleifstein«.

Aber er, Alfred, er hatte es noch geschafft, er hatte es geschafft, in ein ordentliches Lazarett zu kommen, mit einem ausgebildeten Arzt, mit fleißigen Schwestern und weißen Betten.

Vier Tage lag er im Waggon und hatte durchgehalten. Vier Tage Erinnerungen an sein bisheriges Leben und daran, dass er nicht viel davon gehabt hatte. Erinnerungen an Norbert und Steinberg, die es nicht geschafft hatten und Erinnerung an Georg, von dem er nie mehr etwas hörte.

Im Lazarett nahm ein ordentlicher Verband auf der Wunde die Angst, dass doch etwas ganz Schlimmes passiert wäre. Die Schwestern kamen mit Suppe und Fieberthermometern und vermittelten das Gefühl, wieder zu den Lebendigen zu gehören.

Als eine der Schwestern mitbekam, dass Alfred von der Totenkopf-Division sei, fragte sie ihn nach seinem Zug, fragte ihn dann nach Steinberg.

Er ahnte, was er jetzt sagen musste. Wusste nicht genau wem, ahnte aber Schlimmes. Die Welt war so groß, aber ausgerechnet er musste Steinbergs Verlobte im Krankenhaus treffen.

»Ich heiße Steinberg und Steinberg heißt Schleifstein«.

Und alles, was danach kam, hatte Steinberg vergessen oder verschwiegen: »Und ich habe ein Herz und ich sehne mich danach, in den Arm genommen zu werden.« Von dieser Krankenschwester, die nun Alfred pflegte und die die Tränen um ihren Verlobten irgendwann weinte, wenn es keiner sah.

Auch das deutsche Mädel ist tapfer, und die deutsche Jungfrau steht ihren Mann!

Ihr Verlobter hatte die jungen Kerle geschliffen, um sie fürs Überleben an der Front vorzubereiten. Hatte so für sie Sorge getragen. Wahrscheinlich hätte er lieber für eigene kleine Söhne Sorge getragen, Sorge dafür, dass sie nicht bei ihren ersten Schritten stolpern und sich das Knie aufschlagen.

13. Kapitel

Zur Karriere befohlen

1943 – 1945

Die Wochen an der Front hatten genügt, Alfred glauben zu lassen, was Max ihm gepredigt hatte: Meide die Front! Seit seiner Verletzung 1943 hatte es das Schicksal gut mit ihm gemeint: die Front blieb ihm erspart.

Erst war er Genesender im Lazarett, musste wieder laufen lernen. Der Granatsplitter hatte nicht nur eine Niere zerfetzt, sondern auch den untersten Wirbel seiner Wirbelsäule verletzt. Die Reste der Niere hatten sie ihm am ersten Notverbandsplatz gleich hinter der Front herausgeschnitten und dann einfach das Loch zugenäht. Bis an sein Lebensende wird er mit diesem kinderfaustgroßen Loch im Rücken leben.

Den untersten Wirbel konnte niemand mehr in Ordnung bringen, aber er lernte es, trotzdem wieder zu gehen. Es dauerte zwar Wochen, bis er wieder einigermaßen sicher auf den Beinen war, aber er schaffte es. Bereits während der Genesungszeit machte er sich – noch auf Krücken – als Schreiber nützlich. Da man einen Schreiber brauchte, waren die Ärzte durchaus nicht abgeneigt, seinen Aufenthalt in ihrem Lazarett eher länger zu befürworten, als dies für seine grundlegende Genesung erforderlich gewesen wäre.

Dann – noch immer nicht frontfähig, aber wieder weitestgehend hergestellt – kam er nach kurzem Heimaturlaub als Ausbilder für ganz junge Rekruten nach Warschau. Dort gab es Partisanen, die aus dem Hinterhalt auf deutsche Soldaten schossen; das war zweifellos nicht ungefährlich, aber im Vergleich zur Front war das Leben in einer Stadt in Polen doch viel sicherer.

In Warschau gab es auch ein Ghetto; Alfred war einmal dort, um Steine zu holen. Irgendein höheres Tier hatte zum Geburtstag ein Reitpferd bekommen und dafür musste nun ein Stall gebaut werden – doch Steine waren rar; im Ghetto gab es noch welche. Also mit dem Lastwagen hin, nichts denken, warten bis die Häftlinge die Steine aufgeladen hatten und dann wieder weg.

Was gingen ihn die Häftlinge an – was ging es ihn an, was man in den Ecken und Winkeln über das Ghetto hören konnte? Er hatte die russische Front mitgemacht! Er hatte viele Kameraden und Freunde sterben sehen, hatte oft nicht einmal Zeit gehabt, sie ordentlich zu begraben. Sofern man das in fremder Erde überhaupt kann. Alfred hatte das immer bezweifelt – er hat den Krieg viele Jahrzehnte überlebt, aber für sein Grab wünschte er sich Heimaterde und zumindest ein Stein aus dem Weißbach bei Bayerisch Gmain sollte einmal darauf liegen.

Kaum hatte er an der Front Bekanntschaft geschlossen, dann war sie auch wieder zu Ende. Für mehr als Bekanntschaft reichte die gemeinsame Zeit nicht, so Alfreds späteres Urteil. Freundschaft hätte es auch nur unnötig erschwert, den gefallenen Kameraden unbegraben zurück zu lassen. Was Wunder, dass man abstumpfte, sich keine Gedanken mehr machte: Russen, Partisanen – es würde schon seine Richtigkeit mit diesen Häftlingen im Ghetto haben.

Als Anfang August 1944 der Warschauer Aufstand losbrach, hatte Alfred gerade eine Meute ganz frisch eingezogener Jungs bei sich – und deshalb schickte man diese für den aktuellen Kampf gegen die Aufständischen noch nicht Brauchbaren mitsamt ihrem Ausbilder in Richtung deutsches Vaterland. So blieb Alfred der merkwürdige Kampf um Warschau erspart: Im Osten der polnischen Hauptstadt standen bereits die Russen, die jedoch anhielten und den Aufständischen nicht zur Hilfe kamen; sie wollten als Befreier kommen, um die Polen zur Dankbarkeit zu verpflichten. Aber genau das wollten die Polen nicht, sie wollten sich deshalb aus eigener Kraft von den Deutschen befreien, bevor die Russen kamen. Und die Deutschen übernahmen die undankbare Rolle, den Warschauer Aufstand in die Knie zu zwingen und mussten dann anschließend ihrerseits vor den Russen zurückweichen.

1939 hatten sich Deutsche und Russen Polen aufgeteilt. 1944 spielten sowohl die Russen als auch die Deutschen den Polen nochmals übel mit. Vielleicht hätten die Deutschen den Russen mehr Probleme bereitet, wenn sie sich kampflos aus Warschau zurückgezogen hätten – dann wären die Russen nicht als Befreier, sondern als neue Besatzer gekommen und die Erinnerung an die Deutschen wäre vielleicht nicht ganz so schlecht gewesen. Aber damals glaubte Deutschland noch an den Endsieg.

Wie auch immer, Alfred hatte Glück und durfte mit seinen jungen Rekruten davonziehen.

Auch als Rekruten-Ausbilder hatte Alfred noch immer einen Mannschaftsdienstgrad. Doch obwohl im Spätjahr 1944 der Kriegsverlauf für die Deutschen immer bedrohlicher wurde, sollte sich dieses nun ändern – er wurde zunächst zum Unteroffizierslehrgang und dann sogar direkt im Anschluss daran zum Offizierslehrgang nach Prag befohlen.

Dass eigentlich seine zwei Jahre Waffen-SS damals abgeleistet waren und er eigentlich nun Offizier beim Reichsarbeitsdienst hätte werden sollen – wen interessierte das noch?

14. Kapitel

Abkommandiert

1945

Halb fünf Uhr in der Früh auf der Prager Burg. Die Stadt lag noch still und dunkel, nicht einmal die Moldau rauschte. Doch irgendwo hinter der Burg zerriss ein »Aufstehen!« –Ruf die Stille.

Das tausendjährige Reich durchlief seine letzten 988 Jahre im Schnelldurchlauf; mochte jetzt ein Jahr noch einen Tag dauern, so dauerte ein Jahr bald keine Stunde mehr. Doch in der SS-Junkerschule Prag-Dewitz gleich hinter dem Hradschin, der Prager Burg, zelebrierte die Waffen-SS noch Normalität. Man bildete Offiziersanwärter aus, als ob ringsum die Deutschen erfolgreich an allen Fronten kämpfen würden.

Freilich, die alte Herrlichkeit war vorbei! 1936 und 1937, da konnte sich die Waffen-SS noch ihre Schüler aussuchen, noch Anforderungen stellen. Dass diese Zeiten vorbei waren, das wollte bei der Waffen-SS niemand glauben, der Glaube hieß vielmehr unerschütterlich »Endsieg«. Deswegen hatte man in Prag-Dewitz auch noch 1944 eine weitere Offiziersschule eröffnet – denn Prag wird ewig deutsch bleiben!

Die zukünftigen Offiziere der Waffen-SS waren ein bunter Haufen – egal ob Hauptscharführer, Oberscharführer, Unterscharführer, egal ob Oberjunker, Junker oder gar nur Sturmmann, alle die irgendwie den Frontgruppen entkommen konnten und irgendwie geeignet waren, waren zusammengewürfelt worden für diesen Offizierslehrgang.

Auch Alfred hatte es nach Prag gespült. Er wollte nicht zur Waffen-SS. Er wollte eigentlich einmal zur Luftwaffe und Ingenieur werden. Warum ihm sein Vater das nur verboten hatte? War das jetzt besser? Vielleicht sogar, aber das andere hätte zumindest seinen Wünschen entsprochen. Das wäre etwas anderes gewesen als von irgendwelchen Werbern übers Ohr gehauen zu werden mit vorenthaltenen Informationen.

Bis jetzt hatte er es geschafft, bei der Waffen-SS einer selbst auf-
erlegten Zurückhaltung irgendwie treu zu bleiben und demgemäß
noch keine große Beförderung erreicht. Und jetzt auf einmal Offiziersschule. Ob er das wollte oder nicht – er fragte sich das schon
gar nicht mehr. Prag war im Winter 1944/1945 keine Front, also war
Prag gut.

Er hatte es nicht unbedingt leicht zwischen all' den Junkern und
Scharführern – er war im Dienstrang niedriger als diese Kameraden
und trotzdem nun gleich. War er mit UVD-Dienst[4] an der Reihe,
dann hatte er schon mal seine liebe Not, sich durchzusetzen.

Im Vergleich zu den Nächten an der Front war das Aufstehen morgens um halb fünf in Prag ein Zuckerschlecken, auch der anschlie-
ßende Fußmarsch in klirrender Kälte über vereiste Wege hinab vom
Hradschin in die Prager Altstadt war verglichen mit einer Nacht in
einem Bunker an der Ostfront ein Spaziergang, vor allem, weil es
zu einem warmen Pferdestall ging, zum Reitunterricht.

Doch während man in Prag so lebte, als ob es nirgends eine Front
und verbissene Kämpfe gäbe, verwandelte sich Europa, verwandelte
sich Deutschland: Die Deutschen standen nicht mehr im Feindes-
land, die Deutschen standen nun auf eigenem Territorium. Aus
den Angreifern waren endgültig Verteidiger geworden, die ehemals
Bedrängten hatten allein die Offensive übernommen.

Schon am 6. März hatten die Amerikaner Köln eingenommen, Ende
März Frankfurt, Mitte April Alfreds neue Heimat Heilbronn und
am 20. April, an dem Tag, an dem der Führer zum letzten Mal einen
Geburtstagskuchen aß, Nürnberg und Leipzig.

Zur gleichen Zeit erreichten die Franzosen die Stuttgarter Innenstadt. Nur die Engländer waren langsamer, sie erreichten erst am
3. Mai Hamburg. Da hatten die Amerikaner immerhin schon zwei
Tage früher München eingenommen.

Und im Osten? Die Russen eroberten vom 5. bis 13. April Wien und
trafen am 25. April bei Torgau an der Elbe die Amerikaner.

Anfang Mai war noch Berlin umkämpft – nur für Tschechien und
Prag interessierten sich weder die einen, noch die anderen. So ver-
blieb tatsächlich den Nationalsozialisten neben einem Stückchen

---

[4]Unteroffizier vom Dienst, in dieser Funktion tageweise Vorgesetzter für alle
Kameraden

Schleswig-Holstein noch ganz Tschechien, die Slowakei, ein schmaler Streifen Österreich zwischen Wien und Salzburg und die »Alpenfestung«.

Noch wähnten sich die Deutschen in Prag sicher im Sattel. Die Unruhe in der Stadt, die bei der Nachricht vom Tode Hitlers aufkam und in Verbindung mit den näherrückenden Amerikanern und Russen auch von den Tschechen als Signale für das bevorstehende Ende aufgefasst wurden, beantwortete der deutsche Minister für Böhmen und Mähren noch damit, dass er im Rundfunk wiederholt verkünden ließ, dass jeder Aufstand in einem »Meer aus Blut« erstickt würde. Und tatsächlich geschah in Prag noch immer fast nichts. Alfred und seine Kameraden traten noch auf dem Wenzelsplatz an, um auf den neuen deutschen Reichspräsidenten, Admiral Dönitz, vereidigt zu werden.

Die Stimmung in Prag kippte spät, aber dann doch noch. Am fünften Mai schließlich erfolgte das Fanal – um sechs Uhr in der Früh war im Radio noch zu hören: »Je sechs hodin« – es ist sechs Uhr, gemischt in tschechischer und deutscher Sprache. Danach sprach der Moderator nur noch tschechisch entgegen der Anweisung, Programme zweisprachig zu senden.

Am fünften und sechsten Mai errangen die Tschechen die Oberhand in der Stadt, kesselten deutsche Soldaten ein und isolierten sie. Doch am siebten wendete sich das Blatt noch einmal: Von irgendwoher brachte die Waffen-SS doch noch Panzer in die Stadt, gegen die die Aufständischen keine Mittel hatten. Angesichts eines nun doch bevorstehenden Einmarsches der Roten Armee wechselte dann die russische Befreiungsarmee – Russen, die auf deutscher Seite gegen die Sowjetunion kämpften – die Seiten. Nun wurde endlich verhandelt: Die Tschechen ließen die Deutschen – Soldaten wie Zivilisten – ziehen, die Deutschen beendeten die Zerstörungen in der Stadt.

So verließen die Deutschen Prag am achten Mai nach Westen, am neunten Mai marschierte von Osten die rote Armee ein. Das Spiel von Warschau hatte sich wiederholt.

15. Kapitel

Verloren

Am 6. Mai waren Alfred und neun andere Kameraden abkommandiert worden, ein Gebäude der deutschen Wehrmacht in der Prager Innenstadt zu bewachen. Mit einem Lastwagen fuhren sie von Dewitz in die Innenstadt und hielten wie befohlen Wache.

Niemand wusste mehr, was los war. Der Führer gefallen. Die Ruhe in Prag hin. Der Offizierskurs wohl zu Ende. Alfred tat eben, was ihm gesagt wurde. Wie die letzten Jahre auch.

Und dann kam am 8. Mai einer aus der Kommandantur und sagte: »Der Krieg ist aus. Schaut, dass ihr irgendwie nach Hause kommt.«

Das war für die nächsten Jahre der letzte Deutsche, der Alfred sagte, was zu tun war. Was – das wurde noch gesagt. Wie – das war auf einmal jedem selbst überlassen.

Die Kameraden vom Wachdienst schauten sich an und fast gleichzeitig dachten sie an ihren Lastwagen. Dann stürmten sie los, keiner hatte mehr Zeit, noch Proviant zu organisieren, noch die eigene Ausrüstung aus der Schule in Dewitz zu holen. Jetzt war nur noch der Lastwagen wichtig.

Und kaum zu glauben: das Fahrzeug war noch da. Zwar machten sich schon vier oder fünf andere Soldaten, die keiner von Alfreds Gruppe kannte, daran zu schaffen. Aber das war kein Problem, man startete eben zu vierzehnt, obwohl das Fahrzeug eigentlich nur für zehn zugelassen war – denn jetzt war alles egal. Scheißegal. Nach Westen hatte es geheißen.

Also irgendwie nach Westen.

Der Deutsche zieht sich nicht zurück. Der Deutsche macht eine stramme Kehrtwendung und stürmt voran.

Nichts mehr mit strammer Kehrtwendung. Schlagartig war alles anders. Keine Disziplin mehr. Keine Organisation mehr. Keine Strategie mehr. Nur noch stürmen, egal ob vor oder zurück, Hauptsache nach Westen – irgendwie.

100 Kilometer sind es bis Pilsen, nochmals 70 Kilometer bis zur deutschen Grenze. Doch nach gut 20 Kilometern geht das Benzin aus. Irgendwoher Benzin zu bekommen – unmöglich.

Mit Gewaltmärschen hätte man es in vier Tagen bis zur deutschen Grenze schaffen können – aber die Bedingungen waren einfach nicht mehr so, dass man frei nach dem Motto »der Weg ist das Ziel« darauf losmarschieren konnte. Alfred gehörte zu den Vorsichtigen; die gingen bei Nacht und hielten sich am Tag verborgen. Doch im späten Frühjahr sind die Nächte kurz, Landkarten hatten sie keine und Marschverpflegung eigentlich auch nicht.

Die Uniform gegen Zivil tauschen? Aber woher Zivil nehmen? Und für Tschechen hielt sie sowieso keiner, da müsste man schon tschechisch können, aber richtig gut. Und dann hatte man noch immer keine Papiere – aber dafür eine Nummer in der Achsel unter dem Arm[5].

Die Amerikaner würden einen nicht für Tschechen halten, die Russen auch nicht, und die Tschechen erst recht nicht. Also ob in Uniform oder sonst irgendwie: Man durfte den einen nicht in die Hände fallen und den anderen nicht und auch nicht den Tschechen.

Mal in Kameradschaft mit den einen, mal gemeinsam mit irgendwelchen anderen schaffte Alfred gut die halbe Strecke. Und dann fiel er doch jemandem in die Hände. Wenigstens Amerikaner, dachte er noch. Die US-Boys luden ihre Gäste auf einen LKW und transportierten sie – wieder nach Osten! Nach Osten zu einem Kriegsgefangenenlager der Russen!

Schon wieder so ein Abkommen, von dem die einfachen deutschen Soldaten nichts wussten: Wer Reichsarbeitsdienstoffizier werden will, muss zunächst zwei Jahre zur Waffen-SS, und alle deutschen Kombattanten, die in Tschechien – egal von wem auch immer – aufgegriffen werden, kommen zu den Russen in Kriegsgefangenschaft.

Man musste mitmachen, auch wenn man die Spielregeln nicht kannte. Da fragte einen niemand. Das war 1942 so in Baden-Baden und am 13. Mai 1945 war es in Tschechien nicht anders.

Und somit begann für Alfred seine dritte Reise nach Osten.

---

[5]SS-Leute hatten die Blutgruppe unter dem linken Oberarm eintätowiert

Die erste Reise war noch ganz komfortabel gewesen, in ordentlichen Zügen, als junger Mann im Reichsarbeitsdienst. Nach einem halben Jahr war er wieder zu Hause.

Die zweite Reise war schon ernster, im Güterwaggon als Soldat. Ob sie jemals zu Ende gegangen ist? Damals, als er für ein paar Wochen Genesungsurlaub nach Hause kam?

Und jetzt eine Reise ins Nirgendwo – irgendwo dort, im Osten, wo er schon zweimal gewesen war. Doch diesmal unter völlig unkomfortablen Bedingungen. Diese dritte Reise wird zweieinhalb Jahre dauern – doch er wird wieder zurückkommen.

Am 13. November 1947 wird er im Lager Friedland aus einem Zug steigen, heimgekehrt – nicht heim ins Reich, sondern in irgendein anderes Deutschland, das noch gar kein richtiges Gesicht hat. Er wird noch 45 Kilogramm wiegen und in der ersten Nacht fünf Teller Kartoffelsuppe essen. Dann wird er auf unsinnigen Wegen mit dem Zug über Leipzig und Ulm heim nach Heilbronn reisen. Und er wird sich freuen, sie wieder zu sehen: seine Schwester, seinen Vater – und sogar die Stiefmutter.

16. Kapitel

Und jetzt?

1947

Rosa hatte Kaffee gemacht, eben das, was damals als Kaffee gelten musste: irgendein braunes Pulver aus Eicheln, Bucheckern oder vielleicht sogar geröstetem Getreide mit einem Hauch Zichorie. Dazu hatte sie sogar eine Art Kuchen, einen Kartoffelkrümelkuchen, einen kleinen, gebacken.

Und wie sie dann so dasaßen, da musste Alfred erzählen. Die Lisabeth hätte auch gerne erzählt, aber an diesem Spätnachmittag war Rosa tatsächlich gewogen, dem Alfred den Vorzug zu geben und so musste sich seine Schwester aufs Fragen beschränken: »Und die Russen haben euch dann einfach auf eine umzäunte Wiese gebracht?«

»Ja, da war nichts, nur die Wiese und ein Zaun außen rum; immerhin ist ein Bach durchgeflossen, so dass wir wenigstens Wasser hatten.«

»Ja und zu essen?«

»Zu essen hat uns niemand etwas gegeben, und das bisschen, das wir noch hatten, war bald aufgebraucht.«

»Und dann habt ihr tagelang nichts gehabt, gar nichts?«

»Manchmal haben wir uns irgendwelche Pflanzen reingestopft, gegen das Magenknurren, aber satt gemacht hat das natürlich nicht.«

»Ja und wenn es geregnet hat?«

»Ist man nass geworden und auch wieder trocken.«

»Und was habt ihr gemacht?«

»Eigentlich nichts. Ein paar haben mit irgendwelchen Steinchen Mühle gespielt oder sogar Schach, es gab auch ein oder zwei Kartenspiele, die noch welche dabeihatten. Ansonsten hat man ab und zu sich ein bisschen unterhalten, aber dazu hatte man bald auch keine Lust mehr.«

»Und da seid ihr zwei Wochen gewesen?«

»Du, das weiß ich nicht mehr genau. Irgendwann sind wir dann wieder mit Lastwagen abgeholt worden, kamen in irgendein Barackenlager; dort hat man uns geschoren und jeder hat wenigstens ein Stück Brot bekommen. Dann ging es immer so weiter, von einem Behelfslager zum nächsten Zwischenlager und dann wieder weiter. Manchmal konnten wir auf Pritschen schlafen, oft auch nur auf dem Boden unter freiem Himmel. Wenn wir ganz großes Glück hatten, bekamen wir auch einmal eine dünne Suppe, aber meist waren wir schon an einem Stück Brot froh. Ab und an mussten wir auch irgendetwas arbeiten.«

»Was habt ihr denn machen müssen?«

»Auf dem Feld helfen oder irgendwelche Löcher in Straßen auffüllen oder so.«

»Aber du warst doch irgendwann in einem festen Lager, da haben wir dir doch dann auch immer Briefe hin geschrieben«, mischte sich nun die Rosa ein.

»Ja, schon, aber erst im Spätherbst – den ganzen Sommer sind wir eigentlich nur so hin und hergeschoben worden, ein ganzes halbes Jahr lang.«

»Dass du das alles ausgehalten hast! Und das mit nur einer Niere!«

»Aber ich war die letzten Wochen vor der Gefangenschaft in Prag auf der Schule, im Vergleich zu den Kameraden, die direkt von der Front in Gefangenschaft kamen, war ich besser dran. Die anderen waren zum Teil schon ganz ausgezehrt, von Anfang an. Von denen haben wir in den ersten Wochen viele begraben müssen.«

Die Rosa schenkte nochmals Kaffee ein, für jeden noch eine halbe Tasse. Dann war die Kanne leer, gekocht wurde keiner mehr. Man musste noch immer sorgsam mit dem wenigen, das man bekam, haushalten. Und die vielen Toten – man wusste es doch inzwischen, man wollte es nicht mehr hören. War alles schlimm genug. Aber selbst war man nochmals mit einem blauen Auge davongekommen. Obwohl: ihr Bruder – gefallen auf der Krim! Der Bruder ihres Gatten: vermisst, irgendwo in Russland! Seit über zwei Jahren war der Krieg aus, da war keine Hoffnung mehr.

Die Lisabeth riss sie wieder aus ihren Gedanken: »Und in Russland, war das dann ein richtiges Gefängnis?«

»Das gerade nicht. Mehr so eine Art umzäuntes Barackenlager. Sogar mit ein paar Freiheiten. Manchmal konnten wir sogar auf den Markt gehen.«

»Auf den Markt – ja was habt ihr denn dort gemacht?« meldete sich Rosa wieder.

»Versucht, ein bisschen was zu kaufen, um das karge Leben ein bisschen aufzubessern!«

»Ja, ging das wirklich? Und von welchem Geld denn?«

»Bei uns gab es ein paar geschickte Kameraden, die haben aus alten Eternitplatten und Drähten, die sie aus alten Zündern ausgebaut hatten, kleine Kochplatten gebastelt. Die konnten wir an die Russen verkaufen und von dem Geld konnte man dann ein paar Sonnenblumenkerne oder ein bisschen Brot erstehen.«

»Habt's wohl recht wenig zum Essen bekommen?« Die Rosa war schon immer eine gute Esserin.

»Schon. Einmal in der Woche haben die Russen uns unsere Wochenration gegeben, gekocht haben wir selbst. Als Fleisch gab es oft genug Ziegenköpfe, da war so gut wie gar nichts dran, da musste man dann froh sein, wenn ein Fleischfäserchen in der dünnen Suppe war. Manchmal gab es auch Fische, die waren aber nicht haltbar. Da hat dann jeder am Anfang der Woche einen ganzen Fisch bekommen – und den Rest der Woche gab es dann weder Fisch noch Fleisch. Aber an dem einen Tag war man dann einigermaßen satt.«

»Und warum seid ihr dann nicht weggelaufen, wenn ihr sogar auf den Markt durftet?« Für die Schwester war das die nächstliegende Frage.

»Weil man in dem weiten öden Land nicht weit gekommen ist, die haben einen schnell wieder eingefangen.«

Und Alfred begann, seine Antworten knapp zu halten. Auch wenn die Lisabeth schon achtzehn war, sie war seine kleine Schwester, sie brauchte nicht zu wissen, dass die russischen Capos die wieder zurück Gebrachten grausam verprügelt und dann den anderen Gefangenen als abschreckendes Beispiel gezeigt hatten. In der Nacht darauf hörte man dann meist Schüsse und sah die Kameraden nie mehr: Die Verprügelten wurden aus dem Lager getrieben und »auf der Flucht erschossen«.

Nein, man musste anfangen, das zu vergessen. Er hatte genug Tote gesehen. Merkwürdigerweise war das gar nicht so schlimm für ihn, Tote zu sehen. Aber die, die er einfach hatte liegen lassen müssen, ohne sie noch irgendwo begraben zu können, die gingen ihm nach. Und selbst die, die begraben wurden: Man konnte den Angehörigen oft nicht einmal mehr sagen, wo. Irgendwo eben an der Straße von da nach dort. Sofern man noch ein dürftiges Holzkreuz setzen konnte, war das schon bald wieder weg und die wenigen Kreuze, die übrig blieben, bei denen wusste man meist bald nicht mehr, wer denn nun gerade hier eilig verscharrt worden war.

Grab des unbekannten Soldaten.

Es war merkwürdig mit ihm: Er konnte die Toten sehen, er konnte auch neben dem toten Leutnant Steinberg liegen. Aber er musste sich immer überwinden, gefallene Kameraden unbeerdigt zurück zu lassen.

Ausnahmsweise und unausgesprochen war er einmal mit seiner Stiefmutter einer Meinung: Es war alles schlimm genug, man wusste es, aber wie sollte man weiterleben, wenn man es nicht schaffte, das zu vergessen. Oder wenigstens zu verdrängen.

»Und weil bestimmt auch Wächter da waren«, ergänzte Rosa die Antwort, warum man nicht weggelaufen sei.

Ja, bestätigte Alfred, freilich seien da auch Wächter gewesen. »Aber das waren selber arme Kerle. Meist waren das Russen, aber solche, die während des Kriegs als Gefangene oder Zwangsarbeiter bei uns Deutschen waren. Die galten selbst als Verräter und waren auch Internierte: Die passten auf uns auf, und auf die passten wieder andere Russen auf. Manchmal waren sie streng zu uns – und manchmal waren wir gemeinsam Holz organisieren.«

Alfred erzählte noch davon, dass sie Häuser bauen mussten. Als Siedlung für ein Bergwerk. Ins Bergwerk selbst hätte er nicht müssen, das wäre sein Glück gewesen. Er wäre oben beim Bautrupp gewesen. Da hätten sie immer in den fast fertigen Häusern schlafen dürfen, halt auf dem Boden. Das war zwar hart und oft kalt, aber die anderen, die unten im Bergwerk waren, die mussten unten in den Stollen schlafen und essen, die kamen wochenlang nicht hoch an die Erdoberfläche, waren stets im Dunkeln.

Im Winter hatten sie das neue Gebäude für das Laufrad vom Förderturm verputzen müssen. Der Putz fror natürlich und fiel im Frühjahr wieder herunter. Da musste dann eben im Frühjahr neu verputzt werden. Und als der neue Putz fertig war, wurde das Förderrad geliefert. Es war größer als das Tor im Gebäude. Also wurde die halbe Wand wieder abgerissen, damit das Förderrad überhaupt in das Gebäude gebracht werden konnte. Und dann wurde wieder zugemauert – und zum dritten Mal verputzt.

Über eine Stunde saßen sie beim Kaffee und Alfred erzählte und erzählte, bis er müde war. Und das ging schnell. Er wog weniger als fünfzig Kilogramm und hatte am ersten Abend, an dem er wieder in Deutschland war, fast zwei Liter Kartoffelsuppe gegessen. Man sah ihm das an und er wurde aufs Kanapee gelegt und Lisabeth ging abspülen. Ja, die Lisabeth, nicht er. Seit Jahren war er nicht mehr auf einem Kanapee gelegen – schon gar nicht mittags um halb fünf. Er wusste gar nicht mehr, wie sich Polstermöbel anfühlen. Er genoss es, empfand es als reines Glück – worüber sich 1947 schon kein anderer mehr Gedanken machte.

Überhaupt, er schien in diesen Tagen Glück zu haben. Wenn nicht ein dummer Zufall ihm zu Hilfe gekommen wäre, wäre er noch immer im fernen Russland. In den letzten Wochen im Lager war er krank geworden, die Ruhr. Deshalb kam er ins Krankenlager und hatte dort eine andere Unterhose bekommen. Was für ein Reichtum! Nach zweieinhalb Jahren eine andere Unterhose! Er besaß sonst nur die Klamotten, die er am Tag seiner Verhaftung durch die Amerikaner am Leib hatte. Wenn er sie alle paar Wochen einmal wusch, dann hatte er nur noch seine Decke zum Umhängen, musste ansonsten unbekleidet warten, bis seine Sachen wieder trocken wurden. Und dann im Krankenlager eine andere Unterhose! Nicht neu – aber doch besser als seine eigene. Doch die sollte er – einigermaßen genesen – wieder hergeben, wieder seine alten Fetzen anziehen. Alfred entschloss sich mutig zu sein und er gab seine alte zerfetzte Unterhose stattdessen ab. Das brachte ihm vier Wochen Straflager ein.

Als die vier Wochen um waren, kehrte er ins reguläre Lager zurück, kurz vor Mitternacht. In derselben Nacht wurden gerade einige andere zur Entlassung herausgerufen – und wie auch immer: auf einmal waren die paar Rückkehrer aus dem Straflager bei dieser Gruppe. War es schlichtweg eine Verwechslung in der Dunkelheit? Oder war die Gruppe der Entlassenen einfach zahlenmäßig noch nicht groß genug und die Wächter waren zu bequem, andere zu wecken und nahmen einfach die aus dem Straflager Zurückkehrenden dazu?

Alfred wäre als ehemaliges Mitglied der Waffen SS nie und nimmer bereits 1947 zur Entlassung angestanden, aber auf einmal war er bei einer Gruppe zu Entlassender. Einfach so, zufällig, ohne dass nochmals geschaut wurde, wer die Blutgruppe unter dem Arm – das unveränderliche Zeichen, an dem Mitglieder der Waffen-SS zu erkennen waren – eintätowiert hatte.

Er traute seinem Glück nicht; aber es hielt. Sie wurden entlaust, zu einem Bahnhof geführt, mussten warten, weil noch keine Waggons da waren. Wurden dann Stunden später doch in Viehwagen verladen und fuhren irgendwann nach Polen. Der Zug blieb mal da, mal dort stehen. Ab und an gab es noch Wasser, Verpflegung gab es keine mehr. Das letzte Stück Brot aus dem Lager war schon lange gegessen. Aber die Hoffnung auf die Heimat ließ den Hunger vergessen. Seine Befürchtung, dass doch noch seine Tätowierung entdeckt würde, wurde ihm nicht mehr zum Schicksal – sein Glück blieb ihm treu, niemand schaute unter seinen Arm. Nach vielen Tagen im Viehwagen kam er schließlich nach Friedland.

Seine Kühnheit, die falsche Unterhose abgeben zu wollen, hatte ihm vier Wochen Straflager und die Entlassung eingebracht.

Seine Keckheit, anzugeben, Offizier beim Reichsarbeitsdienst werden zu wollen, hatte ihm die Tätowierung eingebracht.

Ausgleichende Gerechtigkeit war das zwar nicht, aber irgendetwas Ähnliches.

Sechs Jahre war er irgendwo gewesen, wo er nicht sein wollte. Ab morgen, so dachte er während er auf dem Kanapee einschlief, würde sein Leben beginnen – er würde sich etablieren, wieder in seinem Beruf arbeiten, ein Mädchen suchen, eine eigene Familie gründen. Er würde ab jetzt tun, was er wollte.

Zum ersten Mal im Leben das tun, was er wollte. Und das ab jetzt für immer.

17. Kapitel

Und alles wird gut?

1948

In seinem Beruf arbeiten? Er wollte Ingenieur werden – jetzt war er Zollbeamter. Doch der Zoll brauchte im Spätherbst 1947 keine Leute; daher wurde ihm angeboten, zur Bahnpolizei oder zum Finanzamt zu wechseln und er entschied sich für das Letztere. Ein gutes Jahr später kehrte er dann wieder zum Zoll zurück. Er hatte weder den Mut noch die Kraft, doch noch ein Ingenieursstudium anzustreben – jetzt war er froh, dass er wieder in seinen Beruf beim Zoll unterkam.

Er wird tun, was er will? An eine eigene Wohnung war natürlich nicht zu denken! Er wohnte wieder bei seinem Vater und bei seiner Schwester – und bei der Stiefmutter. Und er half wieder im Haushalt. Als ehemaliger Kriegsgefangener mit schwacher Konstitution bekam er Sonderrationen an Fleisch. Mit seinen Bezugsscheinen holte Rosa Pferdefleisch auf der Freibank, denn dort bekam man für diese Marken doppelte Ration, so viel, dass es auch für die anderen Familienmitglieder reichte.

Er wird sich ein Mädchen suchen und eine eigene Familie gründen? Auch das war nicht so einfach. Zwar gab es wie nach jedem Krieg mehr junge Frauen als Männer, aber es sollte schon die richtige sein. Also ging er unter die Leute, sang im Gesangverein und ging zu den Naturfreunden.

Und bei den Naturfreunden geschah es dann: Eines Abends – er war schon im Vortragssaal – hörte er von der Straße her Mädchenstimmen und darunter immer wieder ein helles Lachen. Die Mädchen gingen nicht vorüber, nein, sie kamen ins Treppenhaus und in den Saal. Zwei der Neueingetretenen kannte er bereits, die dritte aber, die sah er zum ersten Mal.

Der Vortrag begann alsbald und danach wusste er nicht so recht, wie er die Mädchen anreden sollte. Aber immer wieder hörte er aus den Gesprächen dieses glockenreine Lachen heraus.

In den nächsten Tagen kam es ihm immer wieder in den Sinn, dieses freundliche und fröhliche Lachen. Es ließ ihn nicht mehr los! Er freute sich ganz besonders auf den nächsten Vortragsabend – ohne sich so recht einzugestehen, dass daran eben dieses Lachen schuld sei.

Zu seiner Enttäuschung kamen die zwei anderen Mädchen wieder – aber nicht die eine!

Er ermannte sich, fragte eines der anderen Mädchen, ob denn nicht ihre Freundin von letzter Woche …

Doch was er erfragte, es reichte nicht aus, ein Wiedersehen herbeizuführen. In der Früh und nach der Arbeit ging er nun immer einen Umweg durch die Straße, in der sie wohnte – aber er traf sie nie. Und stehen bleiben und warten, das war ihm zu peinlich.

Die Erinnerung wollte schon verblassen – da hörte er auf einmal dieses Lachen wieder. Hörte es wieder, als die Abteiltür aufging und sie in den Waggon kam. Er drehte sich sofort um: Er hatte sich nicht getäuscht – sie war es wirklich!

Gleich und sofort die Bank zu wechseln und sich auf den Platz neben ihr zu drängeln, das traute er sich nicht. Aber kaum war die Wandergruppe der Naturfreunde aus dem Zug gestiegen, da suchte er ihre Nähe. Bald ging er mit dieser Lore ein bisschen hinter den anderen her; gemeinsam stiegen sie im herbstlichen Odenwald auf einen Berg am Neckarufer. Und Alfred erzählte und hatte jemanden gefunden, der ihm zuhörte. Erzählte vom Zoll, erzählte von seiner Stiefmutter, erzählte auch oberflächlich ein bisschen vom Krieg – aber nichts vom Leutnant Steinberg, nichts von den einsamen Stunden zwischen den Fronten. Dass er nur noch eine Niere hatte, das hat er auch erst später erzählt.

Irgendwann waren sie oben, wieder bei den anderen. Die Lore hörte ihm nicht ungern zu, sie fand ihn nett und es interessierte sie, was er erzählte. Nur das mit der Stiefmutter, das verstand sie nicht so ganz.

Die beiden blickten hinunter ins Neckartal und Lore ließ ihren Blick über den in der goldenen Herbstsonne verführerisch glitzernden Fluss und die jenseitigen, mit dunklem Wald bestandenen Berge schweifen – das mit der Stiefmutter verstand sie nicht. Sie wäre froh gewesen, in ihrer Familie gäbe es so jemanden: Der kochte, sich um den Haushalt kümmerte und um die kleine Schwester; dem man vielleicht helfen sollte, der aber wenigstens da war. Ihre Mutter lebte zwar, hatte den Krieg überlebt – und war dennoch zu einer immer abwesenden Frau geworden! Sie war keine Mutter mehr, schon lange nicht mehr.

Die Lore drehte sich nicht zu diesem – wie es ihr in diesem Moment erschien – unbegründet unzufriedenen jungen Mann um, sondern sprach gegen den Neckar hin, der drunten im Tal wie seit Jahrtausenden träge dahin floss und dem es in seiner Trägheit egal war, was die kleinen Menschen von den Hügeln links und rechts ihm freudig oder klagend zuriefen: »Sei doch froh, dass sich bei euch jemand um den Haushalt kümmert!«

Und ihr Blick hob sich vom Fluss, schweifte über die mit dunklem Wald verschatteten Berghänge empor und erfasste schließlich den Horizont, an dem der aufkommende Herbstwind mit den Wolken spielte und über das weite Himmelszelt jagte.

Eine Stiefmutter! Und wo war ihre Mutter?

Dritter Teil

— Von verlorenen Kulturen —

Helene und ihre Tochter

1. Kapitel

Chanukka

1924

»Lene, würde es Ihnen etwas ausmachen, heute noch einen dringenden Brief zu schreiben?«

Helene schaute Herrn Chaim Blüht, Inhaber der Zigarrenfabrik seines Namens, über die Schulter. Wohl konnte sie die Uhr dort drüben auf dem Sims sehen, aber die genaue Uhrzeit zu erkennen, das fiel ihr bei den filigranen Zeigern trotz Brille schwer.

Aber gleichviel, die Sonne stand schon tief, also musste es bald vier Uhr am Nachmittag sein. Sie hatte noch viel vor nach Feierabend. In zwei Tagen war der Heilige Abend und ihrem Vater war ein geordneter Haushalt zum Fest wichtig – und dann war da noch dieser große, schlanke, gutaussehende Karl, der sie um fünf abholen wollte. Doch andererseits, Herrn Blüht musste die Zeit noch mehr drängen, denn für ihn war es ja nicht der 22. Dezember 1924 sondern der 25. Kislev 5685, der erste Tag von Chanukka, dem jüdischen Lichterfest.

Helene unterdrückte ein Seufzen. Eigentlich kam sie jeder von Herrn Blühts Bitten gerne nach. Ja, das musste man schon zugeben, ihr Chef war ein vornehmer Mann, der nicht anordnete, sondern bat. In Deutschland war man es gewohnt, Befehlen nichts entgegen zu setzen und zu gehorchen – aber mit den vornehmen Bitten eines Herrn Blüht war es merkwürdigerweise kein bisschen anders.

Was es ihr zudem schier unmöglich machte, ihm diese Bitte abzuschlagen, das war das Wissen, dass in zwei Tagen Herr Blüht Punkt drei Uhr am Mittag aus seinem Büro zu ihr ins Vorzimmer herauskommen und ihr ein unauffälliges Päckchen überreichen würde, von dem sie wusste, dass es zwar klein war, der Inhalt in der Regel aber viel wertvoller als sie ihn als Sekretärin erwarten durfte. Ja, und dann würde er ihr gesegnete Weihnachten wünschen, ihren Mantel vom Haken nehmen und sie mit den Wünschen, ein gesegnetes Fest feiern zu dürfen, nach Hause entlassen, auch wenn sie eigentlich noch bis fünf Uhr bleiben müsste.

Sie hatte unverschämt viel Glück gehabt, als sie vor zwei Jahren diese Stelle bekam – eine junge Frau wie sie, damals gerade zweiundzwanzig Jahre alt. Und dann Chefsekretärin beim Inhaber einer so großen Fabrik. Sie hatte sich gefreut, auch wenn ihr so mancher, einschließlich des eigenen Vaters die Freude eintrüben wollte: Man arbeite nicht beim Juden!

Ja warum denn nicht? Sie hatte es viel besser als die meisten ihrer Freundinnen. Sie verdiente mehr, viel mehr. Sie brauchte bei der Arbeit nicht vor Kälte frieren und sie brauchte nicht vor Anstrengung schwitzen.

Sie war Chefsekretärin in einem Unternehmen, das im Jahr 750 Millionen Zigarren produzierte. 750 Millionen! Das war eigentlich eine unvorstellbare Zahl. Da müsste ja jeder Deutsche – egal ob Mann, ob Frau, ob Säugling oder Tattergreis – jeder müsste mehr als zehn Zigarren pro Jahr rauchen.

Ja, man beneidete sie, auch wenn man es nicht zugab. Warum hatte so ein junges Mädchen einen Posten bekommen, den sonst nur Kolleginnen erhielten, die sich in den Unternehmen hochgedient hatten? Sie hatte sich getraut, Herrn Blüht einmal danach zu fragen, und die Antwort war für sie verblüffend gewesen: Sie wäre beim Testdiktat in Französisch einfach mit Abstand die Beste gewesen, im Englischen auch sehr passabel und an der Schreibmaschine – kurzum, sie sei von den Leistungen den Mitbewerberinnen überlegen gewesen und allein das zähle für ihn als Geschäftsmann.

Herr Blüht hatte sie um diesen Brief gebeten und sie hatte also einen Seufzer unterdrückt, ein Lächeln aufgesetzt und »keineswegs« geantwortet. Auch wenn das nicht ganz der Wahrheit entsprach, denn sie hatte insgeheim gehofft – und tat das noch immer – an diesem Abend schon ein bisschen vor dem eigentlichen Büroschluss gehen zu können.

Sie nahm ihren Steno-Block und Herr Blüht begann zu diktieren, auf Englisch. Eine Seite, zwei Seiten – und noch immer fand er kein Ende. Die Sonne war schon fast untergegangen. Sie traute sich daher, Herrn Blüht zu unterbrechen: »Herr Blüht, es ist gleich dunkel, müssen Sie nicht nach Hause, ich meine, wegen der Kerzen?«

Herr Blüht wandte irritiert seinen Blick zu ihr, doch in seiner Miene machte sich recht rasch ein Lächeln breit: »Aber nein, wir feiern zwar Chanukka, doch es ist Montag, für mich auch gleich Dienstag. Und Chanukka ist nicht wie Sabbat. Am Sabbat dürfen wir nicht arbeiten, deswegen müssen wir die Sabbatkerzen noch am Freitag anzünden, also bevor es dunkel wird, genau genommen sogar spätestens achtzehn Minuten zuvor. Und da auch das Anzünden der Chanukka-Kerzen Arbeit ist, der Sabbat aber mit dem Entzünden der Sabbatkerzen beginnt, müssen wir am Freitag die Chanukka- Kerzen für den Sabbat vor den Sabbatkerzen anzünden. Aber heute Abend beginnt kein Sabbat, also dürfen wir die Chanukka- Kerzen auch später, selbst wenn es schon dunkel ist, anstecken. Wichtig ist nur, dass sie zumindest dreißig Minuten brennen. Ich weiß, das erscheint Ihnen kompliziert, für uns aber ist das selbstverständlich.«

Und Herr Blüht lächelte wieder, griff in seine Westentasche, fischte zwei Münzen heraus und legte sie vor seiner Sekretärin auf den Tisch. »Wenn ich Sie schon so mit unseren Chanukka-Bräuchen behellige, dann will ich Sie auch daran beteiligen. Obwohl Sie eigentlich zu alt dafür sind, so sollen Sie in diesem Jahr doch auch wie eines unserer Kinder ein kleines Chanukka-Geschenk bekommen. Aber Sie müssen auch – wie unsere Kinder es tun sollen – einen Teil davon für einen guten Zweck weiterspenden.«

Helene errötete. »Aber Herr Blüht!«

»Schon gut. Doch vergessen Sie bitte nicht: einen Teil für einen guten Zweck. Und jetzt nochmals zum Brief...«

2. Kapitel

Die zweite Münze

Es war dann doch zwanzig Minuten nach fünf geworden. Karl hatte vor dem Tor warten müssen. Und dann hatte sie nicht einmal richtig Zeit für ihn gehabt, denn sie hatte noch Einkäufe machen müssen und bis sie – zwischen ihren Einkaufstüten – mit ihm in einem Café an der Heilbronner Allee saß, war es schon sechs Uhr. Sie ärgerte sich über sich selbst, weil sie sich einfach nicht entschließen konnte, den Dingen in ihrem Leben die richtige Reihenfolge zu geben. Dass sie den Brief noch schreiben musste, nun, das war nicht zu vermeiden. Aber die Einkäufe! Hätte sie die nicht schon letzte Woche erledigen können – oder auf morgen verschieben? Ärgerte das jetzt den Karl, dass er mit ihr in die Läden gemusst hatte?

Manchmal dachte sie, sie bräuchte nicht viele Freundinnen und vielleicht nicht einmal einen Partner. War die Welt für sie nicht durchaus in Ordnung, so wie sie war: der Herr Blüht, ihr Vater, die Bücher? Was sollte man denn mehr brauchen? Andererseits war der Vater alt und nörgelig. Seitdem die Mutter vor vier Jahren verstorben war, hatte sie den Haushalt zu führen. Obwohl sie arbeiten ging! Und der Vater wollte immer, dass sie da noch saubermachte und jenes kochte, flickte, putzte, wusch! Würde sie für sich alleine leben, dann hätte sie mehr Zeit für ihre geliebten Bücher. Müsste nicht mehr hören: »Hab' ich dich auf die teure Schul' gehen lassen, und jetzt, jetzt arbeitest für einen Juden!«. Ja, sie hatte ihm dankbar zu sein – immer hatte sie ihm dankbar zu sein! Denn er ließ sie auf die Schule für Fremdsprachenkorrespondenz gehen – welcher Handwerker tat das schon? Wohl keiner! Die anderen Handwerker hießen ihre Töchter etwas arbeiten, am besten im eigenen Betrieb. Dankbar musste sie ihm sein – dafür. Aber jetzt ließ er sich das bezahlen: »Hab's Geld für deine Schul' gebraucht, da kann ich mir keine Hausmagd halten.« Als ob der alte Knauser nicht genug hätte! Sie verdiente ja selbst ihr eigenes Geld. Wofür also all' sein Verdienst?

Gut und schön: Herr Blüht und die Bücher – aber der Vater?

»Ehre Vater und Mutter« hatte sie im Religionsunterricht gelernt. Freilich ja. Und wo keine Mutter und keine Geschwister, da braucht man doch jemanden, um sich auszusprechen. So einen wie den Herrn Blüht – aber das ging natürlich nicht, denn das war eben doch der reiche Herr Blüht, ihr Chef, und dazu noch ein Jude. Sie verstand nicht, was die anderen gegen Juden hatten; die Juden, die sie kannte, das waren einfühlsame und feinsinnige Menschen. Oder waren sie nur einfühlsam und feinsinnig, weil sie reich waren, die paar Juden, die sie kannte?

Also schied auch Herr Blüht aus. Blieben noch die Bücher. Die sprachen schon zu einem, aber wenn man Fragen hatte oder traurig war, dann gaben sie selten die passenden Antworten.

Diese kleine Lücke ließ sich notdürftig mit einer ihrer wenigen Freundinnen füllen – aber wenn sie ehrlich wäre und sich nicht hinter ihrer schönen Stelle als Chefsekretärin verschanzen würde, dann würde sie sich eingestehen, dass sie mehr suchte, als eine Freundin, die sie alle paar Tage oder gar Wochen traf und die oft nicht mehr wusste, worüber sie beim letzten Mal gesprochen hatten. Vermisste sie nicht doch Geborgenheit und Wärme, ein immer füreinander da sein?

In einem Laden hatte sie vor einigen Wochen ein gut gekleideter, sportlicher junger Mann versehentlich angerempelt und sich mit der Einladung zu einer Tasse Kaffee entschuldigt. Eine Einladung, die sich wiederholte. Und so saß sie nun auch zwei Tage vor Weihnachten mit diesem Karl, dem schlanken, großen, gut aussehenden und sportlichen Karl im Café neben der Kilianskirche, hatte ihm selbst gestrickte Handschuhe zum Fest geschenkt und erzählte ihm vom Chanukka-Geld: »Weißt' Karl, das ist doch schon schön, dass die Kinder was geschenkt bekommen und angeleitet werden, den anderen auch etwas zu geben.«

»So was können sich doch bloß die Reichen leisten! Mein Vater kann seinen Kindern kein Geld geben und schon gleich gar nicht, um es dann auch noch weiter zu verschenken. Zu Hause habe ich nur immer einen Sack bekommen, um Hasenfutter einzusammeln. Bei uns hat man arbeiten gelernt und nicht das Rumverschenken.«

»Freilich, Karl.« Helene legte ihre Hand beschwichtigend auf seinen Unterarm, »ihr seid neun Kinder zu Haus. So viele Kinder ordentlich aufziehen, das können nur rechtschaffene Leut'. Da hab' ich auch alle Achtung vor deinem Vater und deiner Mutter.«

Sie nippte am Kaffee, er leerte mit einem großen Schluck seine Tasse und bestellte sich ein Viertel Wein. Sie dachte sich, er gäbe sein

Geld leicht aus, und er dachte nicht daran, sie zu fragen, ob sie auch einen Wein möchte. Wenn schon, denn schon – in zwei Tagen war Christabend.

Und damit sich das Schweigen nicht einnistete, fing sie noch einmal an: »Ja, Karl, freilich ist das so, aber jetzt habe ich die zwei Fünfzgerl doch einmal und wenn es auch nicht viel ist, das eine möchte ich doch weitergeben – so wie Herr Blüht es gesagt hat. Allein, ich wüsst' nicht einmal, wie ich es spenden soll, außer am Sonntag in der Kirch' in den Klingelbeutel.«

»Die Pfaffen brauchen es auch nicht«, sagte der Karl.

»Meinst? Ja, und sonst?«

Sonst wollte dem Karl auch nichts einfallen, denn selbst gespendet hatte er noch nie etwas. Er hatte Schmied gelernt, aber seit er aus dem Krieg zurück war, arbeitete er in der Papierfabrik als Zuschneider. Seitdem er sein eigenes Geld verdiente, leistete er sich das eine oder andere, mal eine schöne Jacke, mal eine neue Mütze – er mochte das, gut auszusehen. Seine strenge Mutter nahm ihm allerdings Kostgeld ab und solange er noch nicht volljährig gewesen war, hatte sie auch dafür gesorgt, dass ein Teil seines Geldes gespart wurde. Aber seit er sein eigener Herr war, gönnte er sich lieber etwas als zu sparen.

Und da Karl auch sonst nicht viel einfiel, sinnierte Lene weiter: »Im letzten Jahr noch wär's nicht schwer gewesen, da saßen noch genug arme Kinder auf der Straße und mussten um's täglich' bisschen Brot betteln.«

Da saß Helene nun mit ihren zwei Münzen, saß da mit dem Karl, hatte ihm ein kleines Weihnachtsgeschenk gemacht und war zu einer Tasse Kaffee eingeladen worden. Ihr fiel nichts mehr ein, dem Karl fiel nichts ein, und am Ende blieb ihr dann für ihr Fünfzgerl doch nur noch das Missionskässchen in der Kirche, als sie den Vater am Christtag in die Messe begleitete.

Das war wohl die einzige Münze, die jemals von einem Juden für die Christenmission gegeben wurde, wenn auch unbeabsichtigt.

Der Karl begleitete sie dann nach Hause, trug ihr die Pakete und sie hängte sich an seinem Arm ein. Im Café hatte es ihr heute nicht so recht gefallen, es war nicht weihnachtlich, der Karl war ihr zu stumm und hatte so gar nichts Schönes zu den beiden Münzen zu sagen gewusst – obwohl das doch ein schöner Brauch war, Kinder zum Weiterschenken zu ermutigen. Aber vielleicht war sie auch selbst schuld: Zuerst hatte er auf sie warten und dann noch mit ihr in drei Läden gehen müssen. Aber jetzt an seinem Arm nach Hause zu gehen, sich von ihm die Päckchen tragen zu lassen, das genoss sie. Der Karl sah gut aus, war rank und schlank und sportlich und trug schöne Kleider.

3. Kapitel

Die Wonnen des Mai

1925

»Soso, der erste Mai soll ein Feiertag sein und Tag der Arbeit heißen.« Herr Blüht sah den Träger Schnurke, den Vorsitzenden des Betriebsrates, ausdruckslos an. »Was ihr immer wollt! Hat euch nicht schon der Krieg genug gebracht? Betriebsrat statt Arbeiterausschuss! Den Achtstundentag! Und nun noch ein Feiertag? Der ›Tag der Arbeit‹ heißen soll, aber an dem nicht gearbeitet wird? Mein lieber guter Schnurke! Wenn niemand für den Unternehmer arbeiten will, ja woher soll denn dann der Unternehmer das Geld nehmen, um den Arbeiter zu bezahlen? Oder glauben Sie wirklich, ich könnte den Preis für unsere Zigarren einfach höher und höher setzen? Wohin das führt, das haben wir ja in den vergangenen Jahren gesehen! Inflation! Jawohl, Inflation! Wollt ihr die wirklich wieder haben, die Inflation? Die nützt euch doch auch nichts! Also, Schnurke, ich bin für den Tag der Arbeit, aber dass er auch ein Tag der Arbeit ist! Wenn es die Sozialdemokraten jemals als Gesetz durchbringen, ja dann werde ich der Letzte sein, der das nicht akzeptiert. Aber dann müssen das alle machen – und nicht nur der Chaim Blüht! Dann müssen alle ihre Zigarren oder was sonst auch immer verteuern. Also, Schnurke, macht eure Aufmärsche und Versammlungen am Sonntag, das ist genauso gut!«

»Wenn es 1919 ging…« hub Schnurke an, doch Herr Blüht unterbrach ihn sofort wieder.

»Ja, so, 1919 – einmal, ja, einmal war der erste Mai schon ein Feiertag. Und, hat es irgendetwas gebracht? Früher habt ihr für den Achtstundentag gekämpft und den habt ihr ja nun; also wieso noch einen Feiertag? Ihr habt doch euer Ziel schon erreicht!«

»Untertänigst, Herr Blüht, Sie haben doch jede Woche einen Feiertag, an jedem Sonnabend. Während wir alle hier fleißig unser Tagwerk verrichten, feiern Sie Sabbat! Und uns gönnen Sie nicht einmal einen Tag im Jahr.«

»Mein lieber Schnurke, das ist nun doch schon sehr oberflächlich! Wir gehen am Sabbat in unser Bethaus, ihr am Sonntag in die Kirche, der eine oder andere ›Rote‹ von euch vielleicht auch nicht. Aber frei von eurer Arbeit habt ihr alle! Und ich sitz' am Sonntag hier an meinem Pult und mach' die Kalkulationen! Das zum einem. Und zum anderen ist der Sabbat für uns Juden Gesetz, und wenn es bei uns Deutschen ein Gesetz geben sollte, dass der 1. Mai ein arbeitsfreier Feiertag ist, dann – wie gesagt – bin ich der Letzte, der sich nicht daran halten würde. Und vielleicht kommt irgendwann so ein Politiker, der den Tag der Arbeit als Tag ohne Arbeit einführt, nur damit ihr Arbeiter ihm nachlauft. Aber wenn so einer kommt, der das entscheidet, um Wähler zu haben, der wird am Ende mit seiner Politik scheitern. Doch ohne ein solches Gesetz, sozusagen als eine reine Großzügigkeit meinerseits: nein! Ganz deutlich: nein! Der erste Mai ist ein Tag mit acht Stunden Arbeit, wie jeder andere Wochentag auch und wie auch in jeder anderen deutschen Fabrik – und so sollte es auch bleiben! Also, mein lieber Schnurke, da kann ich euch nicht entgegenkommen – und, ganz ehrlich, ich will es auch nicht. So, und wenn Sie sonst keinen anderen Punkt mit mir zu bereden haben, dann lassen Sie uns beide unsere Arbeit tun.«

Schnurke murmelte noch etwas, doch das konnte Lene nicht verstehen, obwohl die Tür zum Büro des Chefs einen weiten Spalt offenstand. Dann schien Schnurke wirklich zu gehen, seine Stimme wurde lauter, während er zur Tür ging: »Sie werden es noch erleben, Herr Blüht, dass der erste Mai ein freier Tag für die Arbeiter und ihre Rechte ist«.

Herr Blüht rief ihm aber unnachgiebig nach: »Auch wenn ich mich wiederhole: Ja, ich fürchte, Sie werden Recht haben, Schnurke! Der Politiker wird kommen, der euch damit zu Gefallen sein wird. Aber er wird euch zu irgendetwas ködern, hoffen wir nur, zu nichts Schlimmem! Denn Politiker, die Geschenke machen, lassen sich diese auch bezahlen, vergesst das nicht!«

Der Betriebsratsvorsitzende war aus dem Chefbüro gekommen und schon rief Herr Blüht Helene zum Diktat. Doch bevor er mit seinem Brief begann, konnte er nicht umhin, seine Sekretärin zu fragen: »Und, Fräulein Lene, Sie hätten wohl am ersten Mai auch gerne frei?«

Das waren so Momente, in denen Lene sich unsicher war, und sie versuchte auszuweichen. »Ach, Herr Blüht, ich weiß nicht so recht, ich kenn' mich mit so etwas nicht aus.«

»Sie sind doch ein gebildeter Mensch«, erwiderte Blüht, »Sie müssen doch eine Meinung haben!«

»Ach Herr Blüht«, wiederholte sie sich, »der eine sagt so, der andere anders. Der Karl gehört natürlich zu denen, die auch einen freien Tag wollen. Sie, Herr Blüht, sind dagegen. Und meinem Vater ist es gerade einmal gleichgültig, der nagelt sogar am Sonntag nach der Messe seine Stiefel, wenn er viele Aufträge hat.«

»Nun, da ist mir doch tatsächlich Ihr Karl lieber als Ihr Vater. Der Karl hat wenigstens eine Meinung, Ihrem Vater scheint nichts wert zu sein, nicht einmal der Sonntag. Wenn wir Juden aufhören würden, unseren Sabbat und seine Regeln ernst zu nehmen, wir wären recht rasch wie die anderen.«

»Auch das, Herr Blüht, versteh' ich nicht so recht. Einerseits – so sagen doch auch Sie – wollen die Juden genauso sein wie alle anderen Deutschen; aber andererseits grenzen sie sich doch wieder ab und sind gegen jede Vermischung.«

»Nun ja«, gab Lenes Chef zu, »das ist auch nicht leicht zu verstehen, wenn man selbst kein Jude ist. Sehen Sie, ein jeder trägt doch mit sich, wo er herkommt. Das ist einem Menschen doch geistige Heimat. So wie Ihr Karl, der ist doch auch durch und durch Arbeiter und hält Leute wie mich wohl nur für Ausbeuter. Überhaupt, wenn ich das fragen darf: Was verbindet Sie überhaupt mit diesem Menschen? Ihnen macht man eine Freude, wenn man Ihnen aus irgendeinem Anlass ein gutes Buch schenkt, doch mit Ihrem Karl können Sie darüber nicht reden, weil er nicht liest. Und er ist sportlich und wandert gern, während Ihnen doch der Sessel und ein Buch lieber sind. Ja, Lene, es geht mich ja beileibe nichts an, aber ich wundere mich schon sehr, was Sie beide verbindet.«

»Ach Herr Blüht,« sagte Lene zum dritten Mal, »da mögen Sie schon recht haben, dass mir einmal ein Tag nur mit einem Buch gefallen würde. Aber wenn ich nächsten Sonntag nicht mit dem Karl wandern gehe, nun, dann bin ich eben zu Hause und der Vater findet schon eine Arbeit für mich. Also dann doch lieber mit dem Karl. Und ganz so ungebildet ist er nun auch nicht – er kennt so viele Pflanzen und Tiere!«

»Nun denn, das anerkenne ich, das ist immerhin etwas, um nicht zu sagen besser als nichts. Aber nun zum Brief...«

Ja, der Karl wusste durchaus etwas – und der Karl wusste auch, was er wollte. Er kannte nicht nur Pflanzen und Steine, er kannte auch lauschige, moosige Plätzchen – auch damals im Mai, als er mit der Lene wandern ging. Der Karl war halt jung und sportlich und gut aussehend – und die Helene hatte mit ihren vierundzwanzig Lenzen vielleicht schon ein bisschen Angst, keinen mehr abzubekommen; denn es waren ja so viele für Ehre und Vaterland abhandengekommen.

4. Kapitel

Guter Hoffnung?

Seitdem sie mit Karl an jenem lauschigen, moosigen Plätzchen gewesen, damals Anfang Mai, war nichts mehr wie bisher, alles war anders. Und sie hatten doch aufgepasst und rechtzeitig...Aber offensichtlich doch nicht, denn jetzt war es Lene jeden Morgen übel. Der Doktor konnte ihr nur noch bestätigen, was sie sowieso schon wusste.

Ja, sie wusste es, aber damit umzugehen wusste sie nicht. Letztendlich stand der Karl doch zu ihr und dem Kleinen und so war auch die Frage entschieden, ob der Karl nun zu ihr passte...oder nicht.

Es war sowieso ganz vieles entschieden. Zum Beispiel mit ihrem Vater.

»Vater, das ist der Karl«, hatte sie damals gesagt, als sie ihn zum ersten Mal nach Hause brachte.

»Und?«

»Wir werden heiraten.«

»Wohl müssen.«

»Vater!«

»Verkauf du mich nicht für dumm!«

Der Alte hatte sich wieder dem Stiefel auf seinem Leisten zugewandt.

Sie sah zum Karl, sah zum Vater, sah an sich hinab; doch der kleine Wurm, der da eigentlich gar nicht sein dürfte, der half jetzt auch nicht weiter. Hätte sie bloß nicht gleich vom Heiraten gesprochen. Aber geändert hätte es am Schluss doch nichts – er hatte es ja sowieso geahnt, wie es um sie stand.

Mühsam brachte sie noch etwas Hoffnung auf: »Wenn du viel Arbeit hast, dann ist es vielleicht besser, der Karl kommt am Sonntag zum Mittagstisch, ja, Vater?«

»Von meinem Tisch kriegt der nichts!«

»Vater!«

Der Alte blickte wieder vom Stiefel auf seinem Leisten auf: »Ein ordentlicher junger Mann hält zuerst beim Vater um die Hand an, dann ist Hochzeit und dann kann auch 'was Kleines kommen. Aber ihr, ihr macht alles verdreht, und fragen, meint ihr, muss man gar nicht mehr. Wir werden heiraten! Ja, dann tut das. Aber ohne mein Geld, ohne mich.« Das war das Letzte, was er in Gegenwart vom Karl gesagt hatte. Daran änderte sich auch nicht mehr viel in den Wochen bis zur Hochzeit, die Lene wohl oder übel noch unter dem Dach ihres Vaters verbrachte. Er wollte diesen Flegel, wie er ihn durchwegs nannte, nicht sehen. Wenn seine Tochter das Gespräch auf ihn bringen wollte, so drehte er sich demonstrativ weg.

Von irgendwoher hatte er dann doch in Erfahrung gebracht, wer und was der Karl sei – Sohn eines Straßenwarts, ein Arbeiter aus der Papierfabrik! Zuhören tat er ihr noch immer nicht, aber jetzt sprach er wieder – nun ja, er formulierte seine Vorwürfe. Jetzt hieß es nicht mehr: »Hab' ich dich auf die teure Schul' gehen lassen und jetzt arbeitest du bei einem Juden!« sondern: »Ich hab' dich nicht auf die teure Schul' gehen lassen, damit du dir vom erstbesten dahergelaufenen Handwerksburschen ein Kind machen lässt!«

Auf einmal beurteilte er die Stellung bei Herrn Blüht als das Beste weit und breit, was ihr jemals hatte passieren können. »Warst' doch bei den reichen Leuten«, hielt er ihr vor, »hättest halt mehr daraus machen müssen, als nur immer dort zu arbeiten. Schöne Geschenke zu Weihnachten und zum Geburtstag hat er dir doch gemacht, der Herr Blüht, der ist doch ein echter Mann von Welt! Aber du, du warst zu ehrlich oder gar zu dumm, das zu nutzen! Warum warst' bloß so ungeschickt und hast dich nicht von ihm in die vornehme Gesellschaft einführen lassen?«

Er wusste eben nicht, dass sie für Herrn Blüht ganz einfach nur die Arbeitskraft war, die am besten französisch konnte und auch sonst keine schlechten Kenntnisse hatte. Eine Arbeitskraft, mit der er sehr zufrieden war, das war sie für Herrn Blüht, und nicht mehr. Doch anders als die Deutschen, die nur ihre Unzufriedenheit durch Schelten und Mahnen zum Ausdruck bringen, zeigte Herr Blüht eben seine Zufriedenheit zur gegebenen Zeit mit einem Geschenk. Aber ansonsten war Herr Blüht viel zu sehr frommer und engagierter Jude und auch zu sehr ein Ehrenmann, als dass er sie zu einer Schickse[1] hätte machen wollen – und etwas anderes als eine Schickse hätte sie in seiner jüdischen Welt nicht sein können.

Als sie ihm mitteilte, dass sie bald nicht mehr als seine Sekretärin arbeiten konnte, hatte Herr Blüht sein Bedauern ausgesprochen, glaubhaftes, aufrichtiges Bedauern. Sie würde eine Lücke hinterlassen. Und hatte eine Annonce in die Zeitung setzen lassen, um diese Lücke rechtzeitig zu schließen. Sie verstand es und fühlte sich doch verraten.

Die Eltern vom Karl indes, die waren anständig, die alten Leutchen, die neun Kinder großgezogen hatten. Die Ohren hätte sie dem Karl langziehen sollen, hatte ihre zukünftige Schwiegermutter gesagt. Ein Mädchen so nah' an die Schande zu bringen! Und sie schimpfte über ihren Sohn und wenn er zugegen war, machte sie ihm Vorhaltungen; ja, sich selbst sogar, dass sie ihn nicht besser erzogen hätte. Und ging dann über zum Trösten: Der Karl, der sei zwar ein bisschen ein Geck, aber im Grunde doch anständig, der werde das schon alles jetzt in Ordnung bringen und dazu stehen, was er da angerichtet habe.

Ja, gewiss, das tat er. Der Karl, den ihr Vater einen Flegel nannte – vielleicht übertrieben, aber so ganz ohne Grund? Eben der Karl, mit dem sie nicht allzu viele gemeinsame Interessen verbanden, wie Herr Blüht ihr ganz richtig dargelegt hatte. Andererseits gab es in Deutschland an die drei Millionen mehr Frauen als Männer. Sie war gebildet, sie war einigermaßen hübsch, aber mit ihrer ewigen Leserei, war sie da nicht auch ein bisschen langweilig? Würde der Karl sie auch heiraten, wenn im Mai nichts passiert wäre? Und sie ihn?

Einmal ein bisschen großzügig gewesen, einmal ein bisschen unvorsichtig – und schon war sie gefangen.

Aber der Vater würde nicht ewig leben, Herr Blüht nicht ewig ihr Chef sein. Und dann – dann wäre sie alt und alleine, alleine mit ihren Büchern. Das wollte der Vater nicht sehen und Herrn Blühts Angelegenheit war das schon gleich gar nicht.

Lene, die seit einigen Jahren als Familie nur noch den Vater hatte und die ihm in der Wirtschaft die Hausfrau ersetzen musste, empfand die zukünftige Schwiegermutter als Stütze – gleichwohl hatte

---

[1]nicht-jüdische Frau, die einen Juden verführen könnte, siehe auch im weiteren Text

das Haus der Schwiegereltern mit den vielen Menschen und dem damit verbundenen Trubel immer etwas Abstoßendes für sie und das Leben dieser bodenständigen, mit den einfachen Dingen eines arbeitsamen Alltags verhafteten Menschen blieb ihr fremd.

5. Kapitel

Wohl hab' ich einen
anderen Namen nun, ...

Im Oktober schlachtete der Schwiegervater gleich drei seiner Hasen auf einmal. In der engen Stube seines kleinen Hauses wurde ihre Hochzeit mit Karl gefeiert. Ihr eigener Vater hatte es wahrgemacht und war trotz ihrer Vorsprache und Bitte nicht zu ihrem Festtag erschienen. So war ihre Hochzeit eine einseitige Angelegenheit geworden – eine einseitige Angelegenheit von Karls Familie, den Kronenbergs. Aber Lene war ja jetzt auch eine, eine Kronenberg. War sie das wirklich?

Sie und Karl saßen an der Mitte der Tafel, ihnen gegenüber der Schwiegervater, Patriarch der Familie, und die Schwiegermutter, ausgleichender und doch auch mit Überzeugungen. Den linken Flügel bildeten die vier unverheirateten Brüder vom Karl: Fritz, klein von Wuchs, und der immer zu Späßen aufgelegte Willi, dazu noch der etwas stille Heiner und der junge Ernst. Zur Rechten saß Bruder Eugen, der stattlichste der jungen Burschen, mit seiner jungen Frau Emma sowie Karls Schwestern, die Bertel und die dralle Martha, das Nesthäkchen. Die älteste Schwester, die Liesel, fehlte, mit ihr stand man sich nicht so gut oder – vielleicht sollte man besser sagen – man verstand sie nicht mehr so ganz.

Ja, auch das gab es bei den Kronenbergs: Eine Großfamilie, die immer Zusammenhalt demonstrierte und zelebrierte! Nur um die Liesel hing so etwas wie der Mantel des Schweigens. Doch Lene war neugierig; auch wenn sie dem Karl und seiner Familie jedes bisschen wie Würmer aus der Nase ziehen musste, fragte sie immer wieder nach der Liesel.

»Die Liesel, die hat halt wenig Zeit, die muss ihrem Mann bei der Arbeit helfen«, das war die knappe Auskunft, die sie erhalten hatte.

»Bei welcher Arbeit denn?«, hatte sie gefragt.

»Na, im Laden eben«, war die ebenso knappe Antwort.

Um was für einen Laden es sich handelte, das konnte sie dann ihrer Schwiegermutter beim Geschirrspülen entlocken. Da klang dann sogar ein bisschen Mutter-Stolz durch: »Die Liesel, die muss schon mit im Laden sein. Das Lein-Web-Haus ist ja schon ein großes Geschäft!«

Das Lein-Web-Haus! Ja, da musste und konnte man doch echt stolz sein! Das Lein-Web-Haus war ein großes, bedeutendes, allseits bekanntes Textilgeschäft in bester Innenstadtlage!

»Das hätte man meinem Vater erzählen müssen«, sagte die Lene zu Karl, »dass du verwandt bist mit dem Lein-Web-Haus! Dagegen ist mein Vater mit seiner Schuhmacherei trotz seiner fünf Gesellen ein kleiner Laden. Das hätte ihm imponiert!«

Doch Karl winkte ab: »Das ist die Liesel und sonst niemand von uns!«

Karl konnte aber manchmal auch gar zu verschlossen sein! Weiter kam sie bei ihrem Schwager Willi; über den konnte die Schwiegermutter auch mit sich schelten, weil er nur fast, aber nicht ganz geraten war. Abgesehen von seinen Späßen war Willi eigentlich ein stiller Mensch, vor allem wenn es um ernste Themen ging. Lediglich nach seiner Tour als Bierkutscher konnte es vorkommen, dass er zum Feierabend gesprächiger wurde. So konnte Lene ihm eines Abends etwas mehr entlocken: »Musst'schon wissen«, rang er sich damals mit schwerer Zunge ab, »musst du auch schon wissen, dass das Lein-Web-Haus ein jüdisches Geschäft ist.«

»Ja und?«, hatte Helene geantwortet. »Ich habe auch in einer jüdischen Fabrik gearbeitet.«

»Ach,« hatte der Willi noch mühsam herausgebracht, »du bist auch so eine!« Und dann hatte er sich in seine Dachkammer verzogen.

Helene war irritiert. Dass es gar nicht wenige Leute gab, die einfach nur Schlechtes über Juden sagten, das hatte sie ja schon erfahren – man traf immer wieder auf solche Menschen. Doch die meisten redeten nur gedankenlos so daher. Denn wenn sie zum Einkaufen in die Läden gingen oder einen Arzt aufsuchten, dann achtete kaum jemand bewusst darauf, ob er in einem jüdischen Geschäft kaufte oder bei einem jüdischen Arzt saß. Wenn es so jemand aber tatsächlich auffiel oder er gar darauf angesprochen wurde, dann konnte man schon hören: »Ach, der ist auch Jude? Das hätte ich jetzt gar nicht gedacht, so ein guter Arzt!« Und erklärten dann lang und breit, dass es halt auch unter den Juden Ausnahmen gäbe.

Aber eines war Helene nun klar: Die Liesel war also eine Schickse, eine Goji, eine Frau, die nicht dem jüdischen Glauben angehörte und die daher – so wie ihr das von Herrn Blüht erklärt worden war – ein ordentlicher jüdischer junger Mann nicht heiraten würde.

Lene hatte sich inzwischen angewöhnt, das Wort Schickse nicht mehr auszusprechen. Für den strenggläubigen Juden Blüth hatte dieses Wort keinen negativen Klang, für ihn war eine Schickse ganz wertneutral eine meist junge, gutaussehende andersgläubige Frau, die für junge Juden eine Versuchung darstellen könnte, der es zu widerstehen galt. Aber viele andere Menschen hörten inzwischen nur noch, dass eine Schickse eine junge Verführerin, gar noch eine professionelle, wäre. Dass es bei dieser Bezeichnung eigentlich um den Glauben ging, das wussten die wenigsten.

Also, so Helenes Schluss, vermied man das Wort besser, um nicht Missverständnisse in die Welt zu setzen.

Die Liesel war also von einem Juden geheiratet worden, einem reichen dazu. Den hatte es offensichtlich nicht gestört, dass seine Frau einen anderen Glauben hatte. Anscheinend waren auch die Juden sich da nicht völlig einig; da gab es offenbar strenggläubige, wie den Herrn Blüht, und weniger strenggläubige, wie den Inhaber vom Lein-Web-Haus.

Jetzt interessierte Lene die Liesel erst recht und sie fragte Karl bei nächster Gelegenheit ganz unverblümt, ob sie denn nicht einmal die Liesel einladen oder besuchen könnten. Da kam sie aber beim Karl an den Rechten! Unmissverständlich, fast gar grob, warf er ihr eine ablehnende Antwort hin.

Was er denn gegen die Liesel habe, hatte sie sich noch zu fragen getraut.

»Nichts«, hatte er darauf kurz und bündig übertrieben laut erwidert. Und damit war das Thema zunächst beendet.

Doch Lene ließ nicht locker; zwei Tage später hatte sie dann Karl mit etlichen Schoppen Roten doch noch entlockt: Selbst wenn die Liesel zu Besuch in ihr Elternhaus kam und teure Sachen als Geschenk mitbrachte, dann wollte man das nicht. Man war zu stolz! Vielleicht zu stolz, um teure Geschenke von Tochter oder Schwester anzunehmen – vor allem auch, weil man ja wusste, dass da das Geld von einem Juden dahintersteckte. Und von einem Juden sich etwas schenken lassen, das wollte man nicht. Oder wollte man als Eltern einfach keine Geschenke vom reichen Schwiegersohn, wollte man sich nicht wie arme Verwandte behandeln lassen?

Wenn Liesel über Probleme in ihrem Leben sprach, dann verstand man sie nicht, denn jüdisches Brauchtum war nicht nur unbekannt, sondern auch suspekt, mit Vorurteilen überladen und mit Gerüchten verfälscht – und deshalb wollte man mit all' dem Jüdischen schlichtweg nichts zu tun haben.

»Und komisch ist es alleweil«, sagte Karl abweisend noch zum Ende. »Jetzt kommt sie ja nicht mehr mit ihrem Mann. Der hat ja bei uns nicht einmal Kuchen essen wollen. Der vornehme Herr, der komische! Erst nachdem die Liesel den Teller und die Gabel siebenmal unter fließendem Wasser abgewaschen hat, hat er sich herabgelassen und etwas gegessen. So ein Theater – was soll das siebenmalige Rumgepritschel, frag ich dich? Einmal richtig mit Mittel ist doch besser! Und überhaupt ist bei uns sowieso alles sauber!«

»Aber Karl, das ist doch eine rituelle Waschung, damit es kosher ist.« Lene wollte vermitteln, Verständnis wecken. »Auf dem Teller hätte ja vorher etwas Unreines wie zum Beispiel ein Stück Schinken oder Wurst liegen können! Das wäre ja Schweinefleisch gewesen. Und deswegen wird das Geschirr dann siebenmal unter fließendem Wasser gewaschen – wie gesagt, eine rituelle Reinigung!«

»Jetzt redest du auch schon so daher! Lass mich bitte mit dem jüdischen Kram zufrieden, damit haben wir nichts zu tun, das musst du doch allmählich verstehen!« Die rituelle Reinigung, das war wiederum etwas, das dem Karl nicht einging. Nein, das Jüdische wollte er nicht! Fremde Kulturen interessierten ihn nicht. Schlimm genug, dass die Lene bei diesem Herrn Blüht gearbeitet und wohl allerlei Firlefanz gelernt hatte! »Bei uns zu Hause wird sauber abgewaschen«, wiederholte er trotzig. Das siebenmal bisschen Wasser könne da doch nicht besser reinigen!

Helene begann, das Haus Kronenberg anders zu sehen. Da war Zusammenhalt, nach außen hin, vor allem zwischen dem Vater und seinen sechs Buben. Die wurden halt – oder waren schon – gerade so wie der Alte. Am späten Samstagnachmittag saßen sie nach der Arbeit auch alle schön bei ihrem Vater um den Tisch beim Kartenspiel – auch der Eugen. Und das, obwohl doch Eugen immerhin Sparkassenangestellter war. Von ihm hätte sich Helene am ehesten noch erhofft, dass er diesem väterlichen Diktat und dem Kleinbürgermief etwas distanziert gegenüberstehe. Aber auch er ließ seine hübsche junge Frau am Samstagabend allein und ging ohne sie in sein eigenes Elternhaus – oder aber er schob sie zu seiner Mutter in die Küche, wenn sie einmal mitkommen durfte.

Ja, da war Zusammenhalt, aber nach den Vorgaben des Patriarchen. Samstagabends gehörten seine Söhne nach wie vor ihm; für ihre eigenen Familie – so sie denn schon eine hatten – hatten die Söhne den Sonntag. Da hatte die Lene nichts mit zu reden. Der Gedanke, dass sie in Zukunft die wichtigste Person in Karls Leben sein würde, der war mehr als verwegen, der war wohl schlichtweg falsch: Drei Abende in der Woche war Karl beim Turnen, am Samstag bei seinem Vater, am Sonntag wandern.

Fast gar beneidete Lene die Liesel, denn die war diesem Kleinbürgertum entkommen – und ihr stand es noch bevor. Was würde ihr wohl am Samstagabend lieber sein: zur Schwiegermutter in die Küche geschoben zu werden oder zu Hause bleiben, zu Hause bleiben mit einem schönen Buch?

6. Kapitel

Alles hat seine Konsequenzen

1930

Auf dem Brett vor dem Küchenfenster saßen zwei Spatzen und rupften im Schnittlauch, den Karl dort in Blumentöpfen zog. Durch den Spalt des geöffneten Fensters hörte man Kirchenglocken. Ostern fiel 1930 sehr spät, es war schon der 20. April. Helene saß am Küchentisch und las. Die kleine Lore – im letzten November hatte man ihren vierten Geburtstag gefeiert – saß ihr gegenüber und rollte die zwei Ostereier, die ihr Karl am Morgen versteckt hatte, auf dem Küchentisch herum. Das eine Ei war fahlgrün, das andere blassrot, und allmählich verlor das Spiel seinen Reiz.

»Mama?«, flüsterte die Kleine schüchtern. »Mama?«

Doch Lene war in ihr Buch vertieft. Karl hatte es an diesem schönen Frühlingstag nicht im Haus gehalten und obwohl Ostern war, hatte er sich mit Fritz und Heiner schon gleich um acht zu einer Wanderung aufgemacht. Nicht einmal der Osterspaziergang zu seinen Eltern war dieses Jahr noch in seinen Plänen vorgekommen. Obwohl die Kleine sich so auf den roten Hasen freute, den roten Hasen aus Zuckerguss, den die Großmutter Luise immer ihrem Enkelkind kaufte.

Helene hatte sich gewundert, dass Lore sich überhaupt noch daran erinnerte – letztes Ostern war sie ja erst dreieinhalb gewesen. Aber dass Ostern und einen roten Hasen von der Oma bekommen zusammengehörte, das hatte das Kind schon begriffen, daran erinnerte es sich. Seit Tagen fragte es daher wieder und wieder: »Mama, wann kommt jetzt der Osterhase? Und krieg' ich von der Oma wieder so einen Roten?« Wohl zwanzigmal am Tag stellte die Kleine diese Frage, seitdem Karl ihr erzählt hatte, dass bald Ostern sei. Was musste der Karl dem Kind so etwas auch erzählen!

»Sei jetzt still«, sagte Lene daher zu ihrem Töchterchen. »Die Mama will lesen.«

»Aber Mama, heut' ist doch der rote...«

Die Lene klatschte ihr Buch mit einem lauten Knall auf den Tisch. »Wenn du jetzt nicht still bist, dann werd' ich nie mit dem Buch fertig. Und vorher wird nicht zur Oma gegangen. Also spiel was anderes, wenn du heut' noch deinen roten Hasen willst!«

»Aber Ostern … «, begann die Kleine noch, doch Lene blickte ihre Tochter nur noch einmal streng an. Die Kleine ließ ihren Satz unvollendet und rutschte von ihrem Hockerchen herunter. Mit Mühe unterdrückte das Kind die Tränen. Es nahm seine zwei Eier vom Tisch und schaute sich in der Küche um. Was sollte und konnte man auch mit zwei Eiern spielen?

Das fahlgrüne erinnerte sie an die blaugrünen Arbeitshosen vom Vater – ja und das blassrote, konnte das nicht die Schürze von der Mutter sein? Lore hockte sich in die Ecke und begann Vater, Mutter, Kind zu spielen. »Musst du immer das Gemüse mit den Kartoffeln im gleichen Topf kochen und das Fleisch noch dazu?«, warf das grüne Ei dem roten vor. »Ich hab genug andere Arbeit«, sagte das rote Ei, »so gekocht schmeckts genauso«. »Aber Mama«, sagte die echte Lore, doch das grüne Ei wies sie sofort zurecht: »Kinder sind brav still am Tisch und essen ihren Teller leer.«

Lene räusperte sich und schaute über den Brillenrand kurz zu ihrer Tochter.

»Und außerdem will ich heute Mittag noch zur Bibliothek«, sagte das rote Ei. »Ich kann auch nicht den ganzen Tag lesen«, erwiderte barsch das grüne. »Du interessierst dich doch überhaupt nicht für Bücher«, konterte spitz das rote.

Lene räusperte sich erneut. »Wenn du so laut bist, komm' ich nicht weiter mit dem Lesen.«

Die Kleine verstummte sogleich. Ganz leise ließ sie das grüne Ei sagen: »Du musst leise sein, damit die Mama lesen kann«. »Genau, sonst gibt es heute keinen roten Hasen«, gab die echte Lore zu.

Lene knallte erneut das Buch auf den Tisch und blickte stumm zum Kind.

Die Kleine nahm verschüchtert ihre Eier und drückte sich an der Wand entlang zur Küchentür. Sie drückte die Klinke herunter und öffnete die Tür einen Spalt, doch dann flüsterte sie ganz leise: »Mami, aber wir gehen doch noch?«

Lene seufzte und blickt erneut hoch. Sie wollte schimpfen, aber als sie die Kleine so an der Tür sah, ängstlich an den Türrahmen gedrückt und doch zugleich hoffnungsvoll mit großen Augen zu ihr herüberblickend, konnte sie es doch nicht. Meine Güte, was war sie für eine Mutter, es war doch noch ein kleines Kind! »Ja«, sagte sie, sich Mühe gebend, ein wenig nett zu sein, »aber jetzt geh' noch ein bisschen wo anders spielen«.

Lore ging auf den Flur. Die zwei Eier unterhielten sich noch ein bisschen. Aber das wurde bald langweilig. In die Wohnstube durfte sie nicht, damit nichts schmutzig wurde. Vielleicht in die Schlafstube? Sie drückte sich an ihrem Bettchen vorbei, hin zum Fenster. Ein bisschen schaute sie hinaus und die beiden Eier sprachen über das, was es auf der Straße zu sehen gab. Da es Ostersonntag war, war das wenig und die Unterhaltung erstarb bald.

Vor lauter Langeweile öffnete Lore die Schubladen der Nachtkästchen. Was waren das für hübsche Papierchen? Sie nahm eines aus der Packung auf der »für Zigaretten, zum selber Drehen« stand. Doch die kleine Lore konnte noch nicht lesen. Sie legte das Papierchen auf das Bett; und daneben noch eines und noch eines und dann hatte sie bald ein Viereck. Und dann noch ein Viereck. Und dann ging das rote Ei in das eine Viereck und spülte das Geschirr und kochte das Mittagessen und das grüne Ei ging in das andere Viereck und suchte im Schrank nach dem Rucksack: »Lene, kommst du mal, ich finde den Rucksack nicht.«

Die Türe ging auf und die echte Lene kam ins Zimmer. »Wo bleibst du denn, wie lange muss ich noch rufen?«

Die Kleine strahlte: »Gehen wir jetzt zum roten Hasen?«

Doch die Mutter antwortete nicht darauf – sie entdeckte erst jetzt, dass um die beiden Eier auf der weißen Bettdecke Linien aus weißem Zigarettenpapier lagen.

Sie überlegte kurz – ging dann um das Bett herum, nahm die Kleine an der Hand und zog sie aus dem Zimmer: »Das mach' mal mit deinem Vater ab, heute Abend«, sagte sie tonlos.

Die Kleine begriff nicht, schlüpfte ins Mäntelchen und freute sich auf den Hasen. »Mami, ist der Hase genauso groß wie letztes Jahr?«, plapperte sie los.

Doch die Mutter blieb schweigsam. Das störte aber die Kleine nicht. Solange die Mama nicht schimpfte, seufzte oder streng über die Brille schaute war alles gut. Die Mama sagte oft nichts.

Bei der Oma in der Stube waren die Tanten und die anderen Kinder. Viele waren es nicht.

Viele Kinder hatte nur der Opa. War er auch sonst für seine Söhne und Töchter gemäß den Gepflogenheiten der damaligen Zeit ein Vorbild, dann nicht in diesen Angelegenheiten.

Die Oma verteilte die Hasen und spielte mit den Enkeln, die Tanten tranken Kaffee und unterhielten sich, und der Opa saß im Lehnstuhl und döste vor sich hin. Seine Söhne hatten sich für diesen Tag alle entschuldigt, also hatte er niemanden zum Karten spielen, und Frauensachen interessierten ihn nicht. Mit kleinen Kindern spielen, das war auch nichts für ihn – gleichwohl: Später, wenn die Rasselbande müder wurde, dann würde er vielleicht ein Märchen erzählen. Später eben.

Das kleinste seiner an der Zahl der eigenen Kinder gemessenen wenigen Enkel lag in einem Kinderwagen und Lore schaute vorsichtig hinein:

»Oma, bin ich auch einmal so klein gewesen?«

»Nein, du warst noch viel kleiner«, sagte Luise Kronenberg zum Töchterchen ihres Sohnes Karl. »Dein Vater sagt immer, du warst so klein, dass er dich auf eine Hand hat legen können.« Ob da Karl übertrieben hatte oder nicht, darüber zu streiten war müßig. Doch alle wussten, dass Lene bereits zwei Wochen nach der Hochzeit entbunden hatte, viel zu früh. Dass so ein kleines Kind überhaupt überlebt hatte – das reinste Wunder!

Aber Lore hatte überlebt. Lore hatte es eingefädelt, dass ihre Eltern geheiratet hatten – was würde sie sich da gleich wieder davonstehlen?

Sie hatte es ihrer Mutter beschert, dass sie nicht mehr zum Chaim Blüht ins Büro musste – ein Geschenk, das die Mutter je länger desto weniger schätzte.

Aber jetzt ist Lore bei ihrer Großmutter, ihrer geliebten Großmutter, die mit den Kindern spricht. Die mit den Kindern spielt und die Lore besonders gerne mag, weil das arme Wurm so einen strengen

Vater hat. Und die von Lore innig geliebt wird, weil die Oma so ein weites mütterliches Herz hat!

Was kann das Kind dafür, denkt sich die Großmutter, dass Karl jetzt diese Frau hat, mit der er rein gar nichts gemein hat! Sie liest Bücher, er macht Sport und geht wandern. Sie war ein Bürofräulein und er hat Schmied gelernt.

Warum hat er ihr aber auch ein Kind gemacht! Ja, er war anständig und hat diesen Bücherwurm Helene geheiratet. Sie nicht zu heiraten und in Schande sitzen zu lassen, das wäre nicht richtig gewesen. Aber sie zu heiraten und dann kein Glück in der Ehe zu finden, war das gut? Und dann so quasi der Kleinen alle Schuld zu geben und mehr Strenge als Liebe? Soll jetzt der arme Wurm alles ausbaden?

Die Kleine musste an diesem Abend noch ihre Untat mit den Zigarettenpapierchen ausbaden. Sie war mit der Mutter und ihrem roten Hasen ganz im Glück zwei Stunden vor dem Vater nach Hause gekommen. Die Schlafstube hatte die Mutter dann abgesperrt. Also waren sie in der Küche: Lene mit dem nächsten Buch, Lore mit dem Hasen.

Der Vater kam noch lange nicht, und Lore hatte schon ihr Brot gegessen und ihre Milch getrunken. Sie war quengelig und müde und wollte ins Bett. Aber Lene hatte sie an diesem Ostersonntag merkwürdigerweise nicht zu Bett gebracht, obwohl sie dann ungestört hätte lesen können. Endlich kam der Vater, endlich zieht die Mutter den Schlüssel zur Schlafstube aus der Schürzentasche. Sie geht mit Karl hinüber, schließt auf, die Kleine drängelt zum Bettchen. Doch Lene kleidet sie nicht aus, sie zeigt vielmehr stumm auf die Papierchen und auf das Kind. Dann sagt sie nur: »Mit der Hand genügt, Karl«, und geht wieder zu ihrem Buch in die Küche. Karl schnappt sich die Lore, sein Kind, das vor gut vier Jahren so klein war, dass es ein Wunder war, dass es durchgekommen ist. Dieses kleine Wunderwerk zerrt er vors Bett, zeigt auf die Papierchen und zieht den Riemen aus der Hose. Es knallt einmal, die Kleine schreit. Es knallt ein zweites Mal, die Kleine schreit zum Erbarmen. Es knallt und knallt und die Kleine plärrt Rotz und Wasser. »Karl, es reicht«, ruft Lene aus der Küche, doch aufstehen tut sie nicht. Und so knallt es noch etliche Male, denn der Karl ist konsequent: Er lässt keine junge Frau in der Schande sitzen – und wenn er ein Dutzend auf den Hosenboden für angemessen hält, dann zieht er das genauso durch.

7. Kapitel

Schwarze Mauern

1938

In drei Tagen hatte sie Geburtstag! Auch wenn in diesem Jahr alles andere wichtiger schien, freute sie sich doch darauf.

»Ich geh' dann«, rief Lore zur Schlafstube hin – auch wenn sie das nicht sollte, weil die kleine Schwester gerade eingeschlafen war und die Mutter noch Ruhe für sich beanspruchte. Ja, tatsächlich, Lore hatte jetzt eine kleine Schwester. Was für sie allerdings vor allem hieß, dass ihr Vater sie am Abend noch ganz schön im Haushalt mit einspannte.

Doch das Mädchen mit den langen Zöpfen wusste inzwischen auch, wie man mit dem strengen Vater umging. Wichtig war zum Beispiel, sonntags mit ihm zu wandern – das hob die Stimmung! Karl erklärte alles, was es unterwegs zu sehen gab, die Maiglöckchen und die Blutwurz, das Klopfen des Spechtes und den Ruf des Kuckucks. Nur immer schön zuhören und nachfragen! Dann gab es auch schon mal bei der Einkehr einen Wecken und eine Wurst.

Es war schon recht kühl, Mitte November, aber das machte Lore nichts aus. Sie hatte ja auch zügig zu gehen, denn die Wilhelmstraße war lang und von deren Ende bis zum Schuhgeschäft vom Vater Schwänle, wie ihr Großvater zu Hause genannt wurde, war es nochmals fast zehn Minuten. Und zur Leihbücherei musste sie auch noch, für die Mutter Bücher tauschen.

Sie solle aber ja nicht zur Allee gehen, hatten ihr Vater und Mutter heute Mittag beim Essen eingeschärft. Dabei lag die Allee gar nicht auf ihrem Weg. Auf die Idee wäre sie nie gekommen! Was sollte sie auch dort?

»Das zeigt doch einmal wieder, wie rücksichtslos man heute ist«, hatte Lene am Mittagstisch gesagt. Dass die Mutter nicht »wie rücksichtslos die Nationalsozialisten sind« sagen durfte, weil sie sonst mit dem Vater einen ganz großen Krach bekommen würde, das wusste Lore inzwischen. Außer der Mutter waren ja auch alle von den Nationalsozialisten begeistert: der Vater, die Lehrer, die

Klassenkameradinnen. Naja, zumindest die meisten. Lea und Sara waren da immer ganz still.

»Wieso rücksichtslos?«, hatte Karl ein bisschen scharf erwidert. »Das kommt eben einmal vor, dass ein Haus brennt.«

»Aber doch nicht so viele Synagogen in derselben Nacht!«, hielt die Mutter dagegen. »Mir tut Herr Blüht und seine Familie leid!«

»Der Herr Blüht, das ist auch nur ein Reicher, der seine Arbeiter ausbeutet. Ein jüdischer Kapitalist, der sich an den deutschen Arbeitern eine goldene Nase verdient!«

»Aber Karl, all' die schönen Weihnachtsgeschenke!«

»Das war von dem doch schon einkalkuliert! Du hast für ihn noch abends nach Feierabend Briefe geschrieben. Das hat dem doch glatt eine Schreibkraft gespart!«

»Karl – als Sekretärin ist man kein Fabrikarbeiter mit genauem Feierabend!«

Dazu sagte nun Karl nichts mehr. Darüber hatten sie schon zu oft gestritten!

Die Eltern hatten dann kurz geschwiegen. Doch Lore hatte begriffen, dass es um die abgebrannte Synagoge ging. Wie wohl so ein abgebranntes Haus aussah? Hätten die Eltern nichts gesagt, die abgebrannte Synagoge hätte sie eigentlich gar nicht interessiert. Damit hatte sie nichts zu tun, die Synagoge war etwas von den Juden. Und mit den Juden muss der Deutsche nichts zu tun haben. Sagten alle. Der Vater und die Lehrer. Lea und Sara wollten ja auch wohl nichts mit den Deutschen zu tun haben, die gingen ja auch nicht zum Bund deutscher Mädel.

Nur die Mutter kam dann immer mit diesem Herrn Blüht. Und manchmal zeigte sie auch ganz stolz ihre Armbanduhr, die sie wohl von diesem Herrn einmal geschenkt bekommen hatte – 1924, gleich nach der Inflation! Was das auch immer war, gleich nach der Inflation.

Manchmal erwähnte die Mutter dann auch eine Liese und eine Berta. Lore wusste eigentlich gar nicht genau, wer das war. Vermutlich Tanten, wie die Tante Martha – also Schwestern vom Vater? Die Frauen der Brüder ihres Vaters, die kannte sie, wie zum Beispiel Tante Emma. Aber einer Tante Liesel oder Bertel war sie noch nie begegnet.

Ihre Mutter hatte nur einen Bruder gehabt, das wusste sie, aber der war schon lange tot, genauso wie die Frau vom Vater Schwänle.

Die Eltern hatten schweigend zu Ende gegessen. Als die Mutter ihren Teller leer hatte, stand sie auf, trug ihn zur Spüle und sagte im Hinausgehen: »Und was war das vor fünf Jahren – die Bombe im Laden deines Schwagers?«

Lore horchte kurz auf: eine Bombe in einem Laden? Das war schon wieder so etwas, von dem sie nicht wusste, wie man es einordnen sollte. Aber natürlich traute sie sich auch nicht zu fragen.

Noch bevor Karl antworten konnte, war die Mutter ins Schlafzimmer gegangen, zu der kleinen Schwester, zu ihren Büchern und um sich auszuruhen.

Karl hatte keine Zeit, ihr nachzugehen, er musste wieder zur Arbeit. Innerhalb einer Stunde von der Fabrik nach Hause, essen und wieder zur Fabrik: Selbst mit seinen langen Beinen musste er sich sputen. Trotzdem machte er das jeden Tag.

So war er, der Vater, eisern, ausdauernd und sportlich.

Lore war über diesen Gedanken fast bis zum Amtsgericht gekommen.

Dass es zu Weihnachten nicht die so sehr erwünschte Puppe gegeben hatte, das hatte sie noch vor drei Jahren enttäuscht – aber wenn man sich Schlittschuhe wünschte, ja, die bekam man, denn Schlittschuhfahren war Sport.

Und deshalb musste man am Mittwoch und am Samstag ganz viel erzählen, was man Tolles bei den Jungmädeln gemacht hatte. Da durfte man auch ein bisschen flunkern, war ja egal, ob man beim Wettlaufen fünfte oder fünfzehnte geworden war. Nur nicht übertreiben! Denn dann hätte man ja einen Wimpel oder so etwas haben müssen.

Ja, das hätte Karl stolz gemacht! Wenn seine Lore eine Auszeichnung im Sport bekommen hätte. Die guten Schulnoten im Deutschen, in der Geographie und im Rechnen – das interessierte ihn wenig. Das musste so sein, das war Pflicht, Kinder hatten ordentlich zu lernen. Basta.

Es begann bereits zu dämmern und als sie ans Fleiner Tor kam, da war wieder der Satz: »Geh' nicht durch die Allee.« Hätten die Eltern einfach gar nichts gesagt – jetzt reizte das Verbotene! Der kürzeste

Weg für sie ginge geradeaus weiter durch die Fleiner Straße, aber Lore konnte nicht mehr widerstehen und entschloss sich, doch nach rechts abzubiegen und in Richtung Synagoge zu gehen.

Der Reiz des Verbotenen hatte sie etwas erwarten lassen, was Kinder nicht sehen sollten. Aber da war nichts – nur die Überbleibsel eines großen Hauses: Schwarze Mauern ohne Dach darüber, mit leeren Höhlen statt Fenstern, umschwadet von einem merkwürdig brenzligen Geruch, daneben Schutt und Unrat. All' das war von einer Absperrung umringt, an der drei Polizisten entlangliefen und darauf achteten, dass niemand zu nahe heranging.

Wohl sah sie etwas, was sie bis jetzt noch nie in ihrem Leben gesehen hatte, aber nichts, was sie als etwas Sehenswertes beurteilte – und sie sollte so etwas in den nächsten Jahren noch so oft zu sehen bekommen, dass es nicht einmal etwas Besonderes mehr sein würde.

Nein, es war geradezu langweilig! Lore blieb nicht einmal stehen, um zu schauen, sondern bog gleich in die Klarastraße ab – aber da wurde es aufregend! Zur Rechten, nur wenige Meter vor ihr entfernt, schlugen einige SA Männer eine Schaufensterscheibe kaputt und aus dem Inneren des betroffenen Ladens drang Geschrei und Radau. Etliche Leute waren stehen geblieben und grölten, reckten zum Teil die Fäuste zum Himmel und schrien »Juda verrecke!«. Ein paar wenige huschten ängstlich, an die Hausfront der gegenüberliegenden Seite gedrängt, möglichst rasch vorbei. Auch weiter unten war die Straße vor zwei oder drei anderen Läden mit Scherben übersät. Doch niemand war da, um die Scherben wegzufegen – vielmehr liefen Leute in diese Läden und kamen gleich darauf wieder mit Waren bepackt heraus – uneingepackten Waren und wohl auch unbezahlten. Soviel war Lore schon klar: So schnell wurde in diesen Läden nicht ordnungsgemäß bedient!

Die dreizehnjährige Lore war ein Schulmädel mit langen blonden Zöpfen. Etwas zu erleben war toll, aber was sich hier abspielte, das machte auch zugleich Angst! Sollte sie weitergehen? Und was war mit dem Laden vom Vater Schwänle? Sollte sie sich trauen, sich an den kaputten Fensterscheiben vorbei zu drücken – wie die anderen möglichst weit auf der anderen Straßenseite? Oder sollte sie zurückgehen und den üblichen Weg durch die Fleiner Straße nehmen? Warum hatte sie auch zu dieser blöden Synagoge gewollt? Die Sonne war schon halb untergegangen – es musste also schon nach halb fünf sein. Und zur Leihbücherei musste sie auch noch!

Und beim Vater Schwänle brauchte es bestimmt eine halbe Stunde Zeit!

Sollte sie einfach zurück nach Hause gehen? Den Eltern vom Radau hier erzählen und dass sie sich nicht getraut hätte? Wer weiß, ob man ihr glaubte. So etwas gab es doch nicht im gesitteten Deutschland! Wo war denn die Polizei? Die Polizei lief hinter ihr ruhig an der Absperrung auf und ab und schaute, dass niemand zum schwarzen Haus ging! Was in der Klarastraße passierte, das war kein Grund, die vorgeschriebene Bewachung zu unterbrechen.

Lore nahm also ihren Mut zusammen und gehörte zu denen, die sich an der gegenüberliegenden Häuserfront entlang vorbeidrückten. Aber schon nach den ersten Metern stellte sie fest: Niemand interessierte sich für eine Halbwüchsige. Die einen waren auf die Randale konzentriert; andere machten sich möglichst schnell davon, weil sie sich doch nicht so ganz sicher waren, ob man die Dinge aus den zerstörten Läden wirklich ungestraft so mir nichts dir nichts mitnehmen dürfe. Und ein paar ganz wenige wollten einfach nichts damit zu tun haben.

Gott sei Dank, das Haus mit dem Laden von Vater Schwänle zählte nicht zu den Häusern mit den kaputten Fenstern. Sie kam unbehelligt in den Laden im ersten Stock. Dort war es merkwürdigerweise so gut wie leer – sonst waren immer einige Kunden da. Aber heute gab es nur einen einzigen Käufer, einen Mann in einer Soldatenuniform. Der Großvater sah sie mit großen Augen an: »Ausgerechnet heut' müsset die dich herschicken!«

Mehr sagte er nicht. Die Mutter ging, wenn überhaupt, nur einmal im Jahr hierher und der Vater schon gleich nie!

Seitdem Lore in die dritte Klasse gekommen war, wurde meist sie geschickt, um Schuhe zur Reparatur zu bringen oder wieder abzuholen. Ganz egal, was repariert wurde, Vater Schwänle nahm immer eine Mark dafür. Nicht mehr, nicht weniger. Neue Schuhe kauften die Eltern woanders, nur für Lore fertigte Vater Schwänle ab und an welche – komischerweise auch für eine Mark.

Wenn sie sonst kam, sagte der Großvater zunächst gar nichts zu ihr: Sie musste warten, bis er mit den Kunden fertig war und dann nahm er die Schuhe entgegen oder gab sie ihr wieder heraus und stellte ein paar knappe Fragen, nur um sie mit einem kurzen »So« zu beantworten.

Insofern war es doch schon ein besonderer Tag, dass der Vater Schwänle gleich bei ihrem Eintritt etwas sagte – und auch noch sofort zu ihr kam.

»Hast jetzt scho'a Gschwisterle?«

»Ja, schon vor vier Wochen ist es zur Welt kommen.«

»So.« Und nach einer kurzen Pause. »Ist's a Bu' oder a Mädle?«

»Ein Schwesterchen hab' ich. Renate heißt se.«

»So.« Wieder Pause. »Und geht's der Mutter und dem Kind gut?«

»Ja, eigentlich schon. Die Mutter muss bloß noch a bissele langsam tun und sich immer wieder mal hinlegen.«

»So. Soso – sie wird halt lesen wolle!« Pause. »Hast du jetzt schon Geburtstag g'habt oder hast erst noch?«

»In drei Tag, am dreizehnten hab' ich Geburtstag.«

»Dann hock' dich da mal hin!«

Lore tat, was man ihr geheißen. Und er begann schweigend, ihre Füße zu vermessen.

»Brauchsch nötiger Stiefel oder Halbschuh?«

Lore traute sich nichts zu sagen – Stiefel tät' sie sich schon wünschen, aber sie wollte nicht betteln. Sie sollte auch nicht betteln, sie durfte nicht betteln. Bei ihrer Oma Luise wäre sie unbefangener, und auch beim anderen Opa. Aber hier beim Vater Schwänle, der ja auch ein Großvater war, da war alles anders. Wenn sie ehrlich zu sich selbst war: Sie ging nicht einmal ungern hierher. Es roch so gut nach neuem Leder. Und irgendwie mochte sie sogar diesen immer mürrischen alten Mann, der sie nie mit Namen ansprach und zu dem sie niemals Großvater oder Opa sagte. Jeder wusste, wer der andere war, und so genügte das Du. Er war vorderhand nicht freundlich, buhlte nicht um die Zuneigung eines Kindes – und war doch auf seine Art und nach seinen Möglichkeiten gut zu ihr, hatte ihr sozusagen fast alle Schuhe geschenkt, die sie in ihrem Leben getragen hatte – und keine ihrer Freundinnen hatte solche Schuhe wie sie: nicht unbedingt schön, aber bequem und warm und auch von einem Kind so gut wie nicht kaputt zu bekommen.

Aber jetzt traute sich die Lore nichts zu sagen.

»So. Also Stiefel.«

Vater Schwänle hatte sie und ihr Schweigen begriffen. Demütig »Halbschuhe« zu sagen, das hätte sie ja gedurft. Also schwieg die Lore weiter und wurde nur ein bisschen rot.

»Na wäret mir fertig!«

Lore verstand und dankte artig. Mehr wollte Vater Schwänle heute nicht wissen – er wusste wieder genug von seiner Tochter und deren Mann. Wegen dieses Kindes hatte sie diesen Arbeiter geheiratet, der nicht mal um ihre Hand angehalten hatte, sondern einfach mit ihr irgendwo in den Büschen – mit einer gebildeten, sensiblen Frau, der er doch nichts Adäquates zu bieten hatte!

Lore wollte schon zur Tür hinaus, da drehte sich Vater Schwänle nochmals um: »Jetzt wart heut noch a Minut'! Fritz« – rief er einen seiner Gesellen – »zieh dein Schurz aus und guck', dass des Mädle gut aus der Stadt kommt!«

Ein junger strammer Bursch mit Schnauzer stand auf und tat, wie ihm geheißen, den Schurz ab.

»Wie weit solle mitgoa, Meister?«

»Bis halt gut ist, wirst schon sehen, wenn du draußen auf der Gass' bist, wie weit's nötig ist. Mach aber eher ein Schritt mehr mit ihr wie ein weniger!« Und nach einer Pause setzte er noch dazu: »Da kommt 's jetzt auch nicht mehr d'rauf an! Wegen denen werden wir noch so manche Schritt' machen müssen, die wir eigentlich gar nicht wollen!«

8. Kapitel

Wie nur soll man Jakob verstehen?

1939

Die Märzsonne lugte zwischen den Wolken hervor, auf den Gräbern lag hier und dort noch etwas Schnee.

Lore war von ihrem Vater direkt aus der Schule abgeholt worden und dann hatte sie zu laufen gehabt; für die Dreizehnjährige war es noch immer anstrengend, mit Karl und seinen langen Beinen Schritt zu halten.

Von der Stadt bis zum Friedhof brauchte man bei zügiger Gangart in der Regel gut zwanzig Minuten; wer es eiliger hatte, der konnte die Straßenbahn nehmen. Karl hatte es eilig, denn er wollte seine Mutter noch einmal sehen. Aber er war auch sparsam und mit seinen langen Beinen fiel es ihm leicht, schnell zu gehen und das Fahrgeld zu sparen.

Lore hatte zu laufen und zu keuchen; sie konnte gar nicht von ihrem zusätzlichen Pausenbrot abbeißen, das ihr Lene für den Mittag gegeben hatte. Sie hatte zweimal im Treppenhaus der Schule einen Bissen genommen – und nach den ersten Schritten neben ihrem Vater das Brot wieder in die Tasche gestopft. Kauen und Schnaufen und so schnell sein wie der Karl, das ging nicht.

Von der Familie ihres Mannes hatte Lene ihre Schwiegermutter am meisten gemocht. Doch jetzt war sie tot. Wozu auf die Beerdigung gehen? Sie nährte noch ein Kind! Karl wollte es nicht so recht verstehen, er hatte es nur mühsam akzeptiert. Aber dann hatte er entschieden: Wenn schon Lene nicht mitkomme, dann wenigstens Lore. Hätte er sie gefragt, sie wäre auch so mitgegangen. Aber ein dreizehnjähriges Schulkind fragt man nicht.

Lore hätte auch nicht sagen können, warum sie mit wolle. Dass ihr die Großmutter fehlen würde, sie spürte es, aber Worte hätte sie dafür keine gefunden. Die Großmutter, die die Zuckerhasen verschenkte. Die Großmutter, die einem für zwei Pfennige einen

Zuckerkringel kaufte, wenn man mit ihr einkaufen ging. Die Groß-mutter, die zuhörte, wenn man erzählte.

Nein, das machte sich eine Dreizehnjährige noch nicht klar. Sie spürte nur intuitiv den Unterschied zur Mutter, zur Mutter, die nur mal hinter den Büchern hervorschaute, wenn man sie zum zweiten Mal ansprach. Die Mutter, die Antworten so kurz wie möglich fasste, um dann wieder hinter dem Buch zu verschwinden.

Nicht so wie der Vater, der mit den Kindern sprach, um ihnen mitzuteilen, was zu tun sei. Außer auf den Sonntagsspaziergängen – da teilte er seiner Tochter mit, was es zu sehen gab.

Sie war immer so gern zu dieser Großmutter gegangen!

Auch wenn da seit letzten Herbst der kleine Jakob war. Immerzu! Jakob war der Sohn von Tante Berta. Von der Tante Berta, die sie eigentlich zuvor noch nie getroffen hatte. Doch jetzt war sie jeden Sonntag bei den Großeltern im Haus! Seit dem schlimmen Tag, als Lore zum Vater Schwänle ging und an all' den kaputten Schaufens-tern vorbei musste, war das so. Das wäre eigentlich nicht schlimm gewesen, aber Jakob war immer so weinerlich, obwohl er doch gar nicht mehr so klein war – er war immerhin auch schon acht. Er hing immer wie eine Klette an der Großmutter, an ihrer Großmutter. Mit dem konnte man nicht mal Mensch ärgere dich nicht spielen, so komisch war der.

Irgendwann einmal hatte Lore dann die Oma gefragt: »Warum ist denn jetzt immer der Jakob da?«

Die Großmutter hatte ihr dann erklärt, dass der Papa vom Jakob vor ein paar Wochen gestorben und jetzt im Himmel sei.

»Und deswegen ist Jakob jetzt immer bei dir?«, hatte Lore deutlich kleinlauter nachgehakt. »Ist er denn gar nicht mehr bei sich zu Hause?«

»Ach, weißt du, der Jakob wohnt jetzt hier.«

»Und seine Mama?«

»Die auch.«

»Aber die ist doch nur am Sonntag da!«

»Die muss ja auch arbeiten gehen, damit sie und der Jakob von etwas leben können.«

Lore verstand und verstand doch nicht. »Und warum ist sein Papa gestorben – war er krank?«

Die Großmutter hatte sie angesehen, sich umgedreht und weiter ihre Küchenarbeit gemacht.

Es war das erste Mal, dass ihr die Oma keine Antwort gab.

Im Januar war die Oma dann krank geworden. Zuerst hatte sie angefangen zu husten, und dann durfte Lore nicht mehr hingehen, weil die Oma mit Fieber im Bett liege – und jetzt war sie tot.

Dort neben dem Sarg stand er, der kleine Jakob, der Störenfried. An der Hand seiner Mutter. Gleich neben dem Großvater. Zum Großvater hätte sich die Lore auch gerne gestellt, aber nicht, wenn Jakob dort war. Also blieb Lore neben Karl und dessen Brüdern stehen.

»Und wie geht es jetzt weiter mit unserem Vater?«, fragte Onkel Eugen leise seine Brüder Karl und Heiner.

»Wie soll es schon weiter gehen?«, flüsterte Karl. »Die Bertel wohnt ja jetzt eh' wieder zu Haus. Dann kann sie auch den Haushalt machen.«

»Aber in die Fabrik muss sie doch auch«, wisperte Eugen.

»Andere Frauen schaffen das«, raunte Heiner.

»Das hat sie nun davon, dass sie wie die Liesel einen Juden heiraten musste. Da hat sie sich jetzt selbst hingebracht. Soll sie doch froh sein, dass sie im Elternhaus wieder Unterschlupf hat. Und wenn sie schon dort unterkriecht, dann kann sie dafür auch etwas tun.« Karl war eindeutig.

»Schon«, meinte auch Eugen.

»Was muss der sich auch gleich aufhängen. Nur weil man den Juden einmal angedeutet hat, wie die Reihenfolge ist: erst der Deutsche, dann der Jude. Seitdem ist ja wieder Ruhe. Müssen die Juden eben jetzt etwas bescheidener sein, dann geht das schon. Und wenn sie das nicht wollen, dann können sie ja wo anders hingehen«, gab Heiner Karl recht.

»Genau, wie der Mann von der Liesel«, erinnerte Karl.

»Und hat das der Liesel geholfen? Nach Amerika wollte er sie nachholen – sie ist noch immer da«, warf leise Heiner ein.

»Einen reichen deutschen Juden zum Mann zu haben, das ist halt etwas anderes als das Leben mit einem armen amerikanischen Juden zu teilen«, gab Karl zu bedenken. »Vielleicht lebt sie hier mit dem Geld, das noch übrig ist, sogar besser.«

»Vielleicht hat sie inzwischen ja auch begriffen, dass die Deutschen sich nicht mit denen einlassen sollten«, legte Heiner nach.

Das also war es – der Papa vom Jakob hatte sich aufgehängt. War ein Jude gewesen. Und dass das keine richtigen Menschen waren, das wusste Lore aus der Schule und vom Jungmädelbund. Deswegen konnte sie den Jakob auch nicht leiden!

Warum war dann bloß die Oma immer so nett zum Jakob gewesen?

Sie hatte die Großmutter nochmals gesehen, wie sie da in ihrem Sarg lag, so starr, gar nicht mehr die Oma – und um den Judenjungen hatte sie sich gekümmert!

Es war eigentlich gar nicht mehr schön gewesen bei der Oma. Der Judenjunge hatte sie ihr ja schon seit Monaten weggenommen!

9. Kapitel

Von kleinen Chancen und seltenen Träumen

1940

In der Wohnstube stand noch Mitte Januar der Weihnachtsbaum. Seit einigen Wochen war alles anders geworden. So muste man zum Beispiel zum Einkaufen außer Tasche und Geldbörse nun auch immer Lebensmittel-Marken mitnehmen.

Doch die Marken waren nicht schlimm – ganz im Gegenteil: Im Haushalt von Karl Kronenberg wurde nun sogar besser gegessen als zuvor. Denn Karl sagte immer: »Wir kaufen alles, was es auf die Marken gibt, man weiß ja nie, wie das weitergeht.« Und dieses »alles, was es auf die Marken gibt« war deutlich mehr als das, was früher eingekauft worden war. Was irgendwie haltbar war, wurde aufbewahrt – aber mangels Einweckgläsern war das das Wenigste. Also wurde eben gegessen.

Und es war wieder Krieg – allerdings ein Krieg, der nicht schlimm erschien, weit weg, irgendwo in Polen. Die Kampfhandlungen hatten nicht einmal sechs Wochen gedauert. Sechs Wochen Siegesmeldung über Siegesmeldung! Die Franzosen und Engländer hatten Deutschland zwar den Krieg erklärt – aber angegriffen hatten sie nicht. Und die paar Blockaden, die machten nichts aus: Hitler hatte das besser im Griff als Ludendorff und Hindenburg im letzten Krieg! Im Haus Kronenberg wurde mehr gegessen als im Frieden!

Aber kalt war es geworden, lausig kalt. Einen so kalten Winter hatte es seit zwanzig Jahren nicht mehr gegeben. Man musste sich erst wieder an das Frieren gewöhnen.

Und noch etwas hatte sich geändert: Lore war kein Kind mehr.

Drei Tage vor Weihnachten hatte sie auf dem Nachhauseweg ihren Vater getroffen – das mochte sie sowieso nicht, hatte sie nie gemocht. Sie musste dann mit ihm gehen, neben ihm herlaufen. Nicht nur, dass sie dann die Gesellschaft mit ihren Kameradinnen vermisste, nein, sie musste mit ihrem Vater auch Schritt halten. Jetzt, als Achtklässlerin, schaffte sie das ja ganz passabel, aber noch vor zwei, drei Jahren hatte sie das an den Rand ihrer Kräfte gebracht.

Karl kam jeden Mittag aus der Fabrik nach Hause, damit gemeinsam gegessen wurde. Und nach dem Vater nach Hause kommen – undenkbar.

Zu Hause standen bereits die Teller auf dem Tisch. Lene wusste, dass das so sein musste – wenn Karl nach Hause kam, wurde gegessen, sonst reichte die knappe Zeit nicht aus! Da war sie diszipliniert. Aber alles möglichst in einem Topf kochen, die Kartoffeln, das Gemüse und auch das Eckchen Fleisch, auf das der Karl jeden Tag Wert legte, das hatte Lene nie geändert.

Kaum am Tisch hatte die Mutter dem Vater zwei Briefe gegeben. Der Vater las den ersten, überflog den zweiten – und knallte den dann seiner Tochter neben den Teller: »Jetzt weißt du, was du nach der Schule machst!« hatte er ihr im Befehlston gesagt.

Die Lore hatte darauf geschaut: Landjahrlager Großengstingen!

Sie wusste nicht, ob sie heulen sollte oder nicht. Auch wenn es ihr danach zumute war, sie unterdrückte es lieber, denn Weinen hätte sowieso nichts genützt. Es hätte eher ihren Vater noch erzürnt, denn für ihren Vater gab es keinen Grund, der weinen rechtfertigen würde. Das war nun mal so. Diesmal würde auch der Vater keinen Einspruch erheben. Selbst wenn er könnte – aber diesmal konnte er sowieso nicht. Zudem bedeutete Landjahrlager Arbeit und Sport, das war seine Welt. Selbst wenn er könnte – er würde nicht.

Wenigstens das Gute würde es für sich haben: Sie würde ihm entkommen! Strenger konnte es dort auch nicht sein – beim Bund deutscher Mädel war es auch zum Aushalten, da bekam man ab und zu sogar ein Lob. Auch vom Lehrer wurde sie immer wieder gelobt. Aber zu Hause war das anders, die guten Schulnoten waren einfach selbstverständlich und ansonsten hatte der Vater das Sagen. Die Mutter – weit weg in der Welt ihrer Bücher – sagte meist gar nichts.

Ja, sie würde froh sein, ihn einmal nicht zu sehen. Er hatte es ihr kaputt gemacht. Es war zwar nicht ihr Traum gewesen – zunächst. Aber es hatte sie stolz gemacht. Sie hatte die Anerkennung genossen. Sogar Vater Schwänle hatte sie es erzählt – und der hatte zum ersten Mal mehr als nur »so« oder »so, so« gesagt: »So, das ist aber recht! Dann schau nur, dass du dei' Sach weiterhin au' guat machst!«

»Weiterhin auch gut machst!« hatte er gesagt. Sie hatte es gefühlt, dass der alte Mann stolz auf sie war, stolz auf seine Enkeltochter. Stolz auf die Tochter seiner Tochter, der begabten Fremdsprachensekretärin.

Und dann war ihr Vater gekommen und hatte alles kaputt gemacht!

Und so wie es unerreichbar geworden war, so war es dann zum Traum geworden, zu etwas, das sie nicht schaffen würde. Weil ihr eigener Vater, ja, weil ihr eigener Vater – aber was denn nur? Es ihr nicht gönnte? Zu geizig war? Nur Handarbeit anerkannte? Engstirnig war?

Es war Ende November gewesen, als ihr Klassenlehrer sie zu Beginn der großen Pause an das Pult gerufen hatte, um ihr von dem einmaligen Programm der Nationalsozialisten vorzuschwärmen: Jetzt dürften auch Jungs und Mädels der Volksschulen mit hervorragenden schulischen Leistungen auf die neuen Lehrerbildungsanstalten. »Jede Schule darf einen Schüler oder Schülerin vorschlagen – und unsere Schule hat sich für dich entschieden!«

Aber das koste doch bestimmt etwas, fiel Lore zugleich ein.

Die Eltern müssten nur ganz wenig für die Kost bezahlen, die Schule und das Internat seien umsonst! Das wäre doch etwas – in fünf Jahren sei sie Lehrerin und würde kleinen Jungs und Mädels das Schreiben beibringen!

In fünf Jahren, hatte sich die Lore gedacht, und dabei kam ihr Renate, ihr Schwesterchen, in den Sinn, das dann gerade in die Schule kommen würde.

Ob sie das denn machen wolle?

Lore hatte keinen Ton rausgebracht.

Das sei jetzt wohl alles ein bisschen überraschend. Sie solle ihm halt in drei Tagen die Antwort bringen.

Lore war gewohnt, zu tun, was gesagt wurde. Und zu Hause keine Fragen zu stellen.

Also kam sie gar nicht auf die Idee, zu Hause etwas zu sagen oder gar zu fragen. Sie sagte nur ja, als ihr Klassenlehrer sie drei Tage später nochmals fragte.

Das große Donnerwetter folgte, als sie vierzehn Tage später vom Klassenlehrer den Anmeldebogen zur Lehrerbildungsanstalt bekam. Den legte sie auch ganz unschuldig ihrem Vater hin: »Der Herr Glockenbauer hat gesagt, ich soll Lehrerin werden.«

Da kam sie aber beim Karl an den Rechten! Nochmals fünf Jahre zur Schule gehen! Und nichts arbeiten! Und er solle dann auch noch etwas für die Kost bezahlen! Die ganzen nächsten fünf Jahre!

Ja, aber der Lehrer habe das doch gesagt.

Der Lehrer, das sei wohl auch so einer, der sich zu gut sei, um ordentlich mit den Händen zu arbeiten!

Bis jetzt hatte Lene geschwiegen. Jetzt sagte sie halbherzig »Aber Karl, so kann man das doch auch nicht sehen. Ein Lehrer arbeitet doch auch.«

Lore schaute zu ihrer Mutter. So wie sie dasaß, mit dem Buch in der schlanken, wenn auch von der Hausarbeit geröteten Hand. Den Zwicker auf der Nase. Eigentlich gefiel ihr das schon besser, als mittags in einer Stunde von der Fabrik nach Hause zu eilen, schnell zu essen und dann wieder in die Fabrik zu rennen. Nur um dort immerzu Papier zu schneiden.

Jetzt, wo es schon fast unerreichbar war, jetzt begriff Lore, wie schön das sein könnte. Bisher hatte sie nicht sonderlich viel darüber nachgedacht. Da war der vage Gedanke mit dem Renatchen, ein schlichtes Bild. Aber mehr auch nicht. Der Lehrer hatte es gesagt, und sie tat, was man ihr sagte. Über die eigene Zukunft, über Alternativen, wie es wäre, wenn sie nicht auf das Lehrerinnenseminar ginge, darüber hatte sie noch gar nie nachgedacht. Bisher war die Welt einfach gewesen: Vater und Lehrer sagten, was zu tun sei, und was die beiden anordneten, das hatte sich bisher nie widersprochen. Aber nun sagte auf einmal der Vater etwas anderes als der Lehrer! Diese neue Situation überforderte Lore. Nie hätte sie gedacht, dass es auch auf sie ankomme. Nie hatte sie sich klar gemacht, ob es toll wäre oder nicht, Lehrerin zu sein und dem Renatchen das Schreiben beizubringen, denn für Lore war es schlichtweg nicht mehr als ein zu erledigender Auftrag gewesen. Und jetzt auf einmal wurde ihr bewusst: Das war mehr, das war doch auch ein schöner Gedanke – es ging um ihre Zukunft!

»Mama, denkst du auch wie der Herr Glockenbauer, dass ich Lehrerin werden soll?«

Doch ihre Mutter war schon wieder hinter ihrem Buch versunken. Der Karl hätte auch keine Antwort zugelassen. Er sagte nur ganz ruhig und nachdrücklich: »Ich zahl' nichts und ich unterschreib' nichts. Und damit hat sich das.«

Aus früheren Tagen wusste die Lore nur zu gut, dass das der Ton war, der vorausging, wenn der Karl danach den Riemen aus der Hose gezogen hatte.

Und sie hatte gelernt: Vor der Tracht Prügel einzulenken führt zum selben Ergebnis wie nach der Tracht Prügel zu tun, was der Vater anordnet. Man saß nur ein, zwei Tage besser.

Also schluckte Lore nur; ihre Wünsche zählten nicht, sie hatte keinen eigenen Willen zu haben. Sie hatte nie gelernt, für ihre Wünsche zu kämpfen oder gar ihren Willen durchzusetzen – wie auch, der übermächtige Vater hatte den Riemen.

Karl aber nahm den Bogen, strich die erste Seite durch und schrieb darauf: »Das macht meine Tochter nicht. Karl Kronenberg.«

»So, den gibst du jetzt deinem Lehrer wieder.«

Innerhalb von nicht einmal fünf Minuten hatte Lore den ersten größeren Traum ihres Lebens wieder zu begraben.

Das Wort Mama aber, von ihr schon bisher so gut wie nie ausgesprochen – sie vergaß es endgültig. Lore war ja nun auch kein Kind mehr.

10. Kapitel

Von den freudlosen Pflichten

1944

Zehn vor zwei in der Früh schepperte der Wecker; Lore fuhr aufgeschreckt hoch – sie musste gleich auf den Beinen sein, denn die Zeit war knapp. Sie steckte den Waschlappen ins kalte Wasser, fuhr sich einmal über Gesicht und Hände, trocknete sich ab, dann rasch in die Kleider. Hinüber in die Küche, raus auf den umlaufenden Balkon und gleich gegenüber in das Häuschen. Im Häuschen war es nicht ganz so eisig, noch stieg ein bisschen Wärme aus dem darunterliegenden Misthaufen empor. Rasch zurück, zweimal von der Scheibe Brot abgebissen, den Rest in den Rucksack gesteckt. Schal 'rum gewickelt, in den Mantel, Rucksack auf und Mütze – Hände besser in die Taschen vom Mantel als in die löchrigen Handschuhe. Und dann raus in die Kälte.

Nur gut, dass es nicht mehr ganz so kalt war wie in den drei strengen Wintern zu Kriegsbeginn; aber ganz so mild wie im letzten Winter war es am Morgen dieses 4. Dezember 1944 auch nicht. Knapp unter null Grad schätzte Lore, aber viel Zeit zum Nachdenken hatte sie nicht. Der einarmige Bert stand schon vor dem Haus und da kam auch schon die Erna.

Sie brauchten nichts zu sagen, jeder wusste: Um zwanzig nach drei fuhr der Zug in Bieringen ab und bis zum dortigen Bahnhof waren es fünf Kilometer – zu Fuß. Benzin gab es nur noch für Feuerwehr und Krankenwagen und natürlich für das Militär. Selbst der Doktor durfte seinen Holzvergaser nur noch für Patientenbesuche benutzen.

Also zu Fuß über die Landstraße. Nach Berlichingen wäre es genauso weit und da würde der Zug erst um fünf nach halb vier fahren, aber der Weg war schlechter. Ende November hatte es geregnet, dann gefroren und ein ganz klein wenig darauf geschneit. Man konnte das tückische Eis in den Wegkuhlen schlecht sehen, besonders in der Nacht, und Licht war verboten. Es hätte aber kein Verbot gebraucht – Batterien für Taschenlampen waren inzwischen auch Mangelware. Also über die Landstraße nach Bieringen, denn die Landstraße war im Gegensatz zu den Feldwegen noch vor dem Schnee abgetrocknet, da gab es fast keine Eisplatten

Der Rucksack drückte; aber Lore war froh über die paar Kartoffeln, das Viertel Brot und die zwei Gläser Marmelade, die ihr die Anna hatte zukommen lassen. Wenigstens ein bisschen etwas extra zu essen. Es war schon immer anstrengend genug, am Samstagnachmittag zu Mutter und Schwester hinaus aufs Land zu fahren, und dann am Montag früh – ach was, noch in der Nacht – wieder zurück.

Doch Lore war hart geworden, hart und zäh – und dennoch hatte sie sich trotz vieler äußerlicher Pflichten innere Freiheit erworben.

Ostern 1940 war sie aus der Schule gekommen und dann gleich ab ins Landjahrlager. Der Traum von der Lehrerin war schnell vergessen – sie fühlte sich im Lager nicht einmal unwohl. Von zu Hause aus gewohnt, mit einem strengen Regiment umzugehen, fiel es ihr leicht, sich einzufinden und durchzumogeln. Sie hatte die Gemeinschaft mit den gleichaltrigen Mädchen genossen.

Im November war sie wieder zurück. Karl hatte ihr eine Lehrstelle bei Eisenwaren Luchs besorgt – gefragt wurde sie nicht. »Da gehst' hin und schaffst[2]«, hatte es geheißen.

Und also ging sie hin und schaffte.

Seit Juni 41 war Karl fort – eingezogen. Die Jungen gingen nach Russland, Karl als Besatzer nach Frankreich.

Die Mutter war noch immer hinter den Büchern – ihr war es nur recht, dass Karl fort war. Jetzt konnte so manches etwas einfacher gemacht werden. Die dreijährige Renate kam irgendwie über die Runden, Lore brachte am Abend schon alles irgendwie halbwegs ins Gleis. Es war schön hinter den Büchern.

Lore war es auch zufrieden. Zwar hatte sie überreichlich Pflichten, aber niemand machte ihr mehr Vorschriften. Solange alles irgendwie so seinen Lauf nahm, konnte sie tun und lassen, was sie wollte.

Zu Weihnachten 1942 wurde Lore Abteilungsleiterin in der Buchhaltung. Als siebzehnjähriges Lehrmädel im dritten Ausbildungsjahr. Sie hatte zwei Mitarbeiterinnen, die waren auch Lehrmädel, wenigstens im zweiten Lehrjahr.

---

[2]arbeitest

Trotz Krieg war das Frühjahr 1943 für Lore keine schlechte Zeit. Die Schwester war aus dem Gröbsten raus, die Mutter wollte nichts von ihr, in der Firma war jeder froh, dass sie die Buchhaltung machte. Doch ab Sommer nahmen die Luftangriffe auf Deutschland zu. Deshalb musste Lore von da an auch so manche Nacht in der Firma verbringen– als Brandwache. Die kurze gute Zeit ging für Lore rasch zu Ende.

Die Luftangriffe störten auch beim Lesen – so entschloss sich im Spätherbst 1943 Mutter Helene mit der Kleinen aufs Land zu gehen; in Oberkessach fand sie Unterschlupf bei Anna und Franz, entfernten Verwandten. Es würde zwar noch drei Jahre dauern, bis Lore volljährig werden würde – doch jetzt war sie alleine in der elterlichen Wohnung, war nach wie vor Leiterin der Buchhaltung, war so manche Nacht in der Firma, so manches Wochenende auf dem Land bei Mutter und Schwester.

Und so war Lore auch im Dezember 1944 wieder auf der Landstraße von Oberkessach nach Bieringen unterwegs, wie auch Erna, wie auch der einarmige Bert – jeder schweigsam, konzentriert auf den Weg, mit seinen Gedanken allein. Man ging eben zu dritt besser als alleine, wenn man zu Nacht-schlafender Zeit denselben Weg über einsames Land hatte. Man war eine Schicksalsgemeinschaft, sonst kannte man sich kaum. Was hätte man sich auch erzählen sollen? Die Propaganda hörte jeder selbst im Radio, sie zu wiederholen war müßig. Über sie zu diskutieren oder die Parolen gar kritisch zu hinterfragen, das traute sich niemand – man war vorsichtig geworden und sagte lieber nichts.

Das Schwärmen für den Führer – im Landjahrlager war es für Lore noch selbstverständlich gewesen, doch jetzt auf der stummen, dunklen, kalten Landstraße hatte man dazu keine Lust mehr. Die Zeiten der Nachtwanderungen mit Fackeln und Liedersingen waren vorbei. Jetzt musste man den Zug erreichen. Man war so spät wie möglich losgegangen – wer wusste, wann man wieder ungestört schlafen würde? In den nächsten Nächten konnten wieder die Sirenen heulen, in den nächsten Nächten konnte man mit Wassereimer und Lappen auf dem Dach der Firma Luchs sitzen und den Funkenflug bekämpfen.

Ja, Lore war hart und zäh geworden. Auch im letzten Kriegsjahr nahm sie ihr Leben,wie es kam. Was bleib ihr auch anderes übrig? Sie war stolz auf das, was sie alles leistete. Aber glücklich war sie selten.

Auf der Nebenbahn von Bieringen nach Möckmühl wurde so alles eingesetzt, was rollen konnte. In jener Nacht bestand der Zug nur aus einem Personenwagen, aber wenigstens waren noch zwei Güterwagen angehängt. Bert schubste die Mädels gleich in Richtung des zweiten Güterwagens. Dort bekamen sie wenigstens noch einen Platz an der Wand zum Anlehnen. Lore legte ihren Kopf auf die linke Schulter von Bert und Erna auf die rechte, die, unter der nur noch ein Stumpf hing. Bert hatte es so warm, die Mädels konnten noch ein bisschen schlafen. Not macht erfinderisch und Not lässt auch sonst Fremde zusammenhalten.

Zehn nach vier waren sie in Möckmühl. Der Anschlusszug nach Heilbronn hatte gut eine Viertelstunde Verspätung – und war drückend voll. Lore und ihre Reisegenossen bekamen wenigstens noch Stehplätze in einem Abteil, aber an Schlafen war nicht mehr zu denken.

Bert stieg schon in Neckarsulm aus, er war im NSU-Werk arbeitsverpflichtet: Kettenkradbau[3]. Als Einarmiger konnte er wenigstens noch die Ketten schmieren.

Es war weit nach sechs, als der Zug endlich in Heilbronn ankam; für Lore lohnte es sich nicht mehr, in die Wohnung zu gehen, also machte sie sich gleich auf den Weg in die Firma. Dort setzte sie sich in einen Winkel, um möglichst nicht gesehen zu werden, schnitt sich vom Brot ab und schmierte Marmelade drauf. Die anderen mussten nicht unbedingt mitbekommen, von welchen Schätzen in ihrem Rucksack sie profitierte.

Kurz vor sieben saß sie schon an ihrem Schreibtisch und machte mit dem Monatsabschluss für November weiter. Der alte Prokurist Gackstatter hatte schon am Samstagmittag nachgefragt, ob der Abschluss nicht schon vorliege. Wie hätte das gehen sollen? Lore wusste es nicht – und Gackstatter wohl auch nicht. Man musste ihm aber zugutehalten, dass er schon seinen fünfundsiebzigsten Geburtstag gefeiert hatte – manchmal überblickte er nicht mehr alles auf den ersten Blick. Doch er war ein verdienter Mann aus den goldenen Zwanzigern und man war froh an jeder mitarbeitenden Hand, so wenig sie auch leistete.

---

[3] Kettenkrad = kleines Fahrzeug mit Motorrad ähnlichem Vorderrad und kleinem Hinterbau, der einem Panzerspähwagen ähnelt; im Krieg auch als kleine Zugmaschine eingesetzt

Lore hoffte, den Abschluss bis Montagabend zu schaffen – aber sie musste ja auch noch nach den zwei Lehrmädchen schauen, die schon fleißig Rechnungen vom Dezember buchten. Also rechnete Lore den ganzen Vormittag, zog sich am Mittag kurz wieder in den Winkel zurück, um nochmal zwei Scheiben Brot zu essen, und dann rechnete sie weiter.

Es wurde vier, es wurde fünf; Lore konnte die Müdigkeit nicht mehr verleugnen. Inzwischen freute sie sich darauf, sich am Abend ein paar Kartoffeln kochen zu können – den ganzen Tag nur Brot mit ein bisschen Marmelade, das hielt einfach nicht vor. Aber bis halb sieben war es noch lang und seit dem Sommer betrug die wöchentliche Arbeitszeit 60 Stunden. Also rechnete sie mit roten Augen weiter.

Ab sechs zählte sie heimlich jede Minute – und dann kam zehn nach sechs der hinkende Schmidtlein, der als Packer arbeitete und als Brandschutzwart fungierte. Die Elvira von der Kasse habe so argen Husten – ob nicht Lore an ihrer Stelle die nächtliche Brandwache übernehmen würde?

Lore hätte schreien können – vor Wut, vor Müdigkeit, vor Hunger. Aber das machte sie nicht. Vor drei Jahren hatte sie den Führer noch angehimmelt. Vor vier und fünf Jahren hatte ihr der Karl noch eingebläut zu tun, was einem gesagt wurde. Also sagte Lore ja. Strich den Traum von den Kartoffeln und zog sich um dreiviertel sieben wieder in den Winkel zurück – um wieder Marmeladebrot zu essen. Kurz vor sieben ging sie zu den anderen in den Wachraum: vier Feldbetten waren aufgebaut – solange kein Alarm war, musste nur einer wach bleiben. Sie hoffte darauf, für die letzte Wache von vier bis halb sieben eingeteilt zu werden – aber natürlich hatte sie Pech und sie sollte die zweite Wache von elf bis halb zwei übernehmen.

Ausgerechnet die zweite Wache: nur kurz schlafen und sich dann wieder wachhalten und wenn man Pech hatte, kämen um halb drei noch Flieger!

Würde jemand mit ihr tauschen? Sie schaute in die Runde – und versuchte es gar nicht. Die erste Wache hatte Frau Lubosch – die hatte drei kleine Kinder daheim, auf die jetzt eine Nachbarin aufpassen musste. Die war auch froh, wenn sie am Stück schlafen konnte. Und die vierte und letzte Wache hatte Frau Bräunlich, die schon fünfundfünfzig war, und Lore hatte es noch nie erlebt, dass die Bräunlich jemandem einen Gefallen tat. Und mit dem Lehrling Otto die dritte Wache zu tauschen, das brächte auch nichts.

Also legte sich Lore gleich um sieben auf eine Pritsche und schloss die Augen. Um elf würde sie die Lubosch wieder wecken. Oder vielleicht auch schon um zehn die Sirenen.

Zur gleichen Zeit saß Karl mit seinen Kameraden in Reims und trank Bier, vor ihm stand noch das leere Feldgeschirr, aus dem er seine Suppe gelöffelt hatte – eine warme Suppe, in die sogar etwas Fleisch geschnitten war. Morgen würde er wieder auf dem Bahnhof für Sicherheit und Ordnung sorgen.

Lene hatte der Anna beim Abwasch geholfen; jetzt ging sie in ihre Kammer und schaute nach der kleinen Renate, die schon schlafend im gemeinsamen Bett lag; sie aber zündete sich eine Kerze an und schlug ihren Roman auf.

An die große Tochter dachte keiner. Die Lore, die schafft das eh schon alles. Die ist doch jung und zäh, die Lore, die wird ja auch in zwei Jahren volljährig.

11. Kapitel

In einer hellen Nacht

1944

Lore hätte sich gar nicht hinlegen brauchen – keine drei Minuten, da gehen auch schon die Sirenen los.

Und dann kommt auch schon der Schmidtlein herein gehinkt: »Die setzen schon Christbäume[4] – wir sind mitten drin.«

Frau Bräunlich will Eimer und Lappen nehmen und hoch aufs Dach. Doch die Lubosch sagt: »Wenn wir mittendrin sind!« Und bleibt stehen.

Der Eimer scheppert wieder zu Boden.

Schmidtlein hinkt wieder hinaus, nur um gleich darauf aufgedreht zurück zu kommen: »Die Christbäume treiben nach Osten ab. Und es ist alles dunkel, auch am Bahnhof.«

»Doch nicht bei uns?«

»So wie es aussieht«, sagt Schmidtlein ganz leise, »könnten wir da herüben vom Neckar Glück haben – aber die Stadt drüben wird es wohl arg treffen.«

Die Bräunlich nimmt wieder den Eimer – die Lubosch kreischt: »Aber meine Kinder!«

Schmidtlein hält sie am Arm fest: »Wenn Sie zu Ihren Kindern wollen, dann gehen Sie meinetwegen. Aber ich würd' nicht über die Neckarbrücke gehen, nicht in die Innenstadt.« Dann lässt er sie los. Die Lubosch starrt mit großen Augen, in denen sich die pure Verzweiflung spiegelt. Einen Moment lang ist sie sich unsicher – dann rennt sie los, zu ihren Kindern. Sie muss über die Brücke und durch die Innenstadt, wenn sie zu ihren Kindern will – durch die Innenstadt, über der schon die Christbäume stehen.

Lore wird sie nie mehr wiedersehen.

---

[4] Ausdruck des Volkes für an Fallschirmen schwebende Markierungen, mit denen die Vorhut der feindlichen Flugzeuge das Abwurfgebiet der Bomber markiert

Auch die Bräunlich wird vom Brandschutzwart festgehalten, obwohl die – nun wieder mit Eimer und Lappen – aufs Dach will: »Wir warten erst einmal, was wirklich kommt. Und das tun wir an der Kellertreppe.«

Lore ist noch immer sauer auf den Schmidtlein – sie wäre gar nicht dran gewesen, Elvira hätte da sein müssen. Aber sie tut, was er sagt. Weil sie immer tut, was man ihr sagt. Und weil der alte Mann sie nicht rausschickt. Der Schmidtlein war im letzten Krieg im Feld. Da ist er durchgekommen, wenngleich er auch ein steifes Knie davongetragen hat. Vielleicht weiß er wirklich am besten, was zu tun ist.

»Da bleibt ihr, oben an der Kellertreppe, bis ich wieder komm'«, ordnet er an und hinkt davon, vor zur Ladentüre. Kaum hat er die Türe offen, drängt ein gutes Dutzend Leute ins Haus, die noch auf der Straße waren: »Wo ist euer Keller?«

»Unser Keller ist nicht ausgebaut, der hat nur eine dünne Decke!«

»Egal, Keller ist Keller.«

Die Leute drängen panisch in den Laden, entdecken Lore, die Bräunlich und den Lehrling Otto und rennen auf sie zu: wo die Leute stehen, wird schon der Zugang zum Keller sein.

Lore, Otto und die Bräunlich lassen die Leute vorbei. Sollen sie nun auch in den Keller?

»Wir bleiben da«, entscheidet die Bräunlich. »Der Schmidtlein hat gesagt: oben an der Kellertreppe.«

Und dann kommt der Lärm, das Getöse, man weiß gar nicht genau von was, man weiß nur: Jetzt wird es schlimm. Und dann wird es in den Fenstern hell.

Endlich kehrt Schmidtlein zurück: »Kommt mit!«

Doch er geht nicht aufs Dach, geht auch nicht in den Keller – er geht auf den Hof und zum fensterlosen Lagerschuppen gegenüber, sperrt auf und schiebt seine drei verbliebenen Brandhelfer hinein.

»Aber das ist doch nur ein Wellblechdach«, jammert die Bräunlich.

»Wir müssen doch aufs Dach«, sagt der Lehrling Otto. »Das ist doch unsere Pflicht. Wir müssen verteidigen.«

»Was willst du denn mit Lappen und Eimer verteidigen?«

»Das Dach vor den Flammen!«

»Lass es bleiben«, sagt der Schmidtlein. »Die schmeißen da drüben so dick mit den Bomben! Wenn das zu uns rüber kommt, da retten wir nichts mehr. Da sind wir besser hier im Schuppen als auf dem Dach.«

»Sie alter Feigling«, schreit Otto, »das meld' ich morgen!« Und er schnappt sich Eimer und Lappen und will zum Schuppen hinaus.

Wieder muss Schmidtlein jemanden festhalten und es kostet den alten Mann viel Kraft, das fünfzehnjährige Bürschchen im Schuppen zu halten. »Morgen haben die anderes zu tun. Da interessiert sich keiner für deine Meldung!«

»Warum gehen wir dann nicht in den Keller?«, fleht die Bräunlich.

»Weil das Haus zusammenkracht, wenn es hier auch so dick losgeht wie drüben in der Stadt. Und dann sitzen wir unter den Trümmern in der Falle – falls die dünne Kellerdecke überhaupt hält.«

»Lassen Sie mich los«, schreit Otto. »Ich bin kein Feigling. Ich geh auf meinen Posten.«

Er schafft es, sich los zu reißen, die Tür auf zu bekommen. Draußen ist es blendend hell. Hell wie am Tag und doch nicht taghell. Das kleine Stück Himmel, das man sieht: Es ist nicht glutrot, nicht sonnenwarm, es ist einfach nur hell.

»Dann lösch mal!«

Otto taumelt zur Hofmitte, bleibt stehen. Unschlüssig. Als Brandwache muss man aufs Dach, das hat man ihm beigebracht. Ein deutscher Junge kennt keine Furcht, hat man ihm eingebläut. Bloß Schmidtlein hat gesagt, er soll einfach tatenlos bleiben.

Sein Onkel wird nicht mehr zurückkommen, er ist gefallen. Sein Bruder ist wieder zu Hause, ohne Bein.

Er schaut auf das Dach, blickt zurück zum Schmidtlein. Otto ist nicht dumm. Und dann entschließt er sich – auf das Dach zu gehen.

Die Bräunlich seufzt: »Dann müssen wir halt auch!«

Doch Schmidtlein sagt: »Entweder sehen wir den Otto nie mehr – oder dem Laden passiert gar nichts. Wenn wir den Otto nicht wiedersehen, dann macht er auch keine Meldung. Und wenn er doch eine Meldung macht, dann ist der Laden stehen geblieben. Dann interessiert das gleich schon zweimal niemand.«

Die Bräunlich sagt: »Aber die Parteifritzen!«

»Interessieren sich für alles, ich weiß. Ich bleib trotzdem da, ich mein', das ist das kleinere Risiko. Macht ihr, was ihr wollt.«

Die zwei Frauen nehmen ihre Lappen und Eimer und folgen dem Otto aufs Dach. Das Dröhnen der Flieger ist einem undefinierbaren Lärm gewichen und vom Neckar weht ein warmer Wind herüber.

Lore muss an den Besuch beim Großvater vor sechs Jahren denken, an das große Haus, das nur aus schwarzen Mauern bestand, ohne Dach darüber, mit leeren Höhlen statt Fenstern, umschwadet von einem merkwürdig brenzligen Geruch und mit Schutt und Unrat umringt. Und auch an die kaputten Schaufensterscheiben muss sie denken.

Dort drüben würde es all' das wiedergeben, all' das und sonst – vielleicht, wahrscheinlich – gar nichts mehr.

Kalt durchfuhr sie die Erkenntnis und sie musste hinunter auf ihre Schuhe sehen: Vater Schwänle würde ihr nie mehr welche machen, keine Halbschuhe und keine Stiefel. Nie mehr würde sie in seine Werkstatt treten und sich von ihm mit kargen Sätzen ausfragen lassen. Nie mehr hätte sie die Chance, einmal seine Hand zu nehmen und ihn Großvater oder gar Opa zu nennen, diesen Graben zuzuschütten, der vor zwanzig Jahren aufgerissen worden war, als die Lene und der Karl dereinst im Mai …

Wenn sie gekonnt hätte, hätte sie geweint. Aber in jenen Jahren hatte man das Weinen verlernt. Man wäre damit auch gar nicht mehr fertig geworden.

Vater Schwänle, Tante Berta, Vetter Jakob, die Lubosch….

Ihr Vater, ihre Mutter, das Renatchen.

Der ewige Friede oder zumindest eine ruhige Nacht.

Mit bleischweren Gliedern und schwerem Herzen stand Lore hundsdackelsmüde mit Eimer und Lappen auf dem Dach der Firma Luchs und hielt den Rest der Nacht Wache, wie ihr geheißen.

12. Kapitel

Die letzte Seite

1948, 1961

Sie lag noch in ihrem Bett und schaute gegen die Decke. Draußen ging die Tür, Karl musste zur Arbeit; dann hörte sie die Ermahnung ihrer älteren Tochter: »Renate, vergiss dein Pausenbrot nicht!«

Lene hätte glücklich sein müssen: Sie waren nicht ausgebombt. Selbst in jener ganz schlimmen Nacht vor vier Jahren, als ihr Vater starb und ihre Schwägerin. Doch Lore hatte Gott sei Dank diesen 4. Dezember überlebt und Karl war schon seit zwei Jahren aus belgischer Kriegsgefangenschaft zurück – sie hätte glücklich sein müssen.

Sogar alle fünf Brüder vom Karl waren wieder zu Hause. Alle fünf! Und von seinen drei Schwestern lebten noch die Martel und die Liesel. Nicht zu glauben – von den neun Geschwistern waren nur die Berta und ihr Kind im Krieg umgekommen. Und natürlich Berta's Mann, den vergaß man leicht, der war aber auch kein Kriegsopfer. Berta hingegen schon: Wie ihr Sohn und wie auch Vater Schwänle wurde sie nach dieser schlimmen Nacht nie mehr gesehen.

Auch Lenes Schwiegereltern waren nicht mehr da, aber daran waren weder der Krieg noch die Nazis schuld. Der Schwiegervater war 1944 mit über neunzig Jahren alt und schwach heimgegangen; seine Frau die Luise war schon vor dem Krieg, einer Lungenentzündung erlegen.

Die gute Luise.

Doch zum wirklich Glücklichsein fehlte noch ein Quäntchen: Denn bei ihr, der Lene, war die Lunge auch nicht mehr gut.

Und deshalb lag sie noch hier in ihrem Bett, während draußen in der Wohnung der Alltag gelebt wurde.

Zwar war auch sie wieder zu Hause, aber sie solle sich noch schonen, sicherheitshalber, solle noch Abstand zu den anderen halten. Ihre Lunge sehe zwar wieder ganz gut aus – aber die Gefahr eines Rückfalls, die solle sie nicht allzu leicht nehmen.

In den letzten Wochen des Krieges hatte sie gehustet, immer schlimmer; dann hatte sie abgenommen – und irgendwann hatte der Arzt die Ursache entdeckt, das Urteil gesprochen: Tuberkulose! Im Krieg so vorsichtig gewesen, mit der Kleinen aufs Land gezogen, zu Verwandten – und dann das: Tuberkulose.

Sie musste in ein Sanatorium, Isolierung, fast wie in einem Gefängnis, so gut wie keine Besuche, und wenn, dann nur mit Schutzmaßnahmen.

Doch mit der Zeit erkannte Lene auch die Vorzüge: Während die anderen im Nachkriegsdeutschland einen trostlosen, entbehrungsreichen Alltag mit viel Arbeit und Mühe fristeten, hatte sie es besser; von ihr verlangte man nur, an der frischen Luft zu liegen, sich zu schonen. Und sie bekam geregeltes Essen.

Der Husten, ja, gewiss, der war lästig, manchmal sogar sehr. Aber das Sanatorium hatte eine Bibliothek und die Nachmittage im Liegestuhl mit einem guten Buch, das entschädigte in mancher Hinsicht.

Wenn nur nicht die langen Nächte gewesen wären, in denen sie sich mit diesem elenden Husten gequält hatte. Dann schlich sich die Angst ein: Wie gesund werden? Unter all' den anderen Hustenden und Spuckenden?

Doch nach etlichen Monaten, in denen nur immer Neue ankamen, durften die Ersten nach Hause. Das machte ihr Hoffnung, denn die Zeit wurde ihr lang und die Bibliothek war begrenzt.

Das Essen wurde immer besser, sie kam zu Kräften, aus Amerika kamen neue Medikamente. Und so schaffte auch sie es, nach fast drei Jahren wieder nach Hause gehen zu dürfen.

Jetzt lag sie da, wartete bis alle aus dem Haus waren. Sie schonte sich. Und dennoch war da wieder dieser Reiz, dieser Reiz, der immer schwieriger zu unterdrücken war. Wenn sie alleine war, gab sie ihm schon einmal nach und hustete. Hustete wieder.

Aber sie wollte nicht mehr zurück. Nicht mehr in ein Sanatorium! Trotz der Ruhe und den Büchern. Der Hustenreiz würde schon wieder vergehen – im Sanatorium machte man ja auch nichts anderes als ruhen und sich schonen. Und Tabletten zur Nachsorge hatte sie mitbekommen.

Vielleicht war es nur eine ganz normale kleine Erkältung?

Sie wollte nicht mehr zurück zu all' den Kranken! Die Welt sollte nicht am Gartenzaun zu Ende sein!

Sie wollte hier sein, bei denen, die doch ihre Familie waren. Musste hier sein, um noch dazu zu gehören. Bei einer Familie, die vielleicht schon zerfiel. Die Lore war gestern Abend erst spät von einem Ausflug mit den Naturfreunden nach Hause gekommen. Die Lore, die sie nicht mehr kannte, die jetzt sonntags wie der Karl wandern ging. Wenn gleich auch nicht mehr mit ihrem Vater, sondern mit den Naturfreunden.

So nach und nach ging jeder seine eigenen Wege. Karl ging sogar ganz ungeniert jeden Freitagabend zwei Häuser weiter zur Witwe Schwarzer, auf eine Tasse Kaffee.

War auch nie länger als eine gute Stunde außer Haus. Aber ging man als verheirateter Mann zu einer anderen Frau, gar zu einer Witwe auf Besuch? Ohne die eigene Frau mitzunehmen?

Nein, sie gehörte hierher, zu den Lebenden, sie hatte doch noch hier ihren Platz. Die anderen konnten doch nicht einfach so weiter leben wie in der Zeit, als sie nicht da war.

Die Tür ging einen Spalt weit auf – Lore schaute vorsichtig ins Zimmer: »Wir gehen dann. Kartoffeln für Mittag habe ich gekocht.« Und die Tür ging wieder zu. »Jetzt beeil dich, Renate, du kommst sonst zu spät zur Schule.« Dann wurde die Wohnungstür zugezogen.

Lenes Blick fiel auf den Nachttisch, auf ihr Buch. Sie könnte lesen. Warum jetzt aufstehen? Sie könnte noch ein, zwei Stunden lesen oder länger, bevor Karl und Renate zu Mittag kämen. Es würde reichen, wenn sie kurz vorher aufstünde.

Aber Karl ging am Freitag außer Haus. Und die große Tochter sprach nur noch das Nötigste mit ihr. Ob da ein Mann dahintersteckte, dass die Lore seit kurzem immer öfter zu den Naturfreunden ging? Und Renate verwilderte ja! Kein Wunder, all' die Jahre jeden Nachmittag alleine.

Lene seufzte. Eigentlich würde sie gerne lesen – und andererseits würde sie so gerne wieder dazu gehören. Zum Karl, zur Lore, zur Renate. Und nicht zu den anderen, zu denen da draußen, im Sanatorium.

Es reizte sie im Hals. Sie unterdrückte den Reiz. Doch sich schonen? Doch noch liegen bleiben?

Nein, sie war gesund! Sie musste es sein – sie wollte es sein. Sie hatte sich entschieden, stand auf – und dann war er da, ununterdrückbar: der Hustenanfall.

Es wird nicht mehr lange zu verheimlichen sein. Sie war doch noch nicht so weit. Bald wird sie wieder ins Sanatorium müssen.

Sie wird wieder in der Sonne liegen und lesen. Sie wird essen, möglichst kräftig und möglichst viel, sie wird neue Medikamente von den neuen Freunden Deutschlands, von den Amerikanern, schlucken. Und sie wird immer wieder auf die hübsche kleine Armbanduhr schauen, die ihr Herr Blüht 1924 zu Weihnachten geschenkt hat – nur um festzustellen, dass die Zeit immer langsamer vergeht.

Hatte ihr alter Vater doch recht gehabt: Hätte sie sich geschickter anstellen, sich von Herrn Blüht in die vornehme Gesellschaft einführen lassen sollen? Aber dann wäre sie ja eine Schickse gewesen, eine Schickse wie die Liesel und die Bertel – eine Schickse in diesem tausendjährigen Reich.

Hätte sie damals im Mai einfach entschieden Nein zu Karl sagen sollen?

Aber sie wollte ja nicht ihr Leben lang allein sein! Doch was war jetzt anders?

Ohne Familie wollte sie nicht – ohne Bücher konnte sie nicht.

Aber sie wird kämpfen – 1925 im Mai hatte sie ja zur Familie gesagt, auch wenn es der Karl war. Der sportliche, gutaussehende, aufrichtige, arbeitsame Karl. Sie hatte gedacht, das würde genügen.

Wo war nun das Ja ihrer Familie? Wo war es hingekommen? War es denn jemals dagewesen?

Aber sie wird kämpfen, sie wird es schaffen, wieder und wieder dem Sanatorium zu entkommen. Doch nie für lange – kein Sieg wird von Dauer sein. Lore wird heiraten – sie wird im Sanatorium sein. Renate wird erwachsen werden und auch heiraten – sie wird im Sanatorium sein. Sie wird Enkel haben, doch gesunde kleine Kinder lässt man ungern zu einer Frau wie ihr. Karl wird am Freitagabend auf einen Kaffee zur Witwe Schwarzer gehen – und sie wird immer wieder zurück ins Sanatorium müssen: Alleine, unbesucht.

Sie wird lesen und lesen und lesen. Und irgendwann wird sie denken: Jetzt habe auch ich alles gelesen – das war jetzt die letzte Seite.

In dreizehn Jahren wird es soweit sein, zwei Tage bevor sie wieder einmal wie angeordnet in ein Sanatorium muss: An einem Sommernachmittag wird sie das letzte Buch zu Ende lesen, wird es zuklappen und zur Seite legen. Sie wird auf ihre Uhr schauen, auf diese Botschaft vergangener Tage und besserer Zeiten: ach ja, Herr Blüht und das vornehme Büro!

Dann wird sie im Nachttisch kramen und das Döslein finden mit einer der zwei Münzen, die sie vor langer Zeit wie ein jüdisches Kind als Chanukka-Geschenk bekommen hat. Sie wird daran denken, was ihr Herr Blüht damals ans Herz gelegt hat: Einen Teil für wohltätige Zwecke, also für andere, und nur einen Teil selbst behalten. Wie schwer hatte sie sich damals getan, die zweite Münze herzugeben.

Die erste Münze aber, sie wird noch immer wie seit Jahr und Tag im dunklen Kästlein liegen, zwecklos – außer zur schmerzlichen Erinnerung? Helene wird denken, sie hätte sie dann doch einmal ausgeben sollen, etwas Schönes für sich selbst kaufen – nur was? Einen Groschenroman? Eine Tafel Schokolade für Renatchen? Eine Zigarre für Karl? Aber wäre dann die eine Münze nicht wie die andere geworden: Zur Freude für die anderen – und ihr bliebe nichts?

An jenem Tag in diesem fernen Sommer wird sie die Münze zwischen den Fingern drehen und je länger sie sie drehen wird, desto mehr werden ihre Gedanken immer trostloser werden – nein, sie hat vergessen, für die eigene Freude zu investieren. Und so wird sie schließlich nach einigen Minuten, die ihr wie eine Ewigkeit erscheinen, mit einem Seufzer das solange aufgehobene Geldstück wieder zurücklegen, auf die hübsche Uhr an ihrem Arm blicken und beschließen, dass ihre Zeit abgelaufen ist. Und deshalb wird sie das Armband lösen und die Uhr mit in das Kästlein zwängen.

Nichts mehr wird zu tun sein und deshalb wird sie aufstehen, sich eine Jacke umhängen und ins Nachbarhaus gehen – denn dort, wo sie wohnt, sind die Treppenhausfenster zu klein – wird also ins Nachbarhaus gehen bis in den obersten Stock, das Fenster öffnen und springen.

Vierter Teil

— Die Enkel und das Erbe —

Paul und Klaus

1. Kapitel

Aufwärts

1962

Lore ging mit der Glasschüssel in ihr Schlafzimmer. Auch wenn jetzt über die Weihnachtstage ihre Schwiegereltern dort schliefen – es war ihr Schlafzimmer, die ersten Möbel, die sie sich hatten leisten können, damals, ein paar Wochen nach der Hochzeit.

Vor gut 14 Jahren war sie auf den Berg im Odenwald gestiegen, hatte diesem jungen Zollbeamten zugehört. Sie erinnerte sich genau, wie sie damals oben gestanden und zum Fluss hinuntergeblickt hatte. Doch dann hatte sie ihren Blick weiter schweifen lassen über die mit dunklem Wald verschatteten Berghänge jenseits des Flusses bis hin zum Horizont, an dem der aufkommende Herbstwind mit den Wolken gespielt und über das weite Himmelszelt gejagt hatte.

Was damals bei den Naturfreunden begonnen hatte, es hatte sich entwickelt. Gleichmäßig, zielstrebig, unspektakulär. Aber eben anders als es bei ihrem letzten Verehrer gewesen war – der ihr den Hof gemacht hatte und bei einer anderen …

Nein, mit diesem pflichtbewussten, katholisch geprägten Beamten gab es kein »bei einer anderen«. Mit ihm saß sie schlicht und einfach freitagabends zusammen in der elterlichen Wohnung, solange ihr Vater, der Karl, zwei Häuser weiter bei der Witwe Schwarzer Kaffee trank. Als Anstandswauwau diente die zehnjährige Schwester, denn die Mutter war nie da, war im Sanatorium. Alfred kannte sie damals wie heute nicht, auch wenn die zukünftige Schwiegermutter pflichtgemäß einmal vor der Hochzeit kurz im Sanatorium besucht worden war. Er wollte die Lore – an ihrer Mutter hatte er kein Interesse.

Rosa, Alfreds Stiefmutter, war von Anfang an nicht begeistert: ein Arbeitermädel! Eine aus einfachsten Verhältnissen als Frau für den Sohn eines Beamten! Das missfiel der Rosa außerordentlich! Zumindest seitdem man doch noch den Max zum Mann bekommen hatte. Dass sie selbst vor ihrer Hochzeit auch ein Arbeitermädel, die Tochter von einem Fass-Putzer, gewesen war, das machte sich Rosa nicht bewusst.

Dass es auch ein fleißiges Mädchen war, ein Mädchen das sich zu Hause um die kranke Mutter und um eine kleine Schwester kümmerte, dass die junge Frau also sowohl im Beruf als auch im Haushalt tatkräftig zulangen musste, das registrierte Rosa nicht. Sie hatte genug mit ihrem eigenen Haushalt zu tun, der ohne die Hilfe ihrer Kinder schon gleich gar nicht zu bewältigen war.

Ob Arbeitermädel oder fleißige Frau – Alfred hatte sich entschieden und die Zeit, dass er bei allem wohl oder übel auf die Stiefmutter hörte, die war vorbei. Fast ein Jahr hatte Alfred nach der Richtigen gesucht, jetzt hatte er sie gefunden!

Nur wenige Monate später, anlässlich ihrer Verlobung, leisteten sich Lore und Alfred ihren ersten gemeinsamen Urlaub. Für Lore war es das erste Mal, dass sie Baden-Württemberg verließ – in ihrem bisherigen Leben war der Aufenthalt im Landjahrlager in Großengstingen auf der schwäbischen Alb ihre weiteste Reise gewesen. Nun fuhr sie mit Alfred in dessen bayerische Heimat, in die Reichenhaller Bergwelt. Wohin auch sonst – wenn Urlaub, dann in Alfreds Berge! Denn nach seiner Meinung war es nirgendwo so schön wie dort! Auf der Reise lernte Lore auch München kennen und die Schroths Mutter, die Großmutter von ihrem Zukünftigen.

Die Glasschüssel, die sie an diesem Weihnachtsfest 13 Jahre später in der Hand hielt, hatte sie 1950 zur Hochzeit bekommen. Das Brautpaar hatte so gut wie nichts, aber dennoch wurde schon geheiratet, denn dann gab es ein paar Mark Tagegeld extra – da dachte Alfred ganz praktisch. Denn er musste zu einem mehrwöchigen Lehrgang nach Karlsruhe, und Verheiratete erhielten doppelt so viel Tagegeld wie Ledige. Drei Kollegen, die ebenfalls für den Lehrgang eingeteilt waren, hatten auch noch flugs geheiratet. Warum Alfred also nicht? Immerhin war man schon ein Jahr lang verlobt!

Als Trauzeugen dienten die beiden Väter, denn Renate war noch minderjährig und sogar Elisabeth, der Schwester des Bräutigams, fehlten noch einige Tage bis zum einundzwanzigsten Geburtstag. Gefeiert wurde in der Wohnstube der Brauteltern und das Hochzeitsessen kochten die Witwe Schwarzer und die jüngste Schwester vom Karl, die Martel. Irgendwo hatte man einen Hasen aufgetrieben, und der reichte auch, denn es war eine kleine Gesellschaft, nur die engsten Verwandten. Bei der Hochzeit von Lores Eltern hatten noch drei Hasen ihr Leben lassen müssen – doch für ihre Hochzeit genügte einer, musste einer genügen – und mehr Leute passten auch nicht in die gute Stube des Brautvaters.

Es wurde geheiratet – auch ohne eigene Wohnung. Vom Montag in der Früh bis zum späten Samstagnachmittag war Alfred auf Lehrgang in Karlsruhe; dann holte Lore ihren Alfred vom Bahnhof ab und in der Nacht von Samstag auf Sonntag schlief Lisabeth in der Wohnstube. So hatten die Eheleute wenigstens für eine Nacht in der Woche ein eigenes Zimmer.

Unter der Woche hatte Lore auch weiterhin für ihren Vater und die zwölfjährige Schwester zu sorgen und bei Luchs zu arbeiten. Chefin der Buchhaltung war sie schon lange nicht mehr – im Lauf der Jahre waren genug Männer heimgekehrt und die Frauen traten wieder zurück. Den Gedanken, das zu bleiben, was sie in den schlimmen Jahren waren und erfolgreich gemeistert hatten, kam keiner der Frauen in den Sinn. Ja, sie hatten ihre Sache gut gemacht, aber sie waren nur die Vertretungen, die Notnägel, die zweite Wahl. Es war selbstverständlich, den Männern nach deren strapaziösen Erlebnissen im Krieg wieder die vorderen Plätze zu überlassen.

Eine eigene Wohnung zu bekommen war fünf Jahre nach dem Krieg gar nicht so einfach. Man brauchte Glück und Beziehungen – und die hatte Lore als gute Blutspenderin zum Leiter des Spendendienstes, dessen Schwager ein Haus neu gebaut hatte. Mit viel Einsatz wurde auf dem Wohnungsamt die offizielle Genehmigung erstritten und dann zogen sie knapp ein halbes Jahr nach der Hochzeit in eine kleine Dachgeschosswohnung, in der man noch nichts an die Wände stellen durfte, weil alles noch trocknen musste. Aber das war kein Problem – denn das junge Paar hatte auch nichts, was man an die Wände hätte stellen können: Sie zogen mit einem Zwei-Platten Kohlenherd, ein paar Stühlen und einigen Kisten als Tischersatz ein. Das Ersparte reichte gerade für neue Schlafzimmermöbel – die wurden aber erst Wochen später geliefert; solange wurde auf Matratzen auf dem Boden geschlafen.

Aber es war endlich eine eigene Wohnung! Bis Alfred in seiner überkorrekten Beamtenart eine Wohnung offiziell vom Amt zugeteilt bekommen hätte, das hätte gedauert! Nur gut, dass Lore den Leiter vom Blutspendedienst kannte und dem wahren Leben näher stand.

Ja, mit diesem Schlafzimmer waren Erinnerungen verbunden.

Gut zehn Jahre später zu Weihnachten war die karge Zeit endgültig vorbei; unter dem Bett standen nun zum Fest zwei große Kartons, gefüllt mit leckerem Weihnachtsgebäck.

In den Schachteln waren irgendwann einmal neue Kleider geschickt worden, die sie bei einem Versandhaus in der Oberpfalz bestellt hatte. Lore kaufte gerne bei Versandhäusern. Noch lieber ging sie in die Läden, aber entweder musste sie dann ihren fünfjährigen Sohn mitnehmen, was umständlich war. Oder sie konnte nur nachmittags gehen, wenn der Große auf den Kleinen aufpasste. Was nicht immer gut ging: Die Nachbarin erzählte hinterher nicht selten, der Kleine habe gegen Ende immer öfter geweint. Ein Zehnjähriger ist eben nicht unbedingt der ideale Aufpasser für ein Vorschulkind. Aber zu den Nachbarinnen wollte sie ihr Kind auch nicht geben – obwohl es die junge Frau von oben oder auch die Nachbarin von unten wahrscheinlich schon einmal übernommen hätten. Aber sie befürchtete, ihr Jüngster hielte das auch nicht aus. Er ging ja nicht einmal in den Kindergarten. Zwar war er als Dreijähriger schon einmal für ein paar Wochen dort gewesen, aber die Kindergärtnerinnen meinten, er sei noch zu unselbständig. Da damals auf eine Kindergärtnerin schon mal dreißig Kinder oder auch mehr kamen, war das ein nachvollziehbares Hindernis.

Jetzt am zweiten Weihnachtstag zog Lore die Schachteln hervor und füllte ihre Schüssel mit den Brödle, wie bei Reburgs das Weihnachtsgebäck genannt wurde. Einundzwanzig verschiedene Sorten hatte Lore gebacken, von jeder Sorte zumindest zwei Backbleche voll. Und wenn welche nicht ganz schön geworden waren, dann wurde diese Sorte noch einmal neu gebacken und die nicht ganz so schönen Brödle wurden gleich im Advent verzehrt. Für die gab es sogar einen eigenen Namen: Korkserle – obwohl auch die beileibe alles andere als verkorkst waren.

Ja, man hatte es in den letzten zwölf Jahren zu etwas gebracht: eine komplett eingerichtete Dreizimmerwohnung, jeden Sonntag Braten, ein Fernseher und sogar ein Auto. Mit dem VW Käfer war man in diesem Jahr auch zehn Tage in Urlaub gefahren, natürlich in die Berge. Und Lore musste nicht einmal arbeiten gehen, sondern war zu Hause bei den Kindern.

Im Lauf der Jahre war auch Rosa ins Nachdenken gekommen: hatte ihr Stiefsohn sich doch nicht schlecht vermählt?

2. Kapitel

Kinderfreuden

Bis über den Rand füllte Lore die gar nicht kleine Glasschüssel mit ihren Leckereien und kehrte in die gute Stube zurück. Ihrer Schwiegermutter lief das Wasser im Mund zusammen, aber obwohl sie gerne aß und auch in ihren Augen das Gebäck der Schwiegertochter wirklich exquisit war – sie hatte inzwischen Alterszucker und musste sich zurückhalten! Nicht nur wegen diesem Gebäck hatte Rosa das Arbeitermädel im Lauf der Jahre wenigstens ein bisschen akzeptiert; ihr Sohn und diese junge Frau hatten es so nach und nach zu etwas gebracht. Das anzuerkennen weigerte sich auch Rosa nicht. Denn obwohl Alfred jahrelang auch Zollinspektor war wie ihr Max und aufgrund der wenigeren Dienstjahre sogar einen etwas geringeren Verdienst hatte: Die jungen Leute machten mehr daraus. Das imponierte Rosa durchaus.

In dem gar nicht so kleinen Zimmer drängte sich ein Dutzend Leute, denn die Stube war weihnachtlich umgeräumt. In der einen Ecke stand der Baum, mit echten Kerzen, reichlich Lametta und weißen Kugeln. Bunte mochte Lore nicht. Unter dem Baum war die Krippe aufgebaut, mit der heiligen Familie, mit Engeln, Hirten und vielen Schafen. Auch Ochs und Esel fehlten nicht. Davor lagen vorgestern Abend reichlich Geschenke. Doch der Baum nahm nicht den meisten Platz weg; weitaus mehr Platz beanspruchte eine hübsche, gar nicht mal so kleine Modelleisenbahn. Ja, auch die hatte man – zu Weihnachten wurde sie vom Dachboden geholt und liebevoll aufgebaut. Bis Ende Januar durfte sie stehen bleiben, dann wurde sie wieder in vier Teile zerlegt, jeweils zwei Platten wurden mit einem Rahmen zu einer Kiste verschraubt und die beiden Kisten verschwanden dann für die restlichen elf Monate wieder auf dem Dachboden. Alfred war bei solchen Sachen geschickt, in Russland hatte er den Umgang mit Holz und das Improvisieren beim handwerklichen Arbeiten gelernt.

Zwischen Baum und Eisenbahn zwängte sich die ganze Gesellschaft um den ausgezogenen runden Tisch, der an diesem Festtag gar nicht mehr rund, sondern oval war. Rosa saß in der Mitte vor dem großen Panoramafenster, von dem man einen schönen Ausblick über den ganzen Stuttgarter Talkessel hatte. Am Silvesterabend würde man das riesige Feuerwerk über der großen Stadt sehen können.

Rechts von seiner Oma saß der zehnjährige Paul. Er war zwar nicht genau am Peter und Paul Tag geboren worden, sondern neun Tage vorher – aber eben genau an Rosas Geburtstag. Nicht nur deswegen war er ihr besonderer Liebling. Sie hatte auch eine besondere Beziehung zu ihrem ältesten Enkel, weil sie Paul in den früheren Jahren immer im Advent gehütet hatte, wenn Lore bei ihrer alten Firma ausgeholfen und ein bisschen etwas dazu verdient hatte.

Das besondere Verhältnis zu seiner Oma gereichte Paul jedoch nicht immer zum Besten. Als er bei seiner Mutter trotz wiederholter Ermahnung einmal nicht brav war, wusste die sich nicht anders zu helfen, als ein paar Klapse auf den Po anzudrohen. »Wenn du mich haust«, daraufhin Paulchen, »dann geh' ich zu meiner Oma!« Paul hatte allerdings nicht einkalkuliert, dass Lore ein ganz anderes Verhältnis zur Rosa hatte als er, und so war diese Bemerkung Grund genug, dass es sogleich ordentlich etwas auf den Hintern gab: »So, und jetzt kannst du zu deiner Oma gehen!«

Bei Klaus wiederholte sich natürlich nicht, dass er genau an Rosas Geburtstag geboren wurde. War das Geburtsdatum von Paul ein dickes Plus bei der Oma, so war der Geburtstermin von Klaus eher ein Minus. Denn Alfred machte eine nicht ganz ernst gemeinte Bemerkung, die Rosa jedoch in den falschen Hals bekam und nie so ganz vergaß: Als der kleine Klaus vor fünf Jahren auf die Welt kommen sollte, war die junge Familie gerade von Heilbronn nach Stuttgart gezogen. Dennoch wollte Rosa ihrer Schwiegertochter in diesen Tagen den Haushalt machen, weil da ja auch noch ihr Liebling Paul war und weil eine Wöchnerin sich ja auch schonen müsste. Da Paul recht rasch zur Welt gekommen war, reiste die Oma schon einmal rechtzeitig zum errechneten Termin an. Doch der kleine Klaus strafte den Frauenarzt Lügen und ließ sich Zeit. Die Oma blieb eine Woche, blieb zwei, doch der zukünftige Erdenbürger zierte sich noch immer. Alfred wollte witzig sein und sagte zu Rosa: »Der traut sich nicht raus, weil du da bist.« Nur dumm, dass die Oma nach zwei Wochen dann doch abreiste, um nach dem eigenen Haushalt und dem eigenen Mann zu sehen – und prompt am nächsten Morgen um vier in der Früh betrat der kleine Klaus die Bühne dieser Welt. Ziemlich rasch sogar. Die telefonisch herbeigerufene Hebamme traf auf jeden Fall erst nach der Geburt ein.

Selbstverständlich bekam Klaus zu Weihnachten und an den Geburtstagen von Rosa und Max genauso wie Paul und alle anderen Enkel schöne Geschenke, da machten die Großeltern keinen Unterschied. Aber emotional hatte Paul die Nase vorn; er wollte auch immer direkt neben der Oma sitzen und durfte das auch – der kleine Klaus mit seinen fünf Jahren saß an jenem Weihnachtstag irgendwo still zwischen den Verwandten. Er freute sich über den Kuchen und die anderen Leckereien und an der neuen Dampflok, die er bekommen hatte und war ansonsten ein zufriedenes Kind. Immer brav bei der Mutter zu Hause spielte er das ganze Jahr mit seinen Legosteinen und im Januar auch mit der Modelleisenbahn.

Seit dem letzten Sommer hatte er ganz kurze Haare, einen Stöpseleskopf, wie Lore es nannte. Das war zunächst eine Notlösung gewesen: Eines Samstags hatte man beschlossen, nachmittags ins Schwimmbad zu gehen. Am Vormittag wollte Alfred noch in die Stadt, eine vergessene Kleinigkeit im Büro nachholen und zum Friseur gehen. Lore schaute ihre Jungs an und meinte, denen müssten auch mal wieder die Haare geschnitten werden. Also schickte sie die Buben mit. Alfred fuhr mit seinen Söhnen die zehn Kilometer bis in die Innenstadt, ging ins Büro und zum Friseur, einem riesengroßen Salon. Dort saßen viele Herren auf Stühlen und warteten. Aber es gab auch sechs oder acht Friseure, die Haare schnitten, und so kam alle paar Minuten jemand an die Reihe. Als Alfred und die Buben an der Reihe waren, schickte Alfred zuerst den zehnjährigen Paul. Dann sagte er zu Klaus: »Zum nächsten freien Stuhl geh' ich und du dann zum übernächsten.«

Der kleine Klaus tat, wie man ihm sagte. Der Vater ging und er blieb auf seinem Stuhl zurück. Er schaute aufmerksam, um ja mitzubekommen, wann der nächste Friseur frei würde, denn dann war er ja an der Reihe. Als es soweit war, stand das Kläuschen auf und ging in die Richtung des frei gewordenen Stuhles – doch er wurde von einem Herrn überholt, der sich auf den freien Platz setzte. »Der hat sich vorgedrängelt!« schmollte Klaus, doch das laut zu sagen traute er sich nicht. Er ging bescheiden in den Wartebereich zurück und schaute, wann der nächste Stuhl frei würde. Und dann wiederholte sich das gleiche Spiel. Beim dritten Mal bemerkte das zumindest der Friseur, der gerade dem Herrn, der sich ebenfalls vorgedrängelt hatte, den Friseurumhang umband: »Das sind alles bestellte Kunden«, versuchte er mit tröstendem Ton in der Stimme zu erklären.

Damit konnte sogar Klaus trotz seiner fünf Jahre etwas anfangen. Er drehte sich also wieder um und ging zurück. Irgendwann kam Paul wieder, irgendwann Alfred: »Du sitzt ja noch immer da!« – »Das sind alles bestellte Kunden!«

Alfred sprach mit den Friseuren. Nein, selbst der allerkleinste Junge konnte nicht mehr dazwischengeschoben werden. Trotz so vieler Friseure. Alfred zahlte zwei Haarschnitte und ging.

Man ging zwei Straßen weiter zu einem anderen Salon. Mit demselben Ergebnis. Also fuhr Alfred nach Hause. Der kleine Klaus saß auf seinem Rücksitz. Er war traurig: den ganzen Morgen war er unterwegs, hatte nicht mit seinen Legos spielen können. Er hatte noch immer lange Haare, würde also im Schwimmbad schwitzen. Und nächste Woche müsste er dann noch mal zum Friseur und könnte wieder nicht spielen.

Er war unglücklich. Alfred konzentrierte sich auf den Verkehr – und wunderte sich, dass der kleine Steppke, als sie endlich zu Hause angekommen waren, schnurstracks zu seiner Mama rannte und sich ausheulte.

»Wenn ich gewusst hätte, dass das so schlimm ist!«

Der kleine Klaus ging nicht in den Kindergarten, weil die Kindergärtnerin gesagt hatte, er sei zu unselbständig.

Lore rettete, was zu retten war. Sie schnitt die Haare selbst. Hatte sie schon mal im Krieg gemacht. Dabei wurde dann die Frisur recht kurz: der erste Stöpseleskopf. Dabei bleibt es dann auch für viele Jahre.

3. Kapitel

Friedensfest

An jenem Weihnachtstag saß rechts von Rosa Paul und links saß ihre Schwester, die Gretel, die in diesem Jahr auch aus München angereist war. Die Oma war eine alte Frau – die Tante Grete eine reifere Dame mit silbernem Haar, das bläulich schimmerte; sie war das vornehme Aushängeschild der Familie, denn sie arbeitete an der Börse.

Die Kinder wussten nicht, was die Börse ist. Aber es klang vornehm. Und wenn die Erwachsenen von der Börse sprachen, dann klang Ehrfurcht in ihren Stimmen mit. Ja, man sprach von der Börse, aber nicht davon, dass die Tante wie seit dreißig Jahren als Sekretärin arbeitete – heute eben für einen Börsenmakler, damals für die Herren in braunen und schwarzen Uniformen und – wenn auch nur vertretungsweise – 1936 bei Hitlers Rom Reise sogar für den Führer selbst.

Damals war die Grete vornehm geworden – sie war mit dem Führer bei Mussolini in Rom! Das hatte sich gehalten, der Ruf »jemand« zu sein. Grete hätte machen können, was sie wollte, sie wäre diesen Ruf nicht mehr losgeworden. Ganz im Gegensatz zu den braunen Herren, die man recht rasch durch einen Börsenmakler ersetzt hatte.

Die Großtante hatte dem kleinen Klaus einen wunderhübschen goldbraunen Stoffhund Typ Cockerspaniel als Geschenk mitgebracht. Wenn man dem auf den Bauch drückte, dann gab er eine Art Knurren von sich. Klaus taufte ihn Susi und nahm ihn die erste Nacht mit ins Bett. Später saß der Hund dann auf dem Wohnzimmersofa, denn er war viel zu schön, als dass kleine Jungs damit spielen durften. Aber er begleitete den kleinen und später auch den großen Klaus viele, viele Jahre und sitzt doch tatsächlich gleich neben dem Bildschirm, als dieses Manuskript 55 Jahre später geschrieben wird – und so wie ich jahrelange es nicht wusste so kommt auch heute bei seinem Anblick niemand auf den Gedanken, dass dieser kleine, süße, knuddelige Stoffhund ein Geschenk einer Sekretärin Adolf Hitlers ist.

Neben der Grete saßen Max und Hiasl, wie Onkel Matthias kurz genannt wurde, und am anderen Tischende Karl Kronenberg.

Rosa und Karl hatten Höflichkeitsfloskeln ausgetauscht, wie es denn so gehe, aber viel mehr hatten sie sich nicht zu sagen. Denn auch da war nicht nur die Schranke, dass Karl stolz darauf war, zu den Arbeitern zu gehören, Rosa hingegen sich etwas darauf einbildete, gerade diesem Stand entkommen zu sein. Auch sonst waren die beiden viel zu unterschiedlich: Rosa war eine »gute« Katholikin im strengen altbayerischen Sinn, doch Karl, dieser Proletarier, war im Dritten Reich mit der ganzen Familie aus der Kirche ausgetreten. Da war also nicht viel, zu dem sie sich herablassen hätte können, mit dem Karl darüber zu reden.

Karl war zwar aus der Kirche ausgetreten, aber strenge Sittenmaßstäbe hatte auch er: Hatte er doch vor fast drei Jahren ein Postpaket abgefangen, das an seine jüngste Tochter als Frau Renate Petzold adressiert war – ein in einem Hotel vergessenes Nachthemd! Und das zu einem Zeitpunkt, als seine Tochter noch gar keine Frau Petzold, sondern noch ein Fräulein Kronenberg war! Auch wenn das junge Fräulein Kronenberg gerade schon einundzwanzig geworden war, aber solange sie noch ihre Beine unter seinen Tisch – also ob volljährig oder nicht: So etwas mochte er nicht tolerieren, das gab einen gehörigen Familienkrach. Das war erst wieder einigermaßen in Ordnung, als seine Renate dann wirklich Frau Petzold war, und dass das soweit kam, das wurde dann beschleunigt.

Niemand wagte ihn daran zu erinnern, dass sein ältestes Kind schon sechs Wochen nach seiner eigenen Hochzeit das Licht der Welt erblickt hatte. Und dass auch seine Frau, die Lene, bereits zehn Wochen nach der Hochzeit ihrer Eltern in der Wiege krähte. Nein, solche Familientraditionen mochte der Karl nicht – und dass sie gar noch gepflegt wurden, das mochte er noch viel weniger.

Da hätte er ein Thema gehabt, bei dem er mit der Rosa übereingestimmt hätte – wenn gleich auch aus anderen Motiven. Und keiner hätte einen Grund gehabt, auf den anderen herabzuschauen. Denn auch Max war ein uneheliches Kind! Wenn auch seine Eltern dann doch geheiratet haben, vier Jahre später eben. Und wenn das nur deswegen so war, weil der Jakob seine Elisabeth nicht zuvor hatte heiraten dürfen, weil er an der Grenze auf einer sogenannten Ledigenstation diente und der Dienstherr gar streng war. Aber wie auch immer: Ob katholisch oder rechtschaffene Arbeitermoral, auf den Traualtar haben die einen genauso wenig wie die anderen gewartet.

Ja, da hätten sie ein Thema gehabt. Aber man war sich einig, darüber nicht zu sprechen; man war sich ja auch einig, dass man so etwas eigentlich nicht machte. Eigentlich.

Und es kam ja auch alles stets so nach und nach in Ordnung: Jakob Reburg hatte seine Elisabeth bekommen, Karl ließ die Lene nicht in der Schande sitzen und auch Renate saß Weihnachten 1962 als Frau Petzold mit ihrem Mann und einem dicken Bäuchlein am Tisch. Eineinhalb Jahre nach der Hochzeit. Die Sache mit dem Nachthemd hätte also gar kein Grund zur Aufregung sein müssen.

4. Kapitel

Schule des Lebens

1963

Ein Jahr vor der Einschulung kam Klaus dann doch noch in den Kindergarten. Eine Schleife binden konnte er zwar noch immer nicht und auch sonst hielten die Tanten ihn nicht unbedingt für den Geschicktesten.

Zu der Zeit sagten die Kinder tatsächlich »Tante« zu den Kindergärtnerinnen, wie damals dieser Beruf noch hieß. Der Begriff Erzieherin kam erst später in Gebrauch – obwohl wahrscheinlich die Kindergärtnerinnen strenger erzogen haben als später die Erzieherinnen. Mussten vielleicht sogar gerade deswegen die Kindergärtnerinnen später Erzieherinnen genannt werden, damit der Erziehungsauftrag nicht völlig in Vergessenheit geriet?

Als Klaus im Kindergarten war, hatten die Betreuerinnen viel zu wenig Zeit. Es gab die Tante Ute und die Tante Eva. Tante Ute war für die dreißig bis vierzig Kleineren zuständig, Tante Eva für die fünfzig Größeren. Ab und an half noch eine Ordensschwester und als Tante Eva dann irgendwann nicht mehr da war, war die Ordensschwester für die Größeren zuständig.

Wie sollte da Zeit sein, Kinder zu fördern? Die Tanten gaben bestimmt ihr Bestes – aber bei so vielen Kindern war individuelle Förderung ein Ding der Unmöglichkeit!

Der Wiederaufbau brauchte Arbeitskräfte, die kamen inzwischen sogar wieder aus Italien. Deshalb gab es zwar viele Kinder aber nur wenige Kindergärtnerinnen und auch wenige Lehrer – und wahrscheinlich waren die wenigen dann auch noch Enthusiasten, denn in der Fabrik verdiente man deutlich mehr als im Kindergarten.

Die Kinder kamen morgens zwischen acht und neun und gingen um halb zwölf wieder nach Hause; nachmittags kamen sie dann wieder zwischen halb zwei und zwei und blieben bis vier Uhr. Über Ganztageskindergärten sprach noch niemand.

Die Nachmittage wurden oft straff organisiert: Auf jeden Tisch kam eine Sorte Spielzeug. Die Kinder konnten sich an einen der acht

Plätze um einen Tisch setzen. Wer zuerst aus der Mittagspause kam, hatte die Auswahl. Wer zuletzt kam, musste sich dorthin setzen, wo noch Platz war. Das war dann natürlich meist der Tisch mit dem am wenigsten beliebten Spielzeug. Das Ganze hieß dann Still-Spielen, weil Sprechen nicht gerade verboten, aber doch unerwünscht war. Nur Flüstern war im Ausnahmefall erlaubt, aber in keinem Fall, um damit Anspruch auf irgendein Spielzeug geltend zu machen. Auch so vergingen zwei Nachmittagsstunden. Die Schwester schälte nebenher Äpfel aus dem Pfarrgarten und machte Schnitze daraus. Die wurden dann ab halb vier an die Kinder verteilt. Der Pfarrer, der die Äpfel spendiert hatte, hatte etwas für die Kleinsten seiner Gemeinde und deren Gesundheit getan!

Klaus kam oft recht spät in den Kindergarten – er hasste Still-Spiel-Nachmittage. Nicht nur, dass er meist an einem Tisch mit für ihn ganz doofem Spielzeug kam; oft musste er an der Längsseite eines Tisches zwischen zwei Kindern sitzen, und auch das mochte er nicht. Er bevorzugte Eckplätze. Dann sehnte er sich nach zu Hause, wo er seine Legosteine für sich hatte und sich frei bewegen konnte.

Still-Spiel Nachmittage gab es meist dann, wenn Tante Eva nicht da war, sondern die Gemeindeschwester. Solche Nachmittage verwahrten die Kinder wunderbar. Bei Tante Ute und den Kleinen waren Still-Spiel-Nachmittage hingegen selten. Aber auch sie musste irgendwie die Rasselbande im Griff haben. Manchmal musste die Tante sogar durchgreifen. Da waren zum Beispiel die Brüder Göricke, der große fünf Jahre alt, der kleine gerade mit drei Jahren in den Kindergarten gekommen. Beides Spitzbuben in dreiviertellangen Lederhosen aus dem Wallmer, jenem Wohngebiet mit den großen Wohnblocks für die Arbeiterfamilien.

Am ersten Tag, als der kleine Göricke kam, nahm ihn Schwester Ute an der Hand und zeigte ihn ihrer Kollegin: putzig, goldig, allerliebst! Wie der nett von einem zum anderen Ohr grinsen konnte! Geradezu herzig!

Nachdem sich der Kleine eingelebt hatte, war sein Benehmen allerdings oft nicht so, wie es bei so vielen anderen Kindern erwartet werden musste. Ganz im Gegenteil musste die eigentlich nette Tante Ute bald einsehen, dass Ermahnungen wirkungslos verpufften. Bald blieb ihr nur noch, den Kleinen übers Knie zu legen – dank der Lederhose mehr ein symbolischer Akt als wirkliche Strafe oder gar Züchtigung; vielmehr grinste der kleine Schlingel über Tante Utes

Knie liegend im Schutz der Lederhose noch selbst bei solchen Aktionen vom einen Ohr bis zum anderen. So blieb der erhoffte Erfolg aus; der kleine Bengel verstand auch diesen letzten Warnaufruf, sich anders zu verhalten, nicht. Zwangsläufig kam dann deshalb der Tag, als Ute zu ihrer Kollegin sagte: »Jetzt kommt die Lederhose aber einmal runter!« Das wurde dann ein tränenreicher Tag für den kleinen Göricke.

Und vielleicht wusste er als Dreijähriger noch nicht einmal, warum.

Für die Kinder im letzten Jahr vor der Schule gab es aber immerhin so eine Art kleines Vorschulprogramm. Unter anderem bastelte jedes Kind ein Kreuz, das es dann als Abschiedsgeschenk mitbekommen sollte: das Korkkreuz wurde an der Oberfläche mit Leim bestrichen und mit kleinen bunten Plättchen belegt, eine Art Mosaik. Damit das sauber und akkurat wurde, wurde das in kleinen Gruppen gemacht; zwei oder maximal drei Kinder wurden für diese knappe Stunde ganz individuell von der Schwester betreut. Oder sollte man besser sagen: sorgfältig angeleitet und beaufsichtigt? Denn Handarbeit war zwar durchaus erwünscht – aber bitte keine Kunst, schon gleich gar keine entartete! Keine Ecke von einem Plättchen durfte über das Korkkreuz hinausstehen und die Abstände zwischen den Plättchen sollten möglichst gleichmäßig sein, nicht einmal größer und einmal kleiner.

Jedes Kind? Im Prinzip schon – aber so etwas konnten einfach nicht alle Kinder! Das wusste die gute Schwester schon im Voraus und sie wusste auch, wer das konnte, und wer nicht! Ebenfalls im Voraus und ohne dass jedes Kind zumindest einmal anfangen und probieren durfte, ob es das nicht doch könnte. Der kleine Klaus wurde natürlich für zu unbegabt eingestuft. Die Schwester nahm nicht einmal ein Blatt vor den Mund und sagte zur Tante Eva, so dass es Klaus hören konnte: »Der ist auch zu ungeschickt!« Deswegen bekam der kleine Klaus aber am Ende doch sein Kreuz, so grausam war man dann wieder nicht. Kinder, die für geschickt gehalten wurden, machten eben zwei Kreuze, eines für sich und eines für ein ungeschicktes Dummerchen.

Vier Jahre später war es dann anders herum: Klaus durfte ohne Aufnahmeprüfung auf das Gymnasium, der Peter Rotberger hingegen, der damals im Kindergarten zu den geschickten Kindern gezählt wurde und viele Kreuze gebastelt hatte, musste zunächst eine solche Prüfung ablegen. Das gönnte Klaus dem Peter – auch wenn er das natürlich nicht äußerte. Obwohl – so ganz ohne Prüfung ging es bei keinem Kind ab: In der vierten Klasse wurde schon während des Schuljahres das eine oder andere Diktat oder auch die eine oder andere Mathearbeit auf so komischen Papierbögen geschrieben, deren Linien oder Karos mit einer ganz merkwürdigen grünschwarzen Farbe gedruckt waren. Und trotz der guten Absicht, die Kinder vom besonderen Druck frei zu halten, war es den Kindern nicht verborgen geblieben: Wer bei diesen Arbeiten entsprechend gut wäre, der würde beim Wunsch, auf eine höhere Schule zu wechseln, von einer Aufnahmeprüfung befreit.

Klaus war schon im Kindergarten ein guter, sorgfältiger Beobachter und hatte sehr wohl mitbekommen, dass man ihn für ungeschickt hielt. In der Schule nutzte ihm dann seine Gabe, alles genau zu beobachten. Denn anders als beim Kreuze basteln durften bei den Klassenarbeiten alle Kinder mitschreiben, und da konnte er zeigen, was er draufhatte. Nur im Turnen und im Singen, da war er noch immer ungeschickt und ungeübt – doch im Rechnen, in der Sprach- und in der Heimatkunde, da konnte er seine Stärken zeigen.

Seinem Bruder Paul hingegen erging es in der Schule übel: Der arme Tropf hatte als Zehnjähriger unter dem alten Lehrer Scheuerpflug sehr zu leiden. Herr Scheuerpflug war trotz seiner gut sechzig Jahre ein kleiner lebhafter Mann, der sich für seinen Unterricht engagierte und ganz abwechslungsreiche Schulstunden darbot. Dafür liebten ihn die Kinder. Aber zugleich fürchteten sie ihn auch, denn er war nicht nur streng beim Disziplinhalten in der Klasse, sondern hielt Kinder, denen es schwerfiel, gute Leistungen zu zeigen, in der Regel einfach für faul. Und da er noch so manche Methode praktizierte, die damals zwar noch nicht verboten, aber eigentlich und überwiegend in der Schule nicht mehr erwünscht war, so war er von einer merkwürdigen, an Ehrfurcht grenzenden, aber mehr von der Furcht als von der Ehrerbietung getragenen Aura umgeben: Die Schüler brachten ihm Respekt und Achtung entgegen und wem das Lernen leichtfiel, der ging auch nicht ungern zu ihm in die Klasse. Die anderen Kinder, die mit Lernproblemen, die hatten jedoch so manche ungute Zeit bei ihm.

So auch Bruder Paul. Mutter Lore saß mit ihrem großen Buben oft Nachmittage lang da und machte mit ihm Hausaufgaben. Das Rechnen, das ging noch einigermaßen, aber das Rechtschreiben! Damals wurden Kinder noch nicht als Legastheniker anerkannt, damals galten solche Kinder einfach als faul oder dumm. Faul sein ließ Lore ihrem Ältesten nicht durchgehen, dumm sein sollte er nicht. Aber sie konnte sich abmühen wie sie wollte, dem armen Paul auch das letzte bisschen Freizeit rauben: Paul schrieb im Diktat zwar »Getreide« – aber leider eben auch in derselben Schulaufgabe »Getreite« und sogar »Getreidte«. Er schaffte es einfach nicht, sich für eine Schreibweise zu entscheiden und sie durchzuhalten. Er lebte mehr mit dem Gedanken: Wenn ich es immer anders schreibe, dann wird es wohl auch einmal richtig sein und dann sieht doch der Lehrer, dass ich es richtig schreiben kann! Aber das war ganz vergebliche Hoffnung; der Einfältige – er begriff einfach nicht: Hätte er sich für eine Schreibweise entschieden, dann wäre es einmal ein Fehler gewesen und die weiteren Male wären als Wiederholungsfehler ungeahndet geblieben; so aber gab es für »Getreite« und für »Getreidte« je einen Fehler, also insgesamt doppelt so viele!

Aber es kam noch dicker für ihn, denn Lehrer Scheuerpflug pflegte eine sogenannte altbewährte Methode bei der Rückgabe der Diktate: Zuerst gab er die Arbeiten mit Einsen und Zweien an die Kinder zurück und lobte diese für ihr Können. Dann gab er die Dreier aus, da wurden immerhin noch diejenigen ermutigt, die beim letzten Mal eine Vier oder Fünf hatten: »Na, siehst du, das wird doch. Wenn du brav fleißig weiter lernst, dann hast du auch bald ordentliche Noten.« Wer dann sein Diktat noch nicht zurück hatte, dem wurde es langsam mulmig. Er hatte noch eine Chance: bei den Vierern dabei zu sein! Da kam man noch mit verbalen Ermahnungen aus der Schlinge: »Ihr müsst halt mehr lernen, ihr faulen Schlingel, damit das was wird!«

Und dann saß das arme Häuflein derer da, die nicht einmal eine Vier geschafft hatten. Die mussten vorkommen und sich am Pult in Reih und Glied aufstellen; und dann wurde wahr, was sie schon befürchtet hatten: Lehrer Scheuerpflug holte den Rohrstock aus dem Schrank und teilte jedem nicht nur den dokumentierten Misserfolg, sondern auch einige Streiche aus.

Paul war immer bei denen, die ans Pult mussten.

5. Kapitel

Andere Sitten

1966

Die ersten Tage im November waren noch sehr mild und so saßen sie auf dem breiten Gartentor der Garageneinfahrt.

Seitdem Klaus am Ende der ersten Klasse von Martin einmal zum Spielen eingeladen worden war, waren die beiden beste Freunde geworden.

Martin war auch ein Kind in dreiviertellangen Lederhosen, aber vom Wallmer war er nicht – ganz im Gegenteil! Die Fabrik seines Vaters lag dort. Aber als Fabrikant wohnte man natürlich nicht bei den Arbeitern. Auch wenn es nur eine kleine Fabrik war mit 30 oder 40 Mitarbeitern, die Kaltsägen und Rohrbieger herstellten. Klaus hatte keine Vorstellung, was Kaltsägen oder Rohrbieger waren und wozu man die benötigte – aber sein Freund war immerhin ein Fabrikantensohn!

Martin, ein Nachkömmling, war der jüngste Sohn von Hans Prager, einem Fabrikanten alter schwäbischer Couleur. Morgens nach acht oder auch ein bisschen später stieg er mit der ersten Zigarre zwischen den Lippen in seinen Mercedes und fuhr von seiner Villa, die oben am Berg über dem Neckartal zwischen Weinbergen und Gärten lag, hinab in die Firma. Bis kurz vor ein Uhr kam er wieder nach Hause, denn um ein Uhr wurde wie damals bei vornehmen Leuten üblich im Familienkreis das Mittagessen eingenommen. Danach pflegte er zu ruhen, um dann so gegen halb drei nochmals für zwei Stündchen in die Fabrik zu fahren. Und kurz vor fünf war er zurück zum Kaffee.

Jeden Nachmittag Kaffee trinken, die ganze Woche lang – schon das war eine andere Welt! Mit Brezeln und Brötchen. Kaffee trinken in einem gesonderten Speisezimmer! Der Wohnraum lag nebenan mit Flügel und offenem Kamin. Beim Klaus zu Hause wurde nur sonntags Kaffee getrunken und auch nur, wenn Besuch kam. Und dann noch der Flügel, der offene Kamin und ein separates Speisezimmer – für Klaus waren das Symbole des Luxus.

Martin hatte auch ein eigenes Zimmer. Klaus hingegen teilte ein Zimmer mit Paul – ein Zimmer, das zugleich auch Ess- und Bügelzimmer war. Bei Pragers wurde im Keller gebügelt oder genauer gesagt: Es wurde gemangelt. Meist nicht von Frau Prager selbst, sondern von Frau Glöckner, einer netten Frau mittleren Alters, die drei Vormittage die Woche vom Wallmer den Fußweg durch die Weinberge hochstieg, um Frau Prager im Haushalt zu helfen.

Bei Klaus stand von Heiligabend bis Ende Januar die Modelleisenbahn im Wohnzimmer – im Hause Prager war sie das ganze Jahr im Keller aufgebaut. Gespielt wurde damit aber nur im Winter; sobald es wärmer wurde, wurde in den Garten gegangen. An jenem Novembernachmittag hatten die Buben Laub zusammengerecht. Einfach weil es ihnen Spaß gemacht hatte – hätten es die Jungs nicht gemacht, dann wäre irgendwann der freundliche ältere Herr gekommen, der früher im Fabrikle gearbeitet hatte, sich nun aber als Rentner ein paar Mark beim ehemaligen Chef mit Gartenarbeit dazu verdiente. Jetzt hatten die Jungs genug davon, saßen auf dem Tor und warteten auf den Herrn des Hauses. Dann würde es Kaffee geben. Klaus würde bei der Familie dabeisitzen, aber nichts essen und trinken – zum einen war er tatsächlich zu pummelig, zum anderen schämte er sich auch ein bisschen, immer nur Empfänger zu sein. Obwohl ihm niemand im Hause Prager irgendeinen Anlass dafür gab, ganz im Gegenteil: Pragers, obwohl sie im heutigen Sinne wahrscheinlich nicht einmal reich waren, gönnten sich und anderen etwas.

Auf dem Gartentor sprachen die Buben mit Stolz davon, dass nun der Herr Kiesinger, ihr schwäbischer Landesvater, Bundeskanzler werden sollte. Die neunjährigen Jungs verstanden zwar nichts von Politik, aber das erfüllte sie doch mit Stolz. Von der Vergangenheit des neuen Bundeskanzlers und seiner Zeit im Außenministerium während des Dritten Reiches wussten sie nichts und selbst wenn sie etwas gewusst hätten, so hätten sie es gar nicht einordnen können. Sie waren einfach nur stolz, dass es ihr Ministerpräsident war, der da nun Kanzler wurde.

Hatte die Kanzlerschaft Kiesingers der 68er Bewegung in Deutschland Rückenwind gegeben? War es der Kanzler mit der NS-Vergangenheit, der die deutsche Jugend zum Nachdenken und letztendlich zum Protest brachte? Protest, der unterdrückt durch Notstandsgesetze recht rasch den Boden der Legalität verließ und Deutschland zehn Jahre Terror brachte?

Wären Deutschland zehn Jahre Gewalt auf der Straße, die RAF und die Befreiung des Flugzeugs mit dem schönen Namen »Landshut« in Mogadischu erspart geblieben, wenn es 1968 statt Notstandsgesetzen ehrliche Diskussionen gegeben hätte? Wenn nicht mit Heinrich Lübke und Kurt Georg Kiesinger zwei Männer an der Spitze des Staates gestanden hätten, die in den letzten Jahren des Dritten Reiches in gehobenen Positionen diesem Regime gedient hatten – und die sich hiervon nicht in für die Jugend nachvollziehbarer Weise distanzierten, sondern mit Notstandsgesetzen für Ordnung sorgen wollten?

Oder waren es die kubanische Revolution, ein Martin Luther King, das Scheitern des Prager Frühlings und der Vietnamkrieg, die Deutschland diese unruhigen Zeiten bescherten?

Begann die deutsche Jugend etwa einfach über Politik und Lebensstil nachzudenken? 1945 war der Krieg vorbei, 1955 die ärgste Not, 1965 der stetige Wiederaufbau. Hatte nun die Jugend wieder Zeit, die aktuelle Politik kritisch zu sehen?

Es war die Regierung Kiesinger, die 1968 ins Grundgesetz schreiben ließ, dass jeder Deutsche nach Vollendung des 18. Lebensjahres zum Wehrdienst einberufen werden könne. Sieben Jahre lang war es möglich, dass nichtvolljährige junge Männer ohne Wahlrecht mit Gewehr und Panzer hantierten. Erst unter der nächsten Regierung mit Willy Brandt als Bundeskanzler wurde 1970 das aktive und passive Wahlrecht auf 18 Jahre gesenkt; doch die Volljährigkeit mit 18 ganz ohne Einschränkung ließ noch bis 1975 auf sich warten, sie wurde erst unter Helmut Schmidt als Kanzler eingeführt.

War es das, was die Jugend geweckt hatte: Wehrpflicht ja, Volljährigkeit nein?

Jenseits der innerdeutschen Grenze waren junge Menschen schon seit 1950 mit 18 Jahren volljährig!

Wie auch immer, bis zum Rücktritt von Hans Filbinger, dem Nachfolger Kiesingers als baden-württembergischen Ministerpräsident, wegen seiner Vergangenheit als Marine-Richter in der NS-Zeit, sollten noch zwölf Jahr vergehen. Bis zur Gründung einer grünen Partei und somit der Rückkehr der Protestbewegung auf ein demokratisches Fundament sollte es sogar noch ein bisschen länger dauern.

In jenem November, als Martin und Klaus auf dem Gartentor saßen und auf Prager senior warteten, war das zwar noch Zukunft. Aber die Zeit, in der Alfred schon alleine in dem Wunsch Pauls, seine Haare lang zu tragen, Aufstand und Rebellion witterte, stand kurz bevor. Schülerstreiks, Hörsaalbesetzungen und Demonstrationszüge waren Ereignisse, die Alfred und auch Lore immer wieder dazu brachten, sich abwertend über diese Jugend zu äußern – und Paul und auch schon Klaus verstanden sehr wohl den damit verbundenen Appell: werdet bloß nicht so!

6. Kapitel

Heimlichkeiten

Aus müden Augen blinzelte Klaus im Zimmer umher. Er war aufgewacht, weil im Zimmer Licht brannte, und dabei war es noch gar nicht Morgen. Vielmehr saß Paul im Schlafanzug am Tisch und machte Schulaufgaben – mitten in der Nacht.

Klaus kannte das schon: »Brauchst du noch lange?«

»Ein paar Minuten schon noch!«

Klaus drehte sich um und versuchte trotz Licht im Zimmer wieder einzuschlafen. Aber es ging einfach nicht: »Ich will schlafen!«

»Dann schlaf doch!«

»Geht aber nicht, wenn das Licht an ist.«

»Jetzt stell dich nicht so an. Ich muss das morgen haben!« Paul sagte morgen, aber eigentlich meinte er heute, in fünf oder sechs Stunden.

»Warum machst du denn die Hausaufgaben nicht nachmittags?«

»Heut' Nachmittag war ich beim Heinz.« Paul sagte heute, auch wenn das eigentlich schon gestern war.

»Na, bevor du zum Heinz gehst – ich geh' ja auch erst zum Martin, wenn ich die Hausaufgaben hab'!«

»Da reicht die Zeit einfach nicht! Jetzt sei still, sonst brauch ich noch länger.«

Klaus drehte sich wieder um, machte die Augen zu – aber zehn Minuten später war er noch immer wach: »Wann bist du denn endlich fertig?«

»Wenn du nicht schlafen kannst, dann les' halt was.«

Mitten in der Nacht lesen? Klaus nahm sich ein Bullerbü Buch, aber es machte ihm keinen Spaß, denn er war müde. Er las ein halbes Kapitel, dann schlief er – oh Wunder – trotz Licht ein.

So oder so ähnlich ging es manche Nacht im Kinderzimmer zu. Klaus hielt zwar immer dicht und verpetzte Paul nie, aber wenn die Nachtschichten besonders lang wurden, drohte er schon einmal damit. Das wurde Paul dann doch zu heiß. Als der Stärkere hätte er den Kleineren einschüchtern können – dass das aber keine gute Lösung wäre, wusste auch er. Als Klaus wieder einmal drohte, kam Paul eine Idee: Er packte seine Sachen zusammen und ging ins Wohnzimmer.

Klaus konnte von da an wieder schlafen – Bruder Paul erledigte seine Nachtarbeiten nun immer im Wohnzimmer.

Drei oder vier Wochen später musste Lore nachts einmal auf die Toilette. Durch den Spalt unter der Wohnzimmertüre schimmerte Licht. Sie wunderte sich – sie vergaß doch nie im Wohnzimmer das Licht zu löschen. Schon wegen Alfreds strenger Sparsamkeit achtete sie da penibel darauf. Um das offensichtlich nun doch einmal Versäumte wieder gutzumachen, öffnete sie die Tür und sah ein offenes Schulheft auf dem Tisch. Und einen Füllfederhalter.

Hätte sie einfach das Licht ausgemacht, hätte Paul Glück gehabt. Aber Lore war ordentlich und sie wollte daher das Heft wegräumen. Also ging sie um den Tisch – und entdeckte ihren Ältesten, der es, als er die Schlafzimmertür aufgehen hörte, gerade noch geschafft hatte, unter den Tisch abzutauchen.

Daraufhin stellte Paul für kurze Zeit seine Nachtschichten ein. Dann machte er sie wieder im gemeinsamen Kinderzimmer. Ins Schlüsselloch steckte er Papier und er benutzte auch nicht mehr das große Stubenlicht, sondern die dunklere Stehlampe, die er zudem mit seinem übergehängten Unterhemd dämpfte. Klaus schlief dann meistens durch. Doch bald wurde Paul das zu aufwendig und er ging zu der Lösung über, die Generationen von Schülern in solchen Fällen praktizieren: Er machte als Alibihausaufgabe am Nachmittag das, was vermutlich in der ersten Stunde benötigt wurde, und schrieb die restlichen Hausaufgaben vor der Schule oder während der ersten Stunde ab.

Durchschlafen ist ja auch etwas Schönes.

7. Kapitel

Vergesslichkeit

Dass Paul nur noch sehr wenig Hausaufgaben machte, führte zu seinem Glück nicht zu mütterlichem Misstrauen. Inzwischen ging ja auch der Kleine zur Schule und wenn der auch bessere Noten hatte, so wurde sicherheitshalber auch er einer strengen Hausaufgabenkontrolle unterstellt. Und weil bei ihm weniger Fehler zu monieren waren, achtete Lore nun verstärkt auf Sauberkeit und ordentliche Darstellung. War etwas nicht sauber und akkurat geschrieben – noch einmal! Waren zwei Fehler auf einer Seite mit Durchstreichen korrigiert, so wurde das als zu unordentlich beurteilt und musste daher nochmals komplett neu gemacht werden. Der kleine Klaus stöhnte innerlich, wenn sie ihm wieder eine Seite aus dem Heft riss und er das Ganze noch einmal schreiben musste. Zu protestieren traute er sich nicht und aus Verzweiflung loszuheulen erst recht nicht – er wusste, dann bekäme er im höchsten Fall noch eine Backpfeife obendrein. Ganz blöd war es, wenn das Heft dann zu dünn wurde. Dann musste Klaus erst los, ein neues Heft kaufen, damit es dem Lehrer nicht auffiel. Denn auffallen durfte es nicht, dass das Kind von der Lore etwas zum zweiten Mal machen musste!

Der Weg zum Schreibwarenladen war lang, fünfzehn Minuten reichten für den einfachen Weg nicht aus. So konnte es durchaus sein, dass dann der ganze Mittag dahin ging und keine Zeit zum Spielen übrigblieb. Nur gut, dass dienstags und donnerstags auch nachmittags Unterricht erteilt wurde und es an diesen Tagen nicht auch noch Hausaufgaben gab, denn dann konnte Klaus um vier nach der Schule auf jeden Fall zu Martin. Und auch am Samstag, denn auch samstags gab es keine Schulaufgaben.

Montags und mittwochs war das hingegen mehrere Monate lang fast unmöglich, denn da musste Klaus am Nachmittag auch noch ins Pfarrhaus, zum Beicht- und später zum Kommunionunterricht; und da das kein Schulunterricht war, gab es dann noch Hausaufgaben obendrein. Der Martin als Protestant hatte es viel besser.

Alfred hielt sich raus – er ging ins Büro und arbeitete und Lore war zu Hause bei den Buben und machte ihren Haushalt. Wahrscheinlich bekam er es gar nicht mit, wie lange die Jungs über ihren

Aufgaben sitzen mussten, um Lores pedantischem Ordnungssinn zu entsprechen. Aber selbst wenn er das realisiert hätte und selbst wenn er sich daran erinnert hätte, wie seine Stiefmutter ihm die Schulaufgaben von der Tafel gelöscht hatte mit den aufmunternden Worten: »Ich weiß, dass du das besser kannst«, ja, selbst wenn er sich daran erinnert hätte, dass ihm gar keine Freizeit geblieben war, weil er immerzu im Haushalt helfen musste: er hätte nur gesagt, dass es ihm nicht geschadet habe.

Und umgekehrt hielt sich die Lore raus, wenn Alfred bei seinen Buben durchgriff. So zum Beispiel an einem Samstagmittag, an dem Paul nicht zur rechten Zeit nach Hause kam. Man aß schließlich zu dritt zu Mittag, ohne Paul. Paul war immerhin schon eine Stunde über der Zeit. Lore und Alfred spülten ab und Klaus hörte vom Kinderzimmer aus, wie sie über die gebührende Bestrafung Pauls wegen Zuspätkommens diskutierten. Die Mutter schlug Stubenarrest oder Fernsehverbot vor, was dem Vater nicht adäquat erschien. Schließlich sagte Lore: »Dann kriegt er wenigstens den Arsch voll!« »Das sowieso!«, gab Alfred preis – er hatte das wohl selbst schon lange beschlossen.

Klaus dachte sich, »aha, wenigstens eine Tracht Prügel«, und machte sich seine eigenen Gedanken darüber, dass das »das Wenigste« sei. Alfred legte schon einmal den großen weißen Kochlöffel, der so groß war, dass er nur für die Kochwäsche benutzt wurde, auf dem Schränkchen im Flur bereit. Als Paul dann endlich kurz vor zwei Uhr zu Hause eintrudelte, bekam er den dann lang und ausgiebig zu spüren – da half kein »bitte, bitte aufhören« zwischen dem Heulen und Schreien, die Tracht Prügel fiel wahrlich nicht zu knapp aus.

Offensichtlich hatte auch Lore die schmerzhafte Erfahrung aus ihrer Kindheit verdrängt. Wenn sie als Erwachsene davon sprach, dass ihr Vater eine gute Handschrift gehabt habe, dann klang eher so etwas wie Stolz mit.

Als sie mit den Zigarettenpapierchen gespielt hatte, da hatte die Lene noch gemahnt: »Mit der Hand genügt, Karl!« – aber aufgestanden und dem Mann den Gürtel aus der Hand genommen, das hatte auch ihre Mutter dann doch nicht getan. Jahre später war dann aber eine Tracht Prügel für die nächste Generation »noch das Wenigste« – nicht einmal ein halbherziger Protest gegen die überzogene Züchtigung kam der Mutter noch über die Lippen.

Hatten beide vergessen, was ihnen als Kind solchen Kummer gemacht hatte? Seien es nun die überzogenen Anforderungen an die Hausaufgaben gewesen oder die allzu strenge Handschrift des Vaters!

Wenigstens das mit den Hausaufgaben gestaltete sich für Klaus dann irgendwann erträglicher: Als er in die fünfte Klasse und ins Gymnasium kam, begann seine Mutter wieder halbtags zu arbeiten. Der Zeitpunkt war günstig! Von diesem Moment an vergaß er ganz einfach, Lore die gemachten Aufgaben zu zeigen. Und die war vielleicht sogar froh, dass sie nun keine Hausaufgaben mehr anschauen musste, neben Halbtagsjob und Haushalt. Da das mit den Hausaufgaben so gut funktionierte, zeigte er bald auch nicht mehr die einzelnen Klassenarbeiten vor – er führte seinen Kampf gegen die drohenden Zeugnisfünfen in den Fremdsprachen nun selbst und er gewann auch immer, trotz so mancher sechs in einzelnen Klassenarbeiten.

Der große weiße Kochlöffel zerbrach jedoch irgendwann, bevor Klaus groß genug wurde, dass auch er mit ihm Bekanntschaft hätte machen müssen. Allerdings gaben auch die kleineren Exemplare oder das hölzerne Lineal noch gehörig aus, wenn die Buben nach Alfreds Meinung einmal wieder etwas zu laut waren.

8. Kapitel

Weichenstellungen

1967/1968

Wenn Rosa und Paul ihren gemeinsamen Geburtstag hatten, dann war auch schon das Ende des Schuljahres in greifbarer Nähe. In dem Jahr, als Paul die Hauptschule abschloss, verkündete Alfred stolz an der Kaffeetafel der Geburtstagsfeier: »Der Paul geht ab Herbst auf die Werner-Siemens-Schule.«

Max und Rosa wussten damit nichts anzufangen, aber der stolze Ton vom Alfred steckte Rosa an – ihr Lieblingsenkel würde auf die Werner-Siemens-Schule gehen! Auch wenn sie nicht wusste, was das war – es klang auf jeden Fall gut! Pauls Opa indes wollte mehr wissen: »Und was lernt er dort?«

»Radio- und Fernsehmechaniker.«

»Da könnt' er doch auch eine Lehre machen!«

»Auf der Schule lernt der Paul mehr!«, warf sich Alfred in die Brust. »Die ist dafür ganz bekannt.«

Die Siemensschule lag gleich neben Alfreds Dienststelle und jeder im Zollamt wusste, dass junge Leute, die Radio- und Fernsehmechaniker lernen wollten, sollten oder mussten, dort zunächst ein schulisches Basisjahr absolvieren konnten. Die Schule hatte tatsächlich einen so guten Ruf, dass sogar Jugendliche aus dreißig, vierzig Kilometern Entfernung zum Schulbesuch kamen. Allerdings gab es in jedem Jahr nur eine Klasse mit dreißig Plätzen – und Pauls Hauptschulabschluss war alles andere als glänzend. Das war dann schon ein Grund, stolz zu sein, dass Paul einen der wenigen Plätze bekommen hatte!

Alfred hatte das ja auch von langer Hand vorbereitet, hatte Paul schon vor eineinhalb Jahren einen Radiobaukasten für Jugendliche geschenkt. Nicht dass Paul sich das gewünscht hätte; dennoch hatte er pflichtschuldig das eine oder andere zusammengebaut. Doch sein Stolz, selbst ein Radio gebaut zu haben, war mäßig und von kurzer Dauer. Der gekaufte Radioapparat im Kinderzimmer war leichter zu bedienen und hatte eine viel bessere Klangqualität. Und es gab viel, was Paul lieber tat als Radiobasteln. So zum Beispiel am Nachmittag mit dem Ilko, dem Boxerhund einer Familie aus der Nachbarschaft, spazieren zu gehen. Denn Ilko's Herrchen und Frauchen hatten es aus Altersgründen nicht mehr so mit dem Gehen, aber der große Hund brauchte dennoch Auslauf. Kein Wunder, dass das Ehepaar dankbar war, wenn Paul und sein Freund Heinz den Hund abholten und ihn ausführten – oft zwei, drei Stunden lang. Und auch Lore war froh – das war doch eine dankbare, harmlose Freizeitbeschäftigung. Und zudem gesund!

Klaus bekam hingegen mit, wohin Heinz und Paul mit dem Hund gingen: Ihr Weg führte sie zunächst ganz brav aus der Gartenstadtsiedlung hinaus in die Kleingärten und Weinberge unterhalb des Württembergs. Dort lag sehr idyllisch, aber meist auch recht verlassen das katholische Wald- und daneben das evangelische Freizeitheim. Sowohl das eine wie auch das andere diente im Sommer für ein paar Wochen zur von den Kirchengemeinden organisierten Ferienbetreuung für zu Hause gebliebene Kinder und ansonsten an einem Sonntag im Jahr auch für das jeweilige Gemeindefest. Den Rest des Jahres war, obwohl beide Einrichtungen von März bis Oktober bewirtschaftet wurden, nicht viel los. Vereinzelt kamen Kinder mit ihren Tretrollern oder Fahrrädern und nutzten die Spielplätze – das machten auch hin und wieder Martin und Klaus. Etwas regelmäßiger verirrten sich ein paar Rentner ins katholische Waldheim und tranken am Nachmittag ihre ein, zwei Viertel Roten. Für die Frau, die im katholischen Waldheim jeden Mittag für wenige Stunden die Gaststube öffnete, war das ausreichend. Aber im evangelischen Freizeitheim betrieb die Gaststätte ein richtiger Wirt und der musste schauen, wie er über die Runden kam. Deshalb hatte er ein paar Spielautomaten aufgehängt und auch ein Tischfußballspiel aufgestellt – und er fragte auch nicht nach dem Alter, wenn einer der jungen Kerle ein Bier bestellte. Dorthin zog es Heinz und Paul, wenn sie Ilko ausführten – auch wenn während der Schulzeit das Taschengeld zu knapp war, um jeden Tag ein Bier zu trinken.

Lore und Alfred schienen diesbezüglich ahnungslos. Alfred war fest davon überzeugt, am besten zu wissen, was für Paul gut war. Hatte nicht er selbst einmal Ingenieur werden wollen? Sich freiwillig zur Luftwaffe melden, damit die Ausbildung nichts kostet! Weil sein Vater kein Ingenieursstudium zahlen wollte oder auch konnte – und dann ließ er ihn nicht einmal zur Luftwaffe! Jeder Junge interessiert sich doch für Technik, für Flieger, für Radios! Oder gar für Computer – wie er selbst, seit man ihn Anfang der 60er Jahre als Zollprüfer zu einer aus Amerika kommenden, sich in Deutschland ansiedelnden Computer Firma gesandt hatte. Es war quasi Liebe auf den ersten Blick gewesen: Alfred und Computer – seitdem war sein Interesse für diese neue Technik unermesslich. Der Computer, das wäre doch auch etwas für den Zoll!

Es konnte also gar keinen Zweifel geben: Jeder Junge wollte etwas mit Technik zu tun haben! Paul beschäftigte sich ja auch mit dem tollen Radiobaukasten. Dem Paul sollte es nicht so gehen wie ihm – er sollte etwas Technisches lernen dürfen! Wenn es schon nicht für ein Ingenieursstudium reichte, dann doch für eine gute Technikerausbildung.

Dass der kleine Klaus zur gleichen Zeit auf das Gymnasium kam, was war das schon? Gymnasien gab es viele und es gab ausreichend Plätze – den Klaus meldete die Lore einfach so mal nachmittags an.

Ein Jahr dauerte die Basisausbildung an der Siemensschule, dann sollte sich eine Lehre in einem Radiofachgeschäft anschließen. Alfred nahm – sozusagen symbolisch – den Paul an die Hand und ging mit ihm ins renommierteste Radiofachgeschäft in Stuttgart. Und Alfred konnte wieder stolz sein.

»Der Paul lernt jetzt bei Radio Rehlinger in der Tübinger Straße«, erzählte er ganz stolz beim nächsten Geburtstag von Rosa und Paul an der Kaffeetafel. Und Rosa war wieder beeindruckt.

Nur wenige Tage später kam dann die böse Überraschung – Paul hatte das Basisjahr an der Siemensschule nicht bestanden. Für Lore war der Lehrer schuld – sie hatte mitbekommen, dass dieser wohl so eine Art Achtundsechziger war und die Jungs ab und an auch an seiner politischen Meinung teilhaben ließ. In ihren Augen war das ein Revoluzzer! Der hätte den Jungs besser etwas Gescheites beibringen sollen!

Ganz so schlecht konnte der Lehrer allerdings nicht gewesen sein, denn Radio Rehlinger war nicht nur renommiert, sondern auch ein großes Geschäft – und der Chef hatte gleich drei Jungs aus dem Basisjahr der Siemensschule einen Lehrvertrag gegeben. Die anderen beiden hatten indes das Schuljahr bestanden. Gleichwohl, Rehlinger stand zum Vertrag und hätte Paul trotz des Missgeschicks an der Siemensschule genommen: »Dann geht er halt in die normale staatliche Berufsschule, das machen doch viele andere auch«, hatte er ganz einfach gesagt.

Doch das ließ Alfreds gekränkter Stolz nicht zu. Nein, wenn sein Sohn nicht die lehrbegleitende Berufsschule an der Siemensschule machen dürfe, sondern auf die staatliche Berufsschule gehen müsse, dann sollte er diese Lehre nicht antreten. Offiziell sagte er: »Da ist Paul doch neben den beiden anderen so eine Art Aschenbrödel und muss dann bloß die Werkstatt auskehren. Das hat doch auch keinen Sinn, das will ich nicht.«

Ohne dass Paul selbst maßgeblich mitreden durfte stand somit fest, er würde doch nicht Radiomechaniker werden. Was nun? Die Post nahm noch Lehrlinge als Fernmeldetechniker – also wurde Paul dorthin gesteckt.

Der Paul tat, was andere für ihn für gut befanden. Er ging in die Lehrwerkstatt zur Post und lernte zunächst einmal richtig feilen. Was ihm besser von der Hand ging als auf der Schulbank sitzen.

Für ihn war sowieso das Lehrlingsgehalt das Wichtigste. Es wurmte ihn sehr, dass er davon zu Hause einen Teil abliefern musste als Kost- und Wohngeld. Aber nach Meinung seiner Eltern sollte er lernen, dass das Leben etwas koste. Seine Mutter hatte ja beim Karl auch Geld abgeben müssen, und als Alfred nach der Kriegsgefangenschaft die tollen Fleischmarken hatte, da ging die Rosa damit zur Pferdemetzgerei, damit es für die ganze Familie reichte.

Paul feilschte darum, möglichst viel behalten zu dürfen. Denn am Wochenende zog es ihn noch immer zum Wirt im evangelischen Freizeitheim. Auch ging Paul nach Feierabend mit den anderen Lehrlingen noch gerne auf ein Bier in die Wirtschaft gegenüber der Lehrwerkstatt und das Rauchen hatte er sich auch noch angewöhnt. Kein Wunder, dass er immer knapp bei Kasse war, obwohl er nun viel mehr Geld in der Tasche hatte als während der Schulzeit.

Doch Not macht erfinderisch. Er und seine neuen Kameraden hatten bald entdeckt, dass die Werksausweise von der Deutschen Post den Ausweisen der Zivilkontrolleure der Stuttgarter Straßenbahn täuschend ähnlich sahen. Wenn das Geld also knapp war, dann stiegen drei junge Fernmeldelehrlinge ganz keck in den schaffnerlosen zweiten Wagen einer Bahn, riefen »Zivilkontrolle – die Fahrscheine bitte« und hielten den Leuten ihre Postausweise hin. Wer einen Fahrschein hatte, der schaute nicht genau auf die Ausweise – wer beim Schwarzfahren erwischt wurde, der hatte ein schlechtes Gewissen. Den beim Schwarzfahren Ertappten fiel dann nicht einmal auf, dass die Quittung, die sie für das zu entrichtende Bußgeld erhielten, auf einem ganz gewöhnlichen Quittungsblock, wie er in jedem Schreibwarengeschäft zu erstehen war, ausgestellt wurde.

Das Geld für die nächsten paar Bier war organisiert und einen Unschuldigen traf es auch nicht – schwarzgefahren war er ja!

9. Kapitel

Weitere Heimlichkeiten

1967 – 1972

Fünf Jahre war es her, seitdem Klaus wie so manch' anderer Junge aus seinem Freundeskreis ohne großes Aufsehen auf das Gymnasium gewechselt war. Die Frage, auf welches Gymnasium man gehen wolle, sie wurde damals vor allem im Hause Prager diskutiert. Alle schlossen sich Martin an, der Reinhard, der Wolfgang, der Breuni und auch Klaus als bester Freund vom Martin dann natürlich auch. Man entschied sich nicht für das renommierte Kepler Gymnasium in Bad Cannstatt, obwohl dort Martins Bruder die Schulbank gedrückt hatte, nicht für das keinen besonderen Ruf habende Wirtemberg-Gymnasium am Ort, auch nicht für das Gymnasium im benachbarten Fellbach, weil dort als erste Fremdsprache Latein gesetzt war. Nein, die Entscheidung fiel auf das als modern geltende Daimler-Gymnasium, das über einen Neubau verfügte und ein junges Kollegium hatte.

Dass Petra und Gabi nicht auch auf diese Schule konnten, weil es ein reines Jungs-Gymnasium war – nun, das spielte keine Rolle. Unter den Jungs war das Daimler auf einmal das beste Gymnasium weit und breit – und Zehnjährige interessieren sich nicht für »Weiber«.

Dass die Geschichte für Klaus ein Schuss in den Ofen wurde und er dann doch vom Martin getrennt wurde, nun, das war für die beiden unvorhersehbares Pech. Wie konnten die Jungs auch ahnen, dass es dort drei Eingangsklassen gab, von denen aus stundenplantechnischen Gründen eine rein evangelisch geführt wurde? Alle anderen Jungs aus Klaus alter Klasse wurden dieser rein evangelischen Klasse zugeteilt – Klaus kam in eine Parallelklasse, weil er katholisch war.

Bedauerliches Einzelschicksal – das drei Jahre später der Lateinlehrer büßen musste, denn im Zuge der zweiten Fremdsprache und den damit verbundenen Wahlmöglichkeiten und klassenübergreifenden Gruppen hatten Martin und Klaus dann wenigstens wieder vier Stunden pro Woche gemeinsamen Unterricht.

Die ersten Tage auf dem Gymnasium waren daher für Klaus ziemlich hart – als einzelner unter anderen Jungs, die jeweils Freunde aus ihren alten Klassen um sich hatten. Aber nachmittags waren Martin und Klaus noch immer unzertrennlich.

Dasselbe Schicksal widerfuhr drei Jahre später Veronika, der Tochter eines Arztes, die nicht mehr in einem Internat sein wollte. Ihr eiserner Wunsch war, auf dieselbe Schule wie ihre fünf älteren Brüder zu gehen – unbedingt! Auch wenn das ein reines Jungs-Gymnasium war. Als ab 1970 jede Schule Schüler beiden Geschlechts aufnehmen musste, setzte Veronika bei ihren Eltern durch, auch auf das Daimler Gymnasium zu gehen. Sie traf auf lauter Jungs, die nichts mit einem Mädel anzufangen wussten – zumal Veronika eine ganz Stille war, die jeden Tag in dunkelblauem Rock, weißer Bluse und hellblauer Strickjacke zur Schule kam.

Klaus machte damals seine ersten Erfahrungen – noch nicht mit Mädchen, sondern mit der Männerwelt. Als in den letzten Sommerferien Martin wieder wochenlang, fast die ganzen Ferien mit seinen Eltern verreist war, da war für Klaus so etwas wie Saure-Gurken-Zeit. Deshalb nahm ihn Paul schon einmal am Samstagnachmittag mit ins Freizeitheim, zum Bier trinken und Tischfußball spielen. Die erste Zigarette schmeckte Klaus allerdings überhaupt nicht, weshalb es die einzige in seinem ganzen Leben blieb.

Wie der Wirt vom Freizeitheim nahmen es auch viele seiner Kollegen damals nicht sehr genau mit der Altersgrenze beim Bierausschank. In dem Jahr, als Veronika zu Klaus in die Klasse kam und zunächst genauso einsam war wie Klaus drei Jahre zuvor, hatten die Jungs der 8a am Montagnachmittag Turnen und die Mittagspause zuvor war zu kurz, um nach Hause zu fahren. Bald war Hausaufgaben machen und belegte Brote essen im Aufenthaltsraum zu langweilig. Also ging Klaus mit ein paar Klassenkameraden, die infolge einer Ehrenrunde schon älter waren, in der Mittagspause in eine nahegelegene Gaststätte zu Pommes und Bier.

Er wurde selbständig, in jeder Beziehung. Er schrieb in Englisch und Latein die eine oder andere Sechs und schaffte es im Zeugnis doch noch immer auf eine Vier – Vieren, an die sich Lore und Alfred gewöhnten, nachdem er in vielen anderen Fächern Einsen und Zweien hatte. Er trank sein Bier ohne jemals irgendjemandem deswegen aufzufallen. Er war so schnell bei den Hausaufgaben, dass es ihm möglich war, zwischen Schulaufgaben und Besuch beim mit den Hausaufgaben trödelnden Martin noch eine Stunde Fahrrad zu fahren – etwas, was Martin als Freizeitbeschäftigung nicht tat. Martin fuhr wie viele andere Jungs inzwischen mit dem Fahrrad zur Schule und wieder nach Hause – was wiederum Klaus von seinem übervorsichtigen Vater verboten wurde; dabei war es Alfred völlig egal, dass sein Sohn somit noch ein weiteres Stück Gemeinsamkeit mit Martin einbüßte. Dass Klaus am Nachmittag genau auf den selben Straßen Rad fuhr, das machten sich die Eltern von Klaus nicht klar – Radfahren am Nachmittag war gesund.

Waren Alfred Freundschaften nicht wichtig, weil Freunde nach seiner Erfahrung an der Front sowieso über kurz oder lang fielen? Was Alfred viele Jahre später dann doch noch über den Krieg erzählte, lässt diesen Schluss durchaus zu!

Klaus wurde selbständig – und dazu gehörte dann endlich auch, wieder mit Mädchen zu sprechen. Er war durch Zufall im Zeichensaal in der gleichen Bank wie Veronika zu sitzen gekommen, er links in der dreisitzigen Bank, die Veronika rechts. Dazwischen zunächst ein Platz Abstand. Bis der ewig lispelnde Zeichenlehrer Schmoldt mit der ihm eigenen feuchten Aussprache die Aufgabe ausgab, aus Streichholzschachteln ein modernes Wohngebäude zu modellieren – in Zweier-Gruppen. Klaus hatte gedacht: was macht jetzt die Veronika? Und ganz spontan ohne lange nachzudenken einfach ans andere Tischende gefragt: Wollen wir das gemeinsam machen? Hätte er nachgedacht, dann hätte er sich das nicht getraut – dann wäre nicht einmal diese gut kameradschaftliche Gemeinsamkeit entstanden.

So saßen Veronika und Klaus auch am siebenundzwanzigsten April gemeinsam mit Zündholzschachteln und Klebstofftuben hantierend im Zeichensaal; ausnahmsweise lief auch das Radio. Aufgrund der aktuellen bedeutsamen Stunde hatte Lehrer Schmoldt zugestanden, die Live-Übertragung aus dem Bundestag zu hören. Denn an jenem Tag sollte das Ende der Kanzlerschaft von Willy Brandt über die Bühne gehen. Rainer Barzel von der CDU war sich so sicher, noch an diesem Tag Kanzler zu sein, dass er bereits ein Schattenkabinett gebildet hatte.

Bei der letzten Bundestagswahl drei Jahre zuvor hatte die Presse über Kiesinger geschrieben: »Er blieb Sieger« – aber die meisten Stimmen zu haben genügte der Union 1969 nicht mehr, weil es Brandt gelang, die FDP zum Seitenwechsel zu motivieren.

So mancher Deutsche hielt das für einen unzulässigen Trick. Klaus war 1969 für Kiesinger, denn der war ja auch ein Schwabe. Vom Rest der Politik verstand er nichts und was er in seiner Verwandtschaft über Brandt hörte, der sich – wie es sein Vater formulierte – im Dritten Reich aus dem Staub gemacht hatte, über Wehner, der ein Freund der ach so gefährlichen Russen wäre, und dass Bahr und Brandt uns an den Osten verkaufen würden – es tat seine Wirkung genauso wie das Urteil von Lore, sie könne Brandt mit seinen Tränensäcken nicht mehr sehen.

Auch in der FDP hatten manche Abgeordnete den Wechsel des Koalitionspartners nicht für gut befunden und waren im Laufe der nächsten Monate zur CDU übergetreten. Brandts Zwölf-Stimmen-Mehrheit im Bundestag war dadurch dahin geschmolzen. Ein konstruktives Misstrauensvotum schien mit hoher Wahrscheinlichkeit zu Gunsten Barzels auszugehen: 249 von 496 Abgeordneten müssten Barzel zum neuen Kanzler wählen, dann wäre die Kanzlerschaft von Willy Brandt zu Ende. Durch die Übertritte hatte die Union inzwischen 246 Abgeordnete und einige weitere FDP Abgeordnete hatten signalisiert, Barzel zu wählen.

Es war das Ereignis des Jahres.

Um 13 Uhr 22 wurde die Entscheidung verkündet: für Barzel stimmten nur 247 Abgeordnete.

Willy Brandt blieb Kanzler, er gewann sogar ganz im Gegenteil ein halbes Jahr später die nächste Bundestagswahl haushoch. Die Stimmung war gekippt.

Erst nochmals zwei Jahre später stolperte Brandt über die Guillaume-Affäre und musste seinem Partei-Freund und SPD-Mann Helmut Schmidt Platz machen. Ausgerechnet der aus Ostdeutschland eingeschleuste Spion Guillaume bereitete der Kanzlerschaft Brandt ein Ende!

Ironie des Schicksals, denn im Jahr 1972 hatte die DDR ihm die Kanzlerschaft gerettet. Leute der Stasi hatten zumindest zwei CDU-Abgeordnete bestochen, gegen Barzel zu stimmen – und nur deshalb bekam Barzel keine Mehrheit!

Doch wer nun die damals in Ostberlin Regierenden deswegen für unmoralisch hält, mag an dieser Stelle zögern, denn es gibt aus jener Zeit auch Stimmen, die behaupten, dass Gelder von der CDU zu FDP Abgeordneten geflossen seien und dass auch in der SPD so manchem der Gedanke an Abgeordnetenbestechung nicht völlig fremd war.

Mit dem Fortbestand der Kanzlerschaft Brandts hatte sich Deutschland wohl ein Stück weiter von der braunen Vergangenheit gelöst – aber zugleich hatte das Geld wieder wie im alten Rom die Herrschaft übernommen.

10. Kapitel

Der Schelm

1971

Sie sahen es immer wieder unter ihnen aufglimmen – immer dann, wenn Prager Senior an seiner Zigarre zog. Es war wieder ein milder Herbst und Vater Prager lehnte im offenen Fenster und schaute in die dunkler werdende Nacht hinaus.

Und dann hörte er es wieder – dieses Pling-Zsssssssss.

Er ahnte, was vorging. Er hatte es irgendwie mitbekommen, dass die Jungs in seinem Hause da irgendwelchen Unfug mit dem Luftgewehr seines Sohnes trieben.

Auch die Nachbarin vom Haus gegenüber hörte dieses merkwürdige Pling-Zsssssssssss. Sie hatte es schon vor zwei Tagen und auch früher schon einmal gehört, als sie ihren Staublappen am Fenster ausschüttelte.

»Höret Sie des auch, Herr Prager?«

»Was?«

Die Zigarre leuchtete.

»Ha, dieses Surren.«

»Noi.«

Pling-Zsssssssssssssss!

»Jetzt, grad wieder! Ha, des müsset Sie doch hören, Herr Prager.«

»Stimmt, da war was.«

»Da stellen doch irgendwelche Lausbuben etwas an!«

»Wenn ich die verwisch', denen erzähl' ich was!«

Und wieder leuchtete die Zigarre.

»Da habet Sie Recht! Da muass ma' einschreiten! Am End' ist des noch ebbes Gefährliches!«

»Jetzt malet S'e aber moal den Teufel net an d' Wand, Frau Schäuble. Vielleicht isch des ja au' ebbes ganz Harmloses! Vielleicht irgendebbes, womit die Wengerter[1] neuerdings die Vögel vertreiben.«

»Also das kann ich net glauben! Sonst müsst m'r des ja auch am Tag hören! Und überhaupt: Die Stöck' hänget des Jahr so voll, da werdet die Weinbauern g'rad noo im Herbst ebbes Neues gegen die Vögel installieren! Die könnet doch in dem Jahr leicht auf a paar Beeren verzichten, des isch noa alleweil no' billiger als irgendein neuer technischer Schnick-Schnack.«

Pling-Zssssssssss!

»Aber möglich wär's schon! Schönen Abend dann no', Frau Schäuble.«

Die Zigarre glomm noch einmal auf, dann wurde das Fenster geschlossen. Keine Minute später war Prager Senior oben im Zimmer seines Juniors. Vom einem Ohr zum anderen grinsend fragte er: »Wie machet ihr das denn?«

Die Jungs sahen sich gegenseitig an! Sie kannten ihn ja, Martins Vater. Und sie hatten mitgehört: Wenn er nur annähernd das Anliegen von Frau Schäuble hätte unterstützen wollen, dann hätte er jetzt gesagt. »Seid so gut, höret uff damit!« Vielleicht hätte er auch noch hinzugesetzt: »Bevor d' Frau Schäuble no' e'n Herzkasper kriegt.«

Es war seine Souveränität, diese andere Art von Autorität, die sich nicht zeigen und beweisen musste, die die Jungs ehrlich antworten ließ: »Man muss von unten in den Schirm von der Straßenlatern' rein treffen, dann saust die Kugel eine Zeitlang in dem Metallgehäuse rum und dann gibt's das Geräusch.«

»Mach's einer doch mal vor!«

Also nahm Sammy, der am besten von den Jungs schoss und später Pfarrer wurde, das Gewehr, zielte genau und – Pling Zsssssssss – traf auch aufs erste Mal. Nebenbei bemerkt: Klaus traf viel seltener.

»Lasst mich auch mal«, verbrüderte sich Prager Senior; er traf mit dem dritten Schuss: Pling-Zssssssssss!

---

[1]Weingärtner

Dann gab er den Jungs das Gewehr zurück und ging, ohne ein weiteres Wort zu sagen hinunter in seine Wohnstube, um eine Patience zu legen.

Ab und an schossen die Jungs auch später noch mal nach der Straßenlampe, aber immer seltener. Denn am meisten Spaß hatte es gemacht, als sie diesen Effekt durch Zufall entdeckten. Und so erledigte sich die Sache irgendwann von selbst.

Frau Schäuble kam nie darauf, was für gefährliche Spiele im Hause Prager getrieben wurden – der Haselnussbusch stand günstig!

11. Kapitel

Neues Spiel – neues Glück?

1972 – 1973

Alfred hatte seine liebe Mühe, Lore für seine Pläne zu gewinnen. Seine Aufforderung »Jetzt lass uns das halt einmal auf der Baustelle anschauen!« war daher fast schon mehr Befehl als Bitte.

»Das sind doch Eigentumswohnungen – ich hätte eigentlich schon gerne ein Reihenhaus.« Diesmal stand Lore zu ihrer Meinung.

»Aber schon die Wohnungen kosten hunderttausend und mehr können wir uns nicht leisten!« Alfred war mehr als vorsichtig, wenn es um die Finanzierung von Wohneigentum ging. Er wollte unbedingt auch das kleinste finanzielle Risiko vermeiden.

»Meine Schwester hat auch ein Reihenhaus, sogar ein Eckhaus«, warf Lore noch ein.

»Aber eben in einem Dorf bei Heilbronn – hier in Stuttgart und drumrum ist es eben teurer!«

Lore schmollte. Ihre dreizehn Jahre jüngere Schwester hatte es tatsächlich zu einem Reihenhaus gebracht. Auch die Lisabeth wohnte in einer Doppelhaushälfte. Sie hatte einen Flüchtling geheiratet und entsprechend staatliche Hilfe erhalten. Nur Lore und Alfred lebten noch in einer gemieteten Dreizimmerwohnung!

»Aber diese Eigentumswohnungen sind doch auch nicht in Stuttgart, die sind doch bald vierzig Kilometer außerhalb. Und nicht einmal Heilbronn zu! Da brauchst du nicht nur viel Fahrgeld, um ins Büro zu kommen – es ist auch viel weiter, wenn wir die Verwandten besuchen!«

»Aber anschauen kann man es sich doch einmal!«, entschied Alfred und zog einen Schlussstrich.

Und so saß Lore neben Alfred am nächsten Tag recht unwillig in einem Campingwagen einem Immobilienverkäufer gegenüber.

»So schlecht ist es doch wirklich nicht«, tuschelte Alfred ihr zu.

»Für so viel Geld – und dann nur eine Wohnung. Dazu noch auf der verkehrten Seite von Stuttgart – und so weit draußen!«, raunte Lore leise zurück. Aber nicht leise genug.

Dem Verkäufer wurde klar, dass er diesen Kunden im Objekt hier vor Ort nicht problemlos etwas verkaufen könnte. Aber deshalb gab er nicht auf, sondern begann in seiner Aktentasche zu suchen. »Da war doch«, begann er – »ah, ja, da haben wir es doch! Schauen Sie einmal, wenn Sie etwas eher im Norden von Stuttgart wollen – da hätte ich noch etwas, sogar direkt an der Stadtgrenze. Eine wunderschön geschnittene viereinhalb Zimmer Wohnung! Das ganze Objekt mit achtzig Wohnungen hatten wir in nicht einmal zwei Wochen verkauft! Wenn nicht gerade ein einziger Käufer gestern wieder aus persönlichen Gründen vom Kaufvertrag zurückgetreten wäre, dann könnte ich Ihnen das heute gar nicht anbieten! Und die Wohnung würden Sie sogar zum Preis wie vor einem halben Jahr bekommen!«

Alfred schaute groß zur Lore.

Gemeinsam schauten sie auf den Grundriss. Der war für eine Vierzimmer-Hochhaus-Wohnung ganz reell.

»Wie gesagt, es ist ein Rücktritt, eine einzelne Wohnung. Die reißen uns die Käufer nächste Woche aus den Händen. Vor einem halben Jahr haben wir diese Wohnungen ruckzuck verkauft gehabt und mussten noch viele Interessenten enttäuschen.«

Damit hatte er Alfred geködert. Bei einmaliger Chance musste Alfred zugreifen. Ein Schnäppchen ließ er sich nicht entgehen! Es störte ihn auch nicht einmal mehr, dass zu der Wohnung nur ein Stellplatz auf dem Hof und nicht einmal eine Garage gehörte. Eine Garage ließe sich ja wahrscheinlich auch in der Nachbarschaft mieten, meinte er. Er verzichtete auch darauf, das Grundstück und seine Umgebung zuerst einmal anzusehen.

Und auch Lore ließ sich breitschlagen – wenn ihr Gatte sogar das Risiko einging, am Ende keine Garage für sein geliebtes Auto zu haben, dann musste es ja wohl eine einmalige Gelegenheit sein! Dann eben doch Eigentumswohnung, aber wenigstens auf der »richtigen Seite« von Stuttgart.

Also wurden Nägel mit Köpfen gemacht – bevor noch jemand anders kam und ihnen dieses Schnäppchen noch vor der Nase wegschnappte. Was Alfred noch fragte, war, ob es denn dort auch ein Gymnasium gäbe.

»Im nächsten Ort gibt es eine Oberschule; im Sommer fahren die Kinder mit dem Fahrrad drei Kilometer über die Felder und im Winter zehn Minuten mit dem Zug. Vor vier Jahren haben wir auf der anderen Seite der Hauptstraße bereits gebaut – nur zufriedene Käufer. Deswegen kann ich Ihnen diese Wohnung auch wirklich empfehlen.«

Doch in Sachen Schule kam dann das dicke Ende eineinhalb Jahre später nach. Als das Hochhaus endlich fertig gebaut war und man Klaus auf dem Gymnasium, das drei Kilometer entfernt war, anmelden wollte, musste man erfahren, dass der Schulzug Englisch – Latein – Naturwissenschaften, für den sich Klaus vor drei Jahren entschieden hatte, eben an diesem Gymnasium nicht angeboten wurde.

Er hätte drei Jahre Französisch nachlernen müssen – die Familiengeschichte wiederholte sich. Alfred hatte sich schon schwergetan, ein Jahr Französisch nachzuholen, als er nach Heilbronn wechselte. Jetzt erinnerte er sich wieder daran.

»Muss er halt an seiner bisherigen Schule bleiben«, fand Alfred eine Lösung für dieses unerwartete Problem. Das schien nicht einmal völlig unmöglich: Vom neuen Wohnort fuhr ein Bus in 25 Minuten bis zu einem Platz in Stuttgart, an dem Klaus in eine Straßenbahn umsteigen konnte, die in einer weiteren Viertelstunde sein bisheriges Gymnasium erreichte.

Das machte Klaus dann auch. Allerdings war der Bus stets länger als wie im Fahrplan angegeben unterwegs – im Berufsverkehr auch schon einmal die doppelte Zeit oder noch länger. Zudem fuhr der Bus tagsüber nur jede Stunde einmal – immer so, dass für Klaus nach Schulschluss auf dem Heimweg vierzig bis fünfzig Minuten Wartezeit entstanden. Das ergab dann in der Realität jeden Tag fast drei Stunden Fahrzeit. Eigentlich zu viel.

Als Alternative bot sich an, eine Schule in der Kreisstadt zu besuchen. Nach dort gelangte man mit der Eisenbahn mit zweimal Umsteigen in dreißig Minuten, denn die Anschlüsse waren gut aufeinander abgestimmt. Allerdings passten auch hier die Schulstunden und die angebotenen Fahrverbindungen nicht optimal zusammen, aber unterm Strich war es deutlich weniger Fahrzeit.

Für das bisherige Gymnasium sprach allerdings, weiterhin mit Martin an derselben Schule zu sein und wenigstens vier Stunden Latein jede Woche gemeinsam zu haben. Und zugegebenermaßen hätte es ihn sogar gereizt, im neuen Schuljahr nicht nur im Zeichnen neben Veronika zu sitzen.

Andererseits aber spürte Klaus, dass da nun auch Sammy war, der so gut mit dem Luftgewehr schoss und der infolge einer Ehrenrunde nun Martins Klasse besuchte. Sammy wohnte auch nur ein paar Straßen von Pragers entfernt, Sammy fuhr ebenfalls mit dem Fahrrad zur Schule und seine Eltern verstanden sich sehr gut mit dem Ehepaar Prager. Klaus war klar: Er würde seinen Platz als besten Freund bei Martin sicher verlieren – wenn das nicht schon bereits schon geschehen war. Und was Veronika betraf, so wäre es aufgrund der Entfernung wohl bei gemeinsamen Schulstunden geblieben – gemeinsames Hausaufgaben machen hätte es wohl nicht gegeben.

Nein, das alles wollte Klaus nicht – so nicht.

Bisherige Schule oder wechseln? Anders als Paul durfte Klaus selbst entscheiden – aber dann hatte er damit zufrieden zu sein!

Der Reiz des Neuen siegte über das sowieso Dahinscheidende; zum Ende des Schuljahres wechselte er das Gymnasium: Neues Spiel – neues Glück?

So hatte Klaus aber nicht nur den intensiven Kontakt zu Martin verloren – er hatte auch keinen Kontakt mehr zu Martins Eltern. Was er sich als Junge natürlich nie klar gemacht hatte, sondern erst später realisierte: In vielen Dingen hatte er sich ganz unbewusst Maßstäbe aus dem Hause Prager angeeignet. Klaus hatte jahrelang mehr mit Prager Senior gesprochen als mit seinem eigenen Vater, der oft auf Dienstreisen war und auch am Wochenende nur für das Nötigste Zeit hatte. Vater Prager hingegen saß an Samstagnachmittagen mit seinem Sohn und dessen Freunden auf der Terrasse und spielte Skat, Vater Prager fuhr mit Martin und dessen Freunden ins Spielwarengeschäft und suchte gemeinsam mit den Jungs eine neue Lokomotive für die Modelleisenbahn aus; Pragers kauften ihrem Sohn einen Hund und Klaus durfte mit, den Welpen auszuwählen. Pragers fuhren Samstag nachmittags auf einen Bauernhof, um Eier zu kaufen – mit den beiden Jungs und Frau Prager gab Klaus sogar hinterher noch ein paar frische Eier als Geschenk für Lore mit.

Frau Prager, die manchmal auch schon ein bisschen unter Klaus' lauter Stimme und seinen schwarzen Schuhen, die Striemen auf ihren Fliesen hinterließen, litt, blieb aber Zeit ihres Lebens Klaus gegenüber stets interessiert, freundlich und ermutigend. Irgendwann, als Martin und Klaus selbst schon jeder drei eigene Kinder hatten, rief Klaus bei Martin an und bekam sie, die gerade ihre Enkel hütete, ans Telefon. Obwohl damals schon um die achtzig Jahre entstand sofort ein lebhaftes Gespräch, sie interessierte sich für alles in Klaus' Leben und nahm aufrichtig Anteil – bis nach zehn Minuten der Geräuschpegel im Hintergrund anstieg und sie mit einem fröhlichen »Jetzt muss ich aber doch einmal nach meiner Bagage[2] schauen« das Gespräch beendete.

Das war das letzte Gespräch von Klaus mit Mutter Prager.

Ja, mit Mutter Prager.

---

[2] im schwäbischen durchaus nicht abwertend zur Bezeichnung von Kindern verwendet, die gerade Unfug treiben

12. Kapitel

Tausche Hyperbel
gegen Spaghetti

1973

Klaus ging den kurzen Weg zum Bahnhof – es war wieder einmal ein erster Schultag nach den Sommerferien.

Erste Schultage hatte er schon immer gemocht, denn erste Schultage waren stressfrei, er sah die Klassenkameraden wieder, bekam einen neuen Stundenplan und war gespannt, wie die neuen Lehrer wären, und überhaupt, wie das neue Jahr werden würde.

Diesmal war Klaus besonders gespannt, denn es war nicht nur ein erster Schultag nach den Sommerferien, sondern das erste Mal nach fast einem Vierteljahr, dass er wieder zur Schule gehen konnte.

Als er mit der kleinen Nebenbahn über schon überwiegend abgeerntete Felder fuhr, erinnerte er sich wieder, wie es vor einem Jahr war, am allerersten Schultag in der neuen Schule. Damals war alles völlig neu gewesen. Wieder einmal war er als Fremder in eine neue Schulklasse gekommen. Die Sekretärin hatte ihn ins Zimmer 27, in die Klasse 10c geschickt; die 10c sei eine nette Klasse, die besuche auch ihr eigener Sohn.

Jetzt war er also wie Martin auch in der 10c – allerdings in einer anderen Schule, zwanzig Kilometer entfernt. Und es war alles nicht nur neu, sondern auch fremd: Als er in seine neue Klasse trat, in eben die nette Klasse, die auch der Sohn der Schulsekretärin besuchte, traf er auf seine neuen Kameraden, die sich lebhaft unterhielten – aber nicht mit ihm.

Er sah sich unsicher um, entdeckte in der letzten Bank einen anderen Jungen, mit dem ebenfalls niemand sprach. Zu dem setzte er sich: »Bist du auch neu hier?« – »Ja?« – »Und woher kommst du?« – »Aus München« – »Ich aus Stuttgart.«

Sehr viel mehr hatten sie sich auch noch nicht zu sagen. Klaus gestand sich ein, dass er es sich einfacher vorgestellt hatte. Überhaupt machte er in den ersten Tagen die Erfahrung, dass die neuen

Klassenkameraden in ihrer Entwicklung schon weiter waren. Die meisten neuen Lehrer waren älter als seine bisherigen, aber somit auch etwas schrulliger und origineller. Es brauchte Wochen, bis Klaus mit den neuen Umständen zurecht kam, doch so nach und nach wuchs er in die neue Klasse hinein.

Das Schuljahr war lange noch nicht zu Ende, als er an einem Samstag in der letzten Schulstunde so ein merkwürdiges Ziehen im Bauch verspürte. Er hielt es zunächst für Muskelkater in der Bauchdecke. Aber es war Samstag und er wollte abends ausgehen, Martin und andere Freunde aus alten Zeiten treffen. Also redete er sich ein, dass es bestimmt ganz harmlos war.

Gemäß der damaligen Zeit wurde einmal in der Woche gebadet und im warmen Wasser ließ der Schmerz nach. Als er am Abend losging, spürte er fast nichts mehr – doch als er vier Stunden später nach Hause kam, tat ihm die ganze Bauchdecke weh. In der Nacht zu Sonntag ging es dann richtig los mit Durchfall und Erbrechen. Nun, er hatte das während der Pubertät öfter gehabt – und war nach Lores Rezept immer wieder nach zwei bis drei Tagen auf den Beinen und das hieß: Einfach einen Tag lang nichts essen und trinken und dann wieder langsam mit Tee und Zwieback anfangen. Aber diesmal schien das Rezept zu versagen – und zudem war es Hochsommer. Klaus quälte sich am Sonntagnachmittag, er quälte sich in der nächsten Nacht. Montag früh um halb sechs wurde dann schließlich doch der Hausarzt aus dem Bett geklingelt. Es war höchste Zeit, denn inzwischen war Klaus' Bauch steinhart und nur noch mit angezogenen Beinen war der Schmerz einigermaßen zu ertragen.

Fünf Stunden später hatte er keinen Blinddarm mehr, aber der Durchbruch hatte schlimme Entzündungen hinterlassen. Es gab Komplikationen – bis er wieder einigermaßen fit war vergingen viele Wochen.

Und demgemäß gestaltete sich dieser erste Schultag nun völlig anders – jetzt war er als der Wiedergenesene von den Klassenkameraden umringt und fast jeder wollte ein paar Worte mit ihm wechseln. Vier oder fünf Schüler hatten die Klasse nach der mittleren Reife verlassen, darunter auch die beiden einzigen Mädchen der Klasse. Doch es kamen drei neue junge Damen – und nun standen die Mädels einsam da. Die eine war Nicole, die kannte Klaus vom Sehen; sie war die Freundin von einem Jungen aus der Klasse darüber, den er flüchtig aus dem Schülergebetskreis kannte. Um diese

Freundin hatte er den anderen Jungen immer beneidet: Nicole mit den langen dunklen Haaren und dem gewissen Etwas im Blick.

Nicole musste die elfte Klasse wiederholen – und wurde somit von ihrem Freund getrennt. Sie war eine Berliner Göre, die Eltern geschieden, und tat sich in der Schule oft nicht gerade leicht. Aber sie wollte das Abitur; nochmals das Klassenziel nicht zu erreichen, das durfte ihr daher nicht passieren. Und so bildete sich bald ein merkwürdiges Paar, vielleicht konnte man sogar sagen, Gespann heraus: Die attraktive Nicole und der biedere Klaus wurden beste Kameraden. Ja, Kameraden, denn ihren Freund aus der Klasse darüber, den behielt Nicole. Aber um beim Schulstoff mitzukommen, da brauchte sie schon Unterstützung. Eine ganz merkwürdige Unterstützung sogar, denn sie machten nie gemeinsam Hausaufgaben, Klaus gab ihr auch nie regelrecht Nachhilfe – das Einzige, um was Nicole Klaus bat und was er ihr auch gern gewährte, war, dass er ihr seine Schulhefte tageweise auslieh. Wie auch immer: Mit dem, was Klaus im Unterricht mitschrieb, konnte Nicole dann soviel vom Stoff begreifen und lernen, dass sie mit Dreien und Vieren bis zum Abitur kam und auch dieses bestand. Klaus war nie klar, warum sie nicht aus ihren eigenen Mitschriften lernen konnte.

Dafür, dass dann Nicoles Kanarienvogel ab und an ein Häufchen in Klaus' Schulhefte gemacht hatte, was auch nach sorgfältigem Wegwischen nicht unübersehbar blieb, gab es jedoch auch Gegenleistungen von Nicole. War Nachmittagsunterricht, dann nahm sie Klaus schon einmal mit zu sich nach Hause und kochte für sie beide Spaghetti mit Hackfleischsauce. Wenn es eine Hohlstunde im Stundenplan gab, dann gingen sie auch Arm in Arm gemeinsam unter einem Schirm ins nächste Einkaufszentrum. Und trotzdem war immer klar: Nicoles Freund war der Junge aus der Klasse darüber, Klaus war der Helfer für das Überleben in der Schule. Es gab da so etwas wie ungeschriebene Regeln, die alle drei intuitiv kannten und auch einhielten.

Einmal war die Hilfe für Nicole auch etwas krasser: In einer Matheschulaufgabe war Klaus schon gut zehn Minuten vor der Zeit fertig – Nicole am Nachbarplatz war verzweifelt und sandte entsprechende Blicke zu ihm. Aber wie Nicole helfen? Eine der Aufgaben war, eine Hyperbel zu konstruieren. Wenn man wusste, wie, eine Angelegenheit von vielleicht drei Minuten. Klaus schaute sich vorsichtig nach dem Lehrer um: Der schaute woanders hin. Kurzentschlossen schob er sein Heft zu Nicole und zog ihres zu sich – Nicole begriff.

Während sie so tat, als ob sie in Klaus Heft schreibe, zeichnete er mit anderen Farben als in seinem Heft die Hyperbel in Nicoles Arbeit; dann tauschten sie die Hefte wieder heimlich zurück. Der Hefttausch war unentdeckt geblieben. Da es eine Zeichnung war, fiel auch nichts wegen der Handschrift auf. Nicole hatte eine weitere Teilaufgabe richtig und somit sogar noch eine Drei bis Vier erreicht.

Dafür erhielten dann beide aber auch einmal eine Sechs, ohne bei der Klassenarbeit gemogelt zu haben. Nicole hatte während einer Theorieeinheit über Pointillismus im Zeichenunterricht nebenher gestrickt und war leider beim Muster etwas durcheinandergekommen. Also musste sie wieder aufziehen und Klaus wurde zum Wolle aufwickeln angestellt, was dieser auch brav tat. Die Stunde darauf ließ der Zeichenlehrer eine Arbeit über Pointillismus schreiben. Als die Arbeit zurückgegeben wurde, stand sowohl unter Nicoles als auch unter Klaus' Arbeit je eine Sechs. Verwundert gingen die beiden nach der Stunde zum Lehrer und monierten: »Aber wir haben doch beide ganz viel Richtiges geschrieben.« Die Begründung des Lehrers war jedoch schlicht und einfach: »Wer während meines Vortrags Pullover aufzieht, dessen Arbeit kann nur eine sechs sein.« Nicole und Klaus ließen es damit bewenden. So wie es aussah, hatte der Zeichenlehrer aber die Sechs bei der Zeugnisabrechnung dann gar nicht wirklich mitgezählt, denn die Zeugnisnoten waren dieselben wie im Halbjahr zuvor. Wenn man das im Nachhinein betrachtet, hatte die Angelegenheit so direkt Charme.

Seit Lehrer Scheuerpflug hatte sich viel getan!

13. Kapitel

Erfahrungen in olivgrün

1976 ff.

Die neue Wohnung hatte Klaus mit fünfzehn Jahren nicht nur eine andere Schule und die Abnabelung von Martin beschert, sondern endlich auch ein eigenes Zimmer. Davon hatte Klaus schon lange geträumt. Doch dieser Traum hätte sich auch in der alten Wohnung erfüllt, denn keine sechs Monate nach dem Umzug wurde Paul nach bestandener Lehre und einjähriger Berufspraxis zur Bundeswehr eingezogen. Noch während seiner Bundeswehrzeit zog Paul ganz aus dem Elternhaus aus und nahm sich als Berufssoldat eine eigene Wohnung, obwohl er unter der Woche in der Kaserne war.

Vier Jahre später musste auch Klaus zur Bundeswehr, gleich nach dem Abitur.

Für ihn stellte sich wie allen jungen Leuten damals die Frage: Verweigern oder nicht? Für Alfred wäre es eine Enttäuschung gewesen, wenn einer seiner Söhne nicht zur Bundeswehr gegangen wäre – trotz seiner Erfahrungen in Russland. Oder gerade wegen seiner Angst vor den Russen. Für ihn waren die Russen die Bösen und die Amerikaner die Freunde.

Klaus fand es merkwürdig, dass ausgerechnet Alfred – wohl dank seines Engagements bei der Regierungspartei CDU – in einen Anerkennungsausschuss für Kriegsdienstverweigerer berufen worden war. Klaus dachte, bei seinem Vater würde wohl niemand anerkannt. Es wunderte ihn auch nicht, dass Alfred am Abend vor seinem erstem Einsatz in einem solchen Ausschuss zu ihm ins Zimmer kam mit der Bitte: »Kannst Du mir einmal eine Bibel leihen.«

Als Katholik bayerischer Prägung hatte das neu berufene Ausschussmitglied wohl noch nie zuvor selbst eine Bibel in der Hand gehabt. Für Katholiken gab es den Katechismus mit den ergänzenden Lehrtexten, die Bibel war nur für Priester. Doch die Bibel, die jahrzehntelang selbst unter Lutheranern nur bei den Pietisten nicht nur im Schrank stand, sondern auch gelesen wurde, fand auf einmal bei jungen Leuten wieder Interesse. Im Gegensatz zu ihren Müttern und Vätern gingen die 68er nicht nur auf die Straße, sondern lasen auch Mao, Bert Brecht und eben auch die Bibel und fanden Zeit, stundenlang darüber zu diskutieren.

Hätte Klaus verweigert, es wäre wohl ein Spanungsfeld zwischen ihm und seinem Vater gewesen. Doch Klaus vertrat sozusagen eine dritte Meinung; gegenüber Martin und seinen anderen Freunden begründete er seine Entscheidung gerne so: »Ich denke, man darf die Bundeswehr nicht ausschließlich den Menschen überlassen, die Schießen und den Umgang mit Waffen toll finden. Die Bundeswehr kann gefährlich sein und deswegen müssen da gerade auch Menschen hin, die die Bundeswehr ganz bewusst nur als notwendiges Übel sehen.«

Klaus sollte dann auch solche Schießwütige kennenlernen. Bei ihm in der Grundausbildung war ein gewisser Renke, dem konnte man bei Übungen im Gelände immer seine Platzpatronen schenken, denn Renke ballerte damit mit Freuden wie wild herum. Klaus hingegen und seine Kameraden waren froh, die Dinger los zu sein; denn so blieb der Lauf ihres Gewehres sauber, was später beim Gewehrreinigen von Vorteil war. Mit dem Schützen Renke nahm es dann aber bald ein merkwürdiges Ende. Denn Renke, obwohl er sich noch vor seinem ersten Tag bei der Bundeswehr für vier Jahre verpflichtet hatte, liebte zwar das Rumballern, aber der ganze andere Dienst, das Putzen, Marschieren, Lieder Singen, das war ihm bald alles zuwider. Da ein Vertrag als Zeitsoldat aber nicht so einfach aufzulösen war, machte er dann auf geistig nicht ganz normal. Mit Erfolg – die Bundeswehr wollte ihn bald selbst loshaben und stimmte einer Vertragsauflösung zu. Man ließ sogar unter einem fadenscheinigen Vorwand die ganze Ausbildungskompanie just gerade zu dem Zeitpunkt antreten, als Renke breit grinsend zum letzten Mal aus der Kaserne ging: Jeder sollte sehen, dass der Kompaniechef die zivile Polizei vor das Kasernentor bestellt hatte, um Renke sogleich den Führerschein abzunehmen. So schnell wurde er dann eben doch nicht wieder geistig normal, als dass er noch im Straßenverkehr ein Auto hätte lenken können. Das abschreckende Beispiel gelang einigermaßen.

Anders als sein Bruder Paul erlag Klaus aber nicht dem Reiz des Geldes. Die 15 Monate Wehrpflicht waren ihm lang genug. Er begnügte sich mit dem Wehrsold – auch wenn er noch jung war und so gesehen auch zwei Jahre statt fünfzehn Monate hätte opfern können. Einerseits zog es ihn zum Studieren, andererseits erinnerte er sich noch allzu gut an Pauls Erzählungen, der als Fernmelder bei der

Luftwaffe war: »Freitag mittags habe ich immer das Telefon vom Kompaniechef in der Zentrale ausgestöpselt. Da konnte ich dann natürlich beim Revierreinigen nicht mitmachen, sondern musste vorrangig das Telefon vom Kompaniechef reparieren.«

Aufgrund von Pauls Erzählungen über Saufgelage und langweiligen Gammeldienst ohne ausreichend sinnvolle Aufgaben erschienen Klaus trotz oder gerade wegen seiner eigenen Motivation, zur Bundeswehr zu gehen, fünfzehn Monate mehr als genug. Klaus hatte aber auch Praktisches für den Kasernenalltag von Paul gelernt: War Klaus' Truppe ganztägig zum Üben im Gelände, so mussten am nächsten Tag immer zwei Mann in die Küche abgestellt werden, um die großen Transportkessel zu reinigen, mit denen am Vortag die Verpflegung zu den Übenden aufs Gelände gebracht worden war. Klaus meldete sich immer mit ein oder zwei anderen freiwillig zum Kesselputzen; bei einer Nettoarbeitszeit von vielleicht fünfzehn oder zwanzig Minuten konnte man gut und gerne zwei Stunden in der Küche verbringen. Die restliche Zeit lobte man das gute Essen und die Zivilangestellten, gestandene Hausfrauen mittleren Alters, freuten sich darüber und rückten zum Probieren schon mal Extraportionen Nachtisch heraus. Wenn junge Mädels in der Küche gewesen wären, wäre es vielleicht noch ein bisschen netter gewesen – aber dann hätten sich wahrscheinlich auch andere freiwillig gemeldet. Nein, es war schon gut so: Klaus ging Kessel schrubben und Nachtisch schnabulieren, und die anderen reinigten solange nochmals die Gewehre und seines eben auch mit.

Soweit also die Gemeinsamkeiten mit Paul; anders als sein Bruder wurde Klaus jedoch – sogar als Wehrpflichtiger – Unteroffizier; einfach deswegen, weil er zur Feldjägertruppe eingezogen worden war und bei der Militärpolizei alle Funktionen eine Dienstgradgruppe höher angesiedelt waren. Und somit lernte er auch – wiederum anders als sein Bruder – bei der Bundeswehr keinen Gammeldienst kennen. Denn Angehörige der Feldjägertruppe hatten zunächst einmal neun Monate Ausbildung. Die restlichen Wochen seines Wehrdienstes leistete er aktiven Polizeidienst auf einem Feldjägerdienstkommando.

Eine kurze Zeit, aber dennoch sehr lehrreich. Denn in diesen Wochen hatte Klaus so manchen interessanten Kontakt mit dem, was man das wahre Leben nennt. Zu den Aufgaben der Feldjäger zählte nämlich auch, unerlaubt von der Truppe abwesende Soldaten aufzuspüren und wieder ihrer Truppe zuzuführen.

Solche Kameraden wurden nicht nur in sogenannten ordentlichen Elternhäusern gemeinsam mit den von ihrem Filius enttäuschten Müttern und Vätern in einem Kellerversteck aufgespürt.

Es gab auch Stammkunden. Fuhr man – meist so gegen Monatsende – wieder einmal los, um den einen wohlbekannten Abwesenden, der im Zivilberuf Maler war, abzuholen, wurde immer gesagt: »Vergesst nicht, der armen Sau zwei belegte Brötchen mitzunehmen.« Denn den guten einfältigen Maler konnte man ganz friedfertig in seiner eigenen Wohnung abholen – fast so wie am Sonntag die Oma zum Kaffee. Der Arme konnte nämlich einfach sein Geld nicht einteilen. Deshalb fehlte ihm am Monatsende oft die nötige Barschaft, um sich eine Rückfahrkarte in die Kaserne oder wenigstens etwas zum Essen zu kaufen. Entsprechend hatte er immer mächtigen Kohldampf und war wohl so ziemlich der Einzige, der sich auf die Feldjäger freute. Oder vielleicht auch nur auf die Brötchen, die sie mitbrachten. Da durfte man nicht darüber nachdenken, dass ein so einfaches Gemüt zum Dienst an der Waffe abgeholt wurde.

Manchmal musste man auch phantasievoller vorgehen. Einer, der viele Tricks kannte, war der Unteroffizier Glemser. Er war selbst in einem sehr problematischen Stadtbezirk Mannheims aufgewachsen und hatte dann quasi die Seiten gewechselt. Da er nicht direkt bei der Polizei genommen worden war, hatte er sich zunächst für vier Jahre bei den Feldjägern verpflichtet. Einmal war Klaus mit Glemser unterwegs, um einen abzuholen, der in einem Haus mit acht Parteien wohnte. Man fuhr als Zivilstreife vor und klingelte beim entsprechenden Namensschild, doch es wurde nicht geöffnet. »Der isch bestimmt daheem!«, sagt Glemser, »da bin ich mir absolut sicher, dass des Fenschder, hinter dem der Fernseher leeft, zu dem seiner Wohnung geheert! Weeschd was«, wies er dann Klaus an, »jetzt geehschd zum Auddo, knalldschd die Dier recht laut zu und fährsch' aamal um de Block!« Klaus tat, wie ihm geheißen, und als er von der Fahrt um den Block zurückkam stand ganz richtig der Kollege mit dem Gesuchten am Straßenrand. »Wie hast du denn das jetzt gemacht?« – »Des war ganz eefach: d'Hausdür war ned abg'schlosse, ich also rein in de Keller und die Sicherung rausdreht – und der Dabbes is' tatsächlich glei selber in d'Keller komme« – und zum eingefangenen Kameraden: »Hättst halt dei Freundin g'schickt... «

Neben diesen harmlosen Fällen gab es aber auch andere Sucheinsätze, in zwielichtigen Etablissements mit Damen vom anderen Gewerbe, Verfolgungsjagden über Mauern mit Glasscherben obenauf und auch Abholungen direkt aus Justizvollzugsanstalten.

Und dann gab es auch noch eine Festnahme, die alle im Feldjäger-dienstkommando geradezu bedauerten: »Des war doch gar ned verkehrt, wegen dem Balde ins Schwimmbad zu gehen«, war die einhellige Reaktion auf Baldes Ergreifung. Denn von jenem Schüt-zen Balde war bekannt, dass er sich nicht gerne bei seiner Einheit, sondern viel lieber in einem bestimmten Freibad aufhielte. Also wurde an heißen Sommertagen dort gerne stundenlang in ziviler Badehose gefahndet. Wobei die Fahndungstätigkeit zugegebener-maßen mehr als dürftig ausfiel; es hätte schon ein dummer Zufall sein müssen, dass ein junger Mann, von dem lediglich ein Bild in Uniform vorlag, in ziviler Badebekleidung in einem proppenvollen Schwimmbad sicher und eindeutig erkannt worden wäre. Daher waren alle traurig, als der Schichtleiter erzählte: »Jetzt hat die Bahn-polizei den Balde g'schnappt, weil der Dösbaddel schwarz g'fahre' isch und dann so een Rabatz g'macht hat, dass die Schaffnerin die Bahnpolizei dazu geholt hat. Und 's isch doch noch so scheener Sommer!«

14. Kapitel

Über die Schatten der Vergangenheit springen?

1983 ff.

Und dann wurde aus Klaus ein Student und sogar ein Akademiker und Familienvater.

Er hatte im Hause Prager so manches gesehen, was er sich heimlich zum Vorbild nahm, weil es ihm besser dünkte als in seinem eigenen Elternhaus. Aber alle Lücken konnten auch dort nicht geschlossen werden.

Abgesehen davon, dass Umarmen und Küssen zur Begrüßung in den Jahren seiner Kindheit viel weniger verbreitet waren als heute – in seinem eigenen Elternhaus waren wohl Zärtlichkeiten und die Benennung von Gefühlen noch spartanischer. Die Strenge Karl Kronenbergs, das Leben einer Helene in der Welt der Romane fernab vom tristen Alltag taten genauso ihre Wirkung wie das verkrampfte Verhältnis von Alfred zu seiner Stiefmutter.

Klaus vermisste etwas, begann bei Nicole zu ahnen, in welche Richtung es gehen könnte – und kam doch sein ganzes Leben lang viel zu selten über dieses Ahnen und manchen unzulänglichen Versuch hinaus. Es dauerte lange, bis er die passende Partnerin fürs Leben fand, ein Gegenüber, das mit diesen Mankos umgehen konnte.

Er war auch nie ganz frei von den Einflüssen seiner Eltern: Seinen eigentlichen Berufswunsch, Lehrer zu werden, opferte er ihren vernünftigen Argumenten, es gäbe doch derzeit mehr als genug Lehrer und daher schlechte Einstellungschancen. Er hatte zu dem Zeitpunkt noch nicht begriffen, dass das genau der richtige Zeitpunkt gewesen wäre, ein Lehramtsstudium zu beginnen. Denn all' diese vernünftigen Argumente hielten damals vor allem in den Naturwissenschaften junge Leute ab, Lehrer werden zu wollen – nicht allzu lange, und Chemielehrer wurden als Quereinsteiger aus anderen Laufbahnen abgeworben.

Lore war noch stolz darauf, dass sie ein Stipendium für die Lehrerinnenausbildung hätte bekommen können – das Einzige, was ihr von diesem kurzen Traum blieb. Das Leben hatte sie mehr als einmal gelehrt, dass Träume Schäume sind und wie Seifenblasen zerplatzen.

Auch Klaus ließ seinen ersten Berufswunsch platzen, ließ sich davon überzeugen, dass er wohl den Lehrerberuf nur deshalb präferiere, weil dieser Job so ziemlich das einzige Berufsbild sei, das junge Leute sich nach der Schule wirklich vorstellen könnten. Also suchte er nach Alternativen und machte die Lebensmittelchemie zu seinem Ziel. Der Umstand, dass es nur sehr wenige Studienplätze dafür gab, ließ ihn anfangs glauben, dass diese Leute gesucht sein müssten. Als er sein Staatsexamen ablegte und erstmals eine Stelle suchte, musste er erkennen, dass es zwar sehr wenige Lebensmittelchemiker gab, aber noch weniger Stellen für diese Experten.

Doch tief in ihm war noch immer der Wunsch, etwas mit jungen Leuten zu machen und so übernahm er Jahre später neben seinem Job als Leiter der Qualitätssicherung die Aufgaben eines Ausbilders. Noch heute hat er Kontakt zu der einen oder dem anderen, der einmal »sein Stift« oder »seine Azubiene« war.

Und so, wie es sich wiederholte, dass Klaus genau wie Lore nicht Lehrer wurde, so wiederholte es sich auch, dass Klaus ebenso wie Alfred den ersten Berufswunsch durch die Hintertür realisierte: Alfred wurde zwar kein Ingenieur, führte aber die Computertechnologie beim Zoll ein, und Klaus wurde kein Lehrer, aber wenigstens nebenamtlicher Ausbilder.

Erst bei der nächsten Generation sollte diese Kette brechen: Klaus brachte keine Bedenken vor, als seine Tochter Lehrerin werden wollte – und sie bekam eine Stelle, obwohl so manche ihrer Studienkolleginnen tatsächlich nicht vom Staat übernommen wurden. So gelang es wenigstens im dritten Anlauf, dass ein Nachkomme des Arbeiters Karl Kronenberg dann doch noch Lehrerin wurde.

Klaus sagte nichts, als sein Ältester Geographie studieren wollte, obwohl er fürchtete, dass es für Geographen wenig Arbeitsplätze gäbe. Doch, oh Wunder, sein Ältester tat sich stets sehr viel leichter bei der Suche nach einer Arbeitsstelle als er selbst.

Nur bei seinem Jüngsten erhob er einmal Einspruch, als der nach der Schule ein Jahr Bundesfreiwilligendienst machen wollte. Er habe auch schon eine Stelle, so unterstrich der Junior seinen Wunsch. Was das denn für eine Stelle sei und was er dort machen müsse, hakte Klaus nach. Das wisse er nicht so genau, gestand sein Jüngster, aber die Leute trügen orangefarbene Hosen. Da konnte Klaus sich dann doch nicht verkneifen, zu sticheln, dass ein Jahr lang orange Hosen zu tragen ihm doch ein bisschen wenig dünke.

Auch Klaus hatte es nicht durchgehalten, sich nicht einzumischen.

Sein Sohn wurde dann doch nicht »Bufdi«[3], sondern begann sofort ein Informatikstudium. Wenigstens wurde er dabei nicht unglücklich.

Klaus selbst hatte im Beruf die ersten Jahre oft die richtigen Ideen, dazu ein wenig Glück und Erfolg und er machte ein bisschen Karriere – bis er dann mit fünfzig Jahren einmal zur falschen Zeit am falschen Ort war und beim wiederholten Verkauf der Firma, in der er angestellt war, entlassen wurde. Das war dann nicht nur ein Karriereknick, sondern auch ein Einschnitt ins Familienleben; aber auch mit dieser Krise kam er im Lauf von Monaten und Jahren klar.

Und was war aus Paul geworden?

---

[3]Bundesfreiwilligendienst

15. Kapitel

Einzelkämpfer

1983

Paul ging zum Tresen: »Jetzt müsste alles wieder passen.«

Der Wirt wusste schon, was das bedeutete und schob Paul das Telefon hin: »Magst noch ein Bier?«

Paul nickte, griff zum Telefon und wählte die Nummer der Zentrale: »Ich bin jetzt in Gaildorf fertig, wo geht's dann hin?« Er nippte am Bier und hörte auf die Kollegin am anderen Ende der Leitung. »Das ist aber auch nicht gerade hier um die Ecke … Ja, ja, muss ich halt passend machen, geht schon … kennst mich doch … was, schon wieder der!«

Er legte auf, nahm wieder einen großen Schluck Bier. Seit morgens um elf war er nun auf Tour, seit über acht Stunden. Und die Zentrale hatte ihm nochmals zwei Plätze durchgegeben. Vor elf in der Nacht würde er nicht zu Hause sein. Er war es gewohnt und heute gab es wieder gutes Geld: Überstunden, Nachtzuschlag und dazu noch Sonntagszuschlag. Geld, das er gut brauchen konnte.

Das war jetzt sein fünfter Platz an diesem Tag, dazwischen lagen 763 Kilometer am Steuer seines Servicemobils. Das war das Ungute an den Sonntagen – sie waren nur zu zweit im Einsatz, in einem Gebiet von Saarbrücken bis fast Augsburg, von Würzburg bis zum Bodensee. Überall hatte sein Chef Spielautomaten und Musikboxen in den Gaststätten stehen. Bei Ausfall der Geräte war den Wirten fest eine Reparatur innerhalb 24 Stunden zugesagt – da ging es dann oft kreuz und quer durch Süddeutschland.

Fünf Plätze bedeuteten für ihn auch fünf Freibier und einen Teller Pommes. So war das eben bei dem Job: Die Wirte gaben meist etwas aus, selten Kaffee, meist ein Bier. Man musste nur aufpassen, dass man mit den Grünen – wie Paul die Verkehrspolizisten gern nannte – keine Probleme bekam. Aber wer den Job länger machte, der wurde zum routinierten und unauffälligen Fahrer.

Wenn aber doch einmal bei den Servicemonteuren etwas schiefging und der Führerschein für vier Wochen weg war, dann setzte der

Chef die Monteure in dieser Zeit in der Zentralwerkstatt oder als Beifahrer bei den Kassierern ein. Denn der Chef wusste um diese Probleme – aber er brauchte Monteure und den absolut abstinenten Kollegen gab es wohl nicht in einem solchen Job. Ständig in Kneipen arbeiten, das machen Leute, die sich in Wirtshäusern mit dem entsprechenden Publikum wohl fühlen.

Paul mochte die Zentralwerkstatt gar nicht: Da waren zu viele Leute. Und Beifahrer bei den Kassierern mochte er auch nicht sein – das waren geplante Touren, da war das Risiko mit dem Geld, da musste er tun, was der Fahrer sagte.

Nein, Paul wurde innerhalb kürzester Zeit ein wirklich routinierter Autofahrer – immer gerade nur so viel zu schnell, dass es nur ein Verwarnungsgeld, aber nie Punkte in Flensburg gab. Beim Parken schon einmal ins eingeschränkte Halteverbot oder in die zweite Reihe – aber stets mit einem Zettel hinter der Scheibe, wo er zu finden war. Und dann immer mit einem Pfefferminzbonbon im Mund – falls tatsächlich einmal ein kollegialer Grüner kam und zum Wegfahren aufforderte.

Das musste man Paul lassen – das Handwerkliche und solche Alltagskniffe, das beherrschte er. Das ging ihm im Gegensatz zur deutschen Rechtschreibung oder zum Auswendiglernen der Dienstvorschriften im Unteroffizierslehrgang viel leichter von der Hand. Einer seiner Kniffe war auch, bei jedem Strafzettel – egal wie hoch er war – stets nur eine Mark zu überweisen. Die Polizei überwachte die Zahlungseingänge damals schon mit Computern – doch aufgrund der eingeschränkten Speicherkapazitäten in den Rechnern jener Zeit wurde nur überwacht, ob ein Zahlungseingang erfolgte, aber nicht in welcher Höhe. Irgendwann wussten das aber zu viele Autofahrer, irgendwann wurden die Speicherkapazitäten der Computer größer, irgendwann schob dann das Ordnungsamt einen Riegel vor.

Bei einem solchen Fahrstil würde es halb neun werden, bis er zur nächsten Einsatzstelle nach Pforzheim käme. Dann stand die Reparatur an – das würde bis neun oder halb zehn dauern. Und dann sollte er auch noch nach Horb. Mit viel Glück würde er dort um zehn sein. Also würde er die letzten beiden Plätze wegen der zu vielen Überstunden über die geheime Liste abrechnen müssen, aber das taten er und seine Kollegen in Übereinstimmung mit dem Chef seit Jahren; auch das war noch niemandem aufgefallen. Genauso wie das eigentlich zu viele Bier für Autofahrer.

Es gab nicht viele, die einen solchen Job aushielten oder gar gut fanden. Aber dem Paul passte er. Er war quasi sein eigener Herr, hatte mit seinem Dienstwagen sein eigenes Reich. Das Servicemobil nahm er mit nach Hause und von zu Hause startete er zur Tour. Die Zentrale in Stuttgart mied er, wann immer es ging; nur alle ein bis zwei Wochen fuhr er dort vorbei, um Ersatzteile zu laden, eben dann, wenn ihn die Tour sowieso in die Nähe brachte. Ansonsten hielt er telefonisch Kontakt und das entsprach durchaus seinen Neigungen. Wenn er ab und an zu einer Fortbildung oder Einweisung in neue Geräte musste, dann war er davon alles andere als begeistert: Nein, in der Zentrale fühlte er sich nicht wohl. Er liebte die einsame Tour und wenn er auch nicht wirklich sein eigener Herr war, so sah er doch so gut wie nie einen Chef oder Vorgesetzten und musste auch mit niemandem wirklich zusammenarbeiten.

Nach seiner Lehre war er bei der Post als Fernmelder geblieben: Er war mal beim oberirdischen Leitungsbau, mal in der Relaisstation, am Ende sogar für kurze Zeit in der Lehrwerkstatt als Ausbilder. Lange war er nie auf einer Position. Dann musste er zur Bundeswehr. Verweigern war für ihn keine Option – aber schon nach wenigen Wochen Grundwehrdienst als Wehrpflichtiger mit wenig Sold erlag er den Ratschlägen von Alfred und den Verlockungen des Geldes und er verpflichtete sich für zwei Jahre. Als Berufssoldat hatte er wieder ein eigenes Gehalt, konnte sich weiterhin ein Auto leisten und hatte nicht einmal einen schlechten Job. Er war bei einer Luftwaffeneinheit als Standortfernmelder, was sich kaum vom Dienst bei der Post unterschied – abgesehen vom Kasernenleben mit viel Bier. Zweimal wurde er zum Unteroffizierslehrgang abkommandiert, den er aber nie erfolgreich abschloss. Aber das störte ihn nicht. Er absolvierte seine zwei Jahre als Obergefreiter. Einzig und alleine das eine war ungeschickt: Nach dem Grundwehrdienst hätte die Post ihn wieder beschäftigen müssen, das Arbeitsverhältnis hätte nur als unterbrochen, aber nicht als gekündigt gegolten. Um hingegen Zeitsoldat werden zu können, hatte er bei der Post kündigen müssen – zwei Arbeitgeber zur gleichen Zeit, das ging nicht. Also musste er nach Ablauf der zwei Jahre sich auf dem Arbeitsmarkt bewerben und tat das auch zunächst wieder bei der Post; aber die stellte ihn nicht mehr ein. Seine Zeit als Berufssoldat aufstocken wollte er nicht mehr – wahrscheinlich hätte die Bundeswehr wegen der fehlenden Eignung zum Unteroffizier auch abgelehnt.

Er war jung und ohne Verpflichtungen, reagierte trotzig und meinte in Anlehnung an das berühmte Zitat des Ritters Götz von Berlichingen, die könnten ihn alle einmal. Bei privaten Fernmeldeunternehmen würde man sowieso besser verdienen. Und er bekam tatsächlich auch recht rasch einen Job bei einem Subunternehmer der Post. Der schickte ihn auf Montage nach Hamburg; danach wurde er wieder ausgestellt, denn das Unternehmen bekam keine Anschlussaufträge. Er steckte auch das weg, denn er bekam wiederum recht rasch einen Job bei einem anderen Subunternehmer – der ging nach kurzer Zeit pleite. Es folgte ein kurzes Zwischenspiel als Fahrer bei einem Lesezirkel, doch auch das hielt nicht lange. Nach diesen drei Erfahrungen las er die Annonce eines Spielautomatenunternehmens – er bewarb sich und wurde sofort eingestellt. Das Unternehmen florierte, es gab immer Arbeit und es drohte nie die Pleite.

16. Kapitel

Auch Einzelkämpfer
sind nicht gern alleine

Er hatte es trotz stürmischen Winds und Nieselregen recht rasch nach Pforzheim geschafft und das verklemmte Münzstück war in fünf Minuten entfernt. Für das obligatorische Bier am Tresen brauchte er doppelt solange. Er entschloss sich, bei dem Wetter über die Autobahn nach Horb zu fahren – die Fahrt über die Landstraßen wäre etwas kürzer gewesen und hätte dem Chef vielleicht etwas Benzin gespart, aber sie hätte wesentlich länger gedauert.

Also fuhr er an seinem Zuhause vorbei. Er konnte von der Autobahn die Lichter seines Wohnortes sehen. Für einen Moment dachte er an seine Frau und seinen kleinen Sohn. Aber er hatte nun mal diesen Job und er verdiente dank der verschiedenen Zuschläge recht gut. Geld, das er als Familienvater gut gebrauchen konnte.

Familienvater zu werden, das war ihm so zugefallen. Im Volksmund hört man ab und an den pietätlosen Ausspruch: Der ist dazu gekommen, wie die Jungfrau zum Kind. In diesem Sinne könnte das auch für Pauls Familiengründung gelten. Und wie bei den Kronenbergs war wieder einmal ein Kind, das schon sechs Wochen nach der Hochzeit das Licht der Welt erblickte, nicht unbedingt wissentlich, aber doch maßgeblich beteiligt.

Paul hatte neben dem Heinz, mit dem er immer den Ilko ausgeführt hatte, noch mehrere Kumpels, mit denen er zum Kanufahren oder zum Wandern ging – oder auch ganz gerne einmal um die Häuser zog. Für junge Männer war das überhaupt nichts Unübliches und keiner hatte damit Probleme, denn alle waren unverheiratet. Der Gruppe schlossen sich dann auch einige wenige Mädels an – und so war bald Rüdiger nicht mehr unverheiratet. Aber manchmal geht es im Leben auch anders als allgemein üblich: Hört man oft davon, dass junge Ehefrauen darüber klagen, ihre Männer ließen sie oft alleine zu Hause, so wurde bei Angelika und Rüdiger der Ehemann häuslich, besuchte sogar gerne seine Eltern und schaute mit dem Vater Fußball im Fernsehen. So hatte sich Angelika ihre Ehe aber nicht vorgestellt – sie hatte nicht geheiratet, um in Zukunft immer zu Hause zu sitzen. Deshalb ging sie wieder mit den Jungs fort, immer öfters ohne Ehemann – und hatte alsbald ein solches Eheleben satt, so richtig satt. Irgendwann wollte Angelika ihrem Rüdiger zeigen, wie es wäre, wenn sie nicht nur stundenweise, sondern länger anhaltend nicht mehr da wäre – nur wohin? Zu ihren Eltern wollte sie nicht – aber wohin dann? Da fiel ihr Paul ein, Paul, den sie zwar auch ganz gut leiden konnte, der aber seinerseits gegenüber Dritten zu verstehen gab, dass er Rüdigers Frau nicht sehr mochte. Da konnte also nicht viel passieren, das war die Möglichkeit, Rüdiger aufzurütteln.

Die Sache entwickelte sich jedoch völlig anders: Ein halbes Jahr später war Rüdiger geschieden und Paul kurz danach verheiratet und weitere acht Wochen später Vater eines gesunden Jungen.

Vielleicht hatte Paul auch nur immer gesagt, er könne Angelika nicht leiden, weil sie sich zunächst für Rüdiger und nicht für ihn entschieden hatte.

Nun, in dieser Nacht würde Angelika mit ihrem kleinen Jungen auch alleine zu Hause sitzen. Aber immerhin war ihr Mann, der Paul, ja auf Arbeit. Und dafür hatte er unter der Woche freie Tage. Freie Tage, an denen andere junge Männer zur Arbeit mussten. Das funktionierte besser, sogar so gut, dass sich schon wieder etwas Kleines angemeldet hatte.

Letztes Kapitel

Hundert Jahre danach

2014

»Steig bitte einmal aus und geh schon rein, ich such' einen Parkplatz und« – weiter kam Klaus nicht. Jemand hatte Alfred noch im Auto auf dem Beifahrersitz erkannt; zwei Frauen öffneten die Beifahrertür: »Herr Reburg, das ist ja schön, dass Sie auch kommen!« Alfred wurde untergehakt und mit ins Lokal genommen.

Traditionell gab es in Alfreds ehemaliger Dienststelle den Brauch, am letzten Freitag vor Weihnachten gemeinsam in ein Lokal zum Essen zu gehen – und die Ehemaligen waren auch immer herzlich eingeladen. Vor zwei Jahren war Lore gestorben und seitdem lebte Alfred im Fränkischen, ganz in der Nähe von Klaus. Er war daher in diesem Jahr unentschlossen; einerseits wollte er gerne seine ehemaligen Kollegen treffen, andererseits war ihm die Fahrt in seinem Alter zu weit. Erst als Klaus ihm zuredete, brachte er den Elan auf, der Einladung zu folgen.

Klaus fand einen Parkplatz, schaute noch einmal kurz ins Lokal: Sein Vater war für die nächsten Stunden gut aufgehoben. Also ging er los, die Tübinger Straße hinauf oder auch hinunter, da sind sich die Stuttgarter uneins, denn die Tübinger Straße ist so gut wie eben, die kann man in jeder Richtung hinauf oder hinunter gehen. Er ging weiter durch die obere Königstrasse und dachte sich: »Als hier noch die Straßenbahnen durchfuhren, da hat alles größer gewirkt.«

Und dann schlenderte er über den Weihnachtsmarkt – zwar nicht über den Münchner, aber immerhin über einen schönen großen Weihnachtsmarkt. Er erinnerte sich wieder an Pragers – vor knapp fünfzig Jahren hatten sie an einem Adventssonntag einfach den Martin und ihn mit ins Auto gepackt, waren in die Stuttgarter Innenstadt gefahren, hatten den neuen kleinen Schlossplatz angesehen und waren über den Weihnachtsmarkt gebummelt. Martin und Klaus hatten ausprobiert, eine abwärts fahrende Rolltreppe hinauf zu laufen und hatten es geschafft. Die Eltern Prager sahen ein harmloses Abenteuer junger Burschen darin – Vater Reburg hätte bestimmt fünfundzwanzig mögliche Gefahren erkannt und sofort ein Verbot ausgesprochen.

Und auch an die Kathi erinnerte er sich und an die Geschichte vom verschnupften Engerl. Hatte sie den Max wirklich auf dem Münchner Weihnachtsmarkt kennengelernt? Wär' es besser gewesen, sie hätt' ihn nicht getroffen? Es wäre ihr so manches erspart geblieben – aber was hätte ihr das Leben stattdessen gebracht?

Hundert Jahre waren nun schon vergangen, seitdem die Kathi aus der Schule gekommen war. Ihr Sohn, der Alfred, war inzwischen schon neunzig geworden. Zwei große Kriege hatten seitdem Europa erschüttert – die Kathi hat den einen durchlebt, der Alfred den anderen, und Max, Karl und Lene gar beide.

Mit der Erinnerung an Kathi und etlichen Tüten kehrte Klaus zum Lokal zurück, suchte sich einen Platz, von dem aus er ins Nebenzimmer zu Alfred sehen konnte. Die Feier war noch im Gange, also aß Klaus zunächst einmal Gaisburger Marsch und Ofenschlupfer, echte schwäbische Schmankerl, kulinarische Heimatgefühle.

Nach dem Treffen mit den Kollegen war Alfred schon ziemlich müde, aber da half jetzt nichts: Klaus hatte mit Paul vereinbart, sich noch in einem anderen Lokal vor den Toren Stuttgarts zu treffen – schließlich waren es nur noch fünf Tage bis Heiligabend und wenn man schon einmal in Stuttgart war!

Sie waren etwas zu früh dran, Paul kam etwas zu spät. Es war das einzige Lokal, das an diesem trüben Winternachmittag in der kleinen Stadt offen hatte, aber der Hotelier erwartete nicht viele Gäste und so wurde nur im kleinsten Gastraum, einem engen dunklen Zimmer, bedient.

Sie saßen zusammen, tranken Tee und aßen Kuchen und hatten sich nicht viel zu erzählen. Alfred war müde vom Treffen mit seinen Kollegen, Paul erlebte als Frührentner nicht mehr viel und Klaus fiel nichts ein, was die beiden anderen interessieren könnte.

Sie hätten vielleicht Erinnerungen austauschen können.

Nach einer Stunde trennten sie sich wieder und auf der zweistündigen Rückfahrt kamen dann doch noch die Erinnerungen.

»Er müsste halt doch eine Kur machen«, hegte Alfred Hoffnung.

»Einmal hat er es ja geschafft, trocken zu werden. Aber nach ein paar Wochen war es wieder vorbei«, erinnerte sich Klaus.

»Es war halt diese Arbeitsstelle!«, entschuldigte Alfred.

»Sein alter Chef hat ihn in die Werkstatt holen wollen! Weg vom Außendienst, weg von den Kneipen.«

Alfred schwieg, aber man merkte, er würde gerne widersprechen, gerne den Chef als Schuldigen haben.

»Ich mein' fast gar«, nahm Klaus wieder das Wort, »sein alter Chef war der Einzige, der schon vor Jahren gesehen hat, wie sehr Paul vom Alkohol abhängig war. Aber in die Werkstatt wollte Paul nie, denn da hätte er ja sein Problem nicht mehr so gut kaschieren können. Deshalb hat er dieses Ansinnen seines Chefs immer abgelehnt.«

Und bei sich dachte Klaus, die Arbeitsstelle, die war es nicht alleine. Die hat dem Paul Gutes getan und Schlechtes. Aber er sagte nur noch nach einer weiteren Pause:

»Dreißig Jahre war Paul bei der Firma. Immer im Außendienst, als Servicemonteur von einer Kneipe zur anderen. Und hat gutes Geld damit verdient. Denk mal: die ganzen Nachtschichtzuschläge, die Spesen und all' das. Sehr gut Geld verdient hat der Paul all' die Jahre! Und Spielautomaten reparieren, du, das konnte er, das war etwas, was Paul leicht von der Hand ging!«

Alfred seufzte: »Aber das viele Bier!«

»Freilich, ja, Paul hat nie gelernt, ›nein‹ oder ›lieber bitte ein Cola‹ zu sagen.«

Alfred seufzte noch einmal: »Ich hätt' ihn halt doch Radiomechaniker werden lassen sollen!«

Darauf wusste Klaus nichts zu erwidern – ja, vielleicht, vielleicht hätte das das Unheil verhindert. Oder das Unheil wäre auf anderen Wegen gekommen. Vielleicht hätte er auch nicht Zeitsoldat werden sollen. Vielleicht hätte er gar nicht zur Bundeswehr, vielleicht hätte er seinen Schulfrust nicht mit Bier bekämpfen sollen – vielleicht – vielleicht – vielleicht.

Aber irgendwohin musste doch der Paul mit seinen ganzen Misserfolgen, mit der ganzen leidigen deutschen Rechtschreibung, mit Lehrer Scheuerpflug, mit einer Mutter, die – zwar wohlmeinend und das Beste wollend – Nachmittage lang mit ihm Hausaufgaben machte und Rechtschreiben übte und ihm so die Zeit zum Spielen zu sehr verkürzte. Und ihm die Verantwortung für seine Hausaufgaben abnahm. Eigenverantwortung lernte er als Kind nicht.

Paul durfte auch kein 68er sein, weil sein Vater ihm die langen Haare und die Beatles solange wie möglich verbot. Er wurde nicht gefragt, was er werden wollte; er richtete sich eben nach dem, was seinem Vater für ihn gut erschien.

Hatte er sich jemals damit identifiziert, was er in jungen Jahren tun musste? Niemand lehrte ihn, wie man höflich, aber bestimmt »nein« sagt – nicht der Vater, nicht die Mutter, nicht die Lehrer.

Und dann auf einmal schien es so, als ob Paul doch seinen Platz im Leben gefunden hätte: Ein Job, bei dem es so gut wie nichts zu schreiben gab, ein Job, bei dem ihm niemand Vorschriften machte, ein Job für einen Einzelgänger. So verdiente er gutes Geld, heiratete, bekam Kinder, besaß Grundstücke, baute mit dem Schwiegervater dessen alten Bauernhof weiter aus.

Es ging fast dreißig Jahre lang gut. Jeder wusste es wahrscheinlich, aber keiner wollte es wissen: es geht doch gut, geht schon seit Jahren gut, es ist wahrscheinlich alles halb so wild!

Dann kamen die ersten Anfälle. Der Verlust der Arbeitsfähigkeit. Der Alkohol hatte seine Wirkung getan – die Ärzte gaben ihm noch längstens drei Jahre. Paul hat sich nicht an ihre Erfahrungen und an ihre Statistik gehalten und noch fünf Jahre geschafft.

An jenem 19. Dezember 2014 hatte Klaus das letzte Mal mit seinem Bruder gesprochen. Zwei Wochen später sah er ihn noch einmal auf seinem Sterbebett – bereits wie tot.

Er wurde an einem Freitag im Januar 2015 begraben; es war kalt, sehr windig und für den nächsten Tag war heftiger Sturm angesagt. Paul hatte die Stürme des Lebens hinter sich, ihm blies kein Wind mehr ins Gesicht.

»Ich habe ihn ins Leben kommen sehen, jetzt musste ich ihn auch gehen sehen«, sagte Alfred bei der Heimfahrt nach der Beerdigung. Er hatte als kleiner Junge an Kathis Grab nichts verstanden, in seiner Jugend hatte er den Tod viel zu oft gesehen – über so viele Tote konnte niemand mehr nachdenken, da gab es nichts mehr zu verstehen. Wer so viel durchgemacht hat, der muss nicht alles verstehen! Ist es da ein Wunder, dass er damals nicht mehr Worte fand als »In diesem Zimmer ist eure Großmutter gestorben«?

Und dann hatte er auch noch seine Frau, seine jüngere Schwester und jetzt eben auch noch seinen Sohn überlebt. Er hat so viele überlebt – eigentlich fast alle!

Wenn man bedenkt, was er aushalten musste, damals auf dem Feld neben seinem toten Zugführer, damals in russischer Gefangenschaft: das hält nur einer aus, der zäh ist – physisch und psychisch. Und das ohne psychiatrische Betreuung. Wer das alles ausgehalten hat, der wird auch alt – und einsam. Wie oft musste er in seinen letzten Monaten feststellen, dass alle um ihn herum sterben – selbst die, die nach ihm ins betreute Wohnen kamen. »Kaum habe ich mich an jemand gewöhnt, dann stirbt der auch wieder«, war einmal sein bitteres Resümee.

Der Krieg und die Front haben ihn wieder eingeholt: Kaum hat man sich an einen Kameraden gewöhnt, dann fällt der auch schon wieder.

Klaus hat seinem Bruder auf die Schleife am Kranz geschrieben: »Lass dich von Gott umarmen« – ein hilfloser Wunsch für einen Bruder, der im Leben nicht viel mit diesem Gott anfangen konnte. Pauls Frau hat ihrer Hoffnung und ihrer Liebe anders Ausdruck gegeben – auf Pauls Grabstein kann man heute lesen:

Ich lasse mich fallen in eine heile Welt
wo mich die Wellen der Wirklichkeit
nicht mehr so kalt umspülen.

Pauls kleiner Enkel wird seinen Großvater nie persönlich kennenlernen. Der kleine Junge wird einmal an einem Grab stehen und man wird ihm erklären, dass dort sein Großvater liegt. Wird man ihm erzählen, dass der Alkohol ihm den Opa gestohlen hat? Oder wird man ihm diese Geschichte ersparen, weil man es gut meint?

Wieviel wird Pauls Enkel von seinem Großvater wissen? Und wenn es wenig ist: wird er Fragen stellen? Und wenn ihm die Antworten zu wenig sagen: Wird er dann beginnen, aus dem wenigen eine mögliche Geschichte zu schreiben?

Vielleicht hätte Pauls Leben eine andere Richtung bekommen, wenn er andere Freunde gehabt, wenn auch er ein Ehepaar Prager und nicht nur einen Lehrer Scheuerpflug erleben hätte dürfen.

Vielleicht wäre er besser durch das Leben gekommen, wenn er zehn oder zwanzig Jahre später geboren worden wäre, zu einer Zeit, als die Jugend sich das Recht nahm, 68er zu werden, zu einer Zeit, als Kinder Legastheniker sein durften – und eben nicht mehr in dieser Nachkriegszeit mit schweigsamen Eltern.

Ja, vielleicht; aber es ist – wieder einmal – zu spät und jetzt lässt sich nichts mehr ändern, nichts mehr um oder gar schön schreiben.

Anhang

Was tatsächlich (von den Großmüttern) überliefert ist

Kathi

Katharina Anna Reburg, geborene Öhrl, wahrscheinlich adoptierte Schroth, erblickte am 19.5.1901 in Holzkirchen als zweite Tochter der Katharina Öhrl, geborene Lehnhardt, und des Josef Lorenz Öhrl das Licht der Welt. Die ältere Schwester Anna, die offensichtlich nach der Großmutter väterlicherseits benannt wurde, wurde am 4.1.1898 zu München geboren und verstarb daselbst am 13.6.1900 an den Folgen einer Hirnhautentzündung.

Nachdem der leibliche Vater Josef Lorenz Öhrl ebenfalls am 29.3.1902 im Alter von 30 Jahren verstorben war, verheiratete sich ihre Mutter mit Johann Schroth; aus dieser zweiten Ehe stammen die beiden Halbbrüder Hans (geb. 7.11.1905 in Sauerlach) und Georg (geb. 22.8.1913 in München). Halbbruder Hans soll ein inniges Verhältnis zur Kathi gehabt haben.

Der jüngere Halbbruder Georg heiratete 1949 in zweiter Ehe die zumindest in Bayern weitgehend bekannte Volksschauspielerin Erni Singerl.

Im Deutschen Reich betrug die Volksschuldauer acht Jahre, mit Ausnahme von Bayern und Württemberg – nur sieben Jahre – sowie Hamburg und Holstein mit neunjähriger Schulzeit. Erst 1938 wurden diese regionalen Ausnahmen von den Nationalsozialisten beendet. (Die Einführung des neunten Schuljahres erfolgte erst 1964). Der Beginn des Schuljahres war in Bayern bis 1920 und ab 1945 zum Sommer, dazwischen zu Ostern.

Auf dieser Basis ergibt sich, dass Kathi kurz nach ihrem sechsten Geburtstag im September 1907 mit der Schule begonnen und tatsächlich schon im Sommer 1914 mit gerade 14 Jahren die Schule verlassen haben müsste.

Nach dem Ersten Weltkrieg hat Kathi angeblich bei einem Wirt in Holzkirchen als Bedienung gearbeitet, obwohl ihre Mutter, ihr Stiefvater und ihre Halbbrüder zu dieser Zeit in München gelebt haben dürften.

Die Familie ihrer Mutter hat ihre Wurzeln in Holzkirchen, jedoch lebten immer wieder Familienmitglieder zumindest zeitweise in München, teilweise auch an anderen Orten. So ist zum Beispiel der Halbbruder Hans in Sauerlach geboren, dem Ort, aus dem Kathis Stiefvater stammte. Hier ist sogar die genaue Hausnummer überliefert, es war das Haus mit der Nummer 95.

Der Beruf Schneider traf für viele ihrer Vorfahren zu; so ist überliefert, dass Kathis Großvater Schneider und Hausbesitzer war, ihre Mutter Näherin. Allerdings schien es zu der Zeit sehr viele Schneider gegeben zu haben. In späterer Zeit hat die Familie eine Bürstenbinderei betrieben. Sehr viele Familienmitglieder waren zweimal verheiratet, da der Partner schon früh verstarb. Und auch viele Kinder verstarben früh – so hatte meine Urgroßmutter, Kathis Mutter, fünf Geschwister, von denen zwei als Kleinkinder verstarben und eine weitere Schwester mit 36 Jahren. Von den beiden jüngsten Geschwistern meiner Urgroßmutter, Zwillingsbrüdern, ist wenig bekannt. Wahrscheinlich aber blieben diese als Bürstenbinder im elterlichen Anwesen in Holzkirchen.

An allen diesen Punkten muss daher die Erzählung ungenau bleiben, an einigen Punkten widerspricht sie sogar den Tatsachen. In der Erzählung ist berichtet, dass Kathi im ersten Krieg und danach bei ihren Großeltern in Holzkirchen lebte; dieses kann so nicht genau richtig sein, da Kathis Großeltern zu Holzkirchen schon 1909 beziehungsweise 1915 starben. Das großelterliche Anwesen, der Bürstenbinderladen, soll jedoch weiter bestanden haben, sodass Kathi durchaus dort bei einem ihrer Onkel gelebt haben könnte. Ihre jüngere Schwester ist auch nicht an Stickhusten (Keuchhusten) verstorben, wie in einem Nebensatz der Erzählung eingeflochten, sondern an Hirnhautentzündung; diese Ungenauigkeit beruht darauf, dass der Stickhusten damals eine sehr häufige Todesursache bei Kleinkindern war und ich daher zunächst dieses in Unwissenheit einmal unterstellt habe. Die tatsächliche Todesursache habe ich erst später aus Unterlagen erfahren.

Richtig ist aber, dass die Familie Lehnhardt ein sehr großes Familiengrab an der Kirchhofmauer zu Holzkirchen hatte; dieses habe ich noch selbst gesehen, gemäß meinem Vater war es vier Grabstellen breit. Und nicht nur meine in Bayerisch Gmain verstorbene Großmutter, sondern auch deren in München verstorbene Mutter wurden dort bestattet. Offensichtlich gab es also in Holzkirchen so etwas wie ein Zentrum der Familie.

Wie sich die Lebenswege einer in Holzkirchen arbeitenden jungen Kellnerin und eines jungen Zollbeamten mit Elternhaus in München gekreuzt haben, darüber ist nichts bekannt. Überliefert ist indes, dass Max in jener Zeit ein Verehrer der Margarethe Lindner, einem Mädchen aus der Nachbarschaft, war, und dass deren ältere Schwester Rosa dann 1930 seine zweite Frau wurde. Die in dieser Erzählung wiedergegebene Episode auf dem Kripperlmarkt ist schlichtweg erdichtet, entfernt angelehnt daran, dass Kathis Urenkelin Franziska sich 90 Jahre später als Studentin um einen Job auf dem Nürnberger Christkindles Markt bemüht und dann dort auch wirklich Engel verkauft hat.

Gesichert ist hingegen, dass Kathi Max am 16.10.1922 im Alter von 21 Jahren das Jawort gegeben hat. Wie und wo das junge Paar dann gelebt hat, selbst das lässt sich nicht mehr exakt nachvollziehen.

Denn zum einen ist überliefert, dass Kathi in der Wohnung des Max Reburg in der Aberlestraße in München am 27.5.1924 ihr erstes Kind Alfred Maria zur Welt brachte. Obwohl es in den Familien beider Elternteile der Brauch war, Kinder nach Eltern und Großeltern zu benennen, wurde bei diesem Kind – warum auch immer – mit der Tradition gebrochen. Lediglich der zweite Name Maria scheint eine Anlehnung an die Taufpatin Maria Gelbert, wahrscheinlich wohnhaft in München Sendling, zu sein.

Gemäß diesem Hinweis auf die Wohnung von Max Reburg in der Aberlestraße als Geburtsort meines Vaters hätte das Paar zunächst in München gelebt, in einer Wohnung, die Max Reburg gemietet gehabt hätte. Max wäre dann in dieser Zeit beim Zoll am Münchner Großmarkt beschäftigt gewesen; irgendwann wäre Max dann nach Tittmoning oder Fridolfing versetzt worden und die Familie wäre dann dort hingezogen.

Zum anderen hat sich (das Manuskript war zu diesem Zeitpunkt schon fortgeschritten) bei meinem Vater noch eine Postkarte aus dem Jahr 1922, also vor der Hochzeit, gefunden, die an Max Gruber in Tittmoning adressiert war und mit »Deine Kathl« unterschrieben ist. Berichtet wird auf dieser Karte, dass Kathi auf einem Faschingsball von einer Freundin namens Amalie als »Ersatzbräutigam« begleitet worden war; es sei sehr schade gewesen, dass Max nicht dabei sein konnte. Daraus geht zum einen hervor, dass Max und Kathi sich schon zu Zeiten, als Kathi noch nicht einmal 21 Jahre, also noch nicht volljährig war, bereits das Eheversprechen gegeben hatten, zum anderen aber auch, dass Kathi das gesellschaftliche Leben der Großstadt durchaus genoss. Und zum dritten, dass Max bereits 1922 in Tittmoning, das nur wenige Kilometer von Fridolfing und Untergeisenfelden entfernt liegt, lebte.

Kehrte er danach nochmals nach München zurück? Oder lebte er tatsächlich von 1922 bis 1928 in Tittmoning und war somit das Paar die ersten Jahre ihrer Ehe getrennt? Oder war Max in den Jahren 1923 und 1924 so etwas wie ein Wochenendpendler – wohnte mit der Frau zusammen in München und fuhr zum Dienst tageweise die 150 Kilometer nach Tittmoning? Kann das für die Zeit des Höhepunktes der Inflation als sinnvoll angenommen werden? Oder ist das nur eine unzulässige Übertragung unserer modernen Berufswelt in die damalige Zeit?

Nochmals viel später bekam ich dann von meiner Cousine weitere Dokumente, die sie auf dem Dachboden ihrer Mutter, der Tochter Kathis, gefunden hatte. Darunter befand sich auch eine »Personalnachweisung« für Max Gruber, Inhaber der Planstelle in Bayerisch Gmain sowie einer vom Reich angemieteten Dienstwohnung, Besoldungsgruppe A7, sowie dessen Frau Rosa Gruber. Das Dokument ist nicht datiert, aber aufgrund der Ehefrau Rosa sowie der Angabe, er sei Inhaber der Dienstwohnung, muss dieses Dokument erstmalig zwischen 1930 und 1934 erstellt worden sein. In diesem Dokument sind sämtliche Stationen des Lebens von meinem Großvater Max bis zu diesem Zeitpunkt und – wahrscheinlich Nachträge – für die nächsten fünf Jahre aufgeführt: Bis zum Jahr 1913 hatte offensichtlich sein Vater auch öfters den Dienstposten gewechselt, denn für seinen Sohn waren als Wohnorte Lenggrieß, eine unleserliche Eintragung, Rosenheim, München, Landstuhl und ab 1913 dann wieder München angegeben. Max besuchte dort das Theresiengymnasium und meldete sich 1916 freiwillig an die Front. Für seine eigene Dienstlaufbahn sind folgende Einsatzorte vermerkt: bis Dezember 1920 München, parallel dazu aber auch Untergeisenfelden. Für die Jahre 1920 bis 1924 ist dann Untergeisenfelden, parallel dazu aber zeitweise die Großmarkthalle in München eingetragen. Für die Jahre 1924 bis 1927 ist dann ausschließlich Fridolfing angegeben, ab 1.10.1927 schließlich Bayerisch Gmain. Die Hoffnung, dass der Personalbogen Klarheit schaffen würde, erwies sich somit als trügerisch. Wahrscheinlich war Max in jener Zeit tatsächlich so etwas wie ein Pendler: wohl offiziell in Untergeisenfelden stationiert, aber – vielleicht wegen Personalengpässen – immer wieder zeitweise an die Großmarkthalle in München ausgeliehen. Es mag also durchaus sein, dass sich Max aufgrund dieser Ausleihen bis in den Herbst 1924 Hoffnung machte, wieder dauerhaft an die Großmarkthalle zu kommen und daher seine Wohnung in München tatsächlich zunächst behalten hat.

Sicher überliefert ist, dass Heinrich Himmler um 1920 – damals war er noch nicht einmal NSDAP Mitglied – in Fridolfing bei einer Familie R. längere Zeit als Praktikant gearbeitet und in diesem Zuge auch beim Umbau einer Mühle mitgewirkt hat (nachlesbar im Internet, z.B. Chiemgauseiten). Er sei als Praktikant in jener Zeit wie ein Familienmitglied bei den R.s ein- und ausgegangen und habe sich sehr gut in der Ortsgemeinschaft, so zum Beispiel im Gesangverein, integriert. Es ist weiterhin überliefert, dass Himmler immer wieder Urlaube in Fridolfing und im benachbarten Tittmoning verbracht hat und mit Alois R., inzwischen selbst Mitglied in der SS, befreundet war. Gemäß Berichten im Internet hat er den R.s sogar in der Endzeit noch KZ-Insassen als Arbeitskräfte gestellt.

Dass jene Familie R. der Vermieter der Wohnung meines Großvaters war, ist wahrscheinlich, aber nicht sicher

Aus den Erzählungen meines Vaters gibt es nur wenige kleine Berichte aus jener Zeit, die den Tatsachen entsprechen dürften:

Überliefert ist zum Beispiel, dass Kathi bei Meinungsverschiedenheiten manchmal ihren Max mit Schweigen abstrafte. Dieses Verhalten ihrerseits soll er dann mit Gängen ins Wirtshaus gekontert haben und es soll sich tatsächlich zugetragen haben, dass Kathi ihm dann nachlief mit der Bitte: »Jetzt bleib halt bei mir, ich red' auch wieder.«

Die in dieser Geschichte wiedergegebenen Anekdoten vom Schubkarrenschmuggel und die Falschgeld-Postüberweisung sind hingegen nicht von mir erfunden, sondern so meinem Bruder Paul und mir in unserer Kindheit von unserem Großvater Max überliefert worden; unser kleiner Opa hat uns überhaupt sehr gerne lustige Erlebnisse aus seinem Leben erzählt.

Den Nachkommen wurde auch erzählt, dass der Vater vom Max tatsächlich fast nur Schweinefleisch gegessen habe: Es war bei Jakob und Elisabeth durchaus üblich, dass Schweinshaxe mit Knödel und Salat bestellt wurde und dass er das Fleisch, die Frau den Knödel und den Salat gegessen habe. Der Reburg Ähndl soll daher auch sehr unter Gicht gelitten haben, im Krieg sei es aber besser gewesen, da er in den schlechten Zeiten seine einseitige Fleischernährung nicht aufrechterhalten konnte.

Wie bereits erwähnt wurde Max Josef 1927 erneut versetzt und erhielt den Posten des Zolleinnehmers in dem kleinen, nur mit einem Zollbeamten besetzten Grenzübergang zwischen Bayerisch

Gmain und Großgmain bei Bad Reichenhall. Das dortige Wohnhaus der Familie steht heute noch auf der Mauer über dem Weißbach.

Dort brachte Kathi am 24.8.1929 ihre Tochter Elisabeth zur Welt. Das Kind erhielt seinen Namen offenbar nach der Großmutter väterlicherseits. Die Geburt selbst verlief offensichtlich für das Kind gut, wahrscheinlich hat sich aber der Mutterkuchen nicht vollständig gelöst. Ungewiss – aber nicht ausgeschlossen – ist, dass eine Operation im Krankenhaus zu Bad Reichenhall der Mutter das Leben erhalten hätte. Ob es ein Fehler des behandelnden Land- und Hausarztes war, der die Überweisung ins Krankenhaus nicht rechtzeitig anordnete, ob die Operation aus finanziellen Gründen unterblieb oder welche Gründe sonst zum Tod meiner Großmutter führten, lässt sich ebenfalls nicht mehr nachvollziehen. Gewiss ist nur, dass Kathi am 7.9.1929 von dieser Welt für immer Abschied nahm.

Überliefert ist auch der Satz der Schroths Mutter, den sie ihrem vor dem Holzstoß im Garten spielenden Enkelkind sagen musste: »Schau, Alfrederl, jetzt ist doch tatsächlich dei' Mama g'storben« – wahrscheinlich viel zu wenig für ein Kinderherz, wahrscheinlich viel zu viel für die Seele eines Fünfjährigen.

Kathi wurde in Holzkirchen zur letzten Ruhe getragen, im Familiengrab der Familie ihrer Mutter. Es ist fraglich, ob dies bereits ein Anzeichen einer ersten Zerrüttung zwischen meinem Großvater und der Familie seiner ersten Frau war. Durchaus denkbar wäre auch, dass Kathi ihre letzte Ruhestätte dort gefunden hat, weil das offensichtlich in ihrer Familie der Brauch war, dass alle Lehnhardts zur letzten Ruhe wieder nach Holzkirchen zurückkehrten (vergleiche oben). Zudem hätte eine Grabstätte in Bayerisch Gmain wohl aufgrund einer zu erwartenden Versetzung meines Großvaters ein Grab an einem fremden Ort bedeutet. Gemäß der Familientradition wurde 31 Jahre später die Schroths-Mutter, verwitwete Öhrl und geborene Lehnhardt, an der Seite ihrer Tochter zur letzten Ruhe gelegt.

Das Verhältnis meines Großvaters zur Familie seiner ersten Frau war nach 1929 offensichtlich infolge der Umstände bei Kathis Tod gestört; er soll sich aber zumindest mit Teilen der Familie Schroth und Lehnhardt nach etlichen Jahren wieder ausgesöhnt haben. Kathis Sohn Alfred, mein Vater, hatte hingegen sowohl zu Kathi's Mutter – der sogenannten Schroths Mutter – als auch zum Halbbruder Hans seiner leiblichen Mutter ein gutes Verhältnis. Mit seinem Onkel Hans hatte er bis zu dessen Tod (1982) immer wieder Kontakt, ja, bei Dienstreisen nach München war er oft tagelang Gast in dessen Haus. Vielleicht auch deswegen, weil Kathis Halbbruder in der Zeit, als die Beziehungen zwischen meinem Großvater und der Schroths Mutter eingetrübt waren, von dieser ab und an nach Bayerisch Gmain gesandt wurde, um »nach den Kindern zu schauen«.

Kathis Halbbruder Hans habe auch ich noch kennengelernt und kann mich noch gut an ihn erinnern. Er ist tatsächlich wohlhabend geworden, hat beim Autobahnbau in den dreißiger Jahren mit einem Lastwagen als selbständiger Fuhrunternehmer angefangen und hat dann später – immer rege und fleißig – sein Geld mit einem eigenen Hotel, mit Autowerkstätten und Tankstellen verdient.

Zu Kathis zweitem Halbbruder Georg, der die Offizierslaufbahn eingeschlagen hat, und seiner zweiten Frau, der Schauspielerin Erni Singerl, hatten allerdings nur meine Eltern ab und an Kontakt.

Mein Großvater Max und seine zweite Frau Rosa hatten hingegen zeitlebens noch Kontakt zu Rosas Schwester Margarete und deren Mann Matthias; gemäß Aussagen meines Vaters hat mein Großvater Max seine eigenen Eltern gar nicht mehr oder äußerst selten besucht. Gleichwohl hat er es seinem Sohn Alfred 1937 und nochmals 1939 ermöglicht, in den Sommerferien zu den Großeltern Reburg zu reisen. Bei seinen Aufenthalten in München hat mein Vater auch die Schroths Mutter besucht; diese wiederum ist mit dem dreizehnjährigen Buben 1937 nach Holzkirchen ans Grab seiner Mutter gefahren.

Fotographien von Kathi kannte ich lange Zeit gar keine, später für lange Jahre nur die eine: das Bild, das nach dem Tod meines Großvaters Max Josef in meinem ehemaligen Jugendzimmer aufgetaucht war. Ich hielt es lange Zeit für ihr Hochzeitsbild, was aber nach Aussagen meines Vaters nicht richtig ist. Die Aufnahme könnte auch in Verbindung mit dem Besuch eines Faschingsballs in Verbindung stehen – allerdings war ein Besuch beim Photographen in den frühen Zwanzigern des vergangenen Jahrhunderts zwar nicht unerschwinglich, aber dennoch eine relativ teure und daher seltene Angelegenheit. Das Bild zeigt neben meinem Großvater eine zierliche Frau mit freundlichem Gesicht. Entgegen meiner Erwartung hat sie überhaupt nichts Bayerisches an sich. Sie erinnert mich eher an eine junge Berlinerin aus den Zwanzigern: Bubikopf, Reif um die Stirn mit einer Feder darin und ein kurzes Kleid.

Bedauerlicher Weise ist dieses Bild dann in den Jahren kurz vor dem Tod meines Vaters wieder abhandengekommen.

Erst viel später hat mir mein Vater nach mehrfacher Nachfrage einige wenige weitere Bilder seiner Mutter gezeigt, die er aus dem Nachlass von Hans Schroth erhalten haben will. Eines der Bilder zeigt eine junge Frau im langen Rock und einer Art Pelzstola um die Schultern, das lockige halblange Haar mit einem Mittelscheitel frisiert[1]. Auf einem anderen Bild ist sie in einem schlichten hellen Kleid im Hängerchenstil abgebildet[2], das halblange dunkle Haar, das ein langgezogenes Gesicht umrahmt, wirkt ein bisschen zottelig und obwohl es eine Schwarzweiß-Aufnahme ist, blieb mir der Eindruck, dass das Gesicht von Hitze oder Sonnenbrand gerötet sei.

Nochmals Monate später entdeckte ich dann in einem Ordner in dem mein Vater Unterlagen zur Ahnenforschung aufbewahrt hat, tatsächlich noch das wirkliche Hochzeitsbild[3]: Katharina etwas scheu, verschlossen, die Jugend noch ins Gesicht geschrieben und wahrscheinlich ein bisschen verträumt – mein Großvater in Uniform mit zwei Orden an der Brust, mit weißen Handschuhen und einem Säbel. Ich versuchte zunächst die Orden auf dem Foto anhand von Abbildungen im Internet zu identifizieren: den rechten Orden hielt ich für das Eiserne Kreuz des Reiches, wahrscheinlich sogar erster Klasse, und den linken Orden aufgrund einer gewissen Ähnlichkeit für das bayerische Militärverdienstkreuz mit Schwertern zweiter Klasse. So falsch lag ich damit gar nicht: Wie oben berichtet hat sich ja später dann die Personalnachweisung gefunden; gemäß diesem Dokument war Max Träger des eisernen Kreuzes, jedoch nur zweiter Klasse, sowie Träger des Militärverdienstkreuzes dritter Klasse.

Anders als mein Großvater und seine zweite Frau, die eher volkstümlich bayerisch waren, scheint Kathi für die damalige Zeit recht modern und aufgeschlossen gewesen zu sein. Eines der wenigen Dinge, an die sich mein Vater in Verbindung mit seiner Mutter erinnert, ist, dass sie sich gern immer wieder anders frisiert hat. War sie eine fröhliche, dem Leben zugewandte Frau? Hatte sie Lust zu den schönen Dingen im Leben? Anders kann ich sie mir kaum vorstellen.

---

[1]Siehe Seite 304
[2]Siehe Seite 307
[3]Siehe Seite 306

Rosa Helene

Rosa Helene Schwänle wurde am 31. August 1900 in Heilbronn am Neckar als Tochter eines angesehenen und wahrscheinlich durchaus begüterten Schuhmachermeisters mit eigenem Ladengeschäft in zentraler Lage in Heilbronn geboren.

Von ihrer Familie weiß man heute nur noch sehr wenig. Die Mutter und der Bruder sind früh verstorben. Die Mutter schied am 22. Oktober 1920 aus dieser Welt, vom Bruder ist nicht einmal der Todestag bekannt; ob er als Kind an einer Krankheit verstarb oder als sehr junger Soldat noch im Ersten Weltkrieg fiel, ist nicht überliefert. Der Vater ist mit großer Wahrscheinlichkeit beim Bombenangriff der Alliierten auf Heilbronn am 4.12.1944 gestorben – zumindest wurde er seit jener Schreckensnacht nicht mehr gesehen. In dieser Bomben-Nacht brannte die gesamte Heilbronner Innenstadt und es entwickelte sich eine unaushaltbare Hitze. Viele Menschen starben in den Schutzkellern unter ihren Häusern – sie erstickten, weil das Feuer den ganzen Sauerstoff verzehrte, sie verglühten, sie kamen nicht mehr rechtzeitig aus den Kellern, weil der Bombenschutt die Eingänge blockierte. Diejenigen, die noch das Freie erreichten, flohen in großer Schar auf einen der wenigen für sicher gehaltenen Orte, den so genannten Eisernen Steg, der in der Nähe des Götzenturmes den Neckar überspannte. Der Steg konnte jedoch das Gewicht der dort zusammengedrängten Menschen nicht tragen und brach ein. Angeblich soll in jener Nacht auf dem Fluss darunter brennender Phosphor geschwommen sein.

Meine Mutter erzählte, ihr Großvater mütterlicherseits sei unter diesen Menschen gewesen. Woher sie das wusste – nun, ich habe, wie allzu oft, nicht nachgefragt. Vielleicht gab es Überlebende, die den damals siebzigjährigen Vater Schwänle noch auf dem Steg gesehen haben, bevor dieser zusammenbrach. In den amtlichen Papieren kann man jedenfalls nachlesen, dass Vater Schwänle ab dem 4.12.1944 als vermisst gilt.

Das Haus, in dem der Schuhmachermeister Schwänle sein Ladengeschäft betrieben hat, war offenbar nicht sein Eigentum, ansonsten hätte ja zumindest das sicher durchaus wertvolle Innenstadtgrundstück trotz der nicht mehr innigen Beziehung seinem einzigen noch lebenden Kind Rosa Helene als Erbe zufallen müssen.

Rosa Helene – in der Erzählung immer mit dem zweiten Vornamen Helene oder auch kurz Lene genannt, um Verwechslungen mit der Stiefmutter meines Vaters, Rosa Reburg geborene Lindner, zu vermeiden – hatte eine gute Ausbildung und sprach mehrere Sprachen, zumindest Englisch und Französisch, sehr gut. Sie arbeitete als Sekretärin in der ortsansässigen Zigarrenfabrik Anselm Kahn; ihr Chef – im Buch wird das Synonym Chaim Blüht verwendet – war mosaischen Glaubens. Er war zeitweise Vorstandsmitglied der örtlichen Industrie- und Handelskammer, für mehrere Jahre auch Vorsteher der am Ort ansässigen jüdischen Gemeinde Heilbronn. Über seine Zigarrenfabrik findet man heute noch Artikel im Internet; es muss sich um ein bedeutendes Unternehmen gehandelt, die durchschnittliche Jahresproduktion soll bei 750 Millionen Zigarren gelegen haben. Das ehemalige Fabrikgebäude erstreckt sich über drei Hausnummern. Nach Einstellung der Zigarrenproduktion im Jahr 1961 wurde das Gebäude jahrelang als Schulhaus, später dann und auch heute noch als Kulturzentrum genutzt – und das, obwohl das Gebäude im Zweiten Weltkrieg zerstört und vom späteren Inhaber in vereinfachter Form wiederaufgebaut worden ist. Der ehemalige Inhaber und Chef von Rosa Helene hat seine Fabrik wohl unter der nationalsozialistischen Herrschaft verloren; nach der Reichskristallnacht ist er nach Amerika ausgewandert. Er verstarb 1957 in New York.

Geheiratet hat Rosa Helene am 1. Oktober 1925 den gelernten Schmied und als Fabrikarbeiter sein Brot verdienenden Karl Kronenberg. Mein Großvater mütterlicherseits hielt sein Leben lang wenig von langen Ausbildungen oder gar Universitätsstudien. Für ihn war »echte Arbeit« ab der Jugendzeit ein wertvolles Gut. Was die mehr gebildete Rosa Helene mit ihm verband, ist daher ein wenig schwer nachvollziehbar, allerdings wurde die erste Tochter der beiden, meine Mutter, bereits wenige Wochen nach der Hochzeit am 13. November 1925 als Frühchen geboren. Meine Mutter soll sehr klein gewesen sein, und für die damalige Zeit sei es ein Wunder gewesen, dass ein so kleines Kind überlebt habe.

Auch Rosa Helene ist bereits neun Wochen nach der Hochzeit ihrer Eltern auf die Welt gekommen.

Gemäß einer von meinem Vater erstellten Liste lebte meine Mutter die ersten Monate nach der Geburt an einer Adresse, an der das Haus von Vater Schwänle hätte stehen können. Danach wird dann

für circa ein halbes Jahr die mir bekannte Adresse der anderen Großeltern als Wohnort angegeben. Als dann meine Mutter circa ein Jahr
alt war, wird dann für kurze Zeit eine dritte Adresse und schließlich die Werderstraße in Heilbronn, dem nachweislich langjährigen
Wohnort von Karl Kronenberg, genannt. Lässt dieses folgende Deu-
tung zu? Die Familie hatte zunächst keine eigene Wohnung und
lebte zuerst im Haus des wohl einigermaßen wohlhabenden Vater
Schwänle. Dann, nach einem Zerwürfnis, zog man ins Haus der
anderen Eltern, wo es damals wohl sehr eng zuging, bevor man
schließlich eine eigene Bleibe fand.

Mein Großvater war ein Mann, der sehr gutmütig, wohlwollend
und freundlich sein konnte. Aber er konnte auch sehr bestimmt
sein und war durchaus zur Konfrontation bereit; zwischen ihm und
dem Mann seiner jüngeren Tochter kam es sogar zu Handgreiflich-
keiten.

Dass die Familie Kronenberg den Kontakt zu Vater Schwänle weitestgehend abgebrochen hatte und lediglich meine Mutter noch
vereinzelt zu Vater Schwänle geschickt wurde, ist so überliefert.
In der Erzählung habe ich diesen Konflikt mit der außerehelichen
Schwangerschaft von Rosa Helene in Verbindung gebracht. Dieses
ist jedoch nicht als Ursache überliefert. Angesichts dessen, dass
Vater Schwänle auch schon neun Wochen nach der Hochzeit Vater
wurde, hätte er ja für die Situation seiner Tochter aufgrund seines
eigenen Verhaltens durchaus auch Verständnis haben können. Vielleicht entstand das Zerwürfnis mit Vater Schwänle erst später. Da
der Konflikt von Karl mit seinem Schwiegersohn auch in eine Zeit
fiel, als Karl mit in der Wohnung seiner jüngeren Tochter lebte,
kann man nämlich durchaus vermuten, dass kritisches Konfliktpo-
tential immer erst dann auftrat, wenn Karl Kronenberg enger mit
jemand zusammen wohnte. Im Gegensatz zu seinen Beziehungen zu
Vater Schwänle kam er aber – inzwischen aus der Wohnung seiner
Tochter wieder ausgezogen – später wieder ganz gut mit seinem
Schwiegersohn zurecht.

Dass die Kronenbergs durchaus unversöhnlich und auch etwas stur
sein konnten, zeigt auch die konsequent gelebte Trennung der Familie von den Töchtern, die mit jüdischen Männern verheiratet waren.
Erst nach dem Freitod von Tochter Bertas Ehemann wurde diese
wieder in ihr Elternhaus aufgenommen. Und auch meine Mutter ent-
hielt sich kompromiss- und ausnahmslos jedes weiteren Kontakts
zu ihrem Schwager, nachdem ihre Schwester an Krebs verstorben

war und mein Onkel, damals noch ein sehr aktiver Sechziger, nicht für den Rest des Lebens ein trauernder Witwer war.

Karl hatte fünf Brüder und drei Schwestern. Im Gegensatz zur Familie meiner Großmutter hielt zumindest ein Teil dieser Familie, nämlich der arische, eng zusammen. Aus den Dreißigern existieren einige Fotographien von Familienfesten, auf denen mein Urgroßvater mit seinen Söhnen und deren Frauen zu sehen ist[4]. Die Töchter meines Urgroßvaters sind eigentlich nur in jungen Jahren abgelichtet. Auf späteren Bildern fehlen sie, höchstwahrscheinlich wegen ihrer Gatten mosaischen Glaubens. Meine Mutter, eine ansonsten herzensgute Frau, hat – vor allem in meiner Kindheit, aber vereinzelt auch noch später – die eine oder andere Äußerung getätigt, die als antisemitisch bezeichnet werden muss. Bei meinem Großvater Karl kann ich mich hingegen nicht an derartige Äußerungen erinnern.

Sicher nachvollziehbar ist, dass eine Schwester mit dem jüdischen Inhaber eines bedeutenden Ladengeschäftes in der Heilbronner Innenstadt verheiratet war.

Heilbronn hatte als ehemalige Reichsstadt eine starke und bedeutende jüdische Gemeinde. Im Internet kann man nachvollziehen, dass es bereits am 1. April 1933 zu Aufrufen kam, nicht bei Juden zu kaufen; am 25. April 1933 ereignete sich ein Bombenanschlag auf ein Warenhaus in Heilbronn und vier Tage später explodierte eine weitere Bombe im Geschäft meines Großonkels. Die Anmerkung Helenes in der Erzählung, »dass vor fünf Jahren eine Bombe im Laden des Schwagers explodiert sei«, hat also einen historischen Hintergrund.

Mein jüdischer Großonkel ist dann in den dreißiger Jahren nach Amerika ausgewandert. Wahrscheinlich wollte er Frau und Sohn nachkommen lassen – warum und woran das letztendlich scheiterte, ist nicht überliefert. Fakt ist, dass die Ehe nach der Auswanderung geschieden wurde. Meine Großtante hat ein zweites Mal geheiratet, ihr Sohn wurde von ihrem zweiten Gatten später – vermutlich nach dem Krieg – adoptiert. Der Sohn selbst, Halbjude, war in den letzten Jahren des Dritten Reiches zeitweise in einem Konzentrationslager; er hat nie über diese Zeit gesprochen.

Ich habe ihn noch kennengelernt und wusste sogar, dass er einen jüdischen Vater hatte. Als junger Mann war ich jedoch zu scheu, mit

---

[4]Siehe Seite 315

ihm darüber zu sprechen – und wahrscheinlich wollte er das auch nicht. Trotz ihrer sonst antisemitischen Einstellung hatte meine Mutter jedoch mit diesem Vetter ein gutes Verhältnis.

Nach meiner Erinnerung an die wenigen Erzählungen meiner Mutter war eine weitere Großtante ebenfalls mit einem Mann mosaischen Glaubens verheiratet; dieser beging 1938 Selbstmord, die Großtante selbst und ihr Sohn (in der Erzählung Tante Berta und Jakob) verloren im Krieg bei einem Bombenangriff ihr Leben.

Der Antisemitismus wird oft so dargestellt, als sei er erst mit den Nationalsozialisten ein deutsches Problem geworden. Das ist leider falsch. Antisemitismus war schon zuvor immer – mehr oder weniger ausgeprägt – in Deutschland an der Tagesordnung. So gab es neben anderen antisemitischen Vereinigungen vor 1914 zum Beispiel sogar eine Partei, die geradezu und offen den Namen »Antisemitische Volkspartei« trug; sie schloss sich 1914 mit der deutschsozialen Partei zur deutschvölkischen Partei zusammen. Im Kaiserreich war der Antisemitismus durchaus salonfähig; zwar wurden bei Reichsgründung 1871 formell die Juden den anderen deutschen Bürgern gleichgestellt, seit 1880 fasste aber der Antisemitismus wieder verstärkt Fuß. Die radikale Endlösung der Judenfrage muss nun freilich den Nationalsozialisten allein angerechnet werden.

Die in der Erzählung dargestellten Erlebnisse der Reichskristallnacht haben tatsächlich in Heilbronn erst einen Tag später als in anderen Städten, also am Abend des 10. November stattgefunden. Auch die Synagoge in Heilbronn, ein großes, stattliches, architektonisch wohl gestaltetes Gebäude in zentraler Stadtlage, brannte in Heilbronn erst am Morgen des 10. November 1938.

Karl und Helene bekamen erst nach 13 Jahren, im Oktober 1938, ein weiteres Kind. Während der Kriegsjahre lebte – wohl wegen der Gefahr von Bombardierungen – Helene mit ihrer kleinen Tochter bei Verwandten auf dem Land. In dieser Zeit musste ihre ältere Tochter zahlreiche Belastungen auf sich nehmen. Zwar hatte sie als beste Schülerin ihres Jahrgangs ein Stipendium für die Ausbildung zur Lehrerin angeboten bekommen, durfte dieses aber nach dem Willen ihres bildungsfeindlichen Vaters nicht annehmen. Vielmehr wurde sie Lehrmädchen bei einer Eisenwarenhandlung mit Ladengeschäft in Heilbronn. Da die meisten Männer an der Front standen, wurde sie bereits als Lehrling Abteilungsleiterin der Buchhaltung. Sie musste sich auch um die Heilbronner Wohnung der Familie kümmern, denn der Vater stand im Feld und Mutter und Schwester lebten ja bei Verwandten auf dem Land. An den Wochenenden hatte sie die Mutter zu besuchen – und diese Besuche waren, wie in der Erzählung gemäß Berichten meiner Mutter beschrieben, keine einfachen Reisen. Zu all' dem betrug die Arbeitszeit für die meisten Menschen ab 1944 60 Wochenstunden und meine Mutter war – wie viele Menschen damals – in manchen Nächten auch noch in der Firma als Schutzkraft gegen mögliche Bombenangriffe eingeteilt. Fühlte sich Lore von Helene, ihrer Mutter, im Stich gelassen? Neidete die Tochter der Mutter das deutlich ruhigere Leben auf dem Land? Wer fragte damals, ob eine Neunzehnjährige – damals wurde man mit 21 Jahren volljährig – das alles schaffen konnte? Ob und inwieweit das für die wahrscheinlich unterkühlte Beziehung zwischen Helene und ihrer älteren Tochter beigetragen hat, darüber ist nichts bekannt, wurde nie gesprochen.

Lore bekam tatsächlich als Abgängerin der Hauptschule die Teilnahme am neu eingerichteten Grundschul-Lehrerinnen-Seminar angeboten. Dies erfolgte im Rahmen des seit Ende der dreißiger Jahre nachvollziehbarerweise vom NS-Staat aufgelegten Programmes zur Reduzierung des Mangels an Grundschullehrern. Da Grundschullehrer schlecht bezahlt waren, wollten die Eltern der Schüler mit Abschluss an Oberschulen oder Gymnasien, die für diesen Schulbesuch viel Schulgeld hatten bezahlen müssen, ihre Kinder dann nicht später als schlecht bezahlte Grundschullehrer sehen. Das Programm der Nationalsozialisten bot daher ausgewählten guten und vor allem linientreuen Absolventen der Volksschule in einer um zwei Jahre verlängerten Ausbildung an Lehrerbildungsanstalten eine Qualifikation für diesen Beruf an. Dabei stand allerdings mehr die Ausrichtung der Grundschul-Kinder zum NS-Staat im Vordergrund als eine grundlegende Pädagogik. Nach Kriegsbeginn wurden verstärkt Mädchen angesprochen, da die Jungen vor allem als Soldaten gebraucht wurden.

Lore hätte diese fünfjährige Ausbildung wahrscheinlich nicht mehr zu Zeiten des Dritten Reiches beenden können; ob danach die so begonnene Ausbildung noch zu Ende geführt hätte werden können und ob diese dann auch anerkannt worden wäre, darüber konnte ich nichts mehr in Erfahrung bringen. Es kann also durchaus sein, dass Lore – auch wenn sie diese Ausbildung hätte beginnen dürfen – doch nie Lehrerin geworden wäre.

Tatsache ist aber, dass Karl Kronenberg ein überzeugtes Mitglied der Arbeiterklasse war und Bildung nicht sehr positiv gegenüberstand. So hat er nicht nur Lore die Zustimmung zum Besuch einer Lehrerbildungsanstalt verweigert, sondern auch Jahrzehnte später mir als Student vorgehalten: »Wenn du etwas Ordentliches arbeiten würdest, dann bräuchtest du jetzt nicht mehr die Unterstützung deiner Eltern.« Ihn summa summarum als Proletarier abzutun, wäre sicherlich überzogen –mit seiner Bildungsfeindlichkeit entsprach er aber durchaus dem Bild eines solchen.

Karl Kronenberg hat auch sonst seine Töchter tatsächlich sehr streng erzogen. Dass meine Mutter von ihm eine ordentliche Tracht Prügel bezogen hat, nur weil sie als kleines Mädchen mit seinen Zigarettenpapierchen gespielt hat, entspricht ihren Erzählungen. Ihr Vater habe überhaupt eine »sehr ordentliche Handschrift« gehabt.

Gegen Ende des Krieges oder in den kargen Jahren danach erkrankte Helene an Tuberkulose. Damals bedeutete das Isolierung in Sanatorien. So musste meine Mutter sich weiterhin um den väterlichen Haushalt und um die kleine Schwester kümmern. Nach der Erinnerung meines Vaters durfte Helene das Sanatorium auch nicht verlassen, um an der Hochzeit ihrer älteren Tochter teilzunehmen. Allerdings fanden wir nach seinem Tod im Nachlass ein Hochzeitsbild, auf dem eindeutig Rosa Helene zu sehen ist[5]. Da das Manuskript noch zu Lebzeiten meines Vaters weitestgehend abgeschlossen wurde, habe ich die Erzählung nicht mehr korrigiert – und so unverändert entspricht sie der Erinnerung meines Vaters und somit seiner Wahrnehmung, dass seine Schwiegermutter nie da, sondern immer im Sanatorium war. Auf meine Frage, wie oft er Rosa Helene denn im Sanatorium besucht habe, erinnerte er sich dunkel an einen Besuch und er ergänzte: »Weist, ich wollt ja 's Mädle und nicht die Mutter.«

In späteren Jahren, als die Tuberkulose durch Chemotherapie und Antibiotika besser behandelbar war und die Ansteckungsgefahr für andere Menschen durch die wieder bessere Ernährungs- und Hygienesituation deutlich abnahm, wechselten sich wohl Phasen im Sanatorium und Zeiten zu Hause wieder ab. In einer der letzten Phasen, in der Helene wieder bei ihrer Familie war, fiel wohl das einzige Treffen von mir als kleinem Jungen mit meiner Großmutter. Meine Erinnerungen hieran sind sehr ungenau, ich habe sie bereits in der Einleitung beschrieben.

---

[5] Siehe Seite 316

Dann hätte meine Großmutter wieder in ein Sanatorium eingewiesen werden sollen – Helene wollte das nicht mehr und setzte ihrem Leben am 2. August 1961 mit einem Sprung aus dem Fenster selbst ein Ende.

Die Familie hatte erwartet, dass mein Großvater Karl Kronenberg sich nach dem Tod seiner kranken Frau nochmals verheiraten werde und zwar mit einer ebenfalls verwitweten Nachbarin, die bereits bei der Hochzeit meiner Mutter das Hochzeitsmahl gekocht hatte. Dazu kam es jedoch nicht; gleichwohl war er – Jahre später – mit einer anderen Frau lange Zeit befreundet, ohne jedoch zusammenzuziehen oder noch einmal zu heiraten.

Der Untergang Heilbronns am 4. Dezember 1944

Schon in der ersten Phase des Krieges fanden Bombardierungen statt; war doch zunächst das einzige Schlachtfeld im Kampf England gegen Deutschland der Luftraum. Die Bombardierung deutscher Städte hatte jedoch – im Vergleich zur letzten Phase des Krieges – glimpfliche Folgen. Bei einem Luftangriff im Jahr 1940 verloren in Heilbronn drei Bürger ihr Leben, zwanzig Häuser wurden zerstört.

Die Alliierten verstärkten den Luftkrieg erst ab Sommer 1943.

Heilbronn wurde mehrmals im Sommer und Frühherbst 1944 angegriffen; die Opfer und Schäden dieser Angriffe waren jedoch im Vergleich zum Angriff vom 4. Dezember 1944 noch immer gering.

Am Abend des 4. Dezember flogen dann zahlreiche Maschinen nach Deutschland; sie sollten noch vor Mondaufgang Karlsruhe und Heilbronn bombardieren. Vereinzelt wird in heute vorliegenden Quellen behauptet, der Angriff von 255 Flugzeugen auf Heilbronn in dieser Nacht sei eine Probe für die massive Form eines Luftangriffes, wie er dann auch im Februar 1945 auf Dresden erfolgte, gewesen.

Zielgebiet für den nächtlichen Angriff sollte die östlich des Neckars gelegene Innenstadt sowie der westlich des Neckars gelegene Hauptbahnhof sein. Da die Stadt konsequent verdunkelt war, wurde das Zielgebiet von den ersten feindlichen Flugzeugen zunächst durch in der Luft schwebende Leuchtmarkierungen, den sogenannten Christbäumen, fixiert. Wahrscheinlich trieben diese im starken Westwind nach Osten ab. Hierdurch wurde vor allem die Heilbronner Innenstadt und auch noch die östlichen Stadtteile vom Bombardement betroffen.

Lores Firma hingegen lag gerade noch westlich des so entstandenen Zielgebietes, zwischen Innenstadt und Hauptbahnhof; die Wohnung ihrer Eltern befand sich bereits in den südlichen, in jener Nacht nur am Rande betroffenen Vororten. Es ist nicht bekannt, wo Lore sich in jener Nacht aufhielt – doch die Überlebenschancen waren an diesen beiden Plätzen deutlich höher als in der Innenstadt.

In jener Nacht fielen innerhalb 37 Minuten 1.200 Tonnen Brand- und Phosphorbomben auf Heilbronn. Die meisten Menschen konnten sich noch in die Keller retten – sie wären besser beim ersten Alarm in die Vororte geflüchtet. In den Kellern waren sie zwar vor Trümmern geschützt, aber die Trümmer versperrten oft die Kellerausgänge. Zudem verzehrte das Feuer den Sauerstoff und entwickelte eine enorme Hitze: die meisten Menschen erstickten qualvoll.

Teile der Innenstadt brannten noch Tage später, aus einigen Kellern wurden die Leichen erst vier Tage später geborgen. In manchen Kellern saßen die Menschen wie friedlich eingeschlafen – einfach erstickt. In anderen Kellern müssen sich zuletzt Raufereien abgespielt haben. Viele waren von Glut und Hitze entstellt und bis zur Unkenntlichkeit geschrumpft. Man befürchtet, dass noch heute unter der neuen Heilbronner Innenstadt Skelettteile aus jener schlimmen Nacht ruhen.

Offiziell beklagte man 6500 Opfer – wie bereits berichtet, gehörte auch Lenes Vater zu ihnen.

Der 4. Dezember 1944 war ein Montag; er wird in der Erzählung so dargestellt, wie er sich aufgrund der im vorigen Kapitel beschriebenen Lebensumstände meiner Mutter hätte ereignen können – wie sie ihn tatsächlich erlebt hat: ich habe – leider, leider – versäumt, zu fragen.

Die Verwandten und ihre Mitgliedschaften
in Organisationen des Dritten Reiches

Max Reburg und die SA   Überliefert ist, dass Max Reburg irgendwann nach 1933 eine SA-Uniform besaß, diese aber sehr selten und schon gar nicht im Privatleben getragen habe.

Überliefert ist auch, dass der Pfarrer von Großgmain meiner Großmutter als Ehefrau eines SA-Mannes die heilige Kommunion verweigert hat. 1934 war das wohl noch möglich. Es entspricht auch den Erzählungen meines Vaters, dass die bayerischen Buben Spottverse gesungen haben und deshalb der Pfarrer von Großgmain die Kirchenglocken läuten ließ.

Die Beschreibung des Lebens in Fridolfing ist hingegen konstruiert, nachgebildet; historisch korrekt ist das Praktikum Heinrich Himmlers um 1920 in diesem Ort sowie seine bis 1945 bestehende Beziehung zu Einwohnern von Fridolfing.

Die SA umfasste vor 1925 deutlich weniger als 10.000 Mitglieder, sie nahm dann rasch zu (1930 60.000 bis 80.000, 1932 220.000 Mitglieder). Nach der Machtergreifung erlebte sie noch einmal großen Zulauf und zählte für kurze Zeit 4 bis 4,5 Millionen Mitglieder. Nach den als »Röhm-Putsch« in der Geschichte bezeichneten Ereignissen sank die Zahl der Mitglieder jedoch wieder ebenso rasch (August 1934 noch 2,9 Millionen, 1935 1,6 Millionen und 1940 0,9 Millionen Mitglieder).

War die SA bis 1933 ein gewalttätiger Verband, so begann sich ihre Rolle ab Sommer 1933 zu wandeln; nach dem Röhm-Putsch war sie weitestgehend ein Verband zur militärischen Vorbildung. Die mit Terror und Gewalt verbundenen Aktivitäten waren vor allem auf die SS übergegangen. Gleichwohl erklärt sich das Absinken der Mitgliederzahlen der SA nicht durch ein entsprechendes Anschwellen der SS: während die SA zwischen 1934 und 1941 über 3 Millionen Mitglieder verlor, wuchs die SS in dieser Zeit lediglich um 70.000 Mitglieder.

Ich habe daraus abgeleitet, dass viele Deutsche – immerhin ein Zwanzigstel der damaligen Bevölkerung, also wohl jeder fünfte deutsche Mann im arbeitsfähigen Alter – im Zuge einer gewissen Begeisterung für »das Neue« ab 1933 einfach auch »beim Neuen«

mitmachen, dabei sein wollte, und daher zur SA ging. Viele SA-Mitglieder waren in dieser Zeit nicht in der Partei.

Nach dem Röhm-Putsch 1934 drehte sich jedoch dieser Trend – die SA war wie ihr ehemaliger Anführer Röhm in Verruf gekommen; wer aus Opportunismus beigetreten war, für den lag es nun nahe, mit derselben Motivation wieder auszutreten.

Vielleicht ist aber gerade das das Problem von uns Deutschen, dass wir so manches tun, weil es gerade günstig oder vorteilhaft zu sein scheint, ohne lange darüber nachzudenken, wohin das alles einmal führt. Vielleicht sind wir Deutschen gerade nicht das Volk der Dichter und Denker, sondern eine Ansammlung von Mitläufern und Gelegenheiten-Nutzern.

Ist es da verwunderlich, dass sich die SA-Männer, die schon vor der Machtergreifung aus Überzeugung Mitglied waren, sich von diesen zahlreichen halbherzig dem scheinbaren Gebot der Stunde folgenden Neumitgliedern abgrenzen wollten? So ließen sich diejenigen, die schon vor der Machtergreifung der SA angehörten, als »alte Kämpfer« bezeichnen; wer nicht nur der SA zugehörte sondern auch Parteimitglied war, für den gab es ein Extra-Abzeichen an der Uniform.

Ausgehend von dieser Überlegung habe ich ein solches opportunistisches Verhalten einfach einmal meinem Großvater unterstellt, denn so passt es zu den wenigen bekannten Fakten und dieser statistischen Zahlenspielerei.

Dazu könnte auch passen, dass von Max Reburg überliefert ist, er habe ab 1935 im Zollamt Heilbronn Juden bei der Auswanderung abgefertigt. Inwieweit ihn das Schicksal der unfair zur Auswanderung Gedrängten zu einem Überdenken der Situation angeregt hat, ist nicht genau bekannt. Gemäß den Erzählungen meines Vaters ließ jedoch Max Alfred nur zögernd und widerstrebend zu Jungvolk und Hitlerjugend gehen und er erlaubte auch nicht, dass sich Alfred als Sechzehnjähriger freiwillig zur Luftwaffe meldete. Max Reburg könnte durchaus relativ früh den Nationalsozialismus zumindest teilweise in einem anderen Licht gesehen haben.

Alfred Reburg und die SS   Die Darstellungen der Aktivitäten der SS-Werber gleich zu Beginn seiner Dienstzeit beim Reichsarbeitsdienst sowie die Tatsache, dass die zur Abweisung dieser Werber vorgebrachte, aber nicht sorgfältig durchdachte Aussage, Offizier beim Reichsarbeitsdienst werden zu wollen, letztendlich dazu führte, sich unbewusst für zwei Jahre zur Waffen-SS gemeldet zu haben, entspricht den Erzählungen meines Vaters.

Die Waffen-SS bestand 1938 aus 23.000 Mann; ihre Wurzeln hatte sie in der »Leibstandarte SS Adolf Hitler«, einer Art Leibwache für den Führer und später (ab 1942) als »1. SS Panzer-Division Leibstandarte Adolf Hitler« bezeichnet.

Die »2. SS-Panzer-Division Das Reich« wurde im Oktober 1939 aus den SS-Verfügungs-Divisionen, den seit 1935 in München und Hamburg stationierten Ergänzungs- und Reserveeinheiten der »Leibstandarte Adolf Hitler«, gebildet. Sie war der erste SS Kampfverband (die Nummerierung als 2. SS-Division erfolgte erst ab 1942, und die SS-Division »Das Reich« musste der Leibstandarte die Nummer 1 überlassen).

Bei Kriegsbeginn wurden viele der waffenfähigen Männer der allgemeinen SS zum Kriegsdienst einberufen. Da die Waffen-SS diese noch nicht alle aufnehmen konnte, mussten viele zur Wehrmacht. Dies widersprach den Vorstellungen Himmlers; er wollte keinen einzigen Mann an die Wehrmacht abgeben und betrieb daher emsig die Vergrößerung der Waffen-SS. So wurde im November 1939 aus den Wachmannschaften für die KZs die »3. SS-Panzer-Division Totenkopf« gebildet. Im Gegensatz zu den anderen SS-Einheiten zeigte diese Einheit in den frühen Jahren einen schlechten militärischen Ausbildungsstand. Es ist überliefert, dass aus Rache für die höchsten Verluste, die die Briten einem sehr schlecht ausgebildeten Verband dieser Division zugefügt hatten, im Mai 1940 bei Le Paradise in Frankreich 100 britische Kriegsgefangene unter der Verantwortung eines hysterischen SS-Offiziers hingerichtet wurden.

Von Himmler protegiert wurde die Waffen-SS dann immer stärker: Kamen in den Jahren 1940 und 1941 noch einzelne SS-Divisionen hinzu, so umfasste sie im Jahr 1944 fast 600.000 Mann. Ein solches Anwachsen neben der Wehrmacht war nun nicht mehr allein mit Männern aus der allgemeinen SS zu bewerkstelligen; vielmehr mussten junge Männer als Freiwillige gewonnen werden. Da sich nicht genug Freiwillige fanden, um Himmlers Erwartungen gerecht zu werden, wurden junge Männer auch mit aus heutiger Sicht zweifelhaften Methoden für die Waffen-SS angeworben. So wurde zum

Beispiel die Regel eingeführt, dass zukünftige Offiziere des Reichs-Arbeitsdienstes zunächst zwei Jahre zur Waffen-SS mussten. Wobei sich niemand an diese Zweijahres-Regel hielt.

Zudem wurden einzelne Verbände der Wehrmacht an die Waffen-SS überstellt. Auch wurden in den letzten Jahren des Krieges junge Leute ganz regulär zur Waffen-SS – ebenso wie zur Wehrmacht – eingezogen.

Allerdings gab es zu allen Zeiten auch Freiwillige. In gewissem Umfang hatte die Waffen-SS stets Zulauf von fanatischen jungen Anhängern des NS-Regimes, so zum Beispiel die »12. SS-Panzer Division Hitlerjugend«, die fast durchweg aus 17-Jährigen bestand. Sie wurde im Juli 1943 aufgestellt und erstmals im Juni 1944 in der Normandie eingesetzt und verlor in den ersten vier Wochen im Einsatz 60 Prozent ihrer Soldaten.

Aber nicht nur junge deutsche Anhänger des Nationalsozialismus engagierten sich in der Waffen-SS, sondern auch Anhänger des Nationalsozialismus aus anderen Völkern. So gab es zum Beispiel die »28. SS Freiwilligen-Panzer-Grenadier-Division Wallonien« mit Freiwilligen aus Wallonien und Belgien (bis 1943 eine Einheit der Wehrmacht, dann zur Waffen-SS überstellt), und von Juli bis November 1944 eine »30. Waffen-Grenadier-Division der SS (russische Nr. 2)«, die aus übergelaufenen russischen Sicherheitskräften bestand und in Ostfrankreich eingesetzt war.

Durch dieses starke Anwachsen veränderte die Waffen-SS ebenfalls ihr Aufgabenfeld. Aus einer kleinen Vereinigung von Einheiten mit Eliteansprüchen und daraus resultierend Sonderaufgaben war ein großer Verband geworden. Große Teile dieses Verbandes waren wohl tatsächlich reine Kampf- und Frontgruppen ohne Sonderaufgaben.

Rechnet man zu den 600.000 Mann, die 1944 der Waffen-SS angehörten – immerhin 10% der Stärke der Wehrmacht zu diesem Zeitpunkt – noch die 300.000 Gefallenen dieser Verbände hinzu, so kommt man auf 900.000 Angehörige. Diese setzten sich aus 400.000 Reichsdeutschen, 300.000 Volksdeutschen und 200.000 Freiwilligen aus anderen Nationen zusammen.

Margarete Lindner   Die Schwester der Stiefmutter meines Vaters war Sekretärin im braunen Haus in München, der Parteizentrale der NSDAP für das gesamte Reich. Die Parteizentrale befand sich seit 1925 in München in der Schellingstraße 50; 1930 zog die braune Parteileitung mit 56 Angestellten dann in das Parteiheim, vom Volksmund »braunes Haus« genannt, in der Brienner Straße 34, zwischen Karolinen- und Königsplatz gelegen.

Wann und unter welchen Umständen Margarete Lindner diese Anstellung antrat, ist nicht bekannt. Es ist daher nicht ausgeschlossen, dass sie als Arbeitslose in den Jahren der Wirtschaftskrise froh war, überhaupt eine Anstellung zu bekommen; gleichwohl wird sie zumindest keine Gegnerin der Nationalsozialisten gewesen sein.

Genauso wenig ausgeschlossen – aber auch nicht belegt – ist, dass sie sich in der Partei engagiert hat und aufgrund dessen diese Anstellung erhalten hat.

Es ist auch nicht genau bekannt, welche Aufgaben sie im »braunen Haus« hatte. Es ist lediglich überliefert, dass 1936 bei der Reise Hitlers zu Mussolini nach Rom noch eine weitere Sekretärin benötigt wurde und dass diese Aufgabe dann ihr zufiel. Wer eine solche Aufgabe bekam, galt wohl als konform mit den Vorstellungen der Partei.

Adolf Hitler hatte im Parteiheim, wie er dieses Gebäude nannte, ein Büro im ersten Stock. Wie oft er es nutzte, ist völlig unbekannt. Seine Anwesenheit in der Parteizentrale wird wohl im Lauf der Jahre seltener geworden sein.

Margarete Lindner war immer im braunen Haus in München geblieben; in den späteren Jahren des Dritten Reiches hatte sie daher wohl immer weniger Kontakt zu den Mächtigen.

Als Sekretärinnen des Führers sind heute die Namen von vier anderen Damen, dem sogenannten Sekretärinnen-Quartett, bekannt. Die Reise meiner Großtante im Tross des Führers nach Rom war wohl tatsächlich eine einmalige Aushilfstätigkeit; dass sie dabei beim Führer einen Eindruck hinterließ, ist daher unwahrscheinlich. Margarete Lindner war auch um einige Jahre älter als die anderen Sekretärinnen des Führers, die allesamt bei Dienstbeginn junge, teils sogar sehr junge Damen waren.

Nach dem Krieg arbeitete Margarete Lindner als Sekretärin bei einem Makler an der Münchner Börse.

Zu Geschehnissen des zweiten Weltkriegs, die in diesem Buch vorkommen, sowie zur SS-Division Totenkopf

Der zweite Teil des Buches setzt mit dem Beginn des Unternehmens »Zitadelle« der deutschen Wehrmacht ein: Nachdem das Jahr 1942 für die Deutschen mit der Katastrophe von Stalingrad geendet hatte, gelang den Truppen Hitlers an der Ostfront nochmals ein Erfolg bei Charkov. Danach lagen die Fronten im Frühjahr 1943 für Wochen still. Die Deutschen sammelten Kräfte, denn sie wollten den sogenannten Kursker Bogen angreifen und die in diesem Bogen stationierten Russen vom russischen Gebiet abschneiden, einkesseln und vernichten. Dazu sollte der Kursker Bogen von Norden und von Süden angegriffen werden und die beiden deutschen Truppenteile sollten sich bei Kursk treffen und den Kessel schließen.

Mein Vater kam im Spätherbst 1942 unfreiwillig als Freiwilliger zur Division Totenkopf der Waffen-SS und machte die Kämpfe von Charkow mit. Er verweilte bei dieser Einheit bis zum Beginn des Unternehmens Zitadelle und wurde bei den letzten Vorbereitungen zum großen Angriff von Süden wie beschrieben verwundet.

Umfassende Informationen über das Unternehmen Zitadelle waren von meinem Vater nicht mehr zu erhalten, wohl aber die Geschehnisse am Tag seiner Verwundung: Der schnelle Einsatz zur Ausschaltung des Panzers, der Tod des Zugführers und seine eigene Verletzung sind gemäß seinen Erinnerungen dargestellt.

Weitere Informationen zu Zitadelle wurden aus dem Internet beschafft. Der Beginn des Unternehmens ist so dargestellt, wie er im Internet für die Nordfront beschrieben wird. Tatsächlich war die SS-Division Totenkopf jedoch im Südabschnitt des Unternehmens Zitadelle eingesetzt und für die Südfront sind keine russischen Präventivgegenangriffe zu Beginn des Unternehmens Zitadelle überliefert.

Der südliche Vorstoß im Rahmen des Unternehmens Zitadelle wird allgemein als erfolgreicher bezeichnet, während der nördliche Vorstoß sehr schleppend verlief und bereits nach drei Tagen wegen beharrlicher russischer Gegenwehr zum Erliegen kam. Von Süden hingegen war Kursk, der angedachte Treffpunkt des nördlichen und südlichen Keils der deutschen Truppen, fast erreicht.

Der Vorstoß der Deutschen im Süden war sogar so begünstigt, dass die SS-Division Totenkopf beim Unternehmen Zitadelle gar nicht wesentlich bei den Kämpfen eingesetzt werden musste.

Gleichwohl berichtet mein Vater von der völligen Auflösung dieser Division.

Nachvollziehbar ist, dass die SS-Division Totenkopf mehrfach fast vollständig aufgerieben wurde – allerdings nicht in Verbindung mit dem Unternehmen Zitadelle, sondern bereits zweimal zuvor: Gemäß den Darstellungen im Internet wurde die SS-Division Totenkopf im Jahr 1941 und nochmals im Jahr 1942 tatsächlich nahezu vollständig ausgelöscht und verlor jeweils fast alle Soldaten.

Gewundert hat mich auch, dass meinem Vater nie bewusst war, dass die SS-Division Totenkopf erstmals 1939 aus Mitgliedern der SS-Wachmannschaften in Dachau aufgestellt worden war, damit auch diese Männer ihren Beitrag an der Front leisteten. Eine Erklärung hierfür könnte jedoch durchaus sein, dass all diese Soldaten aus Dachau 1941 und 1942 bei den hohen Verlusten gefallen sind, mein Vater also nie bewusst auf solche Personen stieß. Zweifellos gibt es aber auch die andere Erklärung, dass mein Vater dieses einfach nicht wahrhaben wollte und verdrängt hat.

Für die erste Version spricht, dass Berichte über eine Beteiligung der Totenkopf-Kampfverbände an Kriegsgräueln sich auf die Jahre 1940 und 1941 beschränken. Die Zugehörigkeit zur Division von später als Kriegsverbrechern angeklagten Soldaten wie zum Beispiel Fritz Knöchlein ist ebenfalls auf die Jahre 1940 und 1941 beschränkt.

Selbst der ehemalige Lagerkommandant von Dachau und spätere Ausbilder der KZ-Wachmannschaften, ab 1939 Initiator und lang-jähriger Oberbefehlshaber der Totenkopf Kampfverbände, Theodor Eicke, fiel im Februar 1943.

Weiterhin lassen sich Berichte finden, dass bei der Wiederaufstel-lung der Division im Spätherbst 1942 keine KZ-Wachmannschaften mehr herangezogen wurden, sondern andere junge Rekruten und wahrscheinlich einige erfahrene Führungspersonen aus anderen Kampfverbänden. Die SS-Division Totenkopf war also vielleicht seit diesem Zeitpunkt ein Truppenverband wie viele andere auch in die-sem leidvollen Krieg, aber eben noch mit dem Ruf einer Elitetruppe im nationalsozialistischen Sinne.

Zum Warschauer Ghetto

Wahrheitsgemäß gibt es in der Erzählung einen kurzen Bericht, mein Vater sei dabei gewesen, als im Warschauer Ghetto Steine abgeholt wurden. Mein Vater sprach davon, dort Häftlinge gesehen zu haben. Von Häftlingen und nicht von Juden zu sprechen, war nicht einfach ungenau oder gar beschönigend, sondern wohl korrekt, denn während des Aufstandes im Ghetto vom April / Mai 1943 wurden fast alle Juden vernichtet. Mein Vater war jedoch erst 1944 in Warschau, zu einem Zeitpunkt, als das inzwischen stark verkleinerte Ghetto als Gefängnis für nicht-jüdische Polen, Ungarn, Slowaken und sonstige Nationalitäten genutzt wurde. Gemäß den heute veröffentlichten Berichten befanden sich auch noch einige Juden darunter, die es geschafft hatten, die zahlreichen Razzien zu überleben, die jedoch alles taten, um nicht als Juden erkannt zu werden.

Von dem Auftrag, dort Steine abzuholen, hat mein Vater auch erst sehr spät erzählt. Ganz offensichtlich wollte er mit dem Ghetto auf keinen Fall in Verbindung gebracht werden. Diese Haltung kann ich verstehen – es war ihm immer wichtig, nie, auch nur im Entferntesten mit der Judenvernichtung in Verbindung gebracht zu werden. Ich vermag hierin immerhin zu erkennen, dass er sich von diesem Teil des deutschen Unrechthandelns auf jeden Fall distanziert. Er hatte wohl immer Angst, dass allein die Erwähnung Warschauer Ghetto ihm einen Stempel aufdrücken würde.

So gibt es sicher verschiedene Motive, nicht über die persönliche Teilnahme an dem einen oder anderen Unrechtsereignis zu sprechen: Zum einen möchten die tatsächlichen Täter unerkannt bleiben. Zum anderen aber gibt es wohl sehr viele Menschen, die zwar in diesen Zeiten leben mussten, aber – vielleicht auch mit persönlichem Glück – nie an über die schon schlimm genug seienden, aber den Kriegsgebräuchen der ersten Hälfte des zwanzigsten Jahrhunderts entsprechenden Kriegshandlungen hinausgehenden Unrechtstaten teilnahmen. Diese Personen wollen – und das durchaus mit einem gewissen Recht – nie auch nur in die Nähe einer persönlichen Täterschaft gestellt werden und vermeiden daher auch jede Handlung oder Erzählung, die sie damit in Verbindung bringen könnte.

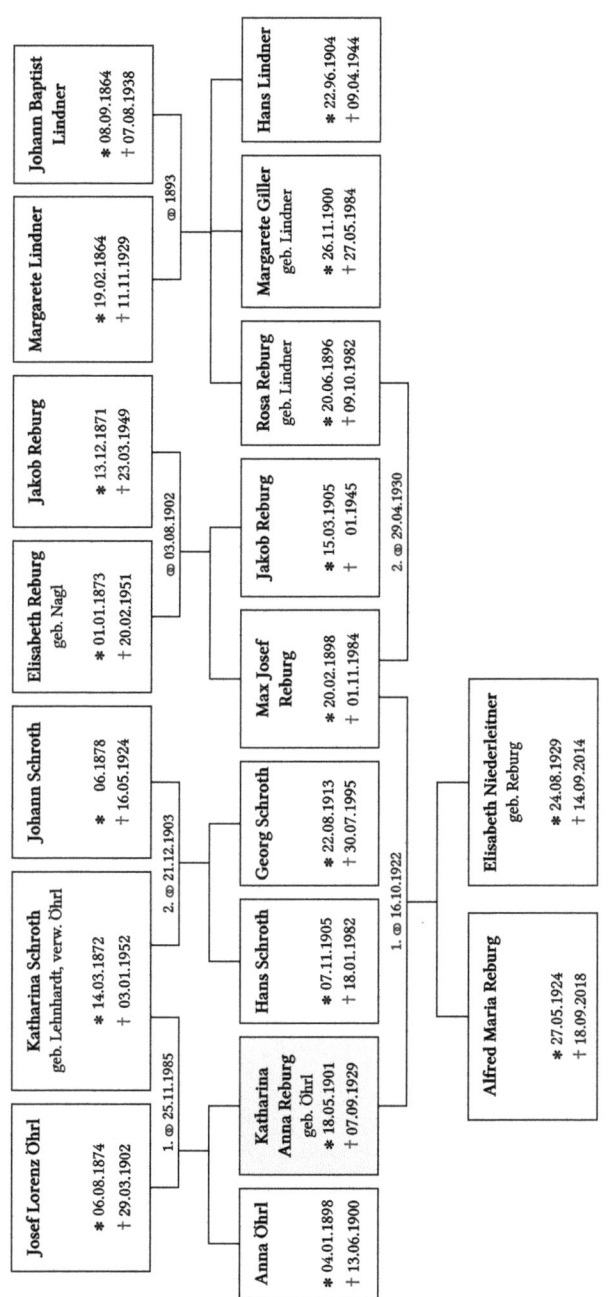

Zu Teil 1 und 2: Stammbaum der Familie von Alfred Maria Reburg mit der »gestohlenen Großmutter« Katharina

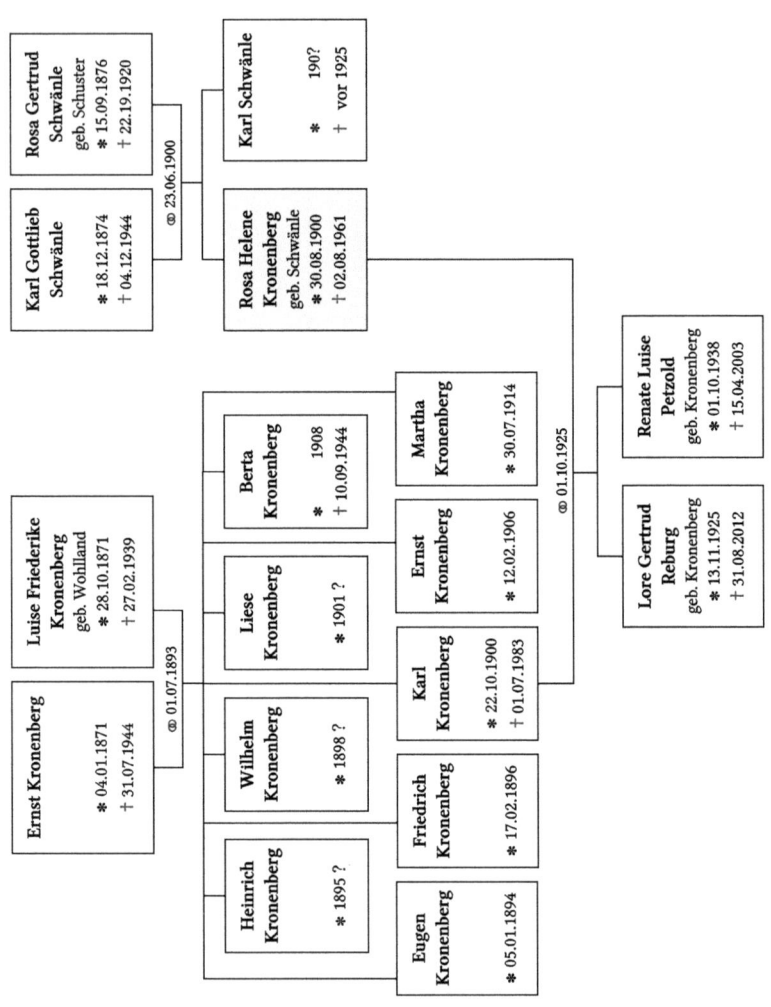

Zu Teil 3: Stammbaum der Familie von Lore Gertrud Reburg geb. Kronenberg mit der »gestohlenen Großmutter« Rosa Helene

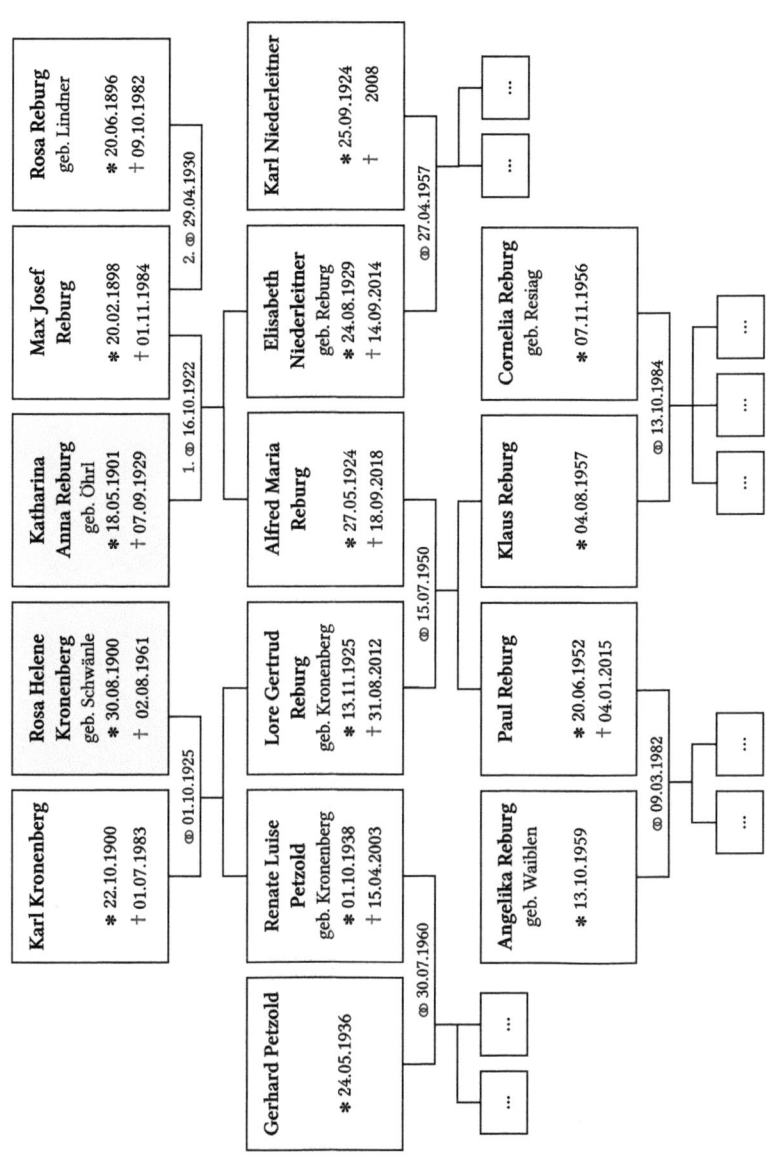

Zu Teil 4: Stammbaum der Familie von Alfred Maria Reburg und Lore Gertrud Reburg geb. Kronenberg

Katharina Öhrl, 1920.

Jakob Reburg, Elisabeth Reburg sowie Sohn Max als Schulkind und als Soldat im 1. Weltkrieg.

Hochzeit von Katharina Öhrl und Max Reburg, 16.10.1922.

Katharina und Max Reburg mit Sohn Alfred, 1927.

Katharina mit Sohn Alfred, ihrer Mutter, Ehemann Max und vermutlich Halbbruder Georg, 1928.

Jugend mit Stahlhelm – Alfred als Soldat, 1943.

Rosa Helene Schwänle (1922).

Rosa Helene Schwänle als Schulkind 1910 (in der Mitte, mit Brille).

Karl Kronenberg (hinterste Reihe links) mit seinen fünf Brüdern, seinem Vater (vorletzte Reihe Mitte) und seinem Großvater mütterlicherseits, Friedrich Wohlleben, geschätzt um 1920.

Lene und Karl Kronenberg mit Tochter Lore.

Ausflug zum Patenonkel nach Waldbach: 2. von links Lore Kronenberg, 3. von links Karl Kronenberg, 4. von links Karl Kronenbergs jüngste Schwester Martha, 1935.

Familien Kronenberg 1937: Karl Kronenberg hinterste Reihe 3. von links, Rosa Helene Kronenberg hinterste Reihe 5. von links, Lore Kronenberg an den langen Zöpfen zu erkennen, vorn sitzend ihre Großmutter Luise.

Wahrscheinlich stehen links und rechts je drei der Söhne von Ernst und Luise Kronenberg, in der Mitte dann die Schwiegertöchter, Enkelkinder und die jüngste unverheiratete Tochter Martha. Die Töchter mit jüdischen Ehemännern fehlen.

Hochzeit Lore und Alfred 1950. Von links: Rosa und Max Reburg, Lore und Alfred, Kilian (Ehemann von Karls Schwester Martha), Alfreds Schwester Elisabeth, Lores Schwester Renate, Karl und Lene Kronenberg.

Der Autor und seine Werke

Klaus Reburg, Jahrgang 1957, schreibt dann, wenn es ihm Spaß macht und er Zeit dazu hat. Dabei ist »das Zeit haben« limitierender Faktor; denn für einen Familienvater mit drei inzwischen schon erwachsenen Kindern, der zudem vollzeitlich den Beruf eines Lebensmittelchemikers ausübt und auch sonst ehrenamtlich aktiv ist, gibt es immer wieder Phasen, in denen das Schreiben hinten anstehen muss.

Wenn er schreibt, dann wählt er Themen mit sozialkritischem Hintergrund. Er verarbeitet gern und oft selbst Erlebtes und dabei ist ihm die Aussage wichtiger als die Perfektion eines literarischen Werkes. Dass man seinen Büchern daher anmerken kann, von einem Freizeit-Schriftsteller verfasst zu sein, nimmt er in Kauf – schließlich haben in der Malerei auch naive Künstler ihren Platz.

Provoziert vom ehemaligen SPD-Vorsitzenden und langjährigen rheinlandpfälzischen Ministerpräsidenten Kurt Beck und dessen Aussage »wenn Sie sich waschen und rasieren, dann bekommen Sie auch einen Arbeitsplatz« hat er als erstes Buch den Tatsachenbericht »Waschen und rasieren genügt nicht« veröffentlicht. In 25 Kapiteln beschreibt er seine eigenen Erfahrungen, als er mit knapp 50 Jahren arbeitslos wurde und nur mühsam wieder ein geregeltes Dauerarbeitsverhältnis errungen hat. Neben den persönlichen Empfindungen werden viele, manchmal durchaus skurrile Episoden seiner Arbeitssuche beschrieben. Alles hat sich so zugetragen, wie es im Buch mehr oder minder gut anonymisiert beschrieben wird, und so entstand ein kleines Stück dokumentierter Zeitgeschichte, das durchaus geeignet ist, Menschen in vergleichbaren Situationen Mut zu machen[6].

Die Lebenssituation Verlust des Arbeitsplatzes findet sich auch wieder im Kriminalroman »Verzockt – ein Alibi mit Folgen[7]«: Wenn der Chef fünf Mitarbeitern ankündigt, einer müsse entlassen werden und sie sollen unter sich aus machen, wer das denn sei – ist es dann überraschend, dass der Chef am nächsten Tag tot ist? Doch wer von den Fünfen war es? Die Verdächtigen geben sich gegenseitig ein Alibi und so wird der Täter nie überführt. Doch nach vielen

---

[6]Klaus Reburg, »Waschen und rasieren genügt nicht«
Verlag pro Business, ISBN 978-3-86805-560-3
[7]Klaus Reburg, »Verzockt – ein Alibi mit Folgen«
Verlag pro Business, ISBN 978-3-86386-615-0

Jahren schreibt am Ende seiner Tage der letzte noch Lebende eine große Beichte: Ja, sie haben es geschafft, dass das Verbrechen nie aufgeklärt wurde – doch dafür haben alle einen Preis bezahlt, einen Preis, der viel zu hoch war. Dem Buch »Die vergessenen Frage[8]« liegt die späte Lebensgeschichte der Mutter des Autors zu Grund. In der Geschichte zweier Zwillingsschwestern eröffnen sich dem Leser mehrere Fragen: Zum einen, wie viel sich Ehepartner gegenseitig vorschreiben und aufdrängen dürfen, zum zweiten die Frage der Selbstbestimmung eines Patienten im Krankenhaus und schließlich auch die Frage nach der Selbstbestimmung am Lebensende. Die Antworten auf diese Fragen muss jeder Leser individuell und persönlich finden und so ist es durchaus angemessen, dass das Buch nur Lösungsansätze, vielleicht auch noch Tendenzen, aber letztendlich keine feste Antwort bietet.

---

[8]Klaus Reburg, »Die vergessene Frage«
Books-on-Demand GmbH, ISBN 978-3-8423-1195-4